MICHAEL HÜBNER
Die Kunst zu morden

Michael Hübner

# Die Kunst zu morden

Thriller

Bibliografische Information der Deutschen Nationalbibliothek:
Die Deutsche Nationalbibliothek verzeichnet diese Publikation in
der Deutschen Nationalbibliografie; detaillierte bibliografische Daten
sind im Internet über http://dnb.dnb.de abrufbar.

2. Auflage
Originalausgabe Dezember 2014
Copyright © 2014 Michael Hübner
Vertreten durch:
Dr. Harry Olechnowitz
Autoren- & Verlagsagentur
Fritschestraße 68
10585 Berlin
www.agentur-olechnowitz.de
E-Mail: olechnowitz@agentur-olechnowitz.de
info@michaelhuebner.de
Umschlagillustration
Hintergrund: © oly5 – Fotolia.com
Auge: © Black Spring – Fotolia.com
Schnitte: © Sweet Lana – Fotolia.com
Herstellung und Verlag: BoD – Books on Demand, Norderstedt
ISBN: 9783734743320
www.michaelhuebner.de

Für Lana.
Du bist mein größtes Kunstwerk!

## *PROLOG*

Der Gestank wurde zunehmend intensiver, je näher sie dem Gästehaus kam. Ein süßlicher, beißend fauliger Geruch, der den gesamten Innenhof ihres Anwesens einnahm und mittlerweile auch das Haupthaus erreicht hatte. Zunächst war Monica Wirth von einem Marder ausgegangen, der in einer Ecke verendet war und nun das eindringliche Parfüm der Vergänglichkeit versprühte. In einer ländlichen Umgebung wie dieser war das keine Seltenheit. Doch der Gestank war viel zu intensiv für einen Kadaver dieser Größe. Und das einzige Tier, das der ehemalige Bauernhof seit dem Umbau noch beherbergte, war ihr Hund Tommy, ein Labradorrüde, der sich jedoch bester Gesundheit erfreute. Seit sie am vorherigen Abend auf das Anwesen zurückgekehrt waren, hatte Tommy keine Ruhe mehr gegeben. Auch jetzt sprang er an der Fassade des Gästehauses empor und kläffte lautstark die Fenster an.

Seit ihr Mann vor drei Jahren gestorben war, lebte Monica Wirth allein am südlichen Rand des Westerwaldes. Aus diesem Grund hatte sie einen Teil des Gästehauses, das aus den ehemaligen Stallungen entstanden war, an einen jungen Künstler vermietet. Eigentlich war es mehr eine Übereinkunft. Da sie finanziell abgesichert war, erhob sie nur eine geringe Miete. Dennoch hatte sie es anfangs schwer gehabt, einen Bewerber auf ihre Anzeige zu finden. Niemand von den jungen Leuten wollte heutzutage auf dem Land wohnen, wo es weder lohnende Jobs noch ausreichend Unterhaltung gab. Umso erfreuter war sie über Sebastian Breuer gewesen, ein fünfunddreißigjähriger Bildhauer, der sich bereits einen Namen in der Kunstszene gemacht hatte. Für ihn bot diese Abgeschiedenheit genau die richtige Voraussetzung für seine Arbeit, wie er betonte.

»Aus Tommy!«

Der Hund gehorchte, gab aber ein leises Winseln von sich, während er weiterhin die hinteren Fenster des Gästehauses anstarrte, die zum Teil gekippt waren und aus denen offensichtlich dieser penetrante Gestank entwich.

Sie versuchte, einen Blick in das Innere zu werfen, doch die Gardinen versperrten ihr die Sicht. Der Gestank war nun unerträglich und schien seinen Ursprung eindeutig im Haus zu haben. Sie klopfte an das Fenster.

Keine Reaktion.

Als sie die Eingangstür erreichte, fiel ihr der Rasen hinter dem Gästehaus auf. Gras und Unkraut ragten knöchelhoch empor. Seit sie vor zehn Tagen mit einer Freundin zu einem Urlaub an die Ostsee aufgebrochen war, schien sich niemand mehr um die Grünflächen gekümmert zu haben. In den acht Monaten, in denen Breuer nun hier wohnte, war dies noch nie vorgekommen. Ein mulmiges Gefühl machte sich in ihrem Magen breit.

Nach mehrmaligem Betätigen der Klingel zog sie die Zweitschlüssel für das Haus aus der Tasche ihres Ralph-Lauren-Blazers und öffnete die Tür.

»Tommy, halt!«, schrie sie, doch dieses Mal gehorchte der Hund nicht. Er stürmte geradewegs den langen Flur entlang zu dem dahinterliegenden Anbau. Die Tür war nur angelehnt, sodass sie nachgab, als Tommy dagegen sprang.

Mit vorgehaltener Hand ging Monica Wirth durch den Flur und spähte zu beiden Seiten in die anliegenden Räume. »Herr Breuer? Sind Sie da?«

Keine Antwort. Nur dieser Gestank nach Fäulnis und Tod.

Die Zimmer waren spartanisch eingerichtet. In den meisten herrschte kreatives Chaos. Kleidung, die auf dem Boden verteilt lag. Skizzen und Notizen an Wänden und auf Tischen. Nicht ungewöhnlich für einen Künstler. Dann entdeckte sie das Blut. Es hatte sich in Form kleinerer Tropfen auf dem Boden verteilt und war bereits geronnen, sodass es fast schwarz wirkte. Dutzende von Fliegen schwirrten auf, als sich Monica Wirth näherte. Sie unterdrückte einen Schrei und wollte schleunigst nach draußen laufen. Doch dann hörte sie das Bellen.

*Tommy!*

Ängstlich sah sie zu der Tür am Ende des Flurs, an der die Blutspur endete. Sie hatte sich durch den Schwung fast wieder geschlossen. Dahinter befanden sich die ehemaligen Stallungen des Hofes, die nun als Lager und Garage dienten. Der vordere, abgetrennte Teil der umgebauten Halle gehörte noch zum Gästehaus. Breuer nutzte den Raum als Atelier, und hatte ihr dort schon einmal seine Arbeiten gezeigt. Sie besaß nicht viel Kunstverständnis, doch war ihr sofort die grazile Anmut seiner Figuren aufgefallen, die er hauptsächlich aus Draht, Metall und Gips formte. Abstrakte Plastiken, die der zweckmäßigen Halle beinahe den Hauch einer Kunstgalerie verliehen.

Von dort kam das Kläffen.

Gegen ihre Fluchtinstinkte ankämpfend, bewegte sich Monica Wirth auf das Ende des Flurs zu. Als sie dort ankam, war es ihr kaum noch möglich zu atmen. Sie presste sich nun regelrecht die Hand vor Mund und Nase und unterdrückte den Brechreiz, der ihren Magen schmerzhaft verkrampfte. Als sie die Tür öffnete, erklang ein leises Knarren, das durch die hohen Wände der dahinterliegenden Halle verstärkt wurde.

Fliegen.

Es waren so viele, dass sie eine dunkle Wolke bildeten. Sie schlug um sich, bis der dunkle Schleier sich zu lichten begann. Was sich ihr anschließend offenbarte, ließ ihr Herz für einige Sekunden aussetzen. Das Bild, das die Polizeifotografen in Kürze schießen würden, brannte sich in ihre Netzhäute.

Mehrere Skulpturen bevölkerten den Raum. Doch sie bestanden nicht aus Ton oder Gips. Es waren Körperteile verschiedener Menschen, die auf Metallskeletten zu bizarren Kunstwerken zusammengefügt worden waren. Männer und Frauen unterschiedlichen Alters, deren Haut an manchen Stellen bereits faulig und zerfressen war. Etwa zehn Sekunden lang eröffnete sich ihr dieser grausame Anblick. Dann verdichtete sich die dunkle Wolke aus Fliegen wieder, senkte sich zurück auf das faulige Fleisch, aus dem sie geschlüpft war und von dem sie sich begierig ernährte. Dabei verliehen ihre Bewegungen den Skulpturen ein abartiges Eigenleben, als wären sie pulsierende, reptilienartige Geschöpfe aus der Hölle.

Tommys Kläffen war mittlerweile verstummt. Er war nur wenige Meter entfernt und machte sich an dem Bein einer Skulptur zu schaffen, leckte über die faulige Haut, bis sie sich ablöste.

Erbrochenes schoss zwischen Monica Wirths Fingern hindurch. Heftiger Schwindel überfiel sie, ließ jegliche Orientierung verschwimmen. Sie wollte schreien, ihrem Entsetzen ein Ventil verschaffen, doch der Druck, der sich im Inneren ihrer Brust aufbaute, hinderte sie am Atmen.

Mühsam tastete sie sich an der Wand den Flur entlang. Der Druck nahm zu, raubte ihr jegliche Kraft. Sie schaffte noch einige Schritte, als sie den Hof erreicht hatte. Dann fasste sie sich an ihre mächtige Brust und glitt ohnmächtig zu Boden. Als Tommy kurz darauf zu ihr stieß, hatte ihr Herz endgültig aufgehört zu schlagen.

*TEIL EINS*

# KAPITEL 1

## *Künstlerpech*

Frustriert saß Mark Ritter vor dem Bildschirm seines Laptops und studierte die Rezensionen im Internet. Sein neues Buch kam nicht besonders gut darin weg. Die Verkaufszahlen bewegten sich dementsprechend im unteren Bereich. Somit dürfte die nächste Tantiemenabrechnung nicht einmal annähernd an die Garantiesumme heranreichen, die man ihm vorab für sein Manuskript gezahlt hatte. Und das wiederum bedeutete, er musste sich bald wieder nach einem Job umsehen und hatte weniger Zeit zum Schreiben. Eine Vorstellung, bei der sich ihm der Magen umdrehte.

Sein Blick schwenkte auf das gerahmte Foto auf dem Schreibtisch. Es zeigte eine Frau im mittleren Alter. Ihr braunes, stufig geschnittenes Haar fiel ihr glatt bis hinter die Schultern und rahmte ihr zierliches Gesicht, dessen Lächeln ihren lebenslustigen Charakter wiedergab. Dabei hatte sie zum Zeitpunkt der Aufnahme bereits gewusst, dass sie todkrank war.

»Du warst so stolz auf mich«, sprach er zu seiner verstorbenen Frau, während er sich daran erinnerte, wie Jenny mit einer Flasche teurem Rotwein vor ihm gestanden und ihn mit genau diesem Lächeln angestrahlt hatte. An jenem Tag, vor zweieinhalb Jahren, als seine Welt noch in Ordnung war und er sich einredete, vor ihm läge eine vielversprechende Karriere als Schriftsteller. Sein Agent hatte damals das erste Manuskript an einen großen Publikumsverlag verkauft, was ihm eine beachtliche Summe eingebracht hatte. Die Euphorie von Verlagsseite aus war groß gewesen, und es wurden im Vorfeld viele Versprechungen gemacht, die schnell vergessen waren. Trotz aller Vorschusslorbeeren und guter Kritiken hatte es sein erster Roman bestenfalls zu einem Achtungserfolg gebracht, was in der Literaturbranche die verschlüsselte Bezeichnung für »unter den Erwartungen« war. Diese Erfahrung hatte ihn gelehrt, wie schwierig es war, sich an einem Markt zu behaupten, der hauptsächlich auf Altbewährtes setzte.

Seit drei Monaten war sein zweiter Roman auf dem Markt. Auf stattliche neun Rezensionen hatte er es in dieser Zeit gebracht. Es gab tatsächlich Gartenstühle, die mehr Beachtung gefunden hatten. Sieben dieser Bewertungen waren positiv ausgefallen. Bei den letzten beiden hatte er weniger Glück gehabt. Jemand mit dem Pseudonym Thrillerbabe bemängelte, ihr sei die Geschichte viel zu blutrünstig. Bei einem Buch mit dem Titel *Blutrausch* war das natürlich ein naheliegendes Kriterium. Des Weiteren könne sie die vorherigen positiven Meinungen nicht nachvollziehen und ginge davon aus, dass sie von Freunden und Bekannten des Autors stammen. Mark hatte eigentlich nur noch einen wirklichen Freund. Und der war ihm zu wertvoll, um ihn für solch eigennützige Zwecke zu missbrauchen. Der jüngste Eintrag lag sechs Stunden zurück. Ein Mann namens Peter Winczewski aus Köln gab an, dass er mit dem Schreibstil des Autors nicht zurechtkam. Außerdem hielt er die Geschichte für Schund und rief zum Boykott des Buches auf. Einen genauen Grund dafür nannte er nicht. Auch auf die Handlung der Geschichte ging er nicht näher ein. Dazu reichten die drei Sätze nicht aus, die er verfasst hatte, und die mit ihrer kindlichen Wortwahl die literarische Arbeit von zwölf Monaten zunichtemachten.

Was war es doch für ein unendlicher Spaß, ein Schriftsteller zu sein!

Ernüchtert rieb er sich die Augen. »Warum tue ich mir das überhaupt an?«

Er bezog diese Frage nicht allein auf das Sichten dieser gehaltlosen Kommentare, die eher einer kritischen Betrachtung bedurft hätten. Schon oft hatte er sich die Frage gestellt, warum es ausgerechnet das Schreiben sein musste? Wieso konnte er sich nicht zum Handwerker oder Versicherungskaufmann berufen fühlen? Bodenständige Tätigkeiten, die ihm ein regelmäßiges Gehalt versprachen und eine gewisse Sicherheit garantierten. Doch ihn hatte es immer zum Schreiben hingezogen, auch wenn es ihm gelegentlich schwerfiel. Aus irgendeinem Grund war es das Einzige, was er tun wollte. Doch jetzt, mit 38 Jahren, stellte er diese Berufung zum ersten Mal infrage.

Erneut schwenkte sein Blick auf das gerahmte Bild neben dem Monitor. Anstatt in Selbstzweifeln zu baden, sollte er sich lieber ein Beispiel an ihr nehmen. Jenny hatte sich nie aufgegeben, selbst als es aussichtslos war. Und sie hatte bis zum Schluss an ihn geglaubt. Allein ihr hatte er es zu verdanken, dass er sich ganz der Arbeit an seinem ersten Manuskript widmen konnte. Sie hatte mit ihrem Beruf als Immobilienmaklerin für das finanzielle Polster gesorgt, nachdem er wieder einen seiner zahlreichen Jobs geschmissen hatte. Schon aus diesem Grund hatte er Angst davor, zu versagen. Er wollte sie nicht enttäuschen, wollte nicht, dass ihre Aufopferung und ihr unerschütterliches Vertrauen in ihn umsonst gewesen waren.

»Du fehlst mir«, flüsterte er, und es gelang ihm nur mit Mühe, eine Träne zu unterdrücken. Er holte tief Luft und schaltete den Computer aus. Heute würde er ohnehin keinen klaren Gedanken mehr fassen können. Ihm stand eher der Sinn danach, seinen gebeutelten Verstand zu betäuben.

Er sah auf die Uhr an der Wand seiner kleinen Zweizimmerwohnung, im Kölner Stadtteil Mülheim. Es war bereits nach sieben Uhr abends. Wenn er sich nicht beeilte, würde er zu spät zur Kunstausstellung seines besten und einzigen Freundes kommen.

# KAPITEL 2

## Die Ausstellung

Ralf Clemens war Grafiker und Maler und besaß die lässige Ausstrahlung eines Jazzmusikers. Der graue Trilby Hut, der fast schon eine Art Markenzeichen von ihm war, saß immer ein wenig schief auf seinem rundlichen Kopf. Er trug bevorzugt dunkle Hemden, die ihm stets eine Nummer zu groß waren und deren Saum ihm bis zu den Oberschenkeln reichte. Seine lockere Erscheinung stand in perfektem Einklang mit seinem Lebensstil. Im Grunde war es fast unmöglich, ihn nicht zu mögen. Ralf war einer jener Menschen, in dessen Gegenwart einem das Leben leichter vorkam. Seine natürliche Unbeschwertheit war ebenso ansteckend wie mitreißend. Eine von Ralfs zahlreichen Verflossenen hatte einmal behauptet, er strahle sogar im Schlaf eine gewisse Überlegenheit aus, als könne ihn nichts erschüttern. Dies spiegelte sich in seiner Beliebtheit wider. Bereits durch die breite Glasfront der Kunstgalerie Lempert, in der Kölner Innenstadt, war die Vielzahl der Gäste zu erkennen. Mark musste Ausschau nach seinem Freund halten, den er schließlich inmitten des Gedränges ausmachte. Als Ralf in erblickte, riss er sich von den anderen los und kam auf ihn zu.

»Hey, Mark«, begrüßte er ihn. »Freut mich echt, dass du gekommen bist.« Sein Lächeln war so zwanglos, dass es fast beiläufig wirkte.

»Du hast doch wohl nicht geglaubt, ich lasse mir die erste Kunstausstellung meines besten Freundes entgehen. Hier, zur Feier des Abends.« Mark reichte ihm einen Karton mit einer Flasche 18 Jahre altem Scotch. »Die ist halb so alt wie du, also behandle sie mit Respekt.«

»Wie ich sehe, hast du dir nicht die Mühe gemacht, das

edle Stück einzutüten.«

»Ich bin davon ausgegangen, dass der Inhalt den heutigen Abend nicht überleben wird.«

»Aus dir spricht ein weiser Freund und Saufkumpan.« Sein Lächeln ging in ein Grinsen über. Er umarmte Mark. »Schön dich zu sehen, alter Freund. Hast dich ziemlich rar gemacht in letzter Zeit.«

»Ich habe an meinem neuen Buch gearbeitet.«

Ralf nickte verständnisvoll. »Die Muse soll man nicht warten lassen.«

Mark ließ seinen Blick beeindruckt durch den Raum der Galerie gleiten, der durch einige Trennwände unterteilt war, an denen Ralfs Werke effektvoll beleuchtet wurden. Alles wirkte hell, modern und frisch renoviert. Viele der Leute hatten sich in kleineren Gruppen vor Ralfs Bildern versammelt, deren Motive eine gewaltige Tiefe vermittelten, sodass sie fast dreidimensional wirkten, je länger man sie betrachtete. Auf der rechten Seite hatte ein Cateringservice eine mannigfaltige Auswahl an kunstvoll gestalteten Canapés und Feinkosthäppchen aufgetischt, die bereits auf den ersten Blick ein beachtliches Budget verschlangen. In dieser Umgebung wirkten die Menschen in ihren Designeranzügen und Abendkleidern beinahe selbst wie Kunstwerke.

»Wundere dich nicht«, kämpfte Ralf gegen die vielen Stimmen an. »Die Mehrzahl der Leute sind Geschäftskunden von Pia.«

»Ist niemand von früher hier?«

»Nur sehr wenige.«

Mark nickte enttäuscht. Inmitten dieser Ansammlung von Fremden entdeckte er eine Frau im mittleren Alter, die geschäftig mit den Gästen diskutierte und sich immer wieder den Blazer ihres kirschroten Kostüms zurechtzog, während sie mit ausschweifender Gestik ihren unaufhörlichen Redefluss untermauerte. Pia Lempert war die Inhaberin der Kunstgalerie, bei der Mark seit knapp drei Monaten unter Vertrag stand.

»Wie ich sehe, hält sich Pia mal wieder selbst für den Mittelpunkt. Immerhin kann man ihr nicht vorwerfen, sie hätte sich keine Mühe gegeben. Ich muss zugeben, ich bin beeindruckt. Sieht aus, als hättest du es geschafft. Ich gratuliere dir.«

Ralf schob sich seinen Hut etwas nach hinten und sah auf die Flasche in seiner Hand, wobei er fast den Eindruck von Verlegenheit erweckte. »Ich hol uns mal zwei Gläser, und dann vernichten wir dieses Baby hier.«

Mark beobachtete, wie er zwischen den Leuten in Richtung der aufgebauten Bar verschwand. Augenblicklich kam er sich vor wie ein Teilchen, das sich wieder außerhalb des Magnetfeldes befand und nun im Chaos versank. Angestrengt hielt er Ausschau nach bekannten Gesichtern. Kaum jemand aus ihrer alten Clique war anwesend. Anscheinend war Ralf ihnen zu kommerziell geworden. Viele in der Szene waren der Ansicht, dass Kunst in jeglicher Form nicht für die breite Masse bestimmt war, sondern nur elitären Kreisen zugänglich sein durfte, die sie auch zu deuten wussten. Nach Marks Empfinden beruhte dieser Standpunkt eher auf Neid und war für die meisten nur eine brauchbare Ausrede, mit der sie ihr Scheitern rechtfertigten. Es gab nur eine Gruppe von Leuten, die er als noch erbärmlicher einstufte. Nämlich diejenigen, die früher einmal diese Ansicht mit nahezu religiöser Inbrunst vertreten hatten und nun das Zepter des Kommerzes vor sich hertrugen, als müssten alle anderen davor niederknien. Ein Exemplar dieser Gattung sah er nun vor sich: Fabian Lüttger, seinerzeit Bildhauer, bekennender Minimalist und fanatischer Verfechter der These, das Wohlstand der sichere Tod jeglichen kreativen Denkens sei. Mittlerweile war er Schmuckdesigner für eine große Juwelierkette und hatte mit seiner Edelsteinkollektion ein kleines Vermögen verdient. Als Mark ihn nun in seinem Maßanzug betrachtete, musste er feststellen, dass es wohl eher seine schlanke

Statur war, die er dem Wohlstand geopfert hatte. Lüttger brachte es tatsächlich fertig, ihm ein beiläufiges Nicken zu offerieren, bevor er sich wieder dem Bildschirm seines Smartphones widmete.

»Darf ich Ihnen eine unserer Köstlichkeiten anbieten?«, fragte ein Mann in einer schwarzen Küchenschürze mit dem Aufdruck *artfood* und lächelte ihn freundlich an.

Mark betrachtete das Tablett, das der Mann ihm entgegenhielt, und auf dem sich eine Auswahl an kunstfertigen Teig- und Fleischhäppchen mit unterschiedlichen Pastetenfüllungen befand. Ein Drink wäre ihm lieber gewesen. »Vielleicht später«, lehnte er ab und beobachtete, wie die Servicekraft weiter durch die Reihen ging, wo das Angebot auf mehr Zuspruch stieß. Dabei fiel Mark ein älterer Mann auf, der etwas abseits der anderen stand und mit beiden Händen eine Flasche Bier umschlang, als wäre sie sein letzter Halt in dieser Welt. Die dunkle Farbe seines altmodischen Anzugs ließ sein rötliches, an den Seiten bereits ergrautes Haar wie ein Feuer leuchten, dessen Glut langsam zur Neige ging. Er wirkte dermaßen deplatziert, dass Mark ihm fast leidtat.

»Sie machen auf mich den Eindruck, als kämen Sie sich in dieser Runde verlorener vor als ich.«

»Was?«, sagte der Mann erschrocken, als hätte er ihn aus einem Traum geweckt.

»Sie gehören nicht zu Pia Lemperts Jüngern, hab ich recht?«

»Nein, so würde ich das sicher nicht sagen.« Der Mann lächelte bemüht. »Sind Sie auch wegen der Bilder hier?«

»Eigentlich hege ich die Hoffnung, mich mit deren Schöpfer zu betrinken.«

Der Mann betrachtete ihn irritiert.

»Ralf Clemens ist ein guter Freund von mir.«

»Verstehe. Einen Grund zum Feiern hätte Ihr Freund jedenfalls, denn wie ich höre, kommen seine Werke bei den Leuten gut an.«

Ein schrilles Lachen erklang von der Frau in dem roten Kostüm. Sie hob freudig ihr Sektglas, um mit zwei älteren Herren anzustoßen.

»Sieht ganz danach aus«, sagte Mark. »So ausgelassen habe ich Pia selten gesehen.«

Das Lächeln des alten Mannes warf tiefe Kerben um seine Mundwinkel herum. »Kennen Sie Frau Lempert persönlich?«

»Ich weiß zumindest genug von ihr, um sagen zu können, dass sie ein knallhartes Miststück ist. Wenn Sie wollen, kann ich Ihnen aber gerne mal einen groben Überblick verschaffen.« Mark deutete auf die Frau in dem roten Kostüm, um die herum sich die Leute versammelten wie Mücken ums Licht. »Pia Lempert, 32 Jahre, Inhaberin und Geschäftsführerin der Lempert Kunstgalerie, stets interessiert an neuen aufstrebenden Künstlern, die sie vermarkten und ausbeuten kann, bis ihr Talent ausgeschöpft ist und nichts mehr hergibt.«

Interessiert folgte der Mann Marks Hand, die ein wenig nach rechts schwenkte und auf eine weitere Person deutete.

»Sehen Sie diesen hochgewachsenen, etwas introvertiert wirkenden Kerl neben ihr, der auf bemühte Weise so tut, als wäre jedes Wort aus ihrem Mund eine verbale Offenbarung?«

Der Mann nickte stumm.

»Das ist Benedikt Meurer. Sie nennt ihn Benny, wie einen Hund. Offiziell ist er Pias Assistent und Marketingberater. Inoffiziell ist er nur ihr Laufbursche, der sich um den Papierkram kümmert. Denn wie ich ihr Ego kenne, würde sie niemals jemanden als gleichberechtigt neben sich dulden.«

»Interessant«, meinte der Mann. »Wissen Sie auch etwas über die Person, mit der er sich gerade unterhält?« Er deutete mit der Bierflasche in Richtung eines Mannes in mittlerem Alter, mit vollem dunklem Haar.

»Das ist David Kettner, millionenschwerer Unternehmer und selbsternannter Kunstkritiker«, klärte Mark ihn auf. »Investiert in alles, wovon er sich eine Wertsteigerung verspricht. Mittlerweile soll er eine beachtliche Sammlung haben. Betreibt im Internet ein Blog, wo er ziemlich selbstverliebt seine Auffassung von Kunst preisgibt.«

Der ältere Mann musterte Mark eingehender. »Man könnte glatt den Eindruck gewinnen, Sie halten nicht viel von der Kunstszene.«

»Das kommt vermutlich daher, weil ich selbst eine Art Künstler bin.«

»Hey«, meinte Ralf, der mit zwei halbvollen Whiskygläsern zu ihnen gestoßen war. »Wie ich sehe, hast du dich bereits mit Professor Petzold bekanntgemacht. Er war mein Dozent an der Kunsthochschule.«

»Sagen wir lieber, Sie waren einer meiner fähigeren Studenten.« Der Mann wandte sich wieder Mark zu und reichte ihm die Hand. »Dominik Petzold, Professor für bildende Kunst und Kunsttheorie«, stellte er sich vor. »Und nebenbei auch einer jener selbsternannten Kunstkritiker.«

Etwas zerknirscht erwiderte Mark seinen kräftigen Händedruck. »Mark Ritter, entmutigter Schriftsteller und notorischer Ins-Fettnäpchen-Treter.« Er zwang sich zu einem Lächeln. »Bitte entschuldigen sie meinen Sarkasmus, aber ich hatte einen äußerst miesen Tag. Normalerweise trinke ich erst ausreichend, bevor ich mich zum Affen mache.« Hastig griff er nach dem Glas, das Ralf ihm entgegenhielt, und nahm einen kräftigen Schluck.

»Es muss Ihnen nicht peinlich sein«, meinte Petzold amüsiert. »Das meiste, was Sie über Pia Lempert gesagt haben, trifft voll und ganz zu. Allerdings hat sie ein unbestreitbares Händchen, wenn es um vielversprechende Talente geht.«

»Das hat man von meiner Lektorin auch gesagt«, meinte Mark. »Mittlerweile werde ich von jemand anderem betreut.« Er sah abwechselnd zu Ralf und dem Professor.

Dann nahm er einen weiteren Schluck und leerte das Glas.

»Kenne ich irgendetwas von Ihnen?«

Mark machte eine abwehrende Geste. »Nichts für ungut, Herr Professor, aber ich glaube kaum, dass ein gebildeter Mann wie Sie zu meinen Büchern greift. In meinem Genre geht es bevorzugt um vordergründige Spannung. Tiefgreifendes werden Sie dort nicht finden, denn es hat keinen hohen Stellenwert.«

»Nun stell dich mal nicht in den eigenen Schatten«, sagte Ralf. »Deine Bücher sind anders. Ich halte dich für einen äußerst talentierten Autor.«

»Ja«, entgegnete Mark, »wenn äußerst talentiert für erfolglos steht, dann gebe ich dir recht.«

»Nun, Sie irren sich, wenn Sie der Ansicht sind, meine Lesegewohnheiten beschränken sich nur auf meinen Arbeitsbereich oder auf hochtrabende literarische Ergüsse«, sagte Petzold. »Nur weil man einen akademischen Titel hat, heißt das nicht, dass man gegenüber gängiger Unterhaltungsliteratur abgeneigt ist. Allerdings gebe ich Ihnen recht, dass viele Geschichten in Ihrem Bereich mitunter sehr trivial sind. Mir erschließt sich der Erfolg mancher Bücher jedenfalls nicht.«

Mark konnte sich ein Grinsen nicht verkneifen. »Das ist wie in der bildenden Kunst, Herr Professor«, stimmte er einen Vergleich an. »Der Name des Herstellers bestimmt den Preis, nicht zwingend die Qualität.«

»Nun, junger Mann, zum Glück gibt es Ausnahmen zu dieser Regel.«

»Das möchte ich meinen«, sagte Benedikt Meurer und stieß zu ihrer Runde. Die Haut in seinem Gesicht glänzte speckig und offenbarte einige Aknenarben aus einer Zeit, in der Mark ihn möglicherweise gemocht hätte. Der Rest seiner Erscheinung war makellos. Dunkelbrauner Anzug mit Weste. Maniküre Fingernägel. Volles Haar, das er perfekt frisiert zur Schau trug. In der rechten Hand hielt er einen vergoldeten Kugelschreiber, der mit zwei Brillanten versehen war. Mit der anderen Hand schlug er Ralf anerkennend auf die Schulter, sodass ihm beinahe das Glas aus der Hand gefallen wäre. »Pia hat heute bereits fünf Ihrer Bilder verkauft. Ich komme mit dem Unterzeichnen der Verträge gar nicht hinterher. Das ist ein vielversprechender Anfang. Sie können es weit bringen.«

»Tja«, meinte Petzold ein wenig steif an Ralf gerichtet. »Dann kann ich Ihnen nur noch gratulieren.«

»Danke, Professor«, sagte er, fast ein wenig beschämt. »Aber Sie wissen, das ist in erster Linie Ihr Verdienst.«

»Ich habe Ihnen lediglich den Weg gezeigt. Gegangen sind Sie ihn alleine.«

Ralf atmete durch. Irgendwie schien ihm diese Unterhaltung unangenehm zu sein. »Das schreit nach einer weiteren Runde.«

»Nein danke«, sagte der Professor und leerte sein alkoholfreies Bier. »Für mich wird es langsam Zeit. Es hat mich sehr gefreut. Vielen Dank für die Einladung.«

»Wollen Sie nicht noch etwas bleiben? Es ist noch früh.«

Der Professor schüttelte den Kopf. »Ich war schon immer jemand, der mit den Hühnern aufgestanden ist, wie Sie wissen. Und in meinem Alter braucht man seinen Rhythmus, sonst funktioniert man nicht mehr.« Er wandte sich Mark zu. »Es hat mich sehr gefreut, Sie kennenzulernen, junger Mann. Ich werde mir gleich morgen eines Ihrer Bücher kaufen. Sie haben mich neugierig gemacht, und ich muss zugeben, das passiert mir immer seltener.« Er verabschiedete sich von Benedikt und anschließend von Pia. Dann verschwand er in Richtung Ausgang.

»Ich mag den alten Kauz«, sagte Ralf. »War wie ein Vater für mich.«

Mark nickte zustimmend. Auch ihm war der Professor auf Anhieb sympathisch; nicht zuletzt, weil er einer der wenigen war, die ihn noch als jungen Mann ansprachen.

»Wieso hast du ihn mir in all den Jahren nie vorgestellt?«

»Ich weiß ja auch nicht, wer dein Agent oder dein Lektor ist«, hielt Ralf dagegen. »Nach dem Studium habe ich den Professor lange aus den Augen verloren. Na ja, du weißt ja, wie das ist.«

Ja, das wusste Mark nur zu gut. Man vernachlässigte vieles, weil man zu sehr mit sich selbst beschäftigt war.

»Sie haben damals bereits als Grafiker gearbeitet, wenn ich Ihre Vita richtig im Kopf habe, nicht wahr?«, brachte sich Benedikt in die Unterhaltung ein.

»Ja«, bestätigte Ralf. »Aber ich habe die Malerei nie völlig aus den Augen verloren.«

»Und nun stehen wir hier und stoßen auf Ihre Zukunft an«, sagte Benedikt und grinste zufrieden. Dann verfinsterte sich seine Miene. »Dabei war uns aufgrund der schrecklichen Ereignisse zunächst überhaupt nicht danach, diese Veranstaltung durchzuziehen.«

»Welche schrecklichen Ereignisse?«, fragte Mark.

Benedikt verstaute den Kugelschreiber in der Innentasche seines Jacketts. »Es ist in allen Nachrichten. Sebastian Breuer, einer der erfolgreichsten Talente in der bildenden Kunst, wird wegen mehrfachen Mordes gesucht.«

»Der Name sagt mir nichts.«

»Mir schon«, meinte Ralf. »Breuer und ich haben in unserer Studienzeit ein paar Kurse zusammen belegt, unter anderem auch bei Professor Petzold. Ich kannte Breuer aber kaum, er war damals schon ziemlich zurückhaltend. Ein komischer Kauz. Es kam mir vor, als wollte er mit niemandem etwas zu tun haben.«

»Ja«, bestätigte Benedikt, »das ist bezeichnend für ihn. Und ein Albtraum für jeden PR-Berater. Er lebt und arbeitet völlig Abseits und verabscheut die Öffentlichkeit. Aber offenbar war sein merkwürdiges Verhalten nicht nur Fassade. Er soll vier Menschen getötet und aus ihren Körperteilen Skulpturen gebildet haben, darunter auch drei seiner schärfsten Kritiker. Es scheint, als habe er völlig den Verstand verloren. In den Medien bezeichnet man ihn schon als ›Leichenkünstler‹. Die lesen offenbar zu viele schlechte Bücher.«

Mark warf ihm einen argwöhnischen Blick zu.

»Wie dem auch sei«, fuhr Benedikt fort, »das beweist mal wieder, wie dicht Genie und Wahnsinn beieinanderliegen. Für die Galerie, die Breuer vertritt, ist es allerdings ein Glücksfall. Die Anfragen nach seinen Werken steigen erheblich, ebenso die Preise dafür.«

Mark betrachtete stumm sein leeres Glas. Vielleicht sollte er auch ein paar Menschen umbringen, dann würden sich seine Bücher vermutlich besser verkaufen. Und anfangen würde er gleich hier mit Benedikt Meurer.

»Tja, dann gehe ich uns mal was zu trinken holen«, wechselte Ralf das Thema, während er verstohlen auf sein eigenes Glas schielte, aus dem er kaum getrunken hatte.

Benedikt winkte ab. »Danke, aber zwei Gläser Sekt reichen mir völlig. Wie es aussieht, ist Pia heute in Feierlaune, und ich muss den Chauffeur spielen.«

»Mark, du bleibst doch hoffentlich noch und feierst mit mir.«

»Da kannst du dir sicher sein.« Er hielt Ralf das leere Glas entgegen.

»Schon gut«, meinte der. »Bei dem Tempo, das du vorlegst, hole ich besser gleich die ganze Flasche.« Mit seiner typischen Unbeschwertheit begab er sich wieder in Richtung Bar.

»Wie läuft es mit Ihrem neuen Buch?«, fragte Benedikt.

»Leider steht es mehr, und zwar in den Regalen der Buchhändler.«

»Sie sollten mehr Werbung dafür machen. Glauben Sie mir, ohne eine vernünftige Marketingstrategie nimmt Sie heutzutage niemand mehr ernst.«

»Sagen Sie das meinem Verlag.«

»Vielleicht sollten Sie sich einen anderen suchen.«

»Was würde sich dadurch ändern?«

Er reichte Mark seine Karte. »Ich habe ihr erstes Buch gelesen und fand es sehr beeindruckend. Sie haben Talent. Aber damit allein werden Sie es nicht weit bringen.«

»Danke, aber ich habe bereits einen Agenten.«

»Den will ich Ihnen auch nicht streitig machen, denn er ist sicher um einiges kompetenter, was Verlage betrifft. Was Sie brauchen ist ein Berater in Sachen Marketing, und damit kenne ich mich bestens aus. Man muss auf sich aufmerksam machen, wenn man gehört werden will. Letztendlich ist nicht allein die Qualität einer Arbeit entscheidend, sondern wie sie von den Leuten wahrgenommen wird. Die Art der Vermarktung bestimmt den Erfolg. Und Erfolg ist letztendlich alles, was zählt. Also überlegen Sie nicht lange und rufen Sie mich an.«

»Bekomme ich dann auch so einen tollen Kugelschreiber?«, fragte Mark sarkastisch.

Der Klingelton seines iPhones löste Benedikts konfusen Gesichtsausdruck. »Melden Sie sich einfach«, sagte er. Dann nahm er den Anruf entgegen, während er zurück zu den anderen ging.

Quälend lange fünf Minuten verstrichen, in denen Mark beobachtete, wie Ralf immer wieder von Pia und ihrem Gefolge aufgehalten wurde und ihnen Rede und Antwort stehen musste, wobei er so natürlich und geduldig wirkte, als täte er dergleichen jeden Tag. Mark trat unruhig auf der Stelle. Es kam ihm plötzlich so vor, als starre ihn jeder an, in seiner verblichenen Jeans und dem blauen Kaufhaushemd. Die Hitze in dem Raum trug ihr Übriges zu seinem Unbehagen bei. Noch nie hatte er sich so intensiv nach einem Drink gesehnt.

»Sie sind also Mark Ritter, der Schriftsteller.«

Fast erschrocken drehte Mark sich um und erblickte eine Frau in einem kamelfarbenen Hosenanzug. Sie trug hochhackige Schuhe und dezentes Make-up, das die kleinen Fältchen um ihre Augenwinkel herum nicht verbarg.

Unter normalen Umständen hätte Mark sie als durchaus attraktiv empfunden, doch in dieser Ansammlung von zur Schau getragener Eitelkeit, wirkte ihre durchschimmernde Natürlichkeit beinahe aufgesetzt.

»Ja, der bin ich.« Mark wischte sich über die Stirn und sah in Augen, die so blau waren, als wären sie hinterleuchtet.

»Bitte entschuldigen Sie, aber ich wurde vorhin unfreiwillig Zeuge Ihrer Unterhaltung.« Das in Leder gebundene Notizbuch fiel ihr aus der Hand, als sie es im Fach ihrer Handtasche verstauen wollte. »Wie ungeschickt von mir.« Als sie sich danach bückte, rutschte ihr das Handy aus der Innentasche ihrer Anzugjacke und fiel zu Boden. »Mist, verdammter!«

Mark war ihr behilflich. »Nicht Ihr Tag heute, wie es scheint.« Er reichte ihr das Handy. »Da geht es Ihnen wie mir.«

Sie lächelte peinlich berührt. Als sie sich wieder erhob, strich sie sich ihr dunkelblondes Haar hinters Ohr. »Ich lese gerade Ihr neues Buch und muss sagen, Ihr Freund hat recht, Sie sind sehr talentiert.«

Mark gab sich Mühe, ihr Lächeln zu erwidern. »Vielen Dank, das ist sehr nett von Ihnen.«

»Obwohl ich sagen muss, dass ich den Titel viel zu reißerisch finde.«

»Ursprünglich hieß das Buch *Die Kunst zu morden.* Doch der Titel erschien meinem Verlag nicht schlagkräftig genug.«

»Vielleicht sollten Sie sich wirklich einen anderen suchen.«

»Vielleicht sollte ich das.«

»Wissen Sie, ich habe selbst einmal mit dem Gedanken gespielt, ein Buch zu schreiben. Aber irgendwie hatte ich nie den Mut dazu.«

»Nun ja«, meinte Mark gequält, »es ist ja nicht so, als müsste man sich dafür aus einem Flugzeug stürzen.«

Sie lachte. »Da haben Sie natürlich recht. Ich meinte damit auch eher die Angst davor, nicht gut genug zu sein.«

»Ich versichere Ihnen, diese Angst hört nie auf, egal wie viele Bücher Sie schreiben. Letztendlich sind es immer andere, die darüber entscheiden.«

»Und wie gehen Sie mit dieser Angst um?«

Mark zögerte einen Moment. »Indem ich meine Arbeit mache, so gewissenhaft mir das möglich ist.«

»Wenn Sie das sagen, klingt es ganz einfach.«

»Das ist es sicher nicht.«

»Natürlich nicht, sonst könnte es ja jeder. Und genau das macht es zu etwas Besonderem.«

»Nicht mehr, als es einen Gärtner oder einen Friseur zu etwas Besonderem macht. Es ist nur einfach das, was ich am besten kann.«

Die Frau nickte anerkennend. »Sehr bescheiden. Das gefällt mir an einem Künstler.«

»Meine Bescheidenheit ist zwangsläufig die Folgeerscheinung davon, dass ich mir nicht einmal ein Auto leisten kann.«

Ein kurzes Piepen ihres Handys deutete den Eingang einer Nachricht an. »Bitte entschuldigen Sie mich, darauf muss ich antworten.« Ohne ein weiteres Wort drehte sie sich weg.

Mark hielt verzweifelt Ausschau nach Ralf, der noch immer von einigen Leuten umlagert wurde. Als sich ihre Blicke trafen, machte Mark ein Zeichen in Richtung des Ausgangs. Sein Freund gab ihm durch ein Nicken zu verstehen, dass er begriffen hatte.

Draußen vor der Tür traf Mark auf David Kettner und eine junge Frau. Sie rauchten Zigaretten und waren auf die Displays ihrer Handys vertieft, während sie miteinander diskutierten.

»Wenn du mich fragst, werden Clemens' Bilder ein wenig überschätzt«, meinte Kettner.

Die Frau nickte, ohne von ihrem Handy aufzusehen. »Sie sind modern und handwerklich sauber gearbeitet, aber sie bieten inhaltlich nicht viel Neues. Alles irgendwie schon da gewesen.«

Wie es aussah, unterschied sich die bildende Kunst nicht von der Literatur, was ihre Kritiker betraf. Scheinbar erhoffte man sich von jedem Künstler, dass er das Rad neu erfand, anstatt es auf seine Art zu interpretieren. Dennoch erschreckte es Mark immer wieder aufs Neue, wie nebensächlich heutzutage die kreative Arbeit eines anderen schlechtgeredet wurde.

Als die beiden Mark bemerkten, wechselten sie das Thema und sprachen über die weitere Gestaltung des Samstagabends. Offenbar hatten sie vor, noch durch die Innenstadt zu ziehen. Kurz darauf gingen sie zurück in den Ausstellungsraum, und Mark war endlich allein. Er zündete sich ebenfalls eine Zigarette an, und nahm einen tiefen Zug. Dann beobachtete er die Menschen auf der Straße, die sich von den Gezeiten der Großstadt treiben ließen, wie er es früher getan hatte.

*Früher.*

Ein Begriff, der für ihn aus einer anderen Zeitepoche stammte. Er gab Mark das Gefühl, ein Zeitreisender zu sein, der alles Gute zurückgelassen hatte und in einer Zukunft gestrandet war, mit der er nichts anzufangen wusste. Ein Fremder, der wie ein Stück Treibholz von der Strömung hinausgetragen, aber nirgendwo wirklich angespült wurde. All die Gefühle, die positive Energie, die ihn damals angetrieben hatte. Er schloss die Augen und versuchte, diese alten Empfindungen aufleben zu lassen. Es gelang ihm nicht.

»Hier hast du dich also versteckt«, erklang Ralfs Stimme neben ihm.

Mark öffnete die Augen, und der spärliche Kontakt zu seiner Vergangenheit riss ab.

»Entschuldige bitte, es hat ein wenig gedauert, bis ich

diese *Kunstexperten* abgeschüttelt habe. Stell dir vor, einer von denen hat mich doch tatsächlich gefragt, welchen Ursprung die versteckten neoklassizistischen Linien in meinen Werken hätten?« Ralf schüttelte den Kopf. »Die interpretieren in alles einen tieferen Sinn. Weshalb erfreuen sich diese Idioten nicht einfach daran?« Er öffnete die Flasche und schenkte nach.

Mark trank einen großen Schluck und genoss die Wärme, die der Scotch in seinem Magen hinterließ. »Immerhin hast du Erfolg damit. Was beschwerst du dich?«

»Erfolg ist eine trügerische Sache, das muss ich dir ja nicht sagen. Aber deswegen musst du ihn mir ja nicht gleich schlechtreden.«

Mark betrachtete seinen Freund bestürzt. »Tut mir leid, wenn ich diesen Eindruck erwecke. Glaub mir, ich freue mich riesig für dich.«

»Und warum wirkst du dann auf mich wie ein verstoßener Hund?«

Mark zog ausweichend an seiner Zigarette. »Das da drin ist nicht meine Welt, Ralf. Tu mir bitte einen Gefallen und werd nicht wie die anderen da drin, die ihr gesamtes Leben in ihren Handys mit sich herumtragen und ohne die verdammten Dinger vermutlich nicht mal ihren eigenen Namen wüssten.«

»Keine Angst«, beruhigte ihn Ralf. »Ein paar unserer früheren Ideale werde ich mir bewahren.« Er betrachtete seinen Freund. »Was bedrückt dich wirklich?«

Mark seufzte. »Hast du mich je für einen naiven Menschen gehalten?«

»Du glaubst ja nicht mal an dich selbst, wie könntest du da naiv sein?«

»Wie konnte ich mir dann einreden, ein Schriftsteller sein?«

»Du *bist* ein Schriftsteller!«

»Ja, aber einer, der bald seine Miete nicht mehr bezahlen kann.«

»Was hast du erwartet? Aus dem Nichts heraus einen Bestseller zu schreiben und der neue Star am Thrillerhimmel zu werden?«

»Es geht mir nicht um Ruhm und Reichtum. Ich will einfach nur von meiner Arbeit leben können. Mehr Anspruch habe ich nicht.«

»Gutes braucht manchmal Zeit, um sich durchzusetzen, Mark. Die Leute haben immer was zu meckern, das liegt in ihrer Natur. Aber ich habe mich davon nicht unterkriegen lassen.«

»Immerhin hattest du jemanden, der dich dabei unterstützt hat.«

»Den hattest du auch.«

Mark nickte bedrückt. »Nächste Woche ist es zwei Jahre her, dass sie ...« Er spülte die restlichen Worte mit Scotch hinunter, in der Hoffnung, damit den Schmerz in seinem Magen zu ertränken, den sie dort verursachten.

»Kannst du dich noch an den Abend erinnern, an dem du mir Jenny vorgestellt hast?«, fragte Ralf.

»Wie könnte ich den vergessen«, meinte Mark. »Du hast ihr über die Handtasche gekotzt.«

Ralf lachte. »Ja, ich kam damals von einer Party und war ziemlich abgefüllt. Ich weiß noch, ich habe Jenny am nächsten Tag angerufen und mich bei ihr entschuldigt. Und natürlich wollte ich ihr die Tasche ersetzen. Aber sie sagte, das wäre nicht nötig. Wenn ich irgendwann berühmt wäre, würde sie die Tasche bei eBay verkaufen.« Erneutes Lachen. »War ein tolles Mädchen, deine Jenny.«

»Ja, das war sie.« Marks Lächeln erstarb. »Ich habe Angst, dass ich es ohne sie nicht schaffen werde.«

»Mir fehlt Jenny auch«, sagte Ralf und legte ihm tröstend den Arm um die Schulter. »Aber ich finde, es wird langsam Zeit, dass du dich wieder den Lebenden zuwendest.«

»Damit meinst du hoffentlich nicht diese Zombies da drin.«

»Ich meine, es ist an der Zeit, dass du wieder zu dir selbst findest. Du musst das Leben wieder zulassen, sonst bist du der Zombie.«

Mark lachte gezwungen auf. »Das Leben«, wiederholte er abfällig. »Es besteht nur aus einer Aneinanderreihung von Zufällen, in denen man einen tieferen Sinn sucht. Jahrelang wirst du von etwas getrieben, von dem du annimmst, dass es dein Leben bestimmen wird. Du widmest dieser Sache deine ganze Kraft, kniest dich rein und vernachlässigst darüber alles andere. Und irgendwann sieht es tatsächlich so aus, als ob dein Traum wahr werden könnte, und du beginnst an Dinge wie Schicksal zu glauben, redest dir ein, alles richtig gemacht zu haben. Doch spätestens am Grab deiner Frau musst du feststellen, dass alles nur eine Illusion war, dass nichts von alldem je Bedeutung hatte und du jahrelang den falschen Dingen hinterhergejagt bist. Das Leben ist ein Miststück, Ralf! Und es schreibt grausamere Geschichten als ich.« Er atmete tief durch und leerte erneut sein Glas. »Es war gelogen, als ich sagte, ich hätte in letzter Zeit an meinem neuen Buch gearbeitet. Im Moment hasse ich das Schreiben. All die Zeit, die ich dafür geopfert habe. Zeit, die ich mit Jenny hätte verbringen müssen. Gott, ich wünschte, ich hätte nie damit angefangen!«

»Jennys Tod hat dich verbittert. Und das kann man dir nicht verübeln, denn er war nicht gerecht. Dennoch solltest du darüber nicht alles in Frage stellen. Glaub mir, ich kenne diese Art von Selbstzweifel sehr gut. Sie gehören zu unserem Beruf, der stets von der Gunst anderer abhängig ist.« Er füllte Marks Glas ein weiteres Mal auf. »Erinnerst du dich noch an unsere Maxime von damals?«

»Welche davon meinst du?«

Ralf baute sich auf und führte die Hand, mit der er die Flasche hielt, patriotisch vor die Brust. »Scheiß auf die Meinung anderer«, posaunte er hinaus. Dann hielt er inne und betrachtete Mark auffordernd.

Der lächelte gedrungen. »Wir bilden uns lieber unsere

eigene«, vollendete er. »Das ist längst Vergangenheit, Ralf. Heutzutage bilden sich die Leute ihre Meinung lieber über das Internet. Dabei muss man nichts hinterfragen, das macht es wesentlich bequemer.«

Ralf lockerte seine Haltung wieder. »Vielleicht trifft das zu«, sagte er. »Aber ich rede nicht von anderen. Was ist aus dem Mark Ritter geworden, der damals durch die Kölner Innenstadt marschiert ist und gegen die Stumpfsinnigkeit anderer demonstriert hat?«

»Ich weiß nicht«, wiegelte er ab. »Vielleicht hat er sich angepasst.«

»Das glaube ich nicht, denn sonst wärst du wie die Leute da drin. Du hast diesen Weg nicht umsonst gewählt, alter Freund. Und du hast ihn dir sicher nicht ausgesucht, weil er der Bequemste ist. Also komm mir jetzt nicht auf die Mitleidstour, hörst du? Ich will ein wenig alten Kampfgeist sehen, Gefreiter Ritter!«

Mark drückte die Zigarette in dem Standaschenbecher aus. »Na schön. Und was schlägst du vor?«

»Lass uns eine Tour durch die Stadt machen, wie in den guten alten Zeiten.«

»Kannst du denn so einfach hier weg?«

»Da drin haben sich mittlerweile alle auf Pias Kosten durchgeschnorrt. Wie ich vernommen habe, wollen sie später noch ins Leonardo. Vielleicht sollten wir uns ihnen anschließen.«

»Ich fürchte, dass ich diesen Haufen introvertierter Lackaffen nicht länger ertrage.«

Ralf atmete durch. »Mark, es ist an der Zeit, endlich wieder nach vorne zu blicken. Du kannst dich nicht ewig in deiner Bude verkriechen und der Vergangenheit hinterher trauern. Ein Künstler braucht Inspiration, und die bekommt er dadurch, dass er lebt. Das schließt zwangsläufig Misserfolge und den Kontakt zu anderen Menschen mit ein. Also gib dir einen Ruck, und werde endlich wieder ein Teil dieser Welt, auch wenn sie nicht immer deinen Vorstellungen entspricht.«

Mark schwieg einen Moment nachdenklich. »Mal angenommen du hast recht«, räumte er ein, »dann steht dem im Wege, dass ich mein heutiges Tagesbudget bereits in diese Flasche Scotch investiert habe.«

»Da mach dir mal keine Sorgen«, winkte Ralf ab. »Du hast doch gehört, Pia ist heute in Feierlaune. Und ich auch. Also lass uns einen draufmachen.«

»Ich weiß nicht.«

»Jetzt komm schon, es wird dir guttun. Und mir auch.« Er blickte benommen drein. »Ich habe gestern tatsächlich ein graues Haar bei mir entdeckt«, meinte er. »Ich bin jetzt in einem Alter, wo ich jede Gelegenheit nutzen muss.«

»Was soll ich da sagen? Ich bin immerhin zwei Jahre älter als du.«

»Genau aus dem Grund sollten wir beide losziehen und ein paar Bräute aufreißen, bevor wir es nicht mehr bringen.«

»Du bist unverbesserlich«, lachte Mark und nippte an seinem Glas.

»Nein, ich halte es nur ganz wie der Professor und stehe gerne mit den Hühnern auf. Zumindest, sofern sie stramme Titten haben.«

Mark prustete vor Lachen seinen Drink auf den Asphalt.

Am nächsten Tag sollte es eine der letzten Erinnerungen sein, die ihm von diesem verhängnisvollen Abend geblieben waren.

*TEIL ZWEI*

# KAPITEL 3

## *Blackout*

Das Tageslicht brannte in seinen Augen, als er sie aufschlug. Es kam ihm vor, als würde er aus einer unendlichen Leere erwachen. Alles um ihn herum erschien ihm grell und beängstigend. Die Blätter eines Baumes raschelten über ihm im Wind. Das Geräusch vermischte sich mit dem Plätschern von Wasser, das in einiger Entfernung an ihm vorbeirauschte. Dann hörte er Stimmen. Eine davon klang so nah, dass er aufschreckte.

Benommen blickte Mark in das Gesicht eines jungen Mannes mit grellroten Haaren. Er sah, wie sich seine gepiercten Lippen bewegten, doch seine Worte trafen mit Verzögerung bei ihm ein, als würde er einen Film sehen, dessen Tonspur nicht synchron lief.

»Alles klar?«, fragte die Stimme und lachte. »Hast dir wohl ziemlich den Rahmen verzogen, Alter.«

Mark kniff geblendet die Augen zusammen. »Wo ... wo bin ich?«, hörte er sich sagen.

»Zurück auf der Erde, Mann.«

Mark vernahm Gelächter. Er blickte sich um und erkannte eine Gruppe junger Leute, etwas abseits des Rothaarigen, vor einem asphaltierten Weg, inmitten von Grün. Dahinter sah Mark das Ufer eines Flusses.

*Rheinpark*, erhob sich ein Gedanke aus dem Dickicht seiner benebelten Erinnerung. Er befand sich im Kölner Rheinpark. Früher war er im Sommer oft mit Jenny hier gewesen. Aber wie war er hierhergekommen?

Langsam richtete er sich auf. Sein Kopf dröhnte, als würde eine Abrissbirne gegen das Innere seiner Schädeldecke hämmern, und sein Herz raste wie auf Speed. Er fühlte sich erschöpft und gleichzeitig völlig überdreht.

»Was ist passiert?«

»Keinen Schimmer, Mann. Aber du riechst, als hättest du mächtig einen draufgemacht. Allerdings solltest du deinen Rausch lieber woanders ausschlafen, bevor noch jemand die Bullen ruft.«

Mark erkannte einige Leute, die mit Kindern durch den Park liefen und ihm vorwurfsvolle Blicke zuwarfen, bevor sie sich wieder abwendeten. Der Rothaarige hielt ihm die Hand hin. Mark nahm sie dankbar an und ließ sich aufhelfen. Unsicher hielt er sich auf den Beinen und verzog das Gesicht. Es war nicht nur sein Kopf, der schmerzte. Die Knöchel und Glieder seiner rechten Hand waren blau angeschwollen und Stirn und Wange pochten schmerzhaft. In seiner Nase und im Gesicht fühlte er geronnenes Blut. Als er an sich herabsah, entdeckte er dunkle verkrustete Flecken auf seinem Hemd.

»Scheiße Alter«, entfuhr es dem Rothaarigen bei seinem Anblick. »Das muss ja ein höllischer Trip gewesen sein. Alles noch dran?«

Mark durchsuchte seine Taschen. Handy, Schlüssel, Geldbörse. Darin befand sich ein Zwanzig-Euro-Schein, der am Vortag noch nicht da gewesen war. Bis dahin reichte sein Gedächtnis immerhin zurück. »Ja, ich denke schon.«

»Wer hat dich so zugerichtet?«

»Keine Ahnung«, stammelte Mark. »Ich ... ich kann mich an nichts erinnern.«

»Weißt du noch, wo du wohnst?«

»Mülheim.«

»Du solltest dir besser ein Taxi rufen. In der Stadtbahn dürftest du einiges Aufsehen erregen.«

Mark nickte verwirrt. »Ja, mach ich.« Er sah auf die Uhr. Es war kurz vor zehn.

»Ist wirklich alles klar?«

Nein, nichts war klar. Die letzte Nacht war ein undurchsichtiger Schleier aus finsterer Dunkelheit. »Ja, es geht schon wieder, danke.«

»Keine Ursache, Alter.« Der Rothaarige gab Mark einen Klaps auf die Schulter, wodurch er erneut ins Wanken geriet. »Kann den Besten von uns passieren.« Dann ging er zurück zu den anderen, die ihn lachend empfingen.

Mark setzte sich auf eine Bank in der Nähe. Vorbeigehende Parkbesucher warfen ihm verstohlene Blicke zu. Er musste auf sie wirken wie jemand, der sein Leben nicht unter Kontrolle hatte. Und im Grunde traf das sogar zu. Er fühlte sich so elend, dass es ihn schüttelte. Sein Kopf schien jeden Moment zu explodieren, und sein Atem roch nach Erbrochenem. So gesehen konnte er es als Vorteil auslegen, dass seine Bücher sich nicht besser verkauften. Das schloss zumindest aus, dass ihn in diesem Zustand jemand erkannte.

Er machte die Augen zu und durchsuchte seine Erinnerung. Doch er fand nur bruchstückhafte Bilder des vorherigen Abends. Die Ausstellung, die Leute, Ralf ... Er konnte sich noch vage daran erinnern, wie er mit ihm und einigen anderen losgezogen war. Der Rest war Schwärze. Undurchdringlich. Konturlos. Es war, als wäre die letzte Nacht völlig aus seinem Gedächtnis ausradiert.

Er sah auf seine geschwollene Hand herab, auf das Blut an seiner Kleidung. Manchmal war es besser, sich an nichts erinnern zu können.

Mit zitternden Fingern wählte er die gespeicherte Nummer des Taxidienstes.

Nachdem er die Fahrt bezahlt und die mitleidigen Blicke des Fahrers ertragen hatte, war er froh darüber, keinem seiner Nachbarn im Treppenhaus zu begegnen. Als er seine Wohnung im dritten Stock betrat, hatten seine Kopfschmerzen eine migräneartige Ebene erreicht. Er warf die Schlüssel auf die alte Kommode und ging durch den kurzen Flur in Richtung Wohnraum, dem sich die kleine Küche anschloss. Dort genehmigte er sich zwei Aspirin, die er mit einer halben Flasche Wasser herunterspülte. Anschließend entsorgte er seine verdreckte Kleidung im Wäscheeimer und ging ins Badezimmer. Der Anblick seines Spiegelbilds hätte ihm beinahe einen Schock versetzt. Die braunen Haare waren strohig und wirr, seine Stirn war leicht angeschwollen. Auch an seinem Oberkörper entdeckte er etliche blaue Flecken, und die Knöchel der rechten Hand wiesen verkrustete Stellen auf. Das könnte immerhin das Blut an seinem Hemd erklären.

Nach einer ausgiebigen Dusche fühlte er sich besser. Klarer. Dennoch war er weit davon entfernt, zur Höchstform aufzulaufen. Eigentlich wäre es dringend an der Zeit gewesen, das Chaos in seiner Wohnung zu beseitigen. Es lag mindestens vier Wochen zurück, dass er hier aufgeräumt hatte. Doch er fühlte sich außerstande, etwas Sinnvolles zu tun. Mehrmals startete er den Versuch, Ralf zu erreichen, um vielleicht ein wenig Licht in das Dunkel des vergangenen Abends zu bringen. Doch bei seinem Handyanschluss schaltete sich nur die Mailbox ein. Vermutlich schlief er selbst noch seinen Rausch aus. Sie hatten gefeiert und einen über den Durst getrunken, so wie schon unzählige Male zuvor. Was sollte schon passiert sein, außer, dass er sich zum Narren gemacht hatte. Damit konnte er leben. Also beschloss Mark, den Tag auf der Couch zu verbringen und schaltete den Fernseher ein. Das Programm um diese Zeit entsprach seinem Gemütszustand. Es erforderte nicht viel Aufmerksamkeit und verschaffte ihm kürzere Schlafphasen, aus denen er immer wieder hochschreckte. Eine dieser Phasen wurde schließlich durch die Stimme eines Nachrichtensprechers unterbrochen:

*... haben zwei Spaziergänger in den Morgenstunden die Leiche eines Mannes gefunden. Wie die Polizei nun mitteilte, handelt es sich dabei um den bekannten Kölner Unternehmer und Kunstsammler David Kettner. Die zuständigen Ermittler bestätigten, dass es sich um ein Verbrechen handelt. Ersten*

*Stellungnahmen zufolge vermutet man einen Zusammenhang mit der Kölner Kunstszene, in deren Kreisen Kettner sehr aktiv war. Er galt dort als Förderer junger Talente, war aber durch seine unverfrorene Art der Kritik nicht ganz unumstritten. Man warf ihm vor, nicht unvoreingenommen zu sein und eigene finanzielle Interessen zu verfolgen. Seine beachtliche Kunstsammlung wird auf mehrere Millionen Euro geschätzt.*

Mark war hellwach. Wie gelähmt starrte er auf den Bildschirm. Schließlich sprang er auf und stürzte an seinen Rechner. Die Meldungen im Internet bestätigten, was er gerade gehört hatte. David Kettner war tot. Seine Leiche war neben dem Gelände des Mülheimer Hafens gefunden worden. *In unmittelbarer Nähe des Rheinparks*, dachte Mark, und sein beschleunigter Puls baute einen unangenehmen Druck auf, der seine Kopfschmerzen wieder anstachelte. Er rannte ins Bad und durchwühlte die Wäschebox, bis er das Hemd gefunden hatte. Wie versteinert starrte er auf die dunklen Flecken darauf, und unwillkürlich stellte sich ihm eine entscheidende Frage: Was, wenn es nicht sein eigenes Blut war?

Die nächsten Minuten verbrachte er damit, die verblichenen Bilder in seinem Kopf aufzurufen, die in seiner Erinnerung verblieben waren. Er sah Kettner neben Benedikt Meurer auf der Ausstellung. Kurz darauf vor der Galerie, wie er sich mit einer jungen Frau unterhielt. Hatte er ihn danach noch einmal gesehen? War Kettner anschließend auch mit ihnen in die Stadt gegangen? So sehr er sich auch bemühte, er fand keine Antworten darauf. Es war, als hätte sich alles Anschließende in einem anderen Lichtspektrum ereignet, das er ebenso wenig wahrnehmen konnte wie Infrarotstrahlen.

Er musste das Hemd loswerden. Wenn sich darauf tatsächlich Kettners Blut befand, würde ihn das in ziemliche Schwierigkeiten bringen. Aber zuerst musste er herausfinden, was letzte Nacht geschehen war. Er warf das Hemd zurück in den Wäscheeimer und versuchte ein weiteres Mal, Ralf über das Telefon zu erreichen. *Komm schon, geh ran!* Doch erneut meldete sich nur die Mailbox.

Mark warf den Bademantel beiseite und zog sich an. Im Flur angekommen, betrachtete er den Schlüsselbund auf der Kommode. Daran befand sich ein Zweitschlüssel zu Ralfs Wohnung. Es war schon öfter vorgekommen, dass Ralf sich ausgesperrt hatte. Daher hatte er Mark gebeten, einen Ersatzschlüssel für ihn aufzubewahren. Im Gegenzug hatte Mark ihm seinen ausgehändigt. Ein stiller Vertrauensbeweis unter Freunden, der ihm nun möglicherweise dabei half, der Sache auf den Grund zu gehen.

## KAPITEL 4

### *Chaos*

Ralfs Wohnung befand sich im selben Stadtteil, in der unteren Etage eines dreistöckigen Miethauses in der Kirchgasse. In einer Parkbucht davor entdeckte Mark das Auto von Ralf, einen alten VW-Polo, den er schon gefahren hatte, als sie sich kennenlernten. Im Flur der Wohnung brannte Licht. Als Mark eintrat, fiel ihm sofort der leere Schlüsselkasten an der Wand neben der Tür auf. Aus einem der hinteren Zimmer drang gedämpfte Musik.

»Ralf?«

Keine Reaktion.

Er ging weiter den Flur entlang und warf im Vorbeigehen einen Blick ins Schlafzimmer. Auch dort brannte Licht. Der Kleiderschrank stand offen. Auf dem Bett, das nicht den Anschein erweckte, als hätte in der Nacht jemand darin geschlafen, lagen einige von Ralfs Hemden aufgereiht. Von ihm selbst keine Spur. Auch in der Küche befand sich niemand. Ralf fiel jedoch das fehlende Messer in dem Holzblock neben der Spüle auf. Er näherte sich dem Wohnzimmer, wo die Musik am lautesten war. Der Raum war verdunkelt. Die Anzeige der Stereoanlage leuchtete und verwies auf einen lokalen Radiosender. Ralf hörte fast immer Musik, wenn er arbeitete. Es half ihm, sich zu fokussieren, wie er es nannte.

»Ralf? Bist du da? Ich bin's, Mark!«

Der Wohnbereich war durch einen offenen Durchgang mit dem Arbeitszimmer verbunden, durch den helles Tageslicht einfiel, das einen Korridor aus Konturen erschuf, die sich aus der Dunkelheit erhoben. Die Musik wurde von der Erkennungsmelodie einer Nachrichtensendung unterbrochen. Es war Punkt zwölf Uhr.

Mark betrat den Wohnraum und tastete nach dem Lichtschalter, als der Schatten einer Gestalt vor ihm auftauchte und er etwas auf sich zukommen sah, das im einfallenden Gegenlicht die konische Form eines Messers hatte.

Der Schock wich augenblicklich Instinkt. Mark machte einen Schritt zurück und spürte den Luftzug der Klinge, die an seinem Hals vorbeifuhr. Kurz darauf traf ihn ein Schlag, als er einen weiteren Angriff abblockte. Erst jetzt begriff er, was hier passierte. Jemand versuchte tatsächlich, ihn umzubringen.

Er packte den Arm des Schattens und hielt mit aller Kraft dagegen. »Warten Sie!«, schrie Mark mit einer Stimme, die zwei Oktaven höher klang als gewöhnlich. »Sie müssen das nicht tun! Ich kann mich an nichts erinnern! Hören Sie? Was auch immer letzte Nacht geschehen ist, ich kann mich an nichts ...«

Der Schatten befreite sich aus Marks Griff. Erneut stieß das Messer auf ihn herab und traf ihn an der Brust. Mark spürte nichts, war voller Adrenalin. Ohne zu überlegen stürmte er nach vorn und stemmte sich mit seinem ganzen Gewicht gegen den Angreifer. Der torkelte zurück, verlor das Gleichgewicht und riss Mark rücklings mit sich in den Raum. Die Kante des schweren Couchtisches bremste abrupt ihren Fall. Mark presste es die Luft aus den Lungen, als er herumgeschleudert wurde und hart mit dem Rücken auf den Boden schlug. Das Poltern von Gegenständen ertönte, und etwas Metallisches schlitterte über das Parkett.

Das Messer!

Augenblicklich spürte Mark das Gewicht des Angreifers auf sich, dessen Hände seinen Hals umklammerten. Das Leder der Handschuhe knirschte wie frischer Schnee, als die Finger seinen Kehlkopf zu zerquetschen drohten.

Mark wehrte sich weiter, doch er spürte, wie sich das Blut in seinem Kopf staute und seine Sinne schwanden, während grelle Punkte vor seinen Augen explodierten. Über ihm schwebten die schattenhaften Umrisse eines Kopfes, der vor dem schwachen Gegenlicht seltsam deformiert erschien. Marks Hände streiften über den Boden, tasteten verzweifelt nach etwas, das ihm als Waffe dienen konnte. Seine Arme wurden schwerer, seine Gedanken träge, und schließlich traf ihn die Gewissheit mit der Präzision eines Scharfschützen: Er würde hier sterben! Und er würde nicht einmal den Grund dafür erfahren.

Dann spürten seine Finger einen harten Gegenstand am Boden. Es gelang ihm, ihn mit den Kuppen näher zu ziehen, doch seine Kraft reichte nicht mehr aus, um ihn zu greifen. Die Geräusche um ihn herum verstummten - das Keuchen seines Angreifers, sein eigenes Röcheln, die Stimme im Radio -, und seine Wahrnehmung verschwamm mehr und mehr mit der Dunkelheit, in die er eintauchte.

Kurz bevor er das Bewusstsein verlor, ging ein Ruck durch seinen Angreifer, als hätte ihn ein Blitzschlag getroffen. Augenblicklich löste sich der Griff um Marks Hals.

Wie ein Ertrinkender, der an die Oberfläche zurückgekehrt war, sog Mark Luft in seine brennende Lunge. Der Sauerstoff bescherte ihm die nötige Kraft, um den Gegenstand zu greifen und ihn so fest er konnte an den Kopf seines Angreifers zu schlagen. Ein dumpfer Aufschrei ertönte. Beinahe panisch hielt der Schatten seine Hände an den Kopf, bevor er endgültig von Mark abließ und sich wegrollte.

Keuchend rang Mark nach Luft. Es fühlte sich an, als würde er durch einen Strohhalm atmen. Die Dunkelheit schien dabei im Rhythmus seines Herzschlags zu pulsieren wie eine zähe, schwarze Masse. Hustend kroch er über den Boden, versuchte sich aufzurichten. Doch seine Muskeln gehorchen ihm nicht, waren taub und schwer. Selbst die Dunkelheit schien sich zu drehen. Er konnte noch Schritte hören, die sich schnell entfernten. Dann sackte er bäuchlings zu Boden und verlor das Bewusstsein.

*Bilder tauchten vor ihm auf. Zunächst diffus und verschwommen, als müssten sie sich erst vom Schmutz der Dunkelheit befreien, aus der sie aufstiegen. Er sah Jenny, die ihn umarmte und einen Freudentanz aufführte; ihre glatten Haare, die sich im Takt ihrer Schritte bewegten. Er sah ihre großen braunen Augen, die ihn voller Hoffnung und Stolz betrachteten. Augen, die bald verblassen sollten. Es waren Bilder, die ihn in den letzten Monaten immer wieder in seinen Träumen heimgesucht hatten. Bilder des Glücks. Selbst jetzt, als der Verstand in seinem geschundenen Körper beschlossen hatte, sich der Realität für kurze Zeit zu entziehen, um ihr dadurch den Schrecken zu nehmen, tauchten diese Bilder aus den Tiefen seiner Erinnerung auf und betraten die Bühne seines Un-*

*terbewusstseins. Es waren Bilder jenes milden Frühlingsabends, an dem er sich eingeredet hatte, er hätte seinen Platz im Leben endlich gefunden.*

*Jenny und er hatten zur Feier des Tages eine Flasche teuren Merlot getrunken. Mark stand im Bademantel auf dem Balkon ihres Apartments und ließ seinen leicht getrübten Blick über das nächtliche Köln gleiten. Jenny schlief bereits. In letzter Zeit fühlte sie sich häufig erschöpft. Der Wein hatte sein Übriges getan, und nachdem sie sich geliebt hatten, war sie mit einem Lächeln eingeschlafen. Überhaupt waren die letzten sechs Wochen eine aufregende und glückliche Zeit gewesen. So lange war es her, dass Marks Agent sein Manuskript den Verlagen angeboten hatte, und bereits kurz darauf waren die ersten Angebote eingetroffen. Bis zu diesem Zeitpunkt hatte Mark sich nie Gedanken um Tantiemen oder um garantierte Vorabsummen gemacht. Es war ihm lediglich wichtig gewesen, in einem guten Verlag unterzukommen. Und nun überboten sich die größten von ihnen für die Rechte an seinem Buch. Er war sich vorgekommen wie in einem Märchen, auf dessen Happyend er zusteuerte. Immer wieder musste er sich von Jenny bestätigen lassen, dass dies tatsächlich passierte, dass es sich nicht um einen seiner Tagträume handelte. Und immer wieder hatte sie ihn mit ihren strahlenden Augen angesehen und ihm versichert, dass sie nicht einen Moment daran gezweifelt hatte.*

*»Ich habe es gewusst«, hatte sie gesagt. »Ich habe so fest daran geglaubt, und nun wird es wahr. Ich bin so unendlich stolz auf dich!«*

*Er stand auf dem Balkon ihrer gemeinsamen Wohnung, umspült von der ungewöhnlich milden Luft an diesem Aprilabend, und begann allmählich selbst daran zu glauben, was er nie für möglich gehalten hatte. Auf dem Tisch im Wohnzim-*

*mer lagen zwei Verträge, die er unterzeichnet hatte, und die ihm ein garantiertes Vorabhonorar bescheinigten, für das er sich umgerechnet fünf Jahre in einem seiner zahlreichen verhassten Jobs hätte versklaven müssen. Und während er dies realisierte, schweifte sein Blick über die Stadt bis hin zum Dom, dessen Beleuchtung ihn effektvoll erstrahlen ließ. Er versuchte, diesen Moment festzuhalten, ihn für alle Ewigkeit in sich aufzunehmen, indem er sich in Gedanken immer wieder sein Glück vor Augen hielt, es herunterbetete wie den Refrain eines Liedes, das ihm nicht mehr aus dem Kopf ging:*

Mein Name ist Mark Ritter, und ich bin Schriftsteller! Ich werde nie wieder etwas tun müssen, das ich hasse! Ich werde nie wieder für jemanden arbeiten müssen, den ich verachte! Ich werde mich nie wieder wie ein Gefangener fühlen!

*Er schloss die Augen, nahm die warme Luft in seine Lunge auf, bis sie schmerzte, und spürte die Energie, die ihn belebte wie eine Droge. Dann breitete er die Arme aus und fühlte sich so frei wie noch nie zuvor in seinem Leben ...*

Mark schlug die Augen auf. Die Bilder des Glücks verblassten, und zum zweiten Mal an diesem Tag hatte er das Gefühl, aus einer unendlichen Leere zu erwachen. Doch in diesem Fall wurde sie blitzartig mit Erinnerung aufgefüllt, die ihn packte und ihm einen Stoß versetzte.

Augenblicklich schreckte er hoch. Die Dunkelheit hauchte der Panik neues Leben ein. Noch immer glaubte er, die Hände an seinem Hals zu spüren. Instinktiv schlug er um sich, doch er verdrängte nur Luft, bis er realisierte, dass es Einbildung war, ein Relikt seiner Todesangst. Im Radio hatte wieder Musik eingesetzt, und Revolverheld sangen von Jugenderinnerungen in der Kneipe an der Ecke. Die Leuchtziffern der Uhr daneben zeigten 12:15 an. Er war nur wenige Minuten ohne Bewusstsein gewesen.

Hektisch zog er sein Handy aus der Hosentasche. Wie eine Lampe hielt er das leuchtende Display vor sich und kroch durch den Raum, bis er an eine Wand stieß. Dann stemmte er sich an der Fensterbank darüber hoch, ergriff den Rollladengurt und zog ihn mit dem Gewicht seines Körpers nach unten. Erlösende Helligkeit durchflutete den Raum, dessen Winkel seine Augen panisch durchsuchten.

Kein Schatten. Kein Angreifer. Keine bösen Geister.
Er war allein.

Erleichtert atmete er aus, wobei er ein asthmatisches Geräusch erzeugte. Sein Hals brannte wie Feuer und jedes Schlucken schmerzte. Mit Mühe stemmte er sich auf die Beine und ging zu dem Mediaboard an der hinteren Wand, auf dem neben einem Flachbildfernseher die Stereoanlage stand. Wohltuende Stille setzte ein, als das Radio verstummte. Er betätigte sämtliche Lichtschalter und öffnete alle Rollos. Im Flur verriegelte er mit zitternden Fingern das Schloss der Wohnungstür und ließ den Schlüssel von innen stecken. Erst jetzt fühlte er sich einigermaßen sicher. Langsam beruhigte er sich und konnte klarer denken.

Man hatte versucht, ihn umzubringen. Weshalb sollte jemand so etwas tun?

Zurück im Wohnraum angekommen, betrachtete er die Spuren des Kampfes. Der schwere Tisch war verschoben und stand schräg zu ihm wie ein vom Kurs abgekommenes Schiff, das durch den Aufprall einen Teil seiner Fracht über den Boden verteilt hatte. Darunter ein Karton mit einem Restkontingent an Einladungen für die Vernissage und die Fernbedienung für die Stereoanlage, die ihm vermutlich das Leben gerettet hatte. Der Deckel des Batteriefachs war durch den Schlag abgefallen und beide Batterien lagen auf der Teppichbrücke unter dem Tisch.

Mark sah sich weiter um. Ralf hatte nicht viele Möbel, aber soweit er erkennen konnte, stand alles Übrige an seinem Platz und entsprach Ralfs ausgeprägtem Ordnungssinn. Auf dem Boden vor dem Durchgang, neben einem

Hochregal voller Fachbücher für Grafikdesign und Kunst, entdeckte er das fehlende Messer aus der Küche, mit dem der Angreifer auf ihn losgegangen war. Er sah an sich herab und entdeckte die Einstichstelle an der Brusttasche seines Hemdes. Noch immer zitterten seine Finger, als er die volle Schachtel Zigaretten daraus hervorzog, die er sich auf dem Weg hierher besorgt hatte. Tabak krümelte aus dem Riss, den das Messer in der Packung hinterlassen hatte, unmittelbar über dem Warnhinweis: »Raucher sterben früher.«

Wie in Trance ging er langsam weiter auf den Durchgang zu. Als er das kleine Atelier dahinter betrat, erstarrte er vollends.

Das Licht der Mittagssonne, das durch die beiden großen Fenster einfiel, offenbarte das blanke Chaos. Von den zwei Staffeleien, die neben dem großen Fenster standen, lag eine zertrümmert am Boden. Auf der anderen befand sich eine an vier Stellen durchschnittene Leinwand, als hätte jemand ihm Wahn darauf eingestochen, nachdem er versucht hatte, darauf etwas zu malen. Jemand, der offensichtlich nicht sehr inspiriert gewesen war, denn es waren nur Linien darauf zu erkennen. Zuerst noch schwungvoll und leicht, als würden sie abstrakte Konturen andeuten. Dann wurden sie härter und rissen ab; schnelle, hektische Striche, die von Wut und Verzweiflung zeugten, als wäre der Künstler mit der Umsetzung seiner Vision überfordert gewesen. Davon zeugten auch die Pinsel und Farbkartuschen, die über den Boden verteilt lagen, und die jemand in blinder Wut aus dem Metallregal gefegt hatte, in dem sie normalerweise platziert waren. Eine der Kartuschen war regelrecht an der Wand zerplatzt und hatte dort und auf dem Schreibtisch darunter rote Farbe wie riesige Blutspritzer verteilt, die noch immer feucht glänzten.

*Was ist hier nur passiert?*, fragte sich Mark. Allmählich bekam er eine Vorstellung davon, was es bedeutete, seinen

Verstand zu verlieren. Was er hier sah, ließ jedenfalls keinen Zweifel an der Entschlossenheit seines Angreifers aufkommen. Aber wieso hatte er dann plötzlich von ihm abgelassen? Er konnte den Angreifer nicht allzu schwer verletzt haben. Wenn der Mann wirklich entschlossen gewesen war, ihn zu töten, weshalb war er dann aufgrund dieser geringfügigen Verletzung von seinem Vorhaben abgewichen und hatte fluchtartig die Wohnung verlassen?

Unwillkürlich setzte sein Autorendenken ein, mit dem er es gewohnt war, Situationen auf ihre möglichen Motive hin zu durchleuchten. Er sah den Schatten des Kopfes vor sich und dessen unförmige Konturen, spürte erneut das Leder der Handschuhe an seinem Hals. Kurz darauf ging er zurück in den Wohnraum und betrachtete die Fernbedienung genauer. Er musste dem Angreifer damit eine Platzwunde zugefügt haben, denn an der unteren Kante des Gehäuses war etwas Blut zu erkennen. Mark suchte nach weiteren Spuren, wurde jedoch nicht fündig. Dafür stieß er auf etwas anderes, das er bisher übersehen hatte, da es hinter den kleinen Beistelltisch am oberen Ende der Couch gefallen war. Bei dem Anblick zog sich sein Magen steinhart zusammen.

Vor ihm, auf dem Boden, lag ein grauer Trilby Hut.

Mark saß auf der Couch und betrachtete seit gut fünf Minuten den Hut in seiner Hand, der dem Angreifer bei dem Handgemenge vom Kopf gerutscht sein musste. Es mochte Tausende solcher Hüte geben. Aber keinen zweiten wie diesen. Sein Blick fiel auf die Initialen, die in die Hutkrempe eingenäht waren und die auch unter jedem Bild seines besten Freundes prangten: RC - Ralf Clemens.

Mark fuhr sich erschöpft über die Stirn und überlegte angestrengt, was er jetzt tun sollte. Immerhin gab es einen Toten, dessen Blut womöglich an seinem Hemd klebte. Und sein bester Freund war verschwunden. Er musste herausfinden, was letzte Nacht geschehen war, denn zweifelsohne hing all das damit zusammen. Ohne ein plausibles Alibi dürfte es schwer für ihn werden, einen Ermittler davon zu überzeugen, nichts mit alldem zu tun zu haben. Zumal er dies selbst nicht ausschließen konnte, was das drückende Gefühl in seinem Magen verstärkte. Erneut sah er auf den Hut herab, dachte an die aufgereihten Kleidungsstücke auf Ralfs Bett. Hatte er womöglich etwas mit der Sache zu tun und wollte untertauchen?

Ralf war seit mehr als zehn Jahren sein bester Freund. Wie konnte er auch nur eine Sekunde lang so etwas denken?

Ihm fiel die Visitenkarte ein, die Benedikt Meurer ihm auf der Ausstellung gegeben hatte. Einer der wenigen klaren Momente, die ihm vom vorherigen Abend in Erinnerung geblieben waren. Hektisch fischte er die Karte aus seiner Brieftasche und tippte die Nummer in sein Handy. Er war fast überrascht, als Benedikt sich tatsächlich meldete.

»Hier ist Mark Ritter«, erwiderte er mit heiserer Stimme.

Am anderen Ende herrschte eisige Stille.

»Herr Meurer?«, fragte er vorsichtig nach.

»Was wollen Sie?«

*Die Antwort darauf, wer David Kettner ermordet hat, wäre ein guter Anfang.* »Ich brauche Ihre Hilfe. Ich muss wissen, was letzte Nacht passiert ist.«

Ein Schnaufen war zu hören. Fast hörte es sich erleichtert an. »Sie haben vielleicht Nerven, mich deswegen anzurufen, nach der Nummer, die Sie abgezogen haben«, erklang es bitter. »Mir war zwar nach unserem Gespräch auf der Ausstellung bereits klar, dass Sie nicht zu den umgänglichsten Menschen gehören, aber mit einem solchen Ausmaß an Instabilität hatte selbst ich nicht gerechnet.«

»Hören Sie«, sagte Mark, der einen winzigen Funken Hoffnung verspürte, die Lücke in seiner Erinnerung bald schließen zu können, »genau deswegen muss ich dringend mit Ihnen sprechen.«

»Was gibt es da noch zu besprechen? Sie haben Ihren Standpunkt ziemlich schlagkräftig dargelegt, wie ich finde. Bilden Sie sich ja nicht ein, sich jetzt aus dieser Sache einfach rausreden zu können.«

»Das habe ich ganz sicher nicht vor. Ich möchte nur etwas Klarheit bekommen.«

»Klarheit?«, höhnte Benedikt. »Ihre Argumente hätten nicht klarer ausfallen können.«

»Ich meine damit auch eher Klarheit für mich. Ich kann mich an nichts erinnern.«

Ein weiteres Schnaufen. »Das wundert mich nicht, so abgefüllt, wie Sie waren.« Nach einigen Sekunden des Schweigens lenkte er schließlich ein. »Na schön«, meinte er, »aber glauben Sie ja nicht, das würde etwas ändern. Pia will rechtliche Schritte gegen Sie einleiten, und ich habe nicht vor, sie davon abzuhalten.«

»Wo sind Sie jetzt?«

»In der Galerie. Heute ist zwar Sonntag, aber wir haben alle Hände voll zu tun, den Schaden zu begrenzen, den Sie angerichtet haben. Kommen Sie in einer Stunde hier vorbei. Bis dahin habe ich Pia hoffentlich dazu überredet, Ihnen die Tür zu öffnen.«

## KAPITEL 5

### *Erklärungen*

Mark spähte mit vorgehaltener Hand durch die Glasfront der Galerie. Drinnen war niemand zu sehen. Erst nach mehrmaligem Klopfen tauchte Benedikt aus einem der hinteren Büroräume auf und öffnete ihm die Tür.
»Sie sehen beschissen aus«, begrüßte er ihn schroff.
»Lassen Sie es gut sein«, krächzte Mark heiser.
»Sie klingen auch beschissen. Vielleicht sollten Sie besser zu einem Arzt gehen.«
Mark trat ein. »Es geht schon.«
Benedikt schloss hinter ihm die Tür und verriegelte sie wieder. »Bei Pia wird Ihnen die Mitleidstour nichts einbringen. Ich musste bis eben auf sie einreden, um Sie überhaupt reinlassen zu dürfen.«
»Wo ist sie?«
»Ich bin hier, Ritter!«, tönte es bedrohlich durch die Galerie. Das dumpfe Klacken von Absätzen war zu hören, als Pia strammen Schrittes aus ihrem Büro auf ihn zueilte. Mark bildete sich ein, ihren stechenden Blick regelrecht auf seiner Haut zu spüren. »Nachdem, was du widerwärtiger Primat mir gestern alles an den Kopf geworfen hast, können wir denke ich auf Förmlichkeiten verzichten.« Sie blieb vor ihm stehen und musterte ihn einen Augenblick lang irritiert. »Gott, ich hoffe du sagst mir, wer dich so zugerichtet hat, damit ich mich persönlich bei ihm dafür bedanken kann.«
»Ich hatte eigentlich gedacht, dass einer von euch beiden mir das sagen kann.«
»Anwärter dafür gäbe es genügend, aber im Moment fällt mir nur eine konkrete Person ein, die allen Grund dazu hätte.«

»Und die wäre?«

Pia warf einen unschlüssigen Blick zu Benedikt, bevor sie sich wieder Mark zuwendete. »Willst du mir tatsächlich weismachen, dass du von alldem nichts mehr weißt?«

Mark hob die Hände. »Ich schwöre, ich habe nicht den blassesten Schimmer. Ich weiß nur noch, dass wir von hier aus in die Stadt gegangen sind. Von da an kann ich mich an nichts mehr erinnern.«

Pia musterte ihn streng. »Du versuchst doch nur, deinen Arsch aus der Schusslinie zu nehmen.«

»Glaub mir Pia, was immer ich gestern Abend angerichtet habe, ich werde dafür geradestehen, aber im Moment habe ich nicht die blasseste Ahnung, wovon du redest. Ich weiß nur, dass ich in etwas hineingeraten bin, was ich nicht im Geringsten einschätzen kann. Und ich bin hier, weil ich mir Klarheit darüber verschaffen muss. Doch dafür brauche ich eure Hilfe. Ihr müsst mir sagen, was gestern passiert ist.«

Erneut ruhte Pias strenger Blick auf ihm, und Mark glaubte tatsächlich, darin so etwas wie Mitgefühl zu entdecken. Es tauchte kurz an die Oberfläche, wie ein Fisch, der nach Luft schnappt, um gleich darauf wieder in den eisigen Fluten zu versinken. Sie wandte sich ab und ging in ihr Büro. Kurz darauf kam sie zurück, in der Hand hielt sie ihr Handy. Sie tippte einige Male auf die Oberfläche, dann reichte sie Mark das Telefon, auf dessen Display ein Video abspielte. Zu sehen war ein Raum, dessen Interieur sich überwiegend in den Farben schwarz und weiß gestaltete.

»Ich nehme an, du weißt, wo das ist.«

Mark nickte. Er kannte die Räumlichkeiten sehr gut, war früher oft mit Ralf dort gewesen. Das Café Leonardo befand sich gegenüber dem Kennedy-Ufer, am südöstlichen Ende der Altstadt, und wurde gerne als Künstlertreff bezeichnet, der in der Szene nach wie vor sehr beliebt war. Gut zwei Dutzend Leute waren zu sehen, die sich um Bistrotische und auf Sitzgruppen tummelten. Darunter erkannte Mark auch Pia, Benedikt und David Kettner. Das Video musste aus einiger Entfernung aufgenommen worden sein. Am rechten Bildausschnitt waren die Hinterköpfe einiger Leute zu sehen, die vor einer Theke standen. Im Hintergrund war gedämpfte Musik zu hören.

Mark sah sich auf dem Bildschirm schwankend vor der Gruppe von Leuten stehen.

»Auf dich, Pia, die Domina der Kunst!«, lallte er und riss sein Glas hoch, wobei er die Hälfte seines Drinks verschüttete. Die anderen betrachteten ihn bestürzt oder sahen beschämt zu Boden, während er torkelnd seinen Trinkspruch hielt. »Möge deine Peitsche noch viele Künstler knechten und ausbeuten!«

»Das reicht jetzt!« Es war Benedikt, der aus der Gruppe heraustrat. »Ich denke, Sie haben genug für heute.«

»Sitz, Benny!«, hechelte Mark und deutete auf ihn wie auf einen unartigen Hund. Dabei hatte er Mühe, nicht zu stürzen. »Leck deiner Herrin schön die Füße, damit du dir deine Anzüge auch weiterhin beim Herrenschneider kaufen kannst. Und wenn du schön brav bist, dann kriegst du vielleicht eine Belohnung. Ich möchte wetten, sie würde sich sogar für dich bücken, wenn sie sich Profit davon verspricht.«

Nun war es Pia, die vortrat und ihm eine schallende Ohrfeige verpasste. Mark verlor das Gleichgewicht, krallte sich an Pia fest und stürzte mit ihr zu Boden. Dann herrschte Durcheinander. Mehrere Personen griffen ein. Schließlich war es David Kettner, der Mark zu fassen bekam und ihn hochstemmte.

»Ich denke, es ist an der Zeit, dass Ihnen mal jemand Manieren beibringt!« Er boxte Mark in den Magen. Der stöhnte und krümmte sich, doch Kettner richtete ihn sogleich wieder auf. Zunächst hing Mark schlaff wie eine Puppe in seinem festen Griff. Doch dann schnellte sein Kopf nach vorn, und seine Stirn schlug krachend auf Kettners Nase ein. Der schrie auf und sackte benommen zu Boden, wo er von einigen Leuten aufgefangen wurde. Das hielt Mark jedoch nicht davon ab, sich wie ein wildes Tier auf ihn zu stürzen. Wie im Rausch schlug er unkontrolliert auf Kettner ein, der schützend seine Arme vor den Kopf hielt, bis es schließlich zwei Anwesenden gelang, Mark von ihm wegzustoßen. Er taumelte einige Schritte zurück, wobei er Mühe hatte, nicht erneut zu stürzen.

Alle Blicke waren auf Mark gerichtet, dessen Gesicht die wutverzerrte Fratze eines Tollwütigen war.

»Was glotzt ihr alle?«, schrie er schnaufend vor Zorn und wischte seine blutbeschmierte Hand an seinem Hemd ab. »Tut bloß nicht so, als hättet ihr noch eine eigene Meinung. Ihr lauft diesem Wichtigtuer hinterher, der sich für den Messias hält, und der sich einen Spaß daraus macht, das Talent anderer in den Boden zu stampfen, nur weil es nicht den eigenen Ansprüchen genügt.« Er blickte verachtend zu Kettner herab, der sich windend seine blutende Nase hielt. »Für wen hältst du dich eigentlich? Nur weil du genügend Kohle hast, nimmst du dir das Recht heraus, andere und ihre Kunst zu bewerten. Dabei möchte ich wetten, dass du selbst einen Stift nur dazu benutzen kannst, um einen Scheck zu unterzeichnen. Aber das scheint den hier Anwesenden ja als Qualifikation auszureichen.« Er schielte in die Runde aus entsetzen Gesichtern. Dann krümmte er sich. Erbrochenes klatschte auf den Boden, und einige verzogen angewidert die Gesichter. »Was soll ich sagen?«, keuchte Mark, nachdem er sich den Mund abgewischt hatte. »Ich finde euch alle zum Kotzen!«

»Mark!« Es war Ralf, der aus Richtung der Toiletten den Bildausschnitt betrat. Auch er schwankte stark, und schien benommen zu sein. Sein Gesicht war blass, und Schweiß glänzte ihm feucht auf der Stirn. »Was ist hier los?«

»Musste nur kurz was klarstellen«, nuschelte Mark, nun kaum noch verständlich.

»Dieser Kerl ist vollkommen durchgedreht«, kreische Pia. »Sieh dir nur an, was er angerichtet hat!« Sie deutete auf Kettner, der immer noch am Boden lag. »Er hat mich vor allen Leuten lächerlich gemacht.«

Nur mit Mühe gelang es Ralf, seinen Freund zu stützen, dessen Augen unkontrolliert durch den Raum kreisten.

»Schaff ihn hier raus«, kreischte Pia, »bevor ich die Polizei rufe und seinen versoffenen Arsch ins Gefängnis verfrachten lasse! Und sorg dafür, dass er mir nie wieder unter die Augen kommt!«

Ralf schien einzusehen, dass es wenig Sinn hatte, weiter zu diskutieren, zumal er selbst nicht mehr in der Lage dazu war. Er packte Mark, der nun fast besinnungslos war, und schleppte ihn aus dem linken Bildrand. Die Kamera zoomte auf Kettner heran, der sich ein Taschentuch unter seine Nase hielt.

»Wir sehen uns noch, Ritter!«, rief er ihm wutentbrannt nach. »Ich mach dich fertig, hörst du?«

Kurz darauf stoppte die Aufnahme.

Mark schloss die Augen. Sein Körper fühlte sich an, als würde er nicht mehr zu ihm gehören. »Ich ... ich weiß nicht, was ich sagen soll«, brachte er nur unter Anstrengung hervor.

»Ich schätze, du bist bereits alles losgeworden«, herrschte Pia ihn an. »Die Aufnahme zeigt nur einen Bruchteil dessen, was du mir und meinen Gästen an den Kopf geworfen hast. Und wir beide wissen, dass du es auch so gemeint hast.«

»Pia, glaub mir, ich kann mir dieses Verhalten nicht erklären. Ich erkenne mich selbst nicht wieder.«

»So ergeht es einem, wenn er ein ganzes Whiskyfass in sich hineingeschüttet hat!«

Mark starrte noch immer auf das Handy und schüttelte den Kopf. »Das alleine kann dafür nicht verantwortlich sein«, meinte er noch immer geschockt. »Meine letzte und einzige Schlägerei hatte ich in der siebten Klasse. Das da bin nicht ich.«

Pia trat einen energischen Schritt auf ihn zu. »Wen glaubst du eigentlich, hier verarschen zu können?«

»Niemanden«, beteuerte Mark. »Ich suche nur nach Erklärungen.«

»Die kannst du gerne meinem Anwalt einreichen, nachdem ich ihm morgen dieses Video vorgelegt habe.«

»Woher stammt die Aufnahme überhaupt?«

»Das wüsste ich auch gerne«, sagte Pia und nahm ihm das Handy ab. »Wie es scheint, von einem Verehrer von dir, denn er war wohl so angetan von deiner Vorstellung, dass er sie gleich der Öffentlichkeit präsentiert hat. Das Video hat im Internet bereits über fünftausend Aufrufe. Ist dir eigentlich klar, was das für meinen Ruf bedeutet? Nicht genug, dass du mich vor meinen Geschäftspartnern lächerlich gemacht hast, nun amüsiert sich auch noch das gesamte Internet darüber. Das ist eindeutig eine Verletzung meiner Persönlichkeitsrechte. Solltest du also eine Ahnung haben, welcher deiner verschrobenen Freunde diese Aufzeichnung gemacht und ins Internet gestellt hat, dann solltest du es mir besser sagen, bevor es mein Anwalt herausfindet und ich euch beide dafür verklagen werde. Obwohl ich mir nicht vorstellen kann, dass bei dir viel zu holen ist.«

»Ralf ist mein einziger Freund«, sagte Mark und fuhr sich erschöpft über die Stirn. »Und der ist verschwunden.«

»Das habe ich auch schon festgestellt, denn ich versuche ihn schon den ganzen Morgen zu erreichen. Vermutlich schläft er auch seinen Rausch aus und hat einfach beschlossen, dich nicht mehr sehen zu wollen. Immerhin hast du mit deinem Auftritt auch ihm den Abend ruiniert.«

Das war zumindest eine Möglichkeit. Ralf hätte allen Grund dazu, wütend auf ihn zu sein. Allerdings dürfte das kaum ausreichen, ihn deswegen gleich umbringen zu wollen. Mark überlegte einen Moment, ob er den beiden von dem Angriff erzählen sollte. Und von der Fernbedienung, die er eingewickelt in einer Plastiktüte in der Jackentasche verstaut hatte. Doch er entschied sich dagegen. Er konnte das alles ja selbst kaum glauben, wie sollte es dann jemand anderes tun?

»Ich war in seiner Wohnung«, sagte er. »Dort hat jemand sein gesamtes Atelier verwüstet. Ich mache mir ernsthaft Sorgen, dass Ralf auch etwas zugestoßen sein könnte.«

»Was meinst du mit *auch*?«

Marks Blick wechselte zwischen den beiden. »Wisst ihr es denn nicht? Es geht bereits durch alle Nachrichten. Kettner ist tot. Er wurde letzte Nacht ermordet.«

Der eisige Ausdruck in Pias Gesicht verblasste schlagartig und wurde durch Fassungslosigkeit ersetzt. Sie taumelte einige Schritte zurück und sackte auf einen der Hocker vor den Stehtischen, auf denen noch immer leere Sektgläser standen. Ihre Haut wirkte um einen Ton blasser, als hätte ihr Make-up an Deckkraft verloren.

»Großer Gott!« Sie hielt sich die Hand vor den Mund. »Ich glaube, ich brauche etwas zu trinken.«

»Ich hole dir ein Glas Wasser«, sagte Benedikt, der die Nachricht deutlich besser verkraftete.

»Wer redet von Wasser, Benny. Ich brauche etwas Stärkeres!«

»Natürlich«, entgegnete er kleinlaut und verschwand in Pias Büro.

Sie atmete durch und sah zu Mark auf. »Du sagst, er wurde ermordet?«

Mark registrierte, wie ihre Augen die Blessuren an seinem Hals und in seinem Gesicht musterten. »Ich weiß, wie das nach außen hin wirken muss. Ich stecke ziemlich tief in der Klemme.«

»Und du kannst dich wirklich an nichts erinnern?«

Mark schüttelte den Kopf. »Der Einzige, der mir jetzt noch helfen könnte, das Ganze aufzuklären, ist verschwunden. Wann hast du Ralf zum letzten Mal gesehen?«

»Als er dich aus dem Leonardo gebracht hat.«

»Er ist nicht wieder zurückgekommen?«

Pia schüttelte den Kopf. »Der Abend war ohnehin gelaufen. Ich bin davon ausgegangen, dass er dich in ein Taxi verfrachtet und nach Hause gebracht hat.«

»Was war mit Kettner? Wie ging es anschließend weiter?«

»Er war völlig außer sich, und wir hatten Mühe, ihn zu beruhigen. Immer wieder hat er betont, dass das ein Nachspiel haben werde. Kurz darauf hat er das Lokal verlassen. Meine Wohnung liegt nur fünf Straßen vom Leonardo entfernt. Ich habe die Rechnung bezahlt und bin nach Hause gegangen. Mehr weiß ich nicht.«

»Wohnte Kettner auch in der Nähe?«

»Er hatte eine Suite im Regency gebucht. Dort hat Benny ihn auch abgeholt.«

»Soviel ich weiß, liegt das Hotel genau gegenüber, auf der anderen Rheinseite, unmittelbar neben dem Rheinpark.«

Pia sah ihn fragend an. »Ja, warum?«

Mark seufzte. »Dort bin ich heute Morgen aufgewacht. Nicht weit von der Stelle entfernt, an der man Kettners Leiche gefunden hat. Ein weiteres Indiz, das gegen mich spricht.« Er fuhr sich mit zitternder Hand durch die Haare. »Mein Gott, was ist, wenn ich ihn tatsächlich ...?«

»Du solltest in jedem Fall zur Polizei gehen.«

»Und was soll ich denen sagen? Ich weiß ja nicht einmal, wie ich dorthin gekommen bin. Und wie es aussieht, dürfte mich dieses Video in größere Schwierigkeiten bringen als dich.«

Pia seufzte. »Ich halte dich zwar für einen ziemlichen Idioten, aber nicht für einen Mörder. Obwohl ich es in diesem Fall sogar verstehen könnte. Kettner war mein bester Kunde. Aber er war auch ein überhebliches Arschloch. In der Schlange seiner Feinde hast du wohl eher hinten angestanden. Ich habe erlebt, wie er talentierte Künstler in den Boden gestampft hat, nur weil ihm ihre Nasen nicht gepasst haben.«

»Weshalb hast du dann Geschäfte mit ihm gemacht?«

»So läuft das nun mal, wenn man in diesem Gewerbe überleben will. Man hängt sich an diejenigen, die den Markt bestimmen.«

Benedikt kam eilig aus dem Büro gelaufen. In den Händen hielt er eine Flasche Sherry und ein gefülltes Schnapsglas. »Hier«, sagte er und reichte es Pia.

Die leerte es in einem Zug. Danach ließ sie sich zurücksinken. »Du musst entschuldigen, dass ich dir nichts davon anbiete«, sagte sie zu Mark, »aber ich möchte nicht riskieren, dass du wieder austickst und mich auch noch umbringst.« Sie entgegnete seinem wütenden Blick mit Gelassenheit. »Das war ein Witz. Selbst ich besitze so etwas wie Humor, auch wenn es mir die meisten nicht zutrauen.«

Mark zwang sich zu einem müden Lächeln.

»Was haben Sie jetzt vor?«, fragte Benedikt. »Die Polizei wird sicher Fragen an Sie haben.«

»Und um die beantworten zu können, muss ich weiter nach Erklärungen suchen.«

»Weiß man denn schon etwas über die Umstände von Kettners Ermordung?«

Mark zuckte mit den Schultern. »In den Medien war kaum etwas darüber zu erfahren. Es hieß nur, man vermute den Täter in der Kunstszene.«

»Das klingt einleuchtend«, sagte Benedikt. »Es spricht aber auch dafür, dass man keinerlei konkrete Hinweise hat.«

»Vermutlich hält die Polizei Details zurück«, meinte Pia. »Das dürfte es ziemlich schwierig machen, mehr darüber zu erfahren.«

»Ich weiß«, seufzte Mark und versank einen Moment in seinen Gedanken. »War Kettner gestern alleine auf der Vernissage? Ich kann mich vage daran erinnern, ihn vor der Galerie mit einer Frau gesehen zu haben.«

»Kettner lebte in Scheidung«, meinte Pia. »Aber wie die

meisten Männer in seiner Position hatte er zahlreiche Affären. Eine davon war Natalie Willke.«

»Der Name sagt mir nichts.«

»Sie ist Inhaberin einer Modeboutique in der Innenstadt. Die Affäre mit Kettner war nur von kurzer Dauer.«

»Dann waren die beiden nicht gemeinsam hier?«

»Nein. Natalie dürfte auch kaum zur Aufklärung des Ganzen beitragen können, da sie zum Zeitpunkt deines entzückenden Auftritts bereits mit Fabian Lüttger weitergezogen war. Sie treibt sich gerne in besseren Kreisen herum, obwohl sie im Grunde nur ein billiges Flittchen ist. Nichtsdestotrotz ist es ihr mit dieser fragwürdigen Eigenschaft gelungen, ein paar einflussreiche Freunde zu gewinnen. Du hast dich also auf die falsche Frau eingeschossen, denn im Gegensatz zu ihr habe ich mir diesen Status nicht dadurch erarbeitet, mich vor diesen Leuten zu bücken.«

»Es tut mir Leid, Pia«, setzte Mark hilflos an. »Ich kann mich nur für mein Benehmen entschuldigen.«

»Schon gut«, wehrte sie ab. »Ich werde auch das überleben. Finde du lieber heraus, was gestern Nacht passiert ist.«

»Ohne einen entsprechenden Ansatz dürfte das ziemlich schwierig werden. Wenn ich nur wüsste, wo Ralf steckt.«

Erneut legte sich ein Ausdruck von Mitgefühl in ihren strengen Blick. »Also gut«, seufzte sie. »Ich weiß, ich werde es mit Sicherheit bereuen, aber ich höre mich in der Szene mal um. Vielleicht hat der eine oder andere Kontakt von mir inzwischen was aufgeschnappt.«

»Danke Pia.«

Sie nickte anerkennend. »Vielleicht solltest du dich inzwischen mit Valerie Bechner unterhalten. Möglicherweise kann sie dir weiterhelfen.«

»Wer?«

»Die Journalistin«, erwiderte Pia verwundert. »Sie ist für den Kulturteil im Stadtanzeiger verantwortlich. Sag bloß, du hast noch nie eine ihrer Buchkritiken gelesen? Ich habe gesehen, wie ihr euch gestern unterhalten habt, und bin davon ausgegangen, dass ihr euch kennt.«

Mark erinnerte sich an die blauen Augen. Eine Kritikerin. Das hatte ihm gerade noch gefehlt. »Ich habe sie gestern zum ersten Mal getroffen. Inwieweit sollte sie mir helfen können?«

»Vielleicht weiß man in der Redaktion inzwischen mehr zu dem Fall. Ich habe zwar gehört, dass Valerie von ihrem Mann getrennt lebt, aber mir ist zufällig geläufig, dass er Polizist ist.« Sie nickte Benny zu.

Der studierte die Kontakte auf seinem Handy und durchsuchte sein Jackett vergebens nach einem Kugelschreiber. Schließlich reichte Pia ihm ihren und er schrieb etwas auf einen der Bierdeckel, die auf den Stehtischen lagen. »Das ist ihre Nummer.«

## KAPITEL 6

### *Valerie*

Mark nippte bereits an seiner zweiten Tasse Kaffee. Seit zwanzig Minuten wartete er nun in dem gut besuchten Außenbereich des Bistros in der Neusser Straße, unweit der Redaktion. Obwohl es sommerlich warm war, hatte er sein Hemd bis zum Kragen zugeknöpft, um die Blessuren an seinem Hals weitestgehend zu verbergen. Außerdem hatte er sich in einem der zahlreichen Touristenläden in der Umgebung ein blaues Basecap und eine Sonnenbrille besorgt. Unruhig sah er auf die Uhr. Valerie Bechner schien nicht gerade die Pünktlichste zu sein, wenn es um das Einhalten von Terminen ging. Als er sie schließlich entdeckte, hatte er schon fast nicht mehr mit ihr gerechnet. Sie hatte den Hosenanzug gegen eine Jeans und einen leichten Blazer getauscht, was ihre Natürlichkeit deutlich besser hervorhob. Es wirkte ehrlicher an ihr. Ihr dunkelblondes Haar fiel offen über ihre Schultern und bewegte sich im Takt ihrer Schritte, die zunächst anmutig wirkten, bis sie mit dem Absatz ihres Schuhs an der Gehwegkante hängenblieb und beinahe gestürzt wäre. Mark sah, wie sie fluchte und wild mit den Armen fuchtelte. Als sie in seine Richtung blickte, gab er ihr ein Zeichen.

Obwohl sie für einen Sonntagnachmittag ein wenig gehetzt wirkte, schenkte sie ihm ein freundliches aber verhaltenes Lächeln.

»Hallo.« Selbst bei Tageslicht schienen ihre blauen Augen vor Klarheit zu leuchten. »Ich hoffe, Sie mussten nicht zu lange warten. Ich hatte meinen Autoschlüssel verlegt.«

»Kein Problem«, entgegnete Mark amüsiert.

»Sie klingen erkältet«, stellte sie erstaunt fest.

»Lange Geschichte.«

»Wer hätte gedacht, dass wir uns so schnell wiedersehen?« Sie hing ihre Handtasche über die Stuhllehne und setzte sich ihm gegenüber. »Sind Sie heute inkognito unterwegs?«

Mark nahm die Sonnenbrille und das Basecap ab, das er sich bis weit in die Stirn gezogen hatte, und öffnete die obersten Knöpfe seines Hemdes.

Valeries Augen weiteten sich. »Um Himmels willen, was ist Ihnen denn passiert?«

»Das herauszufinden ist ein Grund, weshalb ich Sie sprechen muss«, entgegnete Mark.

Sie beäugte ihn misstrauisch. »Ich verstehe nicht.«

»Ich gehe davon aus, Sie wissen von David Kettners Ermordung.«

Sie zögerte. »Ich bin sofort in die Redaktion gefahren,

als ich davon erfahren habe. Wir werden natürlich einen Bericht darüber bringen.«

»Und genau deshalb habe ich Sie vorhin am Telefon überfallen. Ich muss wissen, was Sie wissen.«

Die Skepsis in ihrem Blick nahm zu, und sie verschränkte die Arme vor der Brust. »Nach unserem Telefonat bin ich eigentlich davon ausgegangen, dass *Sie* mir etwas zu erzählen haben. So läuft das üblicherweise.«

»Dieses Mal liegen die Dinge ein wenig anders«, sagte Mark. »Ich brauche Ihre Hilfe.«

»Wow«, meinte Valerie, nachdem Mark ihr die Geschehnisse erläutert hatte. »Solch eine Story bekommt man wahrlich nicht alle Tage aufgetischt.« Der Ausdruck in ihren Augen war eine Mischung aus Neugier, Skepsis und Zurückhaltung, den Mark nur schwer zu deuten wusste. »Aber wie kommen Sie darauf, dass ich Ihnen helfen kann? Ich habe mich nach der Vernissage verabschiedet. Daher kann ich nichts darüber sagen, was anschließend geschehen ist.«

»Ihre Redaktion steht doch sicher in direktem Kontakt mit der Polizei. Es handelt sich hier immerhin um eine Riesenstory.«

»Und Sie glauben, wir wissen mehr als andere?«

»Vielleicht sind mittlerweile Details über die Umstände von Kettners Ermordung durchgesickert.«

»Und mit Details meinen Sie Indizien, die Sie als Täter ausschließen?«

Mark nickte.

»Können Sie sich denn an gar nichts mehr erinnern?«

»Die letzte Nacht ist wie ausgelöscht. Und ich will herausfinden, wem ich diesen Blackout zu verdanken habe.«

Valeries schmale Augenbrauen senkten sich. »Was soll das heißen?«

»Ich habe mich in der Aufzeichnung selbst nicht wiedererkannt.«

»Das geht den meisten Menschen so, wenn sie betrunken sind«, meinte sie abfällig.

»Alkohol allein kann dafür nicht verantwortlich sein.«

»Das ist vermutlich die Standardausrede für alle Betrunkenen.«

»Ich werde nicht aggressiv, wenn ich trinke«, betonte Mark. »Gewisse psychoaktive Drogen können solch ein Verhalten hingegen schon in geringen Dosen auslösen.«

»Drogen?« Sie sah ihn aufmerksam an. »Sie glauben, jemand hat Sie unter Drogen gesetzt?«

»Das wäre zumindest eine Erklärung für mein Verhalten.« Mark zündete sich eine Zigarette an und nahm einen tiefen Zug.

»Es würde den Verdacht gegen Sie aber auch erhärten.«

»Kettner hat mir am Ende des Videos gedroht. Es besteht also durchaus die Möglichkeit, dass ich in diesem Fall in Notwehr gehandelt habe.«

»Das ... das halte ich für unwahrscheinlich«, meinte Valerie.

Er blickte auf. »Und weshalb?«

Nun war es Valerie, die durchatmete. »Kettner wurde ziemlich übel zugerichtet. Wir wissen von einer Stichverletzung im Brustbereich. Außerdem ...« Sie zögerte.

»Was?«, drängte Mark.

Valerie rieb sich über die Stirn. »Man hat ihm regelrecht den Schädel zertrümmert. Von seinem Gesicht muss nicht mehr viel zu erkennen sein. Alles deutet auf einen Täter hin, der ...«

»... der völlig die Kontrolle über sich verloren hat«, vollendete Mark den Satz. Er ließ sich in die Lehne seines Stuhls zurückfallen. In seinen Augen herrschte Leere, während die Bilder des Videos in seiner Erinnerung abliefen und er sich selbst sah, wie er auf Kettner einprügelte, als hätte die Gewalt einen Sog ausgelöst, der ihn immer tiefer mit sich riss. Obwohl die Sonne am fast wolkenlosen Himmel stand, wurde Mark plötzlich eiskalt.

»Herr Ritter?«, fragte Valerie besorgt. »Ist alles in Ordnung? Sie sind kreidebleich.«

Mark spürte, wie sein Kreislauf absackte. Er krallte sich an der Tischplatte fest und schnappte gierig nach Luft, während er seitlich wegkippte.

Valerie sprang auf, um ihm zu helfen. Dabei stieß sie die Keramik-Kanne auf dem Tisch um. Heißer Kaffee ergoss sich über Marks Arm und auf sein Hosenbein. Der Schmerz erdete ihn augenblicklich. Das Schwindelgefühl ließ nach, und er kam wieder zu sich.

»Verdammt!«, fluchte Valerie. »Tut mir wirklich leid, ich bin manchmal ein ziemlicher Tollpatsch.« Sie zog ein Taschentuch aus ihrer Handtasche und reichte es Mark. »Ich hoffe, ich habe Sie nicht verbrüht.«

»Nein. Es geht schon wieder.«

»Sicher?«

Er nickte, während er sich den Arm abwischte und die verstohlenen Blicke an den Nachbartischen registrierte. »Ich hatte nur zu wenig Schlaf. Dagegen soll Kaffee ja helfen.«

»Trinken Sie das.« Valerie reichte ihm das Mineralwasser, das sie bei der Kellnerin bestellt hatte. Anschließend ließ sie sich wieder auf ihren Stuhl sinken, als wäre sie darauf bedacht, einen gewissen Abstand zu ihm einzuhalten. »Hören Sie, ich finde, ich bin der falsche Ansprechpartner. Sie sollten sich an die Polizei wenden. Wenn Sie tatsächlich unter Drogeneinfluss gestanden haben, dann lässt sich das sicher nachweisen.«

»Selbst wenn, dürfte mich das kaum entlasten«, sagte Mark, nachdem er das Glas halb geleert hatte. »Ich könnte das Zeug ja auch selbst geschluckt haben.«

»Aber immerhin würde es Ihnen eine gewisse Unzurechnungsfähigkeit bescheinigen.«

»Das würde aus Mord fahrlässige Tötung machen. Ich wäre also immer noch schuldig. Und das kann und will ich nicht akzeptieren. Nicht solange ich keine klaren Beweise dafür habe.«

»Tja, ich fürchte, dann kann ich Ihnen nicht helfen.«

Mark beugte sich nach vorn und ergriff ihren Arm, worauf sie zusammenzuckte. »Sie haben Angst vor mir, nicht wahr? Deshalb haben Sie mich hierherbestellt, an diesen öffentlichen Platz. Sie glauben, ich wäre tatsächlich zu so etwas fähig.«

Valerie erstarrte. Ihr Puls und ihre Atmung beschleunigten sich. Kalter Schweiß trat ihr auf die Stirn. Sie zeigte alle Anzeichen von Panik. Entschlossen befreite sie sich aus seinem Griff.

»Wenn ich ehrlich bin, machen sie auf mich den Eindruck eines Menschen, der ziemlich verzweifelt wirkt.« Ihre Stimmbänder klangen, als zerre jemand daran. »Und der noch dazu am ganzen Körper Spuren eines Kampfes aufweist. Das Einzige, was ich über Sie weiß, ist die Tatsache, dass Sie Bücher schreiben, in denen solche Grausamkeiten zuhauf vorkommen. Sie selbst haben gesagt, dass Sie womöglich unter dem Einfluss einer Droge gehandelt haben, die äußerst aggressiv macht. Was erwarten Sie also von mir, das ich glauben soll?«

»Und warum sitzen Sie dann noch hier und haben nicht längst die Polizei verständigt? Meine Verhaftung würde ihnen immerhin einen tollen Aufreißer für Ihre Story bringen.«

»Erstens ist es nicht meine Story. Ich bin lediglich für den kulturellen Teil der Zeitung zuständig.«

»Und zweitens?«

Sie setzte zu einer Antwort an, schwieg dann jedoch.

»Warum haben Sie mir gestern nicht gesagt, dass Sie eine Kritikerin sind?«, fragte Mark.

»Es hätte Ihre abwehrende Haltung sicher nicht geschmälert.«

»Dennoch haben Sie behauptet, ich wäre Ihnen sympathisch.«

Sie rutschte unruhig auf ihrem Stuhl herum. »Was man eben so sagt, wenn man Smalltalk hält«, erwiderte sie kühl.

Mark ließ nicht locker. »Soviel ich weiß, braucht man ein Messer oder etwas Vergleichbares, um jemandem eine Stichverletzung zuzufügen. Und ich habe nicht die Eigenart, dergleichen auf einer Kunstausstellung mitzuführen. Und dann wäre da immer noch der Angreifer, der mich heute umbringen wollte.«

»Und den nur Sie gesehen haben«, fügte Valerie hinzu.

Mark seufzte entnervt. »Weshalb waren Sie heute, an einem Sonntag, in der Redaktion, wenn Sie selbst nicht an dieser Story arbeiten? Kannten Sie Kettner persönlich?«

»Wir sind uns öfter bei Ausstellungen begegnet. Er war ziemlich bekannt in der Szene, daher besitze ich einiges an Hintergrundwissen zu seiner Person.«

Mark beobachtete sie genau. »Das ist aber nicht der einzige Grund, nicht wahr?«

Valerie schwieg und zupfte an der Tischdecke.

»Sie kennen das Video, hab ich recht?«

Sie zögerte kurz. »In der Redaktion erzählte man mir davon. Gesehen habe ich es selbst nicht. Ich ... ich wollte zuerst Ihre Version der Geschichte hören.«

»Ich hoffe, ich konnte Sie wenigstens überzeugen.«

Valerie schwieg.

»Tja, das dürfte Beweis genug dafür sein, dass ich es mit der Polizei erst gar nicht zu versuchen brauche. Jedenfalls nicht, solange ich weiter im Dunkeln tappe. Doch um das zu ändern, bräuchte ich ein paar Insiderinformationen.«

»Ich habe Ihnen alles gesagt, was ich weiß.«

»Pia sagte mir, Ihr Mann ist Polizist.«

Ihr Gesicht versteinerte sich. »Mein Mann und ich haben uns getrennt.«

»Aber Sie haben anscheinend noch Kontakt zu ihm. Von wem sollten Sie sonst etwas über den Zustand der Leiche erfahren haben? Die Polizei pflegt solche Details offiziell nicht preiszugeben.«

»Einem meiner Kollegen ist es gelungen, kurz mit den

beiden Spaziergängern zu sprechen, die den Leichnam gefunden haben.«

»Haben die beiden sonst noch etwas gesagt?«

»Mehr war nicht zu erfahren. Sie standen unter Schock und wurden ins Krankenhaus gebracht.«

»Ich brauche mehr Einzelheiten zu der Waffe, die benutzt wurde.« Er kramte eine Plastiktüte mit der Fernbedienung aus seiner Jacke. »Außerdem befindet sich hier drin etwas, das mich vielleicht entlasten könnte. Doch um mir dessen sicher zu sein, muss ich mit Ihrem Mann sprechen.«

»Das würde nichts bringen, glauben Sie mir.«

»Wenn Sie mit ihm sprechen, lässt er vielleicht etwas durchsickern. Versuchen Sie es wenigstens.«

»Nein!«

»Was ist mit seinen Kollegen?«

»Andreas hat berufliche Dinge weitestgehend von mir ferngehalten. Ich kenne eigentlich keinen seiner Kollegen.«

»Herrgott, es geht hier um mein Leben! Nur ein Anruf!«

»Lassen Sie mich damit in Ruhe.«

»Was ist los mit Ihnen? Streiten Sie sich mit Ihrem Mann um ein Haustier oder ein Auto? Geht es mal wieder nur darum, wer seinen Willen durchsetzt? Ich fasse es nicht, dass Sie ...«

»Er hat mich geschlagen!«, platzte es aus ihr heraus, und ihre angestaute Wut trieb ihr die Röte in die Wangen. »Sind Sie nun zufrieden?«

Erneut sahen die Gäste an den Nachbartischen zu ihnen herüber, doch Mark beachtete sie nicht. Er starrte Valerie schweigend an. Erst jetzt realisierte er, wie viel Mut es diese Frau gekostet haben musste, sich mit ihm zu treffen. Mit einem Mann, der ohne zu zögern zugeschlagen hatte. Wobei sich ihm gleichzeitig die Frage nach dem Grund dafür stellte. Konnte es tatsächlich sein, dass Valerie aus reiner Sympathie für ihn handelte? Weil sie im Grunde nicht glauben konnte, dass er ein schlechter Mensch war? Für Mark war das kaum vorstellbar. Er konnte sich in letzter Zeit nicht einmal selbst ausstehen.

Nachdem etliche Sekunden des Schweigens verstrichen waren, beugte er sich behutsam zu ihr und griff erneut ihren Arm, doch diesmal sanft und nicht ruckhaft. »Bitte entschuldigen Sie«, begann er mit Bedacht. »Ich hatte ja keine Ahnung.«

»Tja, jetzt wissen Sie es.«

»Vielleicht tröstet es Sie ja, wenn ich Ihnen versichere, dass Ihr Mann ein kompletter Vollidiot ist.«

»Da sagen Sie mir nichts Neues.«

Ihr Blick richtete sich auf und nahm wieder die gewohnte Selbstsicherheit an, auch wenn Mark glaubte, darin noch immer eine Spur von Schamgefühl zu erkennen. Offensichtlich war Valerie Bechner eine Frau, die trotz ihrer Neigung zu Missgeschicken nicht gerne Schwäche zeigte.

»Was werden Sie jetzt tun?«, fragte sie und suggerierte ihm damit, dass ihre gescheiterte Ehe ein Kapitel ihres Lebens war, über das sie nicht länger sprechen wollte.

»Keine Ahnung. Pia wollte sich bei den Leuten mal umhören. Vielleicht ergibt sich daraus ja etwas. In meiner Wohnung kann ich jedenfalls nicht bleiben. Aufgrund der Sachlage dürfte es nicht mehr lange dauern, bis die Polizei dort auftaucht.« Er sah zu den Kaffeeflecken auf seiner Hose herab. »Ich müsste mich allerdings umziehen und ein paar Sachen von dort holen.«

»Und wo wollen Sie hin?«

Er zuckte mit den Schultern.

Valerie betrachtete ihn unschlüssig. Einen Moment lang dachte sie angestrengt nach.

»Kommen Sie.«

»Und wohin?«, fragte Mark.

»Sie sagten doch, Sie müssen ein paar Sachen aus Ihrer Wohnung holen. Ich fahre Sie dorthin.«

## KAPITEL 7

*Zweifel*

Valeries Fahrstil war gewöhnungsbedürftig. Sie schien der Straße nicht viel Aufmerksamkeit zu widmen und sich stattdessen mehr auf ihr Handy und auf »süüße« Hunde am Straßenrand zu konzentrieren. Nebenbei schimpfte sie auf einen Fahrradfahrer, dem sie die Vorfahrt nahm.

»Hier wohne ich«, sagte Mark schließlich erleichtert und deutete auf die graue Fassade des Mietshauses, die schon deutlich bessere Zeiten erlebt hatte. Sogleich wunderte er sich, als Valerie daran vorbeifuhr. Erst gut fünfzig Meter weiter fand sie eine freie Parklücke, in der ihr Mini Platz fand.

»Was soll das?«

»Ich wollte schon immer mal sehen, wie ein Schriftsteller lebt.« Sie zog die Handbremse an, griff nach ihrer Handtasche und stieg aus dem Auto.

»In meinem Fall wollen Sie das nicht wirklich«, meinte Mark, schnappte sich seine Plastiktüte und lief ihr hinterher.

»Und weshalb nicht? Sie haben doch nichts zu verbergen, oder?«

»Sagen wir mal, ich bin nicht auf Besuch eingerichtet.«

»Ich bin mit zwei Brüdern aufgewachsen. Glauben Sie mir, was Männer und ihre Ordnung betrifft, kann mich nichts mehr erschüttern.«

»Wie Sie meinen.«

Bereits im Flur der Wohnung stolperte Valerie über mehrere Schuhe, die dort achtlos auf dem Boden verteilt lagen. Leise fluchend betrat sie den kleinen Wohnraum und verharrte bei dem Anblick. Die alte Couch war übersät mit Wäschestücken. Verpackungsreste und gebrauchte Teller bevölkerten die Tischplatte davor. Auch auf dem Boden lagen Kleidungsstücke und eine zerknüllte Wolldecke. Links stand ein Schreibtisch, auf dem sich ein Laptop und ein Drucker befanden, außerdem mehrere halbgeleerte Kaffeetassen und ein übervoller Aschenbecher. Eine Schicht aus beschriebenem Papier und kleineren Zetteln mit handschriftlichen Notizen breitete sich dazwischen aus. In der Luft hing der abgestandene Geruch von kaltem Rauch und gammeligem Essen.

»Ich denke, von Ihnen könnten meine Brüder noch was lernen«, meinte Valerie geschockt.

»Ich habe Sie gewarnt«, entgegnete Mark. Er legte die Tüte auf dem Tisch ab und warf einen Blick in jeden Raum, um ganz sicher zu gehen, dass ihn hier nicht eine weitere Überraschung erwartete.

Den Wäschestücken ausweichend, arbeitete sich Valerie durch den Raum, bis sie vor einem gerahmten Zeitungsausschnitt an der Wand über dem Schreibtisch stehen blieb. Das Bild darin zeigte Mark mit einem seiner Bücher in der Hand bei einer Lesung. »Irgendwie hatte ich mir den Arbeitsplatz eines Schriftstellers ... nun ja ... inspirierender vorgestellt.«

»Glauben Sie mir, ich war nicht immer so schlampig.« Ein wenig beschämt betrachtete er seinen Gast. »Noch vor zwei Jahren habe ich nicht mal ein Glas ohne einen Untersetzer abgestellt.«

»Was ist passiert?«

»Sagen wir mal, es ist in letzter Zeit nicht so gut gelaufen.«

»Ihnen fehlt die weibliche Hand.«

»Das trifft es ziemlich genau.« Er überspielte seine Betroffenheit mit einem gestellten Lächeln. »Kann ich Ihnen etwas anbieten? Einen Kaffee vielleicht?«

»Ich hatte in der Redaktion schon reichlich davon Und wenn ich mir das hier so betrachte, möchte ich mir gar nicht vorstellen, wie es in Ihrer Küche aussehen mag.«

»Aus irgendeinem Grund ist meine Verwahrlosung noch nicht bis dorthin vorgedrungen. Ich kann Ihnen auch versichern, dass Sie gefahrlos meine Toilette benutzen können.« Er sammelte hastig ein paar der Kleidungsstücke ein und warf sie durch die Tür in den Nebenraum, von dem Valerie annahm, dass es sich dabei um das Schlafzimmer handelte. »Setzen Sie sich«, sagte er ein wenig verlegen und deutete auf die halbwegs freigeräumte Couch.

Valerie zögerte einen Moment. Es war reine Neugier gewesen, die sie in diese Wohnung geführt hatte. Sie wollte sich ein genaueres Bild von dem Mann machen, der sie auf eine ihr unerklärliche Weise faszinierte. Sie hätte nicht einmal sagen können, was genau es war, das sie zu ihm hinzog. Er strahlte einfach eine gewisse Art von Zielstrebigkeit und Stolz aus, die ihr sehr gut gefiel. Das war aber nicht der einzige Grund. Kulturseiten hin oder her, sie arbeitete in erster Linie für eine Zeitung. Und die war an solchen Storys brennend interessiert. Doch nun erschien es ihr ziemlich leichtsinnig, sich weiterhin hier aufzuhalten. Zwar sagte ihr eine innere Stimme, dass Mark Ritter nicht gefährlich war, aber es war auch offensichtlich, dass er sein Leben nicht im Griff hatte. Und das mahnte sie zur Vorsicht. Nicht zuletzt deshalb, weil ihre Einschätzung, was Männer betraf, bislang nicht die verlässlichste war. Dennoch zwang sie etwas dazu, diese Zweifel zu ignorieren. Etwas, das ihr völlig irrational vorkam, sich aber gleichzeitig richtig anfühlte. Schließlich folgte sie diesem Instinkt und setzte sich, wobei sie darauf achtete, nicht auf das Hemd zu treten, das vor dem Tisch zu ihren Füßen lag.

Mark bemühte sich, das Chaos weiter zu bereinigen.

»Wie lange wohnen Sie hier schon allein?«

Er hielt in der Bewegung inne. »Zu lange, wie es scheint«, erwiderte er und widmete sich den Tellern auf dem Tisch.

Valerie bemerkte, wie Marks Augen auf das Display des Funktelefons gerichtet blieben. »Ihr Freund hat sich nicht bei Ihnen gemeldet?«

»Nein«, sagte er und stapelte die Teller und Tassen.

»Ist Ihnen mal der Gedanke gekommen, dass er vielleicht etwas mit alldem zu tun hat?«

Mark betrachtete sie steif. »Nein.«

»Wieso nicht?«

»Ich habe meine Gründe.«

»Und ich habe mich gestern Abend kurz mit Kettner unterhalten«, sagte sie, während sie zwischen den übrigen Wäschestücken steif auf der Kante der Couch hockte. »Er schien nicht sonderlich von den Bildern ihres Freundes angetan zu sein. Er sagte, er fände sie interessant, aber nicht sonderlich beeindruckend. Da sein Wort in der Kunstszene großen Einfluss hatte, wäre eine solche Kritik Ihrem Freund sicher nicht zugutegekommen. Vielleicht konnte er damit nicht umgehen.«

»Und Sie glauben, das reicht als Motiv aus, um jemanden zu töten und auf seinen besten Freund loszugehen?«

»Wenn es um Geld und Erfolg geht, sind die Menschen bekanntlich zu allem in der Lage.«

»Dann müsste ich schon längst zum Mörder geworden sein.«

Valerie blickte ihn verstört an. »Wie darf ich das verstehen?«

»Als Autor bin ich abhängig von jeder Meinung im Internet. Und jede schlechte Rezension, selbst wenn sie noch so unqualifiziert daherkommt, kostet mich potentielle Leser. Das kann mitunter schon frustrierend sein.«

»Dann muss es Sie ziemliche Überwindung gekostet haben, sich ausgerechnet an mich zu wenden.«

»Verstehen Sie mich nicht falsch«, lenkte Mark ein, »ich habe nichts gegen Kritik, zumindest nicht, wenn sie fundiert daherkommt. Leider ist das heutzutage nur selten der Fall. Ich finde, die Leute sollten wieder mehr auf ihre Intuition vertrauen, anstatt auf solche Bewertungen.«

»Die Leute machen sich eben vorab gerne ein Bild von

dem, was sie kaufen.«

»Wenn ich Ihnen sagen würde, dass mir Ihre Handtasche nicht gefällt, würden Sie sich deshalb meiner Meinung anschließen und sich eine andere kaufen?«

»Nein ... sicher nicht.«

»Warum sollten Sie es dann bei Büchern tun, die sie interessieren?«

»Das ist etwas völlig anderes.«

»Finden Sie? Ich möchte jedenfalls nicht wissen, wie viele gute Bücher mir entgangen wären, hätte ich etwas auf die Meinungen anderer Leute gegeben.«

»Tja, das ist sicher ein Thema, über das wir den ganzen Tag diskutieren könnten.«

»Leider sind heutzutage die wenigsten bereit dazu.«

Sie betrachtete ihn irritiert. »Was genau gefällt Ihnen denn an meiner Handtasche nicht?«

Er grinste. »So viel zum Thema Umgang mit Kritik.«

Valerie atmete durch und ließ ihren Blick über das volle Bücherregal gleiten, welches der einzige Platz in diesem Raum war, der einer gewissen Ordnung folgte. »Wollten Sie schon immer Schriftsteller werden?«

»Wird das jetzt ein Interview?«

»Ich bin einfach neugierig.«

»Ich war schon immer ein Träumer«, sagte er. »Da erschien es mir irgendwie naheliegend.«

»Es gehört schon ein bisschen mehr dazu, wie ich finde.«

»Na ja, ein gewisses Talent zum Schreiben wurde mir schon in der sechsten Klasse bescheinigt. Ernsthaft darüber nachgedacht habe ich aber erst mit Mitte zwanzig zum ersten Mal. Damals hielt ich es für den unabhängigsten Beruf der Welt. Ich wollte einfach frei sein.«

»Und heute?«

Das Lächeln in Marks Gesicht löste sich auf. »Heute weiß ich, dass es so etwas wie Freiheit nicht gibt. Man ist immer von etwas abhängig. Sie von Ihrem Arbeitgeber, ich von der Gunst meiner Leser. Erfolg oder Misserfolg, das alles spielt keine Rolle. Letztendlich kann es eine Krankheit sein, die einen in die Knie zwingt. Freiheit ist nur eine Illusion.«

Valerie ließ ihren Blick einige Sekunden auf ihm ruhen. Sie versuchte noch immer, aus diesem Mann schlau zu werden, der ihr immer interessanter erschien. Zwar wirkten seine Ansichten zum Teil etwas stur und antiquiert, dennoch gefiel ihr die Art, wie er für seine Überzeugungen einstand. Und dann waren da noch diese dunklen Augen, in denen sie eine gewisse Schwermut entdeckte, die gleichzeitig aber zielbewusst wirkten. Valerie spürte ihren Puls in den Schläfen pochen, redete sich aber ein, dass dies durch eine erhöhte Dosis Koffein verursacht wurde.

Mark hatte das Geschirr mittlerweile in der Küche abgestellt und sammelte die restlichen Kleidungsstücke ein. »Ich denke, Sie können sich jetzt einigermaßen gefahrlos bewegen, solange ich ein paar Sachen packe.«

»Ehrlich gesagt wundert es mich, dass Sie noch saubere Sachen haben.« Sie bückte sich und hob das Hemd zu ihren Füßen auf. »Sie haben nicht den geringsten Plan, wie es jetzt weitergehen soll, hab ich recht?«

»Das Leben hält sich erfahrungsgemäß nicht an Pläne.«

»Dennoch sollte man hin und wieder einen haben, oder wollen Sie etwa auf der Straße schlafen?«

»Wenn ich keine andere Wahl habe. Aber bis dahin werde ich alles Nötige unternehmen, um zu beweisen, dass ich nichts mit der Ermordung David Kettners zu tun habe. Und dafür ist Ihr Mann nach wie vor meine beste Option. Wenn Sie ihn nicht anrufen, werde ich es tun.« Er hob eine einzelne Socke auf und packte sie zu den anderen Sachen auf seinem Arm.« Warten Sie hier, ich bin gleich wieder da.« Auf dem Weg ins Schlafzimmer hielt Valerie ihn zurück.

»Sie haben was vergessen«, sagte sie, stand auf und streckte ihm das Hemd entgegen, das sie vom Boden aufgehoben hatte. Erst jetzt fielen ihr die steifen Blutflecke daran auf. Augenblicklich löste sich ihr Griff, als hätte sie sich die Finger an dem Stoff verbrannt. Das Hemd fiel auf den Tisch, wo es ausgebreitet liegenblieb. Valerie wich langsam davon zurück, während sie ihre Hände vor den Mund gepresst hielt und einen Aufschrei unterdrückte.

»Wie zum Teufel ...?«, entfuhr es Mark, der ratlos auf das Hemd starrte. Dann sah er die Zweifel in Valeries Augen, ging auf sie zu, wollte sie beruhigen. Aber sie wich zurück, wirkte völlig verängstigt.

In diesem Moment klingelte es an der Tür.

Mark warf die Sachen zu Boden und eilte zum Fenster. Sofort entdeckte er den Streifenwagen auf der gegenüberliegenden Straßenseite.

»Verdammt!« Als er sich wieder Valerie zuwendete, registrierte er, wie sie hektisch nach ihrer Handtasche griff und sich dem kurzen Flur zur Wohnungstür näherte. Mark hechtete über die Couch und hielt sie zurück. Sofort setzte sie sich panisch zur Wehr und wollte gerade zu einem Hilfeschrei ansetzen, als Mark sie unsanft von hinten packte und ihr den Mund zuhielt.

»Seien Sie still«, flüsterte er ihr zu und hatte Mühe, sie zu bändigen. »Und hören Sie auf herumzuzappeln, ich will Ihnen nicht wehtun.«

Die Klingel ertönte ein weiteres Mal.

Valerie wimmerte und versuchte, sich zu befreien, sodass Mark gezwungen war, seinen Griff zu festigen.

»Hören Sie endlich auf, verdammt. Ich will doch nur ...«

Sie biss ihm mit aller Kraft in die Hand.

Mark unterdrückte einen Aufschrei, lockerte aber seinen Griff trotz des Schmerzes nicht. Er zerrte Valerie zurück in den Wohnraum, neben das Fenster zur Straße, und beobachtete, wie die beiden uniformierten Beamten zurück in ihren Wagen stiegen und aus seinem Sichtfeld davonfuhren. Erleichtert atmete er auf.

»Ich werde Sie jetzt loslassen«, sagte er bemüht zu Valerie, die sich noch immer in seiner Hand verbissen hatte. »Versprechen Sie mir, nicht gleich auszuflippen und herumzuschreien?«

Nach kurzem Zögern nickte sie.

»Lassen Sie uns vernünftig darüber reden, einverstanden?«

Erneutes Nicken.

Mark ließ sie los und hielt sich den Handballen, in den sich ihre Zahnreihen gegraben hatten.

Augenblicklich schwang Valerie herum und prügelte auf ihn ein. »Sie verdammter Idiot!«, schrie sie außer sich. »Was fällt Ihnen ein?«

»Das war nötig, um Sie ruhigstellen«, sagte Mark, ohne Gegenwehr zu leisten, »sonst wären Sie völlig verstört den beiden Polizisten in die Hände gelaufen. Das hätte meine Situation sicher nicht verbessert.«

Ängstlich wich sie hinter die Couch zurück, die nun wie ein schützender Wall zwischen ihnen stand. Sie griff in ihre Handtasche und zog einen Elektroschocker daraus hervor, den sie drohend in seine Richtung hielt. »Bleiben Sie ja, wo Sie sind!«

Er hob abwehrend die Hände. »Keine Angst, ich werde Ihnen nichts tun.«

»Darauf können Sie einen lassen!« Ihre blauen Augen funkelten, während sie den Elektroschocker vor sich hielt.

»Ich bin kein Mörder, Valerie, und im Grunde wissen Sie das. Sonst wären Sie nicht hier.«

»Diesen Leichtsinn werde ich mir nie verzeihen. Keine Ahnung, was mich dazu getrieben hat, Ihnen zu glauben. Ich hätte es eigentlich besser wissen müssen. Vermutlich sollte ich mir einfach eingestehen, dass ich, was Männer angeht, keinen besonders zuverlässigen Kompass habe.«

»Sind Sie jetzt fertig?« Der Nachdruck in seiner Stimme ließ Valerie erschrocken zusammenfahren. »Beruhigen Sie sich endlich, Sie sind ja vollkommen überdreht!«

»Da liegt ja auch ein blutiges Hemd auf dem Tisch!«, schrie sie außer sich. »Wem wollen Sie eigentlich noch was vormachen? Womöglich stecken Sie und Ihr Freund beide in der Sache drin.«

»Jetzt werden Sie hysterisch.«

»Ich habe ja wohl auch allen Grund dazu!«

»Das Blut an dem Hemd ist von Kettner, ja«, gestand Mark. »Aber es stammt von der Prügelei, die ich mit ihm hatte. Wenn Sie das Video gesehen hätten, dann wüssten Sie das. Darauf ist eindeutig zu sehen, wie ich mir die Hand an dem Hemd abwische, nachdem ich ihm ...«

»Was? Nachdem Sie ihm die Nase gebrochen haben?«

»Nein, das war schon vorher.«

»Mein Gott, ich muss total verrückt gewesen sein, mich auf Sie einzulassen.«

»Hören Sie, ich kann mir das im Moment selbst nicht erklären, aber dieses Hemd hat nicht dort gelegen, als ich heute Morgen diese Wohnung verlassen habe. Es muss jemand hier gewesen sein.«

»Wollen Sie mir jetzt etwas weismachen, dass der Kerl auch hier eingebrochen ist?«, fragte sie spöttisch. »Und natürlich hat er auch in Ihren Sachen herumgeschnüffelt, ohne etwas zu stehlen.«

Marks Augen blieben starr auf das Bücherregal hinter Valerie gerichtet. »Irrtum«, meinte er. »Er hat etwas gestohlen.«

»Was?«, meinte sie verstört.

Ohne darauf zu achten, dass er Valerie damit eine Fluchtmöglichkeit eröffnete, ging Mark um die Couch herum. Vor dem Bücherregal blieb er stehen und deutete auf das rechte Ende des zweitobersten Fachs. Es war die einzige Stelle des großflächigen Regals, die eine Lücke aufwies. »Hier standen zwei Ausgaben meiner Bücher«, erläuterte er. »Eine davon ist verschwunden.«

Valerie überlegte nicht lange. Sie drehte sich blitzartig um und lief los. Dabei verfingen sich ihre Füße in Marks

Bademantel, der neben der Tür auf dem Boden lag. Sie stolperte, verlor das Gleichgewicht, schlug hart gegen den Türrahmen und fiel zu Boden, wo sie regungslos liegenblieb.

»Na großartig«, seufzte Mark in die einsetzende Stille hinein. »Das fehlt gerade noch.«

Wenige Minuten später lag Valerie auf der Couch und hielt sich eine Kühlkompresse gegen die schmerzende Stirn. Sie zuckte kurz zusammen, als Mark mit einer dampfenden Tasse in der Hand neben ihr auftauchte.

»Keine Angst«, sagte er mit beißendem Unterton. »Das ist nur Tee, ich will Sie nicht umbringen. Wie es aussieht, kriegen Sie das auch alleine hin.« Er stellte die Tasse ab und beugte sich über sie. »Lassen Sie mal sehen.« Er hob die Kompresse an und begutachtete die rötliche Stelle auf ihrer rechten Stirnhälfte, die trotz der Kühlung leicht anzuschwellen begann. »Das dürfte eine schöne Beule geben. Sie waren kurz weggetreten und sind noch immer etwas benommen. Trinken Sie den Tee, das wird Ihren Kreislauf stabilisieren.« Er setzte sich an den Schreibtisch und zündete sich eine Zigarette an.

»Müssen Sie jetzt unbedingt Rauchen?«

»Entschuldigen Sie«, sagte er und drückte den Glimmstängel in dem übervollen Aschenbecher aus. »Eine schlechte Angewohnheit von früher.«

»Sie meinen neben dem Trinken?«

Mark seufzte. »Haben Sie noch nie versucht, Ihren Frust zu ertränken?«

»Nein. Denn ich habe irgendwann eingesehen, dass es mir nichts bringt, vor meinen Problemen davonzulaufen.«

»Tja, dafür dürfte die Beule an Ihrem Kopf ein gutes Beispiel sein.«

»Halten Sie die Klappe!«

Sie setzte sich auf, und Mark beobachtete, wie sie an ihrem Tee trank, während sie sich weiterhin die Kompresse gegen die Stirn drückte.

»Es tut mir leid, wenn ich vorhin ein wenig grob war«, meinte er. »Ich wollte Ihnen keine Angst machen.« Mark griff nach einer offenen Packung Taschentüchern auf dem Tisch und legte sich eines davon auf die Bisswunde an seiner Hand, die leicht blutete.

»Ist es schlimm?«, fragte Valerie zaghaft, fügte jedoch sogleich hinzu: »Ich hoffe für Sie, dass es schlimm ist!«

»Ich schätze, das habe ich verdient.«

»Darauf können Sie einen lassen!«

»Für eine Frau drücken Sie sich ziemlich männlich aus.«

»Ich sagte doch, ich bin mit zwei Brüdern aufgewachsen.« Sie stellte die Tasse auf dem Tisch ab. »Ihnen ist hoffentlich klar, dass die Polizei wiederkommen wird.«

»Bis jetzt dürften die nur nach mir suchen, weil sie mich zu den Vorfällen der letzten Nacht befragen wollen. Hätten die was Konkretes gegen mich in der Hand, wären sie kaum unverrichteter Dinge wieder abgezogen.«

»Sie meinen, so etwas Konkretes wie ein blutiges Hemd?« Sie schielte verstohlen auf das Kleidungsstück, das über der Lehne der Couch hing.

»Immerhin verschafft uns das etwas Zeit.« Er lächelte. »Denn wie es aussieht, hat das Schicksal beschlossen, dass Sie noch ein wenig bei mir bleiben.«

»Es war wohl eher Ihre Unordnung, die dazu beigetragen hat.« Sie stöhnte kurz auf, als die Beule an ihrem Kopf zu pochen begann. »Und nicht zuletzt meine verdammte Tollpatschigkeit. Ich weiß auch nicht, warum mir immer solche Dinge passieren.«

»Ich finde, es verleiht Ihnen Charme.«

Sie legte die Kompresse beiseite und blickte zu dem Regal. »Wenn ich mich recht erinnere, sagten Sie, bevor ich mich so charmant ausgeklinkt habe, dass eines Ihrer Bücher fehlt.«

Mark nickte. »Es war die Erstausgabe von *Blutrausch*, die ich vom Verlag bekommen habe.«

»Dann fasse ich das Ganze mal zusammen«, sagte Valerie zynisch. »Jemand, der nicht Ralf Clemens ist, aber dessen Hut trägt, versucht erst, Sie umzubringen, sucht dann aber panisch das Weite. Anschließend dringt er in Ihre Wohnung ein, wühlt in Ihren Sachen herum und stiehlt eines Ihrer Bücher, das er auch in jeder Buchhandlung hätte kaufen können. Und dann zieht er unverrichteter Dinge wieder ab. Sie müssen zugeben, das hört sich ziemlich verrückt an.«

»Glauben Sie mir, ich bin darüber genauso ratlos wie Sie. Das alles ergibt keinen Sinn.«

»Da sind wir ausnahmsweise einer Meinung. Zumal sich an Ihrer Tür keinerlei Einbruchsspuren befinden. Und Ihre Wohnung liegt im dritten Stock. Wenn der Einbrecher also nicht Spiderman war, wie erklären Sie sich das?«

»Da kann es eigentlich nur eine Möglichkeit geben. Ralf hat einen Schlüssel zu meiner Wohnung.«

»Ich sagte Ihnen ja, dass er vielleicht etwas damit zu tun hat.«

»Das denke ich nicht.«

»Ist das so ein Männerding? Kumpels bis in den Tod und so?«

»Nein. Es ist der Grund, weshalb ich mit Ihrem Mann sprechen muss.«

Valerie seufzte. »Glauben Sie, er kauft Ihnen diese Story eher ab?«

»Hören Sie«, sagte Mark ein wenig genervt. »Ich mag vielleicht ein zynischer Mensch sein, und hin und wieder neige ich ein wenig zur Depression, aber ich bilde mir das alles nicht ein. Dieser Kerl ist sicher nicht hier eingebrochen, um mein Buch zu stehlen. Über seine genauen Gründe werde ich ihn befragen, wenn ich ihn aufgespürt habe. Solange müssen Sie mir vertrauen. Sie schreiben für eine Zeitung. Und soviel ich weiß, sind solche Medien an Schlagzeilen interessiert. Ich biete Ihnen eine für die Titelseite.«

Mark erhob sich von seinem Stuhl.

»Was haben Sie vor?«

»Ich werde tun, weshalb ich hierhergekommen bin. In der Zwischenzeit können Sie sich überlegen, ob Sie für oder gegen mich sind.« Er öffnete die Tür und verschwand im Schlafzimmer.

Als Mark zehn Minuten später mit einer vollen Reisetasche zurück in den Wohnraum trat, stand Valerie mit dem Rücken zu ihm neben dem Schreibtisch. Er konnte gerade noch erkennen, wie sie ihr Handy vom Ohr nahm und ein Gespräch beendete.

»Sie sind noch da«, stellte er überrascht fest.

Erschrocken wirbelte sie herum. »Ja ... das bin ich.« Ihr Gesicht schien etwas blasser geworden zu sein. Mark erkannte das Unbehagen darin. Er sah auf das Handy, das sie nervös in der Hand wiegte.

»Mit wem haben Sie telefoniert?«

»Mit meinem Noch-Ehemann.« Aus ihren klaren Augen schien etwas Glanz gewichen zu sein. »Keine Angst«, meinte sie beschwichtigend, »ich habe Sie nicht verraten. Ich ... ich sagte ihm nur, dass ich Kontakt zu Ihnen habe und dass Sie mich um Hilfe gebeten haben.«

»Und?«

»Er meinte, wenn Sie nicht in die Sache verwickelt wären, dann hätten Sie auch nichts zu befürchten. Ihre Aussage könnte aber durchaus von Nutzen sein. Daher will er sich mit uns treffen.«

Mark beäugte sie misstrauisch.

»Also gut, er hat auch gesagt, es täte ihm leid, was er mir angetan hat, und er würde mich gerne wiedersehen, um einige Dinge mit mir zu besprechen. Als Gegenleistung würde er sich Ihre Version der Geschichte anhören.«

»Und Sie haben sich darauf eingelassen?«

Sie nickte verhalten.

Mark registrierte, dass sie vor Aufregung zu zittern begann. Es war ihr anzusehen, wie schwer ihr dieser Anruf gefallen war. Offensichtlich verursachte ihr die Aussicht auf dieses Treffen ein erhebliches Unbehagen. Sie hatte Angst vor diesem Mann.

»Was hat dieser Kerl Ihnen angetan?«

»Das sagte ich Ihnen bereits.«

»Er hat Sie aber nicht nur geschlagen. Das ist vermutlich auch der Grund, weshalb Sie vorhin so überreagiert haben.«

»Wollen Sie nun meine Hilfe, oder nicht?«

»Schon gut. Ich versuche nur, aus Ihnen schlau zu werden. Gerade wollten Sie noch vor mir davonlaufen, und nun opfern Sie sich für mich auf, um mir zu helfen. Ich frage mich, was diese plötzliche Wandlung verursacht hat.«

»Ich ...« Sie atmete durch und deutete auf die Papiere auf seinem Schreibtisch. »Ich habe ein paar der handgeschriebenen Manuskriptseiten gelesen.«

»Das sind keine Manuskriptseiten«, meinte Mark ein wenig entrüstet. »Das sind persönliche Notizen und Gedanken. Sie sind nicht für die Öffentlichkeit bestimmt.«

»Das sollten sie aber. Sie sind sehr ... bewegend.« Erneutes Durchatmen. »Wer so mitfühlend schreibt, der kann im Grunde nicht schlecht sein.«

»Sind Sie wirklich so naiv?«, fragte Mark. »Einige der schlimmsten Serienmörder waren sehr einfühlsam und charmant.«

»Das hier ist etwas anderes. Es ist ehrlich und kommt von Herzen. Ich finde es großartig. Sie müssen damit weitermachen.«

»Ja ... sicher«, meinte er. »Aber zunächst einmal muss ich mein Leben wieder in Ordnung bringen.«

»Dann lassen Sie mich Ihnen dabei helfen. Jetzt weiß ich, dass ich es für eine gute Sache tue.«

Mark schüttelte den Kopf. »Sie sind wirklich mit Leib und Seele Kritikerin.«

»Ich fasse das als Kompliment auf.«

»Na schön«, gab er nach. »Wann und wo soll dieses Treffen stattfinden?«

Sie blickte auf die Uhr. »Andreas hat in einer halben Stunde Dienstschluss. Er wohnt noch immer in unserem gemeinsamen Haus in Dellbrück, obwohl er es sich alleine nicht leisten kann. Vermutlich ist er noch immer der Überzeugung, dass ich zu ihm zurückkomme. Und anscheinend hält er dieses Treffen für eine gute Möglichkeit, mich dazu zu überreden.«

Mark strich sich über das Kinn. »Die Frage ist: Kann man ihm trauen?«

»Ich habe drei Jahre meines Lebens mit ihm verbracht, und glauben Sie mir, wenn es etwas gibt, das man Andreas Bechner nicht schenken sollte, dann ist das Vertrauen.«

»Es wird mir nichts anderes übrigbleiben.« Er griff nach der Tüte auf dem Tisch.

»Was ist da drin?«

»Eine Freikarte aus dem Gefängnis, wenn ich Glück habe.« Mark packte das Hemd zu der Fernbedienung in die Tüte und verstaute alles in seiner Tasche. Dann sah er auf die Uhr. »In einer Stunde wird es dunkel. Wir haben also noch Zeit, irgendwo etwas zu essen, bevor wir Ihren Mann aufsuchen.«

## KAPITEL 8

### In der Höhle des Löwen

Es hatte zu regnen begonnen, als sie vor dem Haus mit der Nummer 13 zum Stehen kamen. Die feinen Tropfen verschleierten ihnen augenblicklich die Sicht, als Valerie die Scheibenwischer abstellte und das Licht ausschaltete. Sie waren mehrmals durch das weitläufige Wohngebiet gefahren, doch sie hatten keine auffälligen Wagen oder Personen entdecken können, die auf einen Hinterhalt hätten schließen lassen. Alles war ruhig und nahm für diese Uhrzeit seinen gewohnten Gang, wie Valerie bemerkte. Die Rollläden am Haus waren heruntergelassen, und durch die Lamellen schimmerte schwaches Licht aus dem Innenraum. Bechners rotes Coupé stand vor der Garage in der Einfahrt.

»Vermutlich hat er das Auto absichtlich dort abgestellt, um uns zu signalisieren, dass er zu Hause ist«, sagte Valerie in abfälligem Ton. »Bei diesem Wetter würde er es niemals draußen stehen lassen. Er hat diese Scheißkarre immer mehr geliebt als mich.«

Mark saß geduckt auf dem Beifahrersitz und spähte über den Rand der Armaturen zu dem Haus hinüber. »Die Dreizehn war noch nie meine Glückszahl«, bemerkte er. »Immerhin sieht alles friedlich aus.«

»Der Schein trügt, glauben Sie mir.«

»Wenn man Sie so reden hört, könnte man meinen, dort wohnt Charles Manson. Langsam frage ich mich, weshalb Sie diesen Kerl geheiratet haben.«

»Ich sagte ja, der Schein kann trügen.« Sie zog die Handbremse an und schaltete den Motor aus.

Mark bemerkte, wie ihre Hände wieder zu zittern begannen. »Sie sollten mir ein wenig mehr über den Mann erzählen«, meinte er. »Wenn wir uns schon in die Höhle des Löwen begeben, dann wüsste ich gerne, was uns dort drin erwartet.«

Valerie betrachtete ihn einige Sekunden. »Alles was Sie über Andreas Bechner wissen müssen, ist, dass ich seine einzige Schwäche bin. Er kann sich nicht mit meinem Verlust abfinden und will seinen Besitz um jeden Preis zurückhaben. Und diesen Vorteil können wir uns zunutze machen. Vorsicht ist nur geboten, wenn er Alkohol getrunken hat. Dann wird er sehr jähzornig. Aber das kennen Sie ja.«

Mark verdrehte die Augen.

»Ich bin überzeugt, er wird sich von seiner besten Seite zeigen. Aber lassen Sie sich davon nicht täuschen. Im Grunde ist er sehr berechnend und sucht nur seinen eigenen Vorteil.«

»Das klingt äußerst beruhigend«, entgegnete Mark und legte seine ganze Skepsis in diese Worte.

»Das Ganze war Ihre Idee, schon vergessen?« Sie griff nach ihrer Handtasche auf dem Rücksitz. »Sie warten hier. Ich werde mich erst einmal im Haus umsehen. Wenn die Luft rein ist, gebe ich Ihnen ein Zeichen.«

»Und wenn nicht?«

Sie zögerte. »Ich bitte Sie nur um einen Gefallen. Lassen Sie mich auf keinen Fall allein mit ihm zurück.« Mit diesen Worten stieg sie aus und ging auf das Haus zu.

Mark beobachtete vom Fahrersitz aus, wie die Tür geöffnet wurde. Bechner trug noch immer seine Dienstuniform, was bedeutete, er hatte seine Waffe griffbereit.

*Lassen Sie mich auf keinen Fall allein mit ihm zurück.*

Langsam kam ihm Valeries Verhalten reichlich paranoid vor. Vermutlich litt sie an der typisch weiblichen Eigenschaft, alles übertreiben zu müssen.

Mark beobachtete, wie die beiden miteinander redeten. Alles lief sehr ruhig ab, was er den Gesten der beiden entnehmen konnte, die sehr beherrscht waren. Schließlich betrat Valerie das Haus, während ihr Mann an der Tür wartete und zu ihm herübersah. Mark konnte nicht viel von ihm erkennen, aber was er sah, wirkte sehr einschüchternd.

Es dauerte keine zwei Minuten, bis Valerie wieder an der Tür erschien und ihm mit gestrecktem Daumen ein Zeichen gab. Alles in Ordnung. Als Mark aus dem Auto stieg und durch den Regen die Straße überquerte, sah er sich noch einmal um. Doch er konnte nichts erkennen, was dieses mulmige Gefühl in ihm erklärt hätte, als er sich dem Haus näherte.

Andreas Bechner war eine imposante Erscheinung, die, selbst als er Mark am Tisch gegenübersaß, nichts von ihrer einschüchternden Ausstrahlung einbüßte. Valerie hatte am unteren Ende Platz genommen und hielt ihre Hände krampfhaft ineinander verschlungen, während Bechners kantiger Schädel zwischen ihnen hin- und herschwenkte, bis seine dunklen Augen schließlich prüfend auf Mark gerichtet blieben. Misstrauisch beäugte er seine Blessuren.

»Sie behaupten also, Sie hätten nichts mit der Ermordung David Kettners zu tun«, sagte er mit tiefer, sonorer Stimme, die nicht weniger einschüchternd wirkte.

»Ich bin mir dessen ziemlich sicher«, erwiderte Mark.

Die großflächige Stirn Bechners legte sich in Falten. »Wie darf ich das verstehen?«

»Ich kann mich leider an nichts erinnern, was letzte Nacht geschehen ist.«

»Das schließt nicht aus, dass Sie daran beteiligt waren.«

»Um mir darüber Klarheit zu verschaffen, bin ich hier. Ich werde mich erst Ihren Kollegen stellen, wenn ich mir meiner Rolle in diesem Fall bewusst bin. Doch dazu muss ich wissen, wie der derzeitige Stand der Ermittlungen ist.«

Bechners Blick wechselte wieder zu seiner Frau. »Was ist mit deiner Stirn passiert?«

Valerie fasste sich an die geschwollene Stelle. »Ich bin gestolpert.«

»Soso, gestolpert«, meinte Bechner und schielte verstohlen zu Mark. »Ich gehe davon aus, die Aufzeichnung, die von Ihrer und Kettners Auseinandersetzung existiert, ist Ihnen bekannt.«

Mark nickte verhalten.

»Diese Bilder lassen Sie in keinem guten Licht erscheinen und zeugen eher von einem völligen Kontrollverlust. Einer der Hauptursachen für Mord.«

Mark holte tief Luft. »Von diesem Standpunkt aus betrachtet, könnte man Valeries Auszug aus diesem Haus auch als Präventivmaßnahme betrachten.«

Ihm war durchaus bewusst, dass eine solche Anspielung ihm keinesfalls einen Vorteil einbrachte. Dennoch ließ Mark es sich nicht nehmen, seine Abneigung gegen Andreas Bechner hervorzuheben.

»Wie es scheint«, sagte der reglos, »haben Sie einen großen Einfluss auf meine Frau.«

»Ich bin nur ziemlich gut im Kombinieren«, entgegnete Mark. »Und nun können wir die Diskussion über Kontrollverlust gerne fortsetzen.«

»Tja«, sagte Bechner ruhig und deutete in Valeries Richtung, »die Beule hat sie nicht von mir.«

»Ich sagte doch, ich bin gestolpert«, fuhr Valerie energisch dazwischen.

Bechner erhob sich plötzlich. Mark und Valerie zuckten zusammen. Die Anspannung in dem Raum war förmlich zu spüren.

»Keine Bange«, meinte Bechner und hob beschwichtigend die Hände. »Ich will uns nur Kaffee aufsetzen. Ich denke, das wird ein langer Abend.«

»Sie wollen also Informationen zu dem Fall, weil Sie hoffen, damit Ihr schlechtes Gewissen loszuwerden«, sagte Bechner, der Tassen verteilte, während hinter ihm die Kaffeemaschine röchelte. Seine Stimme klang schwermütig und zugleich direkt, als zerre eine unterschwellige Wut an ihr. »Und anschließend soll ich Sie einfach wieder davonziehen lassen und so tun, als wäre das hier nie passiert, womit ich ungefähr gegen ein halbes Dutzend Dienstvorschriften verstoße.«

»Ich verlange nicht von Ihnen, mein Fluchthelfer zu werden. Ich möchte lediglich wissen, wie meine Chancen stehen, wenn ich mich freiwillig stelle.«

»Wie Sie unschwer erkennen können, gehöre ich nicht der Kripo an. Wie sollte ich Ihnen also helfen können?«

»In einem solchen Fall arbeiten Ihre Behörden eng zusammen. Sie greifen auf dasselbe Netzwerk zu, daher stehen Ihnen auch dieselben Informationen zur Verfügung, die Sie im Falle einer Fahndung benötigen.«

Bechner setzte sich wieder. »Sie scheinen sich ja bestens auszukennen.«

»Ich bin Autor von Kriminalromanen.«

Seine Augenbrauen senkten sich, als er Valerie betrachtete. »Daher kennt meine Frau Sie also«, schlussfolgerte er.

»Wir sind uns gestern Abend auf einer Kunstausstellung begegnet«, erläuterte Mark. »Die Besitzerin der Galerie gab mir vorhin Valeries Nummer, weil sie der Meinung ist, Sie könnten mir in der Sache vielleicht weiterhelfen.«

Bechner spitzte verwundert die Lippen. »Sie reden von der Frau, die Sie in der Aufzeichnung aufs Übelste beschimpfen und zu Boden stoßen?« Er lachte verschroben. »Sie haben wirklich einen bemerkenswerten Draht zu Frauen.« Er schielte wieder zu Valerie. »Bei Gelegenheit müssen Sie mir Ihr Geheimnis verraten.«

Mark konnte nicht sagen, was er abstoßender an diesem Mann fand. Seine schmalen, schlitzartigen Augen oder die Tatsache, dass er ein selbstherrliches Arschloch war.

»Bekomme ich nun Informationen von Ihnen, oder nicht?«

»Das kommt ganz darauf an.«

»Und worauf genau?«

»Inwieweit Sie mich davon überzeugen können, nichts mit der Sache zu tun zu haben.«

»Ich würde mich kaum freiwillig in die Nähe eines Polizisten begeben, wenn ich jemanden ermordet hätte.«

Bechner starrte ihn an. »Komisch, dass Sie das erwähnen, denn ich frage mich die ganze Zeit, weshalb Sie in Ihrer Lage dieses Risiko überhaupt eingehen.«

»Ich habe Neuigkeiten, die Sie in dem Fall weiterbringen können. Diese bin ich gerne bereit, Ihnen zu übergeben, wenn Sie mir im Gegenzug sagen, wie der momentane Stand der Ermittlungen ist.«

»Diese Informationen fallen unter das Dienstgeheimnis. Es könnte mich Kopf und Kragen kosten, wenn jemand davon erfährt.«

»Ich werde es niemandem verraten.«

»Ach ja?« Misstrauisch beäugte er Valerie. »Wer sagt mir, dass da nicht mehr dahintersteckt? Eine gekränkte Ehefrau, zum Beispiel, die sicher nichts dagegen hätte, mir eins auszuwischen.«

»Mir würde ohnehin niemand von deinen Kollegen glauben«, meinte Valerie zynisch. »Dafür hast du ja gesorgt, nicht wahr?«

Der Ausdruck in Bechners Augen veränderte sich, wurde prägnanter. Er zog sein Handy hervor und legte es auffallend demonstrativ auf dem Tisch ab. »Ich habe dir lediglich meinen Standpunkt dargelegt.«

Augenblicklich wirkte Valerie eingeschüchtert. »Ja ... das hast du«, sagte sie kleinlaut.

»Vergessen wir das doch alles«, meinte Bechner mit versöhnlichem Unterton. Das Lächeln in seinem Gesicht wirkte dabei wie ein Fremdkörper. »Du bist hier, das ist alles, was zählt.«

Mark räusperte sich irritiert. »Ich kann verstehen, dass Sie beide eine Menge zu besprechen haben«, sagte er, »aber mir läuft die Zeit davon. Hören Sie sich jetzt an, was ich zu sagen habe?«

Für einen winzigen Augenblick verfinsterte sich Bechners Miene, gerade solange, dass Mark erkennen konnte, dass er für ihn nur ein lästiger Störfaktor war.

»Na schön«, meinte er zähneknirschend. Seine Finger fuhren über das Gehäuse seines Handys, als wollten sie es streicheln. »Valerie scheint Ihnen jedenfalls zu vertrauen. Das genügt mir vorerst.«

Sie redeten fast eine Stunde lang. Mark erzählte, wie er am Morgen im Stadtpark aufgewacht war, von dem Angriff und der Verwüstung in Ralfs Wohnung, bis hin zu den merkwürdigen Entdeckungen in seiner eigenen.

»Der Mann, der mich angegriffen hat, hatte etwa meine Größe und Statur. Außerdem war er sehr kräftig.«

»Das ist ziemlich dürftig«, meinte Bechner. »Konnten Sie keine Details erkennen?«

»Nein, nur Konturen.«

»Aber der Kerl hat den Hut Ihres Freundes getragen. Und dieser Freund ist seitdem spurlos verschwunden.«

»Es war nicht Ralf, der mich angegriffen hat«, beharrte Mark.

Bechner seufzte. »Wenn ich Sie vorhin richtig verstanden habe, hatte das Opfer, das ein bekannter Kunstkritiker gewesen ist, keine besonders hohe Meinung von den Arbeiten Ihres Freundes. Und mit Ihrem Auftritt im Leonardo dürften Sie Kettner noch mehr Grund dafür gegeben haben, Clemens auf die Abschussliste zu setzen. Damit hätten wir ein Motiv. Sie und Ihr Freund waren beide ziemlich angetrunken. Und Sie haben gemeinsam das Lokal verlassen. Das dürfte jedem Staatsanwalt genügend Spielraum für Spekulationen bieten. Sie könnten Kettner anschließend gemeinsam aufgelauert haben, um die Sache zu bereinigen. Danach trennten sie sich. Ihr Freund ging nach Hause, und als er langsam nüchtern wurde und ihm aufgestoßen ist, was er getan hat, übermannte ihn die Panik. Er verwüstete sein Atelier aus Wut über Sie, gab Ihnen die

Schuld dafür. Als Sie dann unverhofft bei ihm auftauchten, verleitete ihn das zu einer Kurzschlusshandlung, mit der er den einzigen Zeugen und Mitwisser beseitigen wollte. Die Sache geht schief und er taucht unter. Es gibt genügend Mordfälle, die sich in etwa so zugetragen haben.«

Mark schwieg einige nachdenkliche Sekunden. »Bleibt die Frage offen, was er anschließend in meiner Wohnung wollte?«

»Möglicherweise wollte er Ihnen dort auflauern und die Sache zu Ende bringen. Als er durch das Fenster zur Straße gesehen hat, dass Sie nicht alleine sind, hat er das Weite gesucht.«

»Und durchwühlt meine Sachen und stiehlt mein Buch?«

»Vielleicht wollte er es nach einem Einbruch aussehen lassen, um Verwirrung zu stiften.«

»Dafür hätte er sich nicht einmal anstrengen müssen«, spielte Valerie auf seinen Ordnungssinn an.

Bechners Miene erhellte sich ein wenig. Es schien ihm zu gefallen, Valerie auf seiner Seite zu haben.

»Herrgott!«, schrie Mark auf. »Ihr urteilt hier über einen Mann, den ich seit zwölf Jahren kenne und der einer der aufrechtesten Menschen ist, denen ich je begegnet bin. Er wäre niemals zu so etwas fähig. Ebenso wenig wie ich!«

Er betrachtete Valerie, als erhoffe er sich Unterstützung von ihr, irgendeine Art von Zuspruch. Immerhin hatte sie vor wenigen Stunden noch behauptet, er könne kein schlechter Mensch sein. Doch sie wich ihm aus und betrachtete stattdessen die volle Tasse Kaffee vor sich, die sie nicht angerührt hatte. Der Ausdruck in ihren Augen war eindeutig, und er glaubte, die Frage darin regelrecht lesen zu können: »*Was, wenn Ralf die Droge in den Drink getan hat?*«

»Wer kann schon sagen, was im Kopf eines Menschen vor sich geht, der nichts mehr zu verlieren hat«, meinte Bechner. »Wie auch immer, eine Überwachung ihrer Handys wurde heute beantragt. Ich kann Ihnen also nur empfehlen, das Ding nicht mehr zu benutzen.«

Mark schlug wütend mit der Faust auf den Tisch. »Das kann doch alles nicht wahr sein!«, machte er seinem Unmut Luft. »Ich bin Autor, ich schreibe nur über derlei Dinge.«

»Das kommt erschwerend hinzu«, meinte Bechner. »Wer solche Fantasien hat, der neigt womöglich auch dazu, sie irgendwann real werden zu lassen. Solche Argumente machen sich immer gut im Plädoyer eines Staatsanwaltes.«

Mark sackte resigniert in seinem Stuhl zusammen.

»Befindet sich das Hemd mit Kettners Blut noch immer in Ihrer Wohnung?«, fragte Bechner.

»Nein. Es ist in meiner Tasche in Valeries Auto, zusammen mit ...«

Bechners Kopf neigte sich interessiert. »Zusammen mit was?«

»Ich habe den Angreifer bei unserem Zweikampf mit einer Fernbedienung am Kopf verletzt«, erläuterte Mark. »Darauf befinden sich zweifelsfrei Blutspuren von dem Mann, der mich töten wollte.«

»Selbst wenn es sich dabei tatsächlich um das Blut von Clemens handelt, könnte man Ihnen immer noch eine Mittäterschaft unterstellen.«

»Ich sagte Ihnen doch, es war nicht Ralf, der mich angegriffen hat.«

»Und was macht Sie da so verdammt sicher?«

»Die Tatsache, dass er nicht vorbestraft ist.«

Bechner betrachtete ihn irritiert.

»Der Angreifer war sehr darauf bedacht, keine Spuren zu hinterlassen«, erläuterte Mark. »Er trug Handschuhe und eine Art Haarnetz, wie es auch Küchenpersonal benutzt.«

»Das muss keineswegs bedeuten, dass er vorbestraft ist. Vielleicht ist er einfach nur vorsichtig.«

»In seiner eigenen Wohnung? Das dürfte selbst einen Staatsanwalt nicht überzeugen.«

Bechner schwieg.

»Außerdem«, fuhr Mark fort, »hatte der Angreifer es ziemlich eilig davonzukommen, nachdem ich ihn verletzt habe. Er wollte um jeden Preis vermeiden, sein Blut dort zu verteilen.«

Bechner strich sich nachdenklich über das breite Kinn. »Sie glauben also, seine DNA wurde bereits polizeilich erfasst.«

Mark nickte. »Lassen Sie das Blut untersuchen. Ich wette, dann haben Sie einen Namen. Möglicherweise befinden sich auch Spuren derselben DNA an Kettners Leiche oder am Fundort. Damit wäre ich aus der Nummer raus. Und Ralf ebenso.«

»Das wird aber nur funktionieren, wenn Sie sich gleich mit ausliefern. Oder soll ich der Staatsanwaltschaft etwa weismachen, dass mir das Beweisstück zugeflogen ist? Und wenn Sie sich irren und die Untersuchung keinen Treffer ergibt ...« Bechner machte eine ausladende Handbewegung, die sagen sollte: »Pech gehabt.«

Der Druck hinter Marks Stirn stieg wieder an. »Vielleicht sollte ich erst einmal abwarten, was die weiteren Ermittlungen ergeben. Womöglich klärt sich alles von selbst auf.«

»Dann sollten Sie sich ein gutes Versteck suchen«, meinte Bechner, »denn es werden alle Personen auf dem Video zu dem Vorfall befragt. Das betrifft auch die Galeristin und ihren Assistenten, mit denen Sie sich heute getroffen haben. Wenn Sie die beiden also nicht zu einer Falschaussage überreden können, gelten Sie spätestens morgen offiziell als flüchtig.«

Mark verzweifelte. »Weiß man den schon etwas über die Quelle des Videos? Ich meine, es muss doch möglich sein, denjenigen über seine IP-Adresse zurückzuverfolgen.«

»Das war gar nicht nötig«, meinte Bechner. »Es handelt sich dabei um einen zwanzigjährigen Hitzkopf, der nur zufällig vor Ort war und von Ihrem handfesten Vortrag gegen die Auswüchse kapitalistischen Denkens so angetan war, dass er ihn mit dem Handy aufgenommen und anschließend ins Internet gestellt hat. Ihm war nicht einmal bewusst, gegen wie viele Rechte er damit verstoßen hat. Als er am nächsten Tag über die Medien von Kettners Ermordung erfuhr, hat er sich sofort bei uns gemeldet. Das Video ist mittlerweile vom Netz genommen.«

»Also eine Sackgasse«, stellte Mark erschöpft fest. »Wo genau wurde eigentlich Kettners Leiche gefunden?«

»Auf einem Kiesplatz, unmittelbar unterhalb der Zoobrücke.«

»Wurde er dort auch ermordet?«

»Es spricht alles dafür. Am Fuß von einem der frei aufstellbaren Parkverbotsschilder wurden Blut und Gewebe gefunden. Wie es aussieht, hat man ihm damit den Schädel zerstampft.«

Mark schluckte. »Wieso dort?«, fragte er. »Das Hotel, in dem Kettner gebucht hatte, liegt gut zwei Kilometer entfernt.«

»Vielleicht hat er sich noch mit jemandem getroffen. Die Kollegen überprüfen Kettners Anrufliste zum fraglichen Zeitpunkt.« Bechner beugte sich zu Mark vor. »Sollte dort Ihre Nummer oder die Ihres Freundes auftauchen, dann dürfte die Sache ziemlich klar sein.«

»Valerie sagte etwas von einer Stichverletzung. Weiß man schon etwas über die Waffe, die benutzt wurde?«

»Dazu kann ich nichts sagen, da die gerichtsmedizinischen und spurentechnischen Untersuchungen noch andauern.«

Mark sah resigniert auf seine leere Tasse, die er mit beiden Händen umklammerte.

»Möchten Sie noch Kaffee?«, fragte Bechner, der plötzlich gar nicht mehr daran interessiert war, Mark loszuwerden. Vermutlich witterte er eine Beförderung.

»Das wird mich jetzt auch nicht mehr wachhalten. Ich

brauche dringend Ruhe, um wieder einen klaren Kopf zu bekommen.«

Draußen war das entfernte Grollen eines Gewitters zu hören, während der aufkommende Wind den Regen gegen die Fenster peitschte.

»Ich halte es für unklug, weiter davonzulaufen«, sagte Bechner. »Es ist spät geworden, und draußen tobt ein Unwetter. Meinetwegen können Sie hier übernachten. Bis morgen ist mir vielleicht eine Möglichkeit eingefallen, wie wir die Sache regeln können. Ich bin mit einem der Forensiker gut befreundet. Vielleicht lässt er in der Sache mit sich reden. Dann wären wir in jeden Fall sicher, was das Blut Ihres Angreifers betrifft.«

Zu Marks Überraschung fasste Valerie entschlossen seine Hand. »Das halte ich für keine gute Idee«, sagte sie und betrachtete ihn warnend.

Mark entzog sich ihrer Berührung. Er wollte vor Bechner keinesfalls einen falschen Eindruck erwecken, was die Beziehung zwischen ihm und Valerie betraf. Er hatte ihm seine Hilfe angeboten. Und obwohl er im Grunde eine tiefe Abneigung gegen Andreas Bechner empfand, war das ein Angebot, das er keinesfalls ausschlagen konnte. Wenn es um das eigene Leben ging, mussten persönliche Gefühle und Prinzipien schon mal hinten anstehen.

»Ihr Mann hat recht«, sagte er zu Valerie. »Es wäre nicht klug, weiter davonzulaufen.«

»Sie können bei mir übernachten.«

Ein Blitz erhellte die Dunkelheit vor dem Fenster, gefolgt von einem weiteren Grollen, das sich näher anhörte als zuvor.

»Ich schlafe auf der Couch«, sagte er zu Bechner.

»Ich habe auch ein Gästezimmer oben«, sagte der und lächelte Valerie hämisch an.

»Die Couch reicht völlig.«

»Ist Ihre Entscheidung.«

»Bitte überlegen Sie sich das nochmal«, sagte Valerie.

»Sie haben genug für mich getan. Machen Sie sich keine Sorgen«, sprach Mark beruhigend auf sie ein. »Fahren Sie nach Hause. Es wird sich schon alles aufklären.«

Valerie blickte zu Andreas, der seine mächtigen Arme vor der Brust verschränkt hatte. In seinen hinterhältigen Augen blitze so etwas wie Zufriedenheit auf. »Also gut«, seufzte sie entmutigt. »Wie Sie meinen. Ich hole Ihnen Ihre Tasche.«

Ohne ein weiteres Wort stand sie auf und ging schnurstracks an den beiden vorbei nach draußen.

Nachdem Valerie mit aufheulendem Motor die Straße hinunter davongefahren war, richtete Mark sich sein Nachtlager auf der Couch ein. Bechner stattete ihn mit einem Kissen und einer Decke aus. Dann löschte er das Licht und schloss die Tür zum Wohnraum. Mark hörte noch, wie er sich am Kühlschrank zu schaffen machte. Nur wenige Minuten später war er eingeschlafen.

*Wieder träumte er von Jenny, wie er sie sanft aus dem Schlaf küsste. Es war der Morgen, nachdem Mark die Verträge unterzeichnet hatte. Sie sah blass aus und hob sich kaum von den Laken des Bettes ab. Er hatte ihr Frühstück ans Bett gebracht, doch sie begnügte sich mit ein paar Früchten. Durch ihre andauernde Appetitlosigkeit wirkte sie geschwächt, beinahe zerbrechlich.*

*»Mach dir keine Sorgen«, antwortete sie auf seine Frage, ob alles in Ordnung sei. »Meine Lymphknoten sind leicht angeschwollen. Ich habe mir vermutlich nur einen Infekt eingefangen.«*

*»Dann bleiben wir heute einfach den ganzen Tag im Bett, einverstanden?«*

*Sie lächelte schwach. »Einverstanden«, sagte sie und schmiegte sich an seine Seite.*

*Mark legte den Arm um sie. »Du arbeitest einfach zu viel. Aber von jetzt an wird alles anders. Wir können es langsamer angehen lassen.«*

*»Denkst du nicht, wir sollten erst einmal abwarten, bis dein Buch auf dem Markt ist?«*

*»Die haben versprochen, es ganz groß rauszubringen. Das müssen sie auch, bei der Summe, die sie mir vorab gezahlt haben. Zumindest sagt das mein Agent.«*

*»Wie du meinst.« Ihre Augen strahlten ihn vertrauensvoll an.*

*»Ich habe mir auch über andere Dinge Gedanken gemacht«, sagte Mark und streichelte ihr über die Wange. »Jetzt, da es so gut läuft, was hältst du davon ... ich meine ...«*

*»Was? Nun sag schon«, drängte sie.*

*»Na ja, ich denke, es wäre der richtige Zeitpunkt, um unsere kleine Gemeinschaft um ein Mitglied zu erweitern.«*

*Das Matt ihrer Augen schien aufzuklaren. »Ein Kind? Du hast über ein Kind nachgedacht?«*

*»Na ja, weißt du, ich könnte schreiben, während du dich um unseren Nachwuchs kümmerst. Eine kleine altmodische Familie eben.«*

*Sie lächelte. »Das ist also deine Vorstellung davon, es langsamer angehen zu lassen, hm?«, meinte sie scherzhaft.*

*»Würde dich das glücklich machen?«*

*»Sehr sogar.« Sie küsste ihn innig. »Aber nur, wenn du wirklich dazu bereit bist.«*

*»Mit dir bin ich zu allem bereit.«*

*Ihre Hand streifte unter der Bettdecke an ihm herab. »Tja«, meinte sie prüfend, »zumindest ein Teil von dir ist es ganz sicher.«*

*Er lachte. »Wenn es nach diesem Teil meines Körpers ginge, würden wir mittlerweile ein ganzes Hotel bevölkern.«*

*»Dann sollten wir diesen Teil nicht länger warten lassen.« Sie rollte sich auf ihn und führte ihn in sich ein. Und während sie sich in der Hoffnung liebten, ein Leben zu erschaffen, hatte sich bereits der Tod in Jennys Körper eingenistet ...*

Mark wurde durch ein Geräusch aus seinem Traum gerissen. Noch ehe die Trägheit des Schlafes ihn freigab, tauchte ein Schatten über ihm auf. Im ersten Moment hielt er ihn für ein Fragment seines Traums, doch dann drang ein lähmender Gedanke in sein wiederkehrendes Bewusstsein, der augenblicklich Adrenalin in seinen Körper pumpte:

*Er ist zurück! Er hat dich gefunden, und nun will er vollenden, was er vermasselt hat!*

Doch dann erklang die sonore Stimme von Andreas Bechner, die nicht weniger bedrohlich wirkte.

»Du fickst sie, nicht wahr?«

Mark kam schlagartig zur Besinnung, doch seine Stimme erstarb an der massigen Handfläche, die auf seinen Mund gepresst wurde.

»Natürlich tust du das. Du hättest Valerie wohl kaum dazu überreden können, hier aufzutauchen, wenn du es ihr nicht kräftig besorgen würdest.«

Mark erstarrte auf der Stelle, als er einen harten Gegenstand zwischen seinen Beinen spürte.

»Wir beide werden uns jetzt mal ein wenig unterhalten. Aber solltest du einen falschen Laut oder eine ruckartige Bewegung machen, dann zerquetsche ich dir deine Eier zu Brei. Sag mir, dass du das verstanden hast!«

Mark nickte stumm. Die Alkoholfahne, die ihm entgegenschlug, raubte ihm den Atem. Offenbar hatte Bechner die Zeit genutzt, um sich in Rage zu trinken.

»Gut.« Bechner packte ihn brutal und hievte ihn in eine aufrechte Sitzposition. Dann schaltete er das Licht an und ging einige Schritte vor der Couch auf und ab, wobei er sich den Schlagknüppel aus Hartgummi nervös gegen den

Oberschenkel schlug.

»Wie lange läuft das schon zwischen euch beiden?«

»Ich schwöre Ihnen, da läuft überhaupt nichts.«

Der Knüppel fuchtelte wild vor Marks Nase herum.

»Versuch nicht, mich zu verarschen, hörst du? Glaubst du, mir ist nicht aufgefallen, wie sie dich ansieht? Gib wenigstens zu, dass du die Schlampe flachlegst.«

»Hören Sie auf, so von ihr zu reden!«

»Ich rede, wie es mir passt, verstanden? Ich kenne Valerie. Sie wäre niemals in dieses Haus gekommen, wenn sie sich nicht etwas davon versprechen würde. Also, was habt ihr beiden vor? Wollt ihr mich fertigmachen? Ist es das?«

»Ich weiß nicht, wovon Sie reden«, beteuerte Mark. »Sie wollte mir nur helfen.«

»Und natürlich hat sie das aus reiner Nächstenliebe getan, nicht wahr?«

Wieder tauchte der Knüppel vor Marks Augen auf.

»Na schön, Arschloch«, schnaufte Bechner. »Dann werd ich dir jetzt sagen, wie das Ganze abläuft. Du gibst mir zurück, was mir gehört, dann werde ich sehen, was ich für dich tun kann. Das ist der Deal. Es ist mir mittlerweile egal, ob du sie flachlegst, ich will sie nur wiederhaben, ist das klar?«

Anscheinend war es für ihn zwanghaft, jede Aussage mit einer Frage zu untermauern.

»Sie können sie nicht zwingen, zu Ihnen zurückzukehren. Sie haben sie geschlagen!«

»Na und?«, tat Bechner diese Feststellung ab, als hätte man ihm vorgeworfen, einen tollwütigen Hund getreten zu haben. »Das war nötig, um ihr zu zeigen, wo sie hingehört. An meine Seite!«

»Dafür dürfte es zu spät sein.«

Bechner trat wütend auf ihn zu und schlug ihm mit dem Knüppel ins Gesicht. »Einen Scheiß ist es, hörst du? Ich sage, wann etwas vorbei ist, kapiert? Frauen wie Valerie muss man zeigen, wo es langgeht, sonst werden sie irgendwann berechnend und aufsässig. So etwas muss man im Keim ersticken, sonst nimmt es überhand, und man findet sich irgendwann in einer billigen Mietwohnung wieder und darf jeden Monat Unterhalt zahlen. Ich weiß, wie so was läuft, ich sehe derlei Dinge jeden Tag. Also solltest du deine vorlaute Klappe lieber etwas zügeln, denn in deiner Situation wäre es für dich nicht sonderlich vorteilhaft, mich zum Feind zu haben. Sind wir uns da einig?«

Wieder nickte Mark widerwillig, während er sich die schmerzende Wange rieb. »Und wie soll es jetzt weitergehen?«

»Das werd ich dir sagen«, meinte Bechner und gab ihm einen Klaps auf die Wange. »Du wirst jetzt deine Sachen nehmen und von hier verschwinden. Dann werde ich vergessen, dass wir uns je begegnet sind und den zuständigen Ermittlern gegenüber begründete Zweifel an deiner Schuld äußern. Aber wenn ich deine Visage noch einmal in ihrer Nähe sehe oder du auf die verwegene Idee kommen solltest, irgendetwas gegen mich zu unternehmen, dann bist du am nächsten Tag der meistgesuchte Mann in dieser Stadt. Und dabei interessiert es mich einen Dreck, ob du schuldig bist. Haben wir uns verstanden?«

Mark wägte seine Chancen ab. Am einfachsten wäre es, zu tun, was Bechner von ihm verlangte. So käme er halbwegs ungeschoren aus dieser Situation heraus. Aber diese Option behagte ihm überhaupt nicht, denn damit würde er sich ihm ausliefern. Und Valerie gleich mit. Als hätte er nicht schon genug Probleme, musste er sich jetzt auch noch mit der Polizei anlegen. Mit zittrigen Beinen erhob er sich.

»Was sollte mich im Falle einer Festnahme daran hindern, dem Staatsanwalt zu erzählen, was Sie in Wahrheit für eine Art von Polizist sind?«

Bechner stupste ihn unsanft mit dem Knüppel. »Willst du mir etwa drohen, du Pisser? Was denkst du wohl, wem die glauben werden? Einem Mann des Gesetzes oder einem unzurechnungsfähigen Säufer, dessen Erinnerungsvermögen nicht einmal bis in die letzte Nacht zurückreicht? Du solltest also lieber froh sein, dass ich dir diese Chance biete, denn es würde mich nur einen Anruf kosten, dich in den Knast zu befördern. Und dort sind geisteskranke Killer nicht sonderlich beliebt. Da kann es dann schon mal leicht zu Unfällen kommen, wenn du verstehst, was ich meine.«

Mark schluckte seine Beklemmung hinunter. »Aber da wäre diese nagende Angst, dass mir vielleicht doch jemand glauben könnte, nicht wahr? Dass da doch jemand ist, der nicht auf Ihrer Seite steht.«

Bechner baute sich bedrohlich vor ihm auf. »Es gäbe da noch eine andere Methode, um auf Nummer sicher zu gehen«, zischte er und zog seine Dienstpistole aus dem Halfter.

Mark trat einen Schritt zur Seite, während er auf die Waffe starrte. »Damit dürften selbst Sie nicht durchkommen.«

»Da wäre ich an deiner Stelle nicht so sicher«, meinte Bechner, der nun vollends den Verstand verloren zu haben schien. »Ein Mordverdächtiger auf der Flucht, der bei dem gescheiterten Versuch, mein Auto in der Einfahrt zu stehlen, durchgedreht und auf mich losgegangen ist.«

»Sie vergessen Valerie«, sagte Mark ängstlich.

»Mit der werde ich schon fertig, keine Angst. Sie wird genau das tun, was ich ihr sage, sonst ...«

Mark stürzte sich mit beiden Händen auf die Waffe und drückte sie zur Seite. Doch Bechner reagierte blitzschnell. Der Hartgummiknüppel traf Mark ein weiteres Mal am Kopf und ließ seine Sinne rotieren. Er wurde herumgerissen und knallte bäuchlings zu Boden. Benommen rechnete er damit, jeden Moment eine Kugel in seinem Rücken zu spüren. Doch stattdessen hörte er ein elektrisches Surren und kurz darauf einen dumpfen Schlag. Als er sich umsah, entdeckte er zu seinem Erstaunen

Bechners zuckenden Körper neben sich am Boden.

»Valerie!« Mark betrachtete sie verblüfft, als sie völlig durchnässt neben ihm stand, den Elektroschocker zitternd in der Hand haltend. »Wo zum Teufel kommen Sie denn plötzlich her?«

»Ich ... ich war die ganze Zeit hinter dem Haus«, stammelte sie aufgebracht.

»Sie waren was?«

»Ich ... ich habe noch immer einen Schlüssel für das Haus. Nachdem ich Ihnen Ihre Tasche gebracht habe, bin ich mit dem Auto ein Stück die Straße runtergefahren und anschließend zu Fuß zurückgekommen. Ich habe mich auf der Terrasse im Garten versteckt. Von dort konnte ich durch das Fenster alles beobachten. Ich war mir sicher, dass ...«

Mark stemmte sich auf die Beine. »Was? Ihr Mann mir eine Kugel durch den Kopf jagen würde? Sie wussten also, dass das passieren würde?«

»Ich habe über drei Jahre mit ihm zusammengelebt. Mittlerweile weiß ich, wie dieses Arschloch tickt. Ich habe Sie gewarnt. Aber Sie wollten ja nicht auf mich hören.«

»Vermutlich, weil Sie vergessen haben zu erwähnen, dass Ihr Mann ein sadistischer Psychopath ist, der auch vor Mord nicht zurückschreckt!«

»Ich hatte wirklich keine Ahnung, dass er so weit gehen würde. Er scheint total verrückt geworden zu sein.« Sie sah zu Mark. »Sind Sie verletzt?«

Mark fuhr sich über die Stelle, oberhalb der Schläfe, an der ihn der Knüppel getroffen hatte. »Ich werde es überleben. Es ist immerhin schon das zweite Mal, dass mich jemand umbringen wollte. Ich hoffe nur, es liegt nicht an mir.« Er schielte auf den reglosen Körper am Boden, dann zu Valerie, die noch immer mit beiden Händen den Elektroschocker vor sich hielt. »Schon gut«, redete er beruhigend auf sie ein. »Es ist vorbei.«

»Gar nichts ist vorbei«, erwiderte sie, nun wesentlich entschlossener. »Nicht solange ich meine Würde nicht zurückhabe.«

»Sie sind völlig durchnässt und durchgefroren.«

»Ich habe mich nie besser gefühlt«, sagte sie und gab Bechner einen Tritt in die Seite. »Endlich kann ich mit dem Mistkerl abrechnen.« Valerie durchsuchte die Taschen ihres Mannes, bis sie auf sein Handy stieß.

»Was tun Sie da?«, fragte Mark, während Valerie die Bilddateien durchsuchte.

»Ich hol mir mein Leben zurück.« Nachdem sie alle Bilder gelöscht hatte, entfernte sie vorsichtshalber die Speicherkarte und zerbrach sie.

Unter ihnen gab Bechner ein leises Stöhnen von sich.

»Wir sollten schleunigst verschwinden«, meinte Mark, ein wenig verwirrt. »Dieser Zustand wird nicht mehr lange anhalten.«

Entschlossen beugte Valerie sich nach vorn und verpasste ihrem Mann einen weiteren Stromstoß. »Noch nicht«, sagte sie und genoss den Anblick des zuckenden Körpers. »Da wäre noch eine Sache.«

Als Bechner wieder zu sich kam, kniff er geblendet die Augen zusammen. Es dauerte einige Sekunden, bis er Mark und Valerie erkannte. Augenblicklich versuchte er, auf sie loszugehen, doch die Fesseln an seinen Händen und Füßen hielten ihn zurück, und er sank entmutigt auf die Couch zurück. Erst jetzt stellte er fest, dass er neben seinem Uniformhemd nur mit einem Damenschlüpfer bekleidet war, der sich stramm um seine Genitalien spannte.

»Was zum Teufel soll das?«

»Den hattest du noch als Andenken von mir, nicht wahr?«, sagte Valerie, deren Haare ihr strähnig ins Gesicht hingen. »Ich möchte wetten, du hast jeden Tag daran geschnüffelt, du perverses Stück Dreck. Aber von nun an wirst du mich endgültig aus deinem kranken Leben streichen müssen.«

Valerie trat vor ihn und hielt ihm ihr Handy entgegen. Sie wechselte in den Bildmodus und blätterte durch die Aufnahmen, die sie von ihm gemacht hatte, als er bewusstlos gewesen war. Bechners Augen weiteten sich. Dabei ging sein Atem mehr und mehr in ein wütendes Schnaufen über.

»Das sollte ausreichen, um dich in Zukunft von mir fernzuhalten«, meinte sie kalt. Sie beugte sich zu ihm herab. »Sollten du und dein krankes Ego mich noch einmal bedrohen oder belästigen, dann werde ich es dir in gleicher Münze heimzahlen. Und ich wäre wirklich gespannt darauf, zu erfahren, was deine Kollegen dazu sagen würden, wenn sie sehen, wie du dich in meiner Unterwäsche mit demselben Dildo amüsierst, mit dem du mich damals gepeinigt hast.«

Bechner starrte steif auf die Bilder, die ihn in eindeutigen Posen zeigten, wie er sich offenbar selbst penetrierte. Mit jeder Aufnahme stieg ihm die Zornesröte mehr ins Gesicht. Schließlich bäumte er sich auf, versuchte vergebens, seine gefesselten Hände hinter dem Rücken hervor zubekommen, und schrie dabei etwas, das sich anhörte wie: »Ich bring dich um!«

Valerie betrachtete ihn mit einem zufriedenen Lächeln. »Wie fühlt sich das an, von jemandem erniedrigt und benutzt zu werden?« Sie spukte auf ihn herab, was seine Wut nur noch steigerte. Angewidert wandte Valerie sich ab. »Kommen Sie«, sagte sie zu Mark. »Jetzt können wir gehen.«

»Moment noch«, meinte Mark, der das Ganze aus dem Hintergrund verfolgt hatte. Und obwohl Valerie ihm die genauen Gründe für dieses Vorgehen bis jetzt verschwiegen hatte, kam er nicht umher, seinen Spaß daran zu haben. Er trat neben Bechner, der unverdrossen an seinen Fesseln zerrte und in diesem lächerlichen Aufzug weit weniger bedrohlich wirkte. Mark grinste ihn herablassend an, während er den Gummiknüppel in seinen Händen wiegte.

»Nur zu Ihrer Information«, meinte er hochtrabend, »der Schlüssel für die Handschellen befindet sich oben im Schlafzimmer, in der Schublade des Nachtisches, gleich neben Ihrem übrigen Spielzeug.« Er beugte sich zu ihm herab. »Und falls Sie Ihre Waffe suchen, die habe ich in die Biomülltonne vor Ihrem Haus geworfen, sonst wäre ich vermutlich in die Versuchung gekommen, Sie damit zu erschießen. Das hindert mich allerdings nicht daran, das hier zu tun.« Mark holte aus und schlug ihm den Knüppel ins Gesicht. »Das war ich Ihnen schuldig«, sagte er und tätschelte Bechner die gerötete Wange.

Dessen Augen funkelten Mark hasserfüllt an. »Du solltest mich lieber umbringen«, zischte er. »Denn ich werde dich finden, und dann gnade dir Gott. Ich finde Dich, und dann wirst du quieken wie ein sterbendes Schwein.«

Mark stemmte den Knüppel gegen Bechners Hoden, worauf dieser einen schrillen Laut ausstieß.

»Wer von uns beiden quiekt jetzt wie ein Schwein?« Mark sah ihm entschlossen in die Augen. »Sie werden schön brav sein, ist das klar? Denn sonst sind Sie am nächsten Tag landesweit das Pin-up-Girl auf jeder Polizeiwache. Nicken Sie, wenn Sie das verstanden haben!«

Bechner starrte ihn nur wutentbrannt an.

Zufrieden ließ Mark von ihm ab und ging an Valerie vorbei. »Was?«, kommentierte er ihren erstaunten Blick. »Das macht es jetzt auch nicht mehr schlimmer.«

Es regnete noch immer in Strömen, als sie vor das Haus traten. Valerie griff sich einen der faustgroßen Ziersteine, die das Beet des kleinen Vorgartens eingrenzten, und warf ihn in die Heckscheibe von Bechners Auto, die daraufhin mit einem dumpfen Schlag zersplitterte.

»Wie Sie schon sagten«, kommentierte sie diese Handlung. »Das macht es auch nicht schlimmer.«

»Könnten Sie mich bitte darüber aufklären, was da drin gerade passiert ist?«

»Das sagte ich doch schon. Ich habe mir mein Leben zurückgeholt.«

»Na großartig! Dafür ist meins jetzt wohl endgültig im Arsch.«

»Ich darf Sie daran erinnern, dass *Sie* unbedingt die Nacht hier verbringen wollten.«

»Ja, aber sicher nicht, um mir Ihren Mann zum Feind zu machen.«

»Das waren Sie für ihn schon, als Sie mit mir durch diese Tür gegangen sind«, sagte Valerie, während sie im dichten Regen die Straße hinunter zu ihrem Auto gingen. »Sie waren für ihn nur ein unliebsamer Konkurrent, der in sein Revier eingedrungen ist. Er hätte Ihnen sowieso nicht geholfen. Dafür ist er viel zu egoistisch.«

»Es freut mich, dass Sie mir das jetzt erst sagen.«

»Sie wollten Informationen und die haben Sie.«

»Ja, nur bringen die mich nicht weiter.«

Sie hielt ihr Handy hoch. »Wenigstens haben wir ein Druckmittel, um ihn in Schach zu halten.«

»Was genau ist da eigentlich zwischen ihnen gelaufen?«, fragte Mark über das Wagendach hinweg, als sie das Auto erreicht hatten.

»Das werde ich Ihnen später erklären. Lassen Sie uns erst von hier verschwinden.«

Mark öffnete den Kofferraum und deponierte seine Tasche darin. »Wissen Sie was?«, sagte er an Valerie gerichtet. »Seit ich Sie kenne, wünsche ich mir mein altes Leben zurück, obwohl ich es gehasst habe.« Er folgte ihr ins Innere des Wagens und zog geräuschvoll die Tür zu. »Und wo fahren wir jetzt hin? Wir sind weder bei Ihnen noch bei mir sicher.«

»Ich will einfach nur hier weg.« Valerie fingerte den Schlüssel ins Zündschloss und startete den Motor. Anschließend fuhren sie mit durchdrehenden Reifen in die Nacht davon.

## KAPITEL 9

### Vergangenheit

Sie hatten die Häusersiedlungen von Dellbrück hinter sich gelassen und das Landschaftsschutzgebiet oberhalb des Höhenfelder Sees angesteuert. Etwas abseits des Waldweges, in einer kleinen, von Sträuchern und Bäumen umzäunten Bucht, hatte Valerie ihr Auto abgestellt. Sie hatte Mark gebeten, die Innenbeleuchtung ausgeschaltet zu lassen. Nun saßen sie im dunklen Innenraum des Wagens, während draußen weiterhin der Regen an die Karosserie klopfte und sie zu erzählen begann.

»Sie fragen sich bestimmt, wie ich mich so lange von diesem Mistkerl unterdrücken lassen konnte.« Sie holte tief Luft, als müsse sie sich mit einer Überdosis Sauerstoff versorgen, um in die dunklen Gefilde ihrer Vergangenheit abzutauchen. »Genau diese Frage habe ich mir jedenfalls immer gestellt, wenn ich solche Geschichten über andere Frauen erfahren habe. Heute weiß ich, dass Liebe einen mitunter ziemlich blind machen kann. Denn wenn man sich dazu entschlossen hat, mit jemandem eine gemeinsame Existenz zu gründen, dann ist man nicht bereit, diese einfach aufzugeben, nur weil sie gelegentlich aus dem Ruder läuft. Und ehe man sich versieht, ist man ein Gefangener seines eigenen Traums und stellt fest, dass man mit einem Monster zusammenlebt.« Sie tauchte kurz aus diesen

Erinnerungen auf, um sich die Nase zu schnäuzen. »Als ich Andreas das erste Mal begegnet bin, war ich sofort eingenommen von seiner Erscheinung«, fuhr sie nach einer kurzen Pause fort. »Groß, athletisch, dunkles Haar. Ein Bild von einem Mann. Und noch dazu einer, der sehr einfühlsam sein konnte. Da überlegt man als Frau nicht lange.« Sie lächelte bemüht im spärlichen Schein des wolkenverhangenen Mondes. »Anfangs hielt sich seine Eifersucht noch in Grenzen. Ich fühlte mich dadurch sogar geschmeichelt. Es tat gut, so von jemandem begehrt zu werden.«

»Aber dann ist das Ganze eskaliert«, mutmaßte Mark.

Valerie nickte stumm, während ihr Blick weiterhin in den dunklen Wald gerichtet war. »Durch die Heirat war Andreas wohl der Ansicht, ich wäre in seinen persönlichen Besitz übergegangen. Er verbot mir, mich allein mit Freunden zu treffen, stellte mir nach und beobachtete mich. Seine Eifersucht nahm mit der Zeit immer krankhaftere Formen an, und irgendwann fühlte ich mich auf Schritt und Tritt von ihm verfolgt. Selbst meine Arbeit litt darunter. Ich machte ihm klar, dass es so nicht weitergehen könne und dass er Hilfe brauche. Er hat mir immer wieder versichert, dass er sich ändern würde.«

»Aber das hat er nicht.«

»Nein.« Sie verschränkte die Hände in ihrem Schoß. »Es wurde immer schlimmer und er immer unberechenbarer. Eines Abends kam ich eine Stunde später von der Arbeit. Er ist vollkommen ausgerastet und hat mich angeschrien, er habe sich Sorgen gemacht und warum ich ihn nicht angerufen hätte. Und natürlich war er mal wieder der Überzeugung, ich hätte mich mit einem anderen Mann getroffen. Ich konnte riechen, dass er getrunken hatte. Das hätte mir eigentlich eine Warnung sein sollen, denn immer, wenn er das tut, kommt seine wahre Natur zum Vorschein. Aber ich war einfach nur fassungslos. Und so verdammt wütend, dass ich ihm damit gedroht habe, ihn zu verlassen, wenn er sich nicht helfen lassen würde.« Sie atmete jetzt stoßweise, und ihre Augen füllten sich mit Tränen. »Daraufhin schien er sich zu beruhigen und machte die üblichen Versprechungen. Er war sehr überzeugend, richtete sogar das Abendessen an. Wir tranken Wein und lachten. Er schien völlig ausgewechselt zu sein. Dann wurde mir plötzlich schummrig. Ich kann mich noch erinnern, dass ich aufstehen und mir ein Glas Wasser holen wollte. Danach weiß ich nichts mehr.«

»Wollen Sie damit etwa sagen, er hat Sie betäubt?«

Valerie nickte und schloss die Augen. »Ich weiß nicht, was er mir in den Wein getan hat, aber es hat sehr schnell gewirkt. Diese Erfahrung war auch der Grund, weshalb ich mich auf Sie eingelassen habe, denn ich weiß seitdem, wie es sich anfühlt, wenn man durch eine Droge seines Willens beraubt wird.« Erneutes Durchatmen. »Als ich irgendwann wieder zu Bewusstsein kam, war ich nackt ans Bett gefesselt. Er hat ...« Sie stockte und rieb sich nervös die Hände. »Tut mir leid, aber das ist nicht einfach für mich«, sagte sie beschämt.

Mark erwiderte nichts, wollte ihren freigesetzten Emotionen nicht den Raum nehmen, indem er nutzlose Phrasen dreschte. Valerie brauchte jetzt jemanden, der einfach zuhörte. Sanft ergriff er ihren Arm. Eine Geste des Trostes, die Valerie dankend annahm.

»Andreas«, fuhr sie zaghaft fort. »Er ... er zeigte mir Bilder, die er gemacht hatte, als ich ohne Bewusstsein gewesen war. Sehr kompromittierende Bilder, die mich in eindeutigen Positionen zeigten. Er sagte, er würde diese Bilder im Internet publik machen und an meine Redaktion schicken, wenn ich mit irgendjemand über das sprechen würde, was er gleich tun würde.« Sie schluchzte. »Dann ... dann hat er mir auf seine Weise verdeutlicht, zu wem ich seiner Meinung nach gehöre«, sagte sie noch, bevor sie in Tränen ausbrach.

»Schon gut«, fand Mark seine Stimme wieder. »Sie müssen nicht weiterreden.« Den Rest konnte er sich ausmalen.

Mark vermochte sich kaum vorzustellen, wie viel Überwindung es Valerie gekostet haben musste, in dieses Haus zurückzukehren und dem Mann gegenüberzutreten, der ihr das angetan hatte. Er setzte sich auf und nahm sie tröstend in den Arm. »Es tut mir leid, Valerie. Es war unverantwortlich von mir, Sie da mit reinzuziehen.«

»Nein.« Sie löste sich sanft aus seiner Umarmung. »Ich wollte nicht länger vor alldem davonlaufen.«

»Er hat Sie vergewaltigt. Sie hätten ihn anzeigen müssen.«

»Das wäre sinnlos gewesen, denn mir hätte ohnehin niemand geglaubt. Als Polizist weiß Andreas natürlich genau, auf was Ermittler diesbezüglich achten und hat es vermieden, mir äußerliche Verletzungen zuzufügen. Wenn er mich geschlagen hat, dann nur auf den Hinterkopf. Er hat mir Mullbinden um meine Fuß- und Handgelenke gewickelt, damit die Fesseln auf meiner Haut keine Spuren hinterlassen. Alle anderen Handlungen, die er stundenlang an mir durchgeführt hat, fallen laut Gesetz unter ehelichen Beischlaf. Aufgrund der Fotos dürfte ihm das sogar jeder abkaufen. Wenn er es darauf anlegen würde, könnte er mir vor Gericht sogar die Schuld an der Trennung geben, denn diese Fotos stellen mich als eine wilde Sexbesessene dar, die es mit jedem treiben würde. Hinzu kommt, dass er aufgrund seines Berufes ein, wie sagt man so schön, *wertvolles Mitglied der Gesellschaft* ist, das von seinen Kollegen sehr geschätzt wird. Was denken Sie, wem die glauben würden?«

Sie schnäuzte sich erneut die Nase. Dann fuhr sie fort:

»Ganze zwei Wochen hat es nach diesem Vorfall gedauert, bis ich den Mut dazu aufgebracht habe, ihn zu verlassen. Seitdem lebe ich in der ständigen Angst, dass diese Bilder irgendwo auftauchen. Eines davon fand ich erst neulich als Warnung im Briefkasten meiner neuen Wohnung. Die Tatsache, dass er bei der Polizei ist, hat es ihm sicher erleichtert, mich so schnell ausfindig zu machen. Ich konnte mich also nicht vor ihm verstecken, auch wenn ich mir das eingeredet habe. Es war daher an der Zeit, dass ich mich meiner Vergangenheit stelle, wenn ich nicht weiterhin ständig über meine Schulter schauen wollte.«

»Meinen Sie nicht, es wäre vernünftiger gewesen, sich dafür einen Anwalt zu suchen?«

»Wenn es um die Scheidung geht, werde ich das auch tun. Für die Vergewaltigung habe ich keine Beweise.« Sie wischte sich die Tränen aus dem Gesicht und mit ihnen ihr Schamgefühl. »Ich weiß, es ist schwer zu glauben, aber es gab durchaus auch gute Momente mit Andreas. Und genau diese Momente waren es, die mich immer wieder daran gehindert haben, ihn zu verlassen. Ich habe mir eingeredet, dass es irgendwann wieder so werden würde. Verstehen Sie das?«

»Mehr als Sie glauben«, erwiderte Mark. »Ich war auch mal verheiratet.«

»Tatsächlich?«

»Ja. Und natürlich gab es in den viereinhalb Jahren unserer Ehe auch Streit und Unstimmigkeiten. Meistens, wenn ich mal wieder einen meiner miesen Jobs geschmissen hatte. Ich nehme an, es war nicht immer leicht, mit einem Kerl wie mir zusammenzuleben, der mit seinen Gedanken ständig in seiner Fantasie festhängt und dadurch der Realität nicht immer die nötige Beachtung schenkt. Aber so etwas verdrängt man schnell, sobald es vorbei ist. Dann bleiben nur die guten Momente in Erinnerung. Und genau die sind es, die sich einem ins Herz bohren und einem in jeder Minute verdeutlichen, was man verloren hat.«

Für einen Moment war nur der Regen zu hören, der auf das Dach und die Fenster einschlug.

Valerie ergriff Marks Hand. »Es tut mir leid, wenn ich Ihnen noch mehr Schwierigkeiten gemacht habe. Das lag nicht in meiner Absicht, das müssen Sie mir glauben.«

Mark erwiderte sanft ihren Händedruck. »Für jemanden, der sich selbst als Tollpatsch erachtet, haben Sie das erstaunlich gut hingekriegt.«

»Wollen Sie mir damit sagen, Sie hätten mir das nicht zugetraut?«

»Eigentlich will ich mich dafür bedanken, dass Sie mir den Arsch gerettet haben.«

»Dann sind Sie mir nicht böse?«

»Ganz sicher nicht.« Er holte sein Handy hervor und schaltete es aus. »Das sollten Sie auch tun.«

Valerie nickte.

Mark griff nach der Wolldecke, die auf dem Rücksitz lag. Er breitete sie über Valerie aus. »Versuchen Sie, ein wenig zu schlafen«, sagte er. »Wir werden die Ruhe nötig haben.«

# KAPITEL 10

## *Inspiration*

Bis in die Nacht hinein las er gebannt die Zeilen der Geschichte. Dabei verschlang er regelrecht die Wörter, die sich auf so mitreißende Art und Weise zu Sätzen und Abschnitten fügten, was es ihm unmöglich machte, das Buch aus der Hand zu legen. Der Autor schien die Gabe zu haben, ihm aus der Seele zu schreiben. Das alles erschien so real, so authentisch, als hätte er es selbst zu Papier gebracht. Als wäre er die Hauptperson. Es war erstaunlich, wie leicht und flüssig die Wörter vor seinen Augen zu Text wurden, wie geschmeidig und geschliffen sie eine Einheit bildeten. Dabei war es so schwer, auf diese Weise zu schreiben. Er hatte es versucht. Immer wieder. Aber es war nicht dasselbe gewesen. Seinen Texten fehlte das Bindeglied. Es waren nur aneinandergereihte Worte ohne Klang gewesen, ohne eine wirkliche Aussage. Und trotz seiner vielen Versuche war es ihm nicht gelungen, daran etwas zu ändern. Es musste eine geheime Technik geben, die es ihm ermöglichte, seine Gedanken auf diese Weise zu ordnen und zu Papier zu bringen. Eine Art von universellem Schreibcode, der sich ihm aus irgendeinem Grund verweigerte. Er hatte Bücher darüber gelesen. Bücher, die ihm vollmundig versprachen, ihn in diese Techniken einzuführen. Es waren schlechte Bücher gewesen, und er hatte sie verbrannt. Schließlich hatte er Schreibkurse besucht, deren Dozenten vorgaben, diese Techniken zu vermitteln, die aber entweder nicht dazu in der Lage waren oder sie selbst nicht ausreichend beherrschten. Talentlose Stümper!

Doch mit alldem hätte er sich abfinden können, wenn da nicht die anderen gewesen wären. Diejenigen, denen er seine Arbeiten gezeigt und die sie seziert und verrissen hatten. Dozenten, Mitschüler ... Er hatte sie alle dafür hassen gelernt.

Sein Blut pochte vor Wut in seinen Schläfen, wenn er nur an diese Besserwisser dachte. Sie hatten all seine Bemühungen im Keim erstickt. Doch da war dieser Drang in ihm, etwas Eigenes erschaffen zu wollen. Etwas Unverwechselbares. Ein Drang, den er bereits seit seiner Jugend in sich verspürte. Seit dieser Zeit hatte er sich auf allen möglichen Gebieten der Kunst versucht. Vergeblich. Es wollte ihm einfach nichts gelingen. Neidvoll blickte er zu denen auf, die besser auf diesen Gebieten waren, stellte sich vor, er wäre wie sie, ein erfolgreicher Künstler, der für sein Talent bewundert und respektiert wurde.

Was hatten all diese Menschen, was ihm fehlte? Was befähigte sie zu dem, was sie taten?

Diese Fragen nagten an ihm, ließen ihm keine Ruhe. Während seiner Zeit in der Klinik begann er zu recherchieren, las wissenschaftliche Studien im Internet darüber. Schnell kristallisierte sich heraus, dass diese Gabe, die ihm offensichtlich fehlte, nur dort existierte, wo der Ursprung jeglicher Kunst zu finden war, der sich in einem einzigen machtvollen Wort manifestierte:

Kreativität!

Verzweifelt suchte er nach Wegen, sich diese Gabe zu erschließen, sie auszubauen. Doch selbst die Wissenschaft war sich nicht einig darüber, wie genau Kreativität zustande kam und weshalb manche Menschen mehr davon besaßen als andere. Dennoch kamen all diese Studien zu demselben Schluss, nämlich dass jeder Mensch auf seine eigene Weise die Fähigkeit dazu besaß. Es galt lediglich herauszufinden, auf welchem Gebiet.

Also strebte er nach seiner Entlassung eigene Studien darüber an. Er suchte Kontakt zur Szene, hielt sich in deren Kreisen auf und besuchte entsprechende Veranstaltungen, auf denen sich erfolgreiche kreative Köpfe versammelten. Er beobachtete sie, studierte ihr Verhalten, verschlang ihre Biografien und versuchte, von ihnen zu lernen. Doch das alleine reichte nicht aus. Die Erkenntnisse, die er daraus gewann, waren zu oberflächlich, zu allgemein. Er musste tiefer gehen, um an ihr Geheimnis zu gelangen. Doch dafür war ein radikaleres Vorgehen nötig. Er musste sie isolieren, ihnen in jeder Sekunde nahe sein, musste eins mit ihnen werden. Er experimentierte mit Drogen, um sein Bewusstsein zu erweitern und die Blockaden zu beseitigen, die sich wie lähmende Pfropfen in seinem Kopf festgesetzt hatten und seine Gedanken einschlossen wie rastlose Gefangene, deren Hyperaktivität in um den Verstand brachte. Und schließlich gelang es ihm, dieses Ventil zu öffnen und die freigesetzte Energie zu fokussieren, sie in die entscheidende Richtung zu lenken. Endlich hatte er einen Zugang zu dieser kraftvollen Macht gefunden, die es ihm ermöglichte, auf seine Weise kreativ zu sein, seine Art von Talent auszuleben. Und er war voller Tatendrang.

Sein Blick schweifte kurz zu dem Computermonitor, auf dem das Kamerabild eine reglose Person auf einer Pritsche zeigte. Er musste für Ersatz sorgen, seinen Fehler ausmerzen.

Sein Blick schweifte ab, konzentrierte sich wieder auf das Buch. Nachdem er die letzten Sätze gelesen hatte, klappte er es zu und starrte das Cover an. Andächtig streiften seine Finger über den erhaben geprägten Namenszug des Autors. Um ein Haar hätte er dieses Talent ausgelöscht, es unwiederbringlich vernichtet. Doch bald würde er alle Zeit der Welt haben, sich diesem Talent zu widmen.

*Was ist dein Geheimnis, Mark Ritter?*

Er würde es herausfinden. Aber zunächst musste er dafür sorgen, dass dieses Werk die gebührende Anerkennung bekam, die ihm zustand. Denn Zuspruch und Erfolg beflügelten einen Künstler und sorgten so für genügend kreative Energie, die er dann nur noch in sich aufnehmen und sie vollkommen verinnerlichen musste. Bald würde er eins mit dieser Kraft werden.

Er klickte die Überwachungsbilder weg und wählte sich in seinen bevorzugten Onlineshop ein. Er wollte anderen seine Meinung über das Buch mitteilen, wollte seine Begeisterung in die Welt hinausschreien. Doch sogleich schlug seine gute Laune in Empörung um, als er die übrigen Bewertungen las. Zwei Ein-Sterne-Rezensionen waren darunter, denen er auf den ersten Blick anmerkte, dass sie mit äußerst wenig Sachverstand verfasst worden waren.

Voller Zorn blickte er auf die Profile der Bewerter. Einer davon war unter seinem realen Namen registriert. Sofort wechselte er in einem zweiten Fenster zum örtlichen Telefonverzeichnis. Verdammte Heuchler! Sie würden ihm das nicht noch einmal wegnehmen, nicht erneut zerstören. Diese Stümper, die offensichtlich ihren Spaß daran hatten, etwas schlechtzumachen, nur weil sie es nicht verstehen konnten, weil sie zu gewöhnlich waren. Wut stieg wie eine Explosion in ihm auf und entlud sich in einem Schrei. Seine Gedanken überschlugen sich, verfielen wieder in dieses rastlose Schema, das ihn mental lähmte. Hektisch zog er die Schublade seines Schreibtisches auf und kramte eine der zahlreichen Pillendosen darin hervor. *Nur eine Halbe*, bremste er sich selbst. Er durfte jetzt nicht zu sehr in diesen schöpferischen Rausch abdriften. Schon nach kurzer Zeit setzte die Wirkung ein. Dieses kraftvolle Gefühl klarer Gedanken, das den Druck aus seinem Kopf nahm und ihm Inspiration bescherte. Er wusste jetzt, was zu tun war, sah es deutlich vor sich. Eine plastische Vision aus Schatten und Licht, die ihm den Weg zeigte. Einen Weg, der ihm all seine Kreativität abverlangen würde und der gut vorbereitet werden musste.

Er schlug das Buch auf und starrte auf die Buchstaben und Wörter, als wären sie ein Mantra, bis die Sätze scheinbar zu vibrieren begannen, als würden sie lebendig werden.

Dann riss er die erste Seite heraus und stopfte sie sich gierig in den Mund. Und mit jedem Bissen, mit jeder weiteren Seite, die er verschlang, spürte er die Energie in sich aufsteigen.


## KAPITEL 11

### Morgendämmerung

Das grelle Licht des anbrechenden Tages weckte Mark aus seinem unruhigen Schlaf. Wieder hatte er von Jenny geträumt, und noch immer sah er ihr Gesicht vor sich wie ein imaginäres Wasserzeichen seines Unterbewusstseins. Beinahe hätte er diese wiederkehrenden Träume als ein Zeichen seiner verstorbenen Frau gedeutet, als wolle sie ihm damit eine mystische Botschaft übermitteln, die er nicht zu entschlüsseln vermochte. Er war sich sicher, ihre Präsenz noch immer zu spüren, ihren Duft riechen zu können. Doch er wusste, dass dies nur ein Trugschluss war. Er glaubte nicht daran, dass nach dem Tod irgendetwas auf die Menschen wartete. Diese Träume waren nur Erinnerungen, an die er sich klammerte. Relikte aus einer Zeit, nach der er sich zurücksehnte. Und sie resultierten einzig und allein aus dem verzweifelten Wunsch heraus, Jenny wieder in die Arme schließen zu können, sich anstecken zu lassen von ihrer Fröhlichkeit und ihrem Optimismus, der ihm immer die nötige Kraft gegeben hatte, diese innere Zerrissenheit, die er zeit seines Lebens in sich verspürt hatte, zu besänftigen. Doch diese Vertrautheit war ihm für immer genommen worden. Jenny konnte ihm nicht mehr helfen, damit musste er sich endlich abfinden. Er war nun auf sich allein gestellt, in einer Welt, die offenbar beschlossen hatte, ihn durch den Fleischwolf zu drehen. Er durfte nicht länger der Vergangenheit hinterher trauern, musste sich dieser Herausforderung stellen, ihr ins Auge sehen, anstatt sich ängstlich vor ihr zu verkriechen. Ralf hatte recht, das Leben ging weiter. Es war viel zu erbarmungslos, um anzuhalten und es ihm zu ermöglichen, sich neu zu orientieren, während er es im selben Atemzug verfluchte. Es war an der Zeit, zu kämpfen. Und sein einziger Weggefährte in diesem Kampf war Valerie, die schlafend neben ihm im Auto lag. Und obwohl sie ihn gelegentlich zur Weißglut trieb, war sie zu seinem einzigen Halt geworden. Und er konnte nicht behaupten, dass ihm diese Tatsache unangenehm war. Er mochte sie, was in ihm jedoch gleichzeitig ein schlechtes Gewissen hervorrief. Jennys Gegenwart war einfach noch zu sehr in ihm verankert. Und er war immer jemand gewesen, der nur schwer loslassen konnte. Doch als er Valerie nun neben sich betrachtete, verspürte er die Sehnsucht, wieder jemanden in den Arm zu nehmen und dessen Wärme zu spüren, weil er real war und nicht nur in seiner Erinnerung existierte. Er zog ihr die Wolldecke zurecht. Dann öffnete er leise die Tür und stieg aus.

Seine Schritte erzeugten ein leises Schlurfen auf dem feuchten Waldboden, während er ein paar Dehnübungen machte, mit deren Hilfe er die Verspannungen aus seinen Muskeln löste und ein wenig die klamme Kälte vertrieb, die sich bis auf die Knochen in ihm festgesetzt hatte. Es war etliche Jahre her, dass er auf dem Sitz eines Autos übernachtet hatte. Und wie er nun schmerzhaft feststellen musste, hatte die Zeit dafür gesorgt, dass er für diese Art der Unterkunft nicht mehr sonderlich geeignet war. Er hatte seit seiner Jugend keinen ausgeprägten Drang mehr nach sportlicher Betätigung verspürt, was nun langsam seine Spuren hinterließ. Sämtliche Muskeln in seinem Rücken und im Nacken fühlten sich an, als wären sie zu Stein erstarrt.

*Du wirst langsam alt*, kommentierte er in Gedanken das Knacken seiner Wirbel und Gelenke, während er aus dem Dickicht der Bäume und Büsche hinaus auf den Feldweg trat. Er zündete sich eine Zigarette an und ließ seinen Blick prüfend am Waldrand vorbei über die brachen Felder gleiten, die sich vor ihm erstreckten und hinter denen die Häusersiedlungen sichtbar wurden. Sonst konnte er nichts Auffälliges entdecken. An einem frühen Montagmorgen war selbst in einem beliebten Naherholungsgebiet nicht mit erhöhter Aktivität zu rechnen. Ein Umstand, der ihnen sehr entgegenkam.

Der Regen hatte sich über Nacht verzogen, und die Septembersonne stand noch tief am fast wolkenlosen Himmel. Nicht einmal fünf Stunden waren seit ihrer Ankunft hier in der Nacht vergangen, wie Mark seiner Armbanduhr entnahm. Dies schlug sich in seinen Augen nieder, die er geblendet zusammenkniff und in denen er die Erschöpfung spürte. Zeit zur Erholung würde ihnen nicht bleiben, denn es war davon auszugehen, das Bechner alle Möglichkeiten ausschöpfen würde, um sie aufzuspüren. Natürlich auch wegen der Bilder auf Valeries Speicherkarte. In erster Linie aber, um sich für die Demütigung zu rächen, die sie ihm in der letzten Nacht zugefügt hatten. Bechner war ein Mann, der es gewohnt war, die Kontrolle zu behalten und Macht auszuüben. Wie Mark ihn einschätzte, stellte er diese Dinge noch vor sein eigenes Wohlergehen. Und wenn er sich über eines sicher sein konnte, dann war das seine Fähigkeit, in die Abgründe eines Menschen blicken zu können. Und was er in Bechners Augen gesehen hatte, beunruhigte ihn zutiefst. Er war das Paradebeispiel eines Narzissten, und er würde lieber mit Pauken und Trompeten untergehen, als nachzugeben und sich eine Niederlage einzugestehen. Menschen wie er kämpften bis aufs Blut, egal, wie viel Verluste es verlangte. Von nun an würden sie aus der Deckung heraus agieren müssen.

Er fuhr herum, als er ein Geräusch hinter sich hörte.

»Erschrecken Sie nicht«, sagte Valerie, die ihn mit verschlafenen Augen betrachtete. Der Regen hatte ihre Haare gekräuselt, die nun wirr von ihrem Kopf abstanden, als hätte sie in eine Steckdose gefasst. Trotz der Decke, in die sie gehüllt war, schien sie zu frieren. »Ich sehe furchtbar aus, ich weiß.«

Mark trat die Zigarette aus. »Wir würden momentan wohl beide keinen Schönheitswettbewerb gewinnen.«

»Ich dachte schon, Sie hätten sich heimlich aus dem Staub gemacht.«

»Wo hätte ich denn Ihrer Meinung nach hingehen sollen? Meine Eltern haben sich schon vor Jahren getrennt und leben mit neuen Partnern in anderen Städten. Sie sind der letzte Mensch, der mir hier noch geblieben ist.«

»Nachdem was gestern Nacht passiert ist, dürfte das nicht gerade ein Trost für Sie sein.«

»Sie haben damit in erster Linie sich selbst in Schwierigkeiten gebracht.«

»Ich habe mir nur meine Würde zurückgeholt. Ich hoffe Sie können wenigstens nachvollziehen, weshalb ich das getan habe.«

»Glauben Sie mir, ich kann Ihre Gründe sehr gut verstehen, ich finde sogar, Sie haben genau das Richtige getan. Sie haben sich nur den denkbar schlechtesten Zeitpunkt dafür ausgesucht. Und Ihr Mann wird diesen Umstand für sich ausnutzen.«

»Was kann er schon tun, mich noch mehr demütigen?«

»Denken Sie mal nach. Die Polizei vermutet den oder die Täter in der Kunstszene. Ein Gebiet, in das Sie täglich involviert sind. Sie waren auf der Kunstausstellung, auf der auch David Kettner war. Ein Kritiker, wie Sie einer sind. Und nicht zuletzt haben Sie mir, einem vermeintlichen Mordverdächtigen, zur Flucht verholfen, zumindest wird es Ihr sauberer Ehegatte so auslegen. Was glauben Sie, welche Schlüsse ein Staatsanwalt daraus ziehen wird?«

Valerie schüttelte den Kopf. »Nein, das wird er nicht

wagen«, sagte sie. »Nicht solange ich diese Bilder habe.«

»Glauben Sie wirklich, diese gestellten Aufnahmen würden ihn auf Dauer davon abhalten? Er wird behaupten, wir hätten ihn bedroht und ihn dazu gezwungen, was nicht einmal weit von der Wahrheit entfernt ist. Wir haben überall in dem Haus unsere Spuren hinterlassen. Fingerabdrücke, Haare, Speichel an den Tassen. Es dürfte nicht schwer für ihn sein, unsere Anwesenheit zu beweisen. Und ganz nebenbei halte ich Ihren Mann für jemanden, der eher untergehen würde, als diese Demütigung auf sich sitzen zu lassen. Wenn Sie ihn wirklich so gut kennen, wie Sie behaupten, dann wissen Sie das. Sie hätten Ihr Handy besser dazu benutzt, um aufzuzeichnen, wie Ihr Mann auf mich losgegangen ist. Das hätte ihn eher ruhiggestellt.«

»Dazu war ich viel zu aufgeregt. Außerdem hätte das Licht des Displays mich verraten.« Valerie sah betroffen zu Boden. »Dann war das also alles umsonst.«

»Das würde ich so nicht sagen«, meinte Mark. »Immerhin hat es verdammten Spaß gemacht, diesen Mistkerl fertigzumachen. Ich habe jede Minute davon genossen.«

Valerie sah zu ihm auf und erwiderte sein Lächeln. »Ich kann bezeugen, dass mein Mann Sie bedroht hat«, sagte sie. »Und ich könnte einen Artikel herausbringen, in dem ich die Fakten darlege und Ihre Situation ausführlich beschreibe.«

»Meine Situation?« Mark betrachtete sie hilflos. »Was genau ist meine Situation? Ich weiß ja nicht einmal, was ich in dieser verfluchten Nacht getan habe.« Wütend trat er nach einem morschen Ast am Boden. »Außerdem dürften die momentanen Umstände Ihre Glaubwürdigkeit ziemlich untergraben.«

»Was schlagen Sie stattdessen vor? Wollen Sie hier im Wald als Einsiedler leben?«

»Ich werde mich stellen, und diesem ganzen Spuk ein Ende machen, bevor alles noch schlimmer wird.« Er drehte sich um und ging zurück zum Wagen.

Valerie lief unbeholfen hinter ihm her und wäre beinahe über das untere Ende der Decke gestolpert, das sich zwischen ihren Füßen verfangen hatte. »Aber die werden Ihnen nicht glauben.«

Mark hatte das Auto erreicht und öffnete den Kofferraum. »Ich habe es geschafft, dass Sie mir glauben. Vielleicht gelingt mir das auch bei den Ermittlern. Die sollen das Blut meines Angreifers untersuchen. Wenn ich richtig liege, dann dürfte das zumindest berechtigte Zweifel an meiner Schuld aufwerfen.«

»Und wenn nicht?«

Mark zuckte nur mit den Schultern und zog den Reißverschluss seiner Tasche auf. »Es ist meine einzige Chance.« Kurz darauf hielt er inne und starrte Valerie an. »Die Tüte ist weg.«

»Was meinen Sie damit, sie ist weg? Ich habe selbst gesehen, wie Sie sie dort hineingetan haben.«

»Aber jetzt ist sie nicht mehr da.«

Nun durchwühlte Valerie die Tasche. Sie nahm alle Kleidungsstücke und Gegenstände heraus und sah auch in den Seitentaschen nach. Nichts. »Aber ... Ich schwöre Ihnen, ich habe nichts damit zu tun.«

»Das war Ihr Mann«, sagte Mark kraftlos. »Er muss an der Tasche gewesen sein, als ich geschlafen habe. Verdammt! Ich habe ihn ja geradezu mit der Nase darauf gestoßen.« Er raufte sich die Haare. »Damit ist er im Besitz des einzigen Beweisstückes, das mich entlasten könnte. Ich bin völlig ausgeliefert.« Entmutigt rieb er sich die Augen. »Ich habe wirklich ein ausgeprägtes Talent dafür, mich mit den falschen Leuten anzulegen.«

»Mein Gott«, hauchte Valerie. »Wie krank ist dieser Mistkerl eigentlich?«, schrie sie wütend und warf die Tasche zurück in den Kofferraum. »Langsam zweifle ich an meinem Verstand! Was hat mich nur dazu bewogen, mich in dieses selbstsüchtige Arschloch zu verlieben?« Sie schluchzte. Schließlich brach sie in Tränen aus.

Augenblicklich schloss Mark sie in die Arme. »Hey«, sprach er beruhigend auf sie ein. »Tun Sie das nicht. Geben Sie sich nicht die Schuld dafür.«

»Wie konnte ich nur so dumm sein?«, schluchzte sie. »Wie konnte ich nur annehmen, ich hätte mir ein Leben aufgebaut?«

»Glauben Sie mir, es bringt nichts, sich mit solchen Fragen zu beschäftigen. Ich tue seit zwei Jahren nichts anderes, und es hat mich nur einsam und verbittert gemacht.«

Sie standen noch eine Weile da, die Arme fest umeinandergeschlungen, während Valerie weinte und den Gefühlen, die sich seit Wochen in ihr festgesetzt hatten, freien Lauf ließ. Mark streifte ihr tröstend über das Haar und genoss insgeheim die Nähe dieser Umarmung. Es war schön, wieder für jemanden da zu sein, ihm beistehen zu können, und dabei selbst wieder Halt zu finden. Obwohl sein Leben nun endgültig aus den Fugen geraten war, fühlte er sich zum ersten Mal seit Jennys Tod wieder dazu in der Lage, sich seinen Problemen zu stellen.

Valerie beruhigte sich allmählich und wischte sich die Tränen weg. »Was ... was sollen wir denn jetzt tun?« Ihre Worte wurden von Schluchzern unterbrochen, als hätte sie Schluckauf.

Mark überlegte einen Moment. »Als Erstes sollten wir dieses Auto loswerden.«

Valerie sah mit geröteten Augen zu ihm auf. »Mein Auto?«, fragte sie beklommen. »Kommt nicht infrage!«

»Es wäre durchaus möglich, dass schon bald danach gefahndet wird.«

»Na und?«, erwiderte sie trotzig. »Dieses Auto verkörpert den letzten Rest von Unabhängigkeit, der mir geblieben ist. Und den werde ich nicht hergeben, für niemanden!«

»Sie sollen ihn ja auch nicht einäschern«, hielt Mark dagegen. »Wir werden damit aber nicht weit kommen.«

»Ist mir egal.«

»Seien Sie doch vernünftig.«

»Vergessen Sie das.«

»Na schön, verbringen wir die nächste Nacht also in einer Zelle. Das wäre immerhin bequemer als in dieser Karre.«

Entfernte Stimmen drangen zu ihnen durch. Mark blickte stocksteif die kleine Einbuchtung entlang in Richtung des Waldwegs, wo kurz darauf zwei Radfahrer mit ihren Mountainbikes an ihnen vorbeifuhren, ohne ihnen Beachtung zu schenken. Erst als sie außer Hörweite waren, atmete Mark auf. »Wir sollten von hier verschwinden, bevor wir noch jemandem auffallen.«

»Zum Glück haben wir ein Auto, mit dem wir verschwinden können«, meinte Valerie bissig. »Wo sollen wir überhaupt hin?«

»Auf die Schnelle fällt mir nur einer ein, der uns vielleicht helfen könnte«, sagte Mark. »Leider kenne ich seine Adresse nicht.«

»Wenn das alles ist.« Valerie beugte sich ins Innere des Wagens und zog ihr Handy aus der Handtasche. »Sagen Sie mir seinen Namen und ich finde es heraus.«

»Hatte ich Sie letzte Nacht nicht darum gebeten, Ihr Telefon auszuschalten?«

»Das habe ich auch getan, aber jetzt schalte ich es wieder ein.«

»Das werden Sie nicht tun«, beharrte Mark.

»Wer sollte mich daran hindern?«

»Ich, wenn Sie mich dazu zwingen.«

Sie blickte ihn finster an. »Sie verlangen also allen Ernstes von mir, dass ich mich zurück in die Steinzeit begebe?«

»Man kann über dieses Ding ganz leicht unseren Strandort bestimmen.«

»Ich werde es nur sporadisch einschalten, um meine Nachrichten abzurufen. Außerdem muss ich mich dringend in der Redaktion melden, sonst ...« Sie zuckte zusammen, als Mark ihr das Handy aus der Hand riss.

»Sagt Ihnen der Begriff *untertauchen* etwas?«, fauchte er zornig. »Er bedeutet, dass man nicht gefunden werden will und das man auf Gewohntes verzichten muss. Sie sollten sich also lieber mit dem Gedanken anfreunden, dass Ihr bisheriges Leben erst einmal vorbei ist. Mir gefällt diese Situation ebenso wenig wie Ihnen, aber wir sitzen notgedrungen im selben Boot, und ich habe nicht vor, es untergehen zu lassen, nur weil Sie Ihren verdammten Dickschädel nicht unter Kontrolle haben. Also unterlassen Sie in nächster Zeit Ihr albernes Gezicke und entscheiden Sie sich endlich, ob Sie für oder gegen uns sind!«

»Sie sollten dabei nicht vergessen, dass ich das alles hier Ihnen zu verdanken habe.«

»Ich habe Sie nicht dazu gezwungen. Es war Ihre Entscheidung, mir zu helfen, also stehen Sie auch dazu. Mehr verlange ich nicht.«

Valeries Augen waren finster auf Mark gerichtet. Erst nach einigen Sekunden klärte sich ihr Blick. »Na schön«, sagte sie widerwillig, »meinetwegen.«

»Meinetwegen was?«

»Ich werde tun, was immer Sie für richtig halten, okay?«

»Ab jetzt keine Nachrichten und Kurzmitteilungen mehr, kein Internet und keine Telefonate! Glauben Sie, Sie kriegen das hin?«

»Ich bin kein kleines Kind mehr«, sagte sie trotzig.

»Gut, dann benehmen Sie sich auch nicht wie eines, wenn man Ihnen Ihr Spielzeug wegnimmt.« Mark öffnete den Deckel des Handys und entnahm den Akku und die SIM-Karte. »Nur um ganz sicher zu gehen«, sagte er und reichte ihr das Smartphone zurück. »Sehen Sie es positiv, es wird Ihnen ein völlig neues Gefühl von Unabhängigkeit vermitteln.«

Zornig warf sie das Handy zurück in ihre Handtasche. »Und wie sollen wir jetzt an die Adresse Ihres Freundes gelangen?«

»So wie man das früher gemacht hat. Wir werden uns eine öffentliche Telefonsäule suchen. Außerdem ist der Professor nicht mein Freund. Ich habe ihn auf der Ausstellung kennengelernt.«
»Reden Sie von Professor Petzold?«
»Sie kennen ihn?«
Valerie grinste. »Ich weiß sogar, wo er wohnt.«

## KAPITEL 12

### Wahrheit

Wie sich herausstellte, hatte Valerie den Professor einige Monate zuvor für einen Artikel über die Kunsthochschule aufgesucht. Er war in der Szene nicht nur bekannt dafür, vielversprechende Talente zu entdecken und zu fördern, sondern auch ein anerkannter Experte, wenn es um Kunstexpertisen ging. Petzold besaß ein kleines Haus am östlichen Ende des Stadtteils Humbold-Gremberg, und Mark gelang es tatsächlich, Valerie zu überreden, ihr Auto drei Straßen davon entfernt abzustellen. Sie erinnerte sich daran, dass Professor Petzold alleine lebte, da seine Frau vor einiger Zeit verstorben war. Und dass er nicht vor neun Uhr in seinem Büro in der Hochschule auftauchte. Die Chancen standen also gut, ihn an diesem Montagmorgen zu Hause anzutreffen, zumal Mark wusste, dass er mit den Hühnern aufzustehen pflegte. Am Haus angekommen, gingen sie durch einen kleinen Vorgarten, dem zurzeit offensichtlich wenig Aufmerksamkeit entgegengebracht wurde. An einigen Stellen spross Unkraut, die Sträucher mussten zurückgeschnitten werden und das Gras war bereits knöchelhoch. Professor Petzold öffnete ihnen die Tür. Seine geröteten Augen legten den Verdacht nahe, dass er gar nicht erst geschlafen hatte. Er erkannte Valerie sofort wieder und auch für Mark hatte er ein warmes Lächeln übrig.

»Ich nehme an, Sie sind nicht hier, um mir eins Ihrer Bücher zu verkaufen.« Das Lächeln erstarb und wich einer bitteren Ernsthaftigkeit. »Kommen Sie herein«, sagte er zerschlagen, als hätte er ihren Besuch erwartet.

Im Haus hing der verführerische Duft von frisch gebrühtem Kaffee in der Luft. Der Tisch des Essbereichs war für eine Person gedeckt. Toast, zwei Sorten Wurst und Konfitüre. Auf dem Boden im Wohnbereich lagen mehrere Zeitungen verteilt. Die Schlagzeilen handelten alle von dem Mord an David Kettner.

»Es freut mich, Sie wiederzusehen, Herr Professor«, sagte Valerie.

»Die Freude ist ganz meinerseits. Allerdings dürfte der Anlass weniger erfreulich sein, wie ich annehme. Nehmen Sie Platz.« Petzold deutete auf eine etwas aus der Mode gekommene Sitzgruppe.

Mark ließ seinen Blick über die ausgebreiteten Zeitungen gleiten. »Dann wissen Sie bereits, was passiert ist.«

»Pia rief mich gestern an und hat mir alles erzählt. Sie sagte, dass Ralf spurlos verschwunden sei. Daraufhin habe ich mir heute Morgen all diese Zeitungen gekauft.«

Mark räusperte sich. »Ehrlich gesagt hatten wir gehofft, dass Sie uns vielleicht sagen können, wo Ralf sich aufhält. Er hat sich nicht bei Ihnen gemeldet?«

Der Professor schüttelte den Kopf und ließ sich kraftlos in den Sessel fallen. Er war an diesem Morgen das genaue Gegenteil des Mannes, den Mark auf der Ausstellung getroffen hatte. Keine Spur mehr von der selbstsicheren aber sympathischen Erhabenheit, die er vor zwei Tagen ausgestrahlt hatte. Seine Augen, die von dicken Tränensäcken untergraben wurden, richteten sich auf Mark. »Wie mir Pia sagte, können Sie sich nicht daran erinnern, was nach Ihrem Zwischenfall mit Kettner geschehen ist.«

»Ehrlich gesagt kann ich mich nicht einmal daran erinnern«, erwiderte Mark. »Ich weiß es nur durch das Video, das Pia mir gezeigt hat.«

Petzold nickte. »Ich wollte es mir im Internet anschauen, aber es ist mittlerweile nicht mehr abrufbar. Pia sagte mir, Sie und Ralf haben zusammen das Lokal verlassen.«

»Dann wissen Sie so viel wie ich.«

Der Professor seufzte entmutigt. »Aufgrund der Tatsache, dass es anschließend einen Toten gegeben hat, müssen wir wohl mit dem Schlimmsten rechnen.«

Mark hatte diesen Gedanken bislang weitestgehend verdrängt. Die Vorstellung, sich auch noch mit dem Verlust seines besten Freundes abfinden zu müssen, erzeugte einen hohlen Laut in seinen Eingeweiden. »Ich war gestern in Ralfs Wohnung. Dort wurde ich von jemandem angegriffen.«

»Was sagen Sie da?«, entfuhr es dem Professor.

Mark erläuterte, was sich dort zugetragen und was er in Ralfs Atelier vorgefunden hatte. »Eine der Staffeleien war zertrümmert«, berichtete er. »Auf einer zweiten stand ein angefangenes Bild. Eigentlich kann man es nicht einmal so nennen. Es sah eher aus wie die unbeholfene Kritzelei eines blutigen Anfängers. Dilettantisch.«

Petzold strich sich nachdenklich über das Kinn, das einen gräulichen Bartschatten aufwies. »Merkwürdig«, meinte er.

»Nicht nur das.« Er erzählte dem Professor von dem Hut, den der Angreifer zurückgelassen hatte. »Es hatte fast den Anschein ...« Er stockte und sah die beiden an. »Ich weiß, es klingt verrückt, aber es kam mir so vor, als hätte dieser Kerl versucht, sich Ralfs Identität anzueignen. Als wollte er ihn kopieren.«

Einen Moment lang herrschte Schweigen. Dann gab

auch Valeries Magen einen hohlen Laut von sich.

»Hätten Sie vielleicht eine Tasse Kaffee übrig?«, fragte sie, und riss den Professor aus seinen Gedanken. »Wir haben noch nicht gefrühstückt.«

»Bitte entschuldigen Sie meine Manieren«, sagte er und deutete auf den gedeckten Tisch. »Seien Sie meine Gäste.«

Während sie sich stärkten, griff Mark sich eine Ausgabe des Stadt-Anzeigers. »Ist darin irgendetwas zu finden, das uns weiterhelfen könnte?«

Der Professor, der erneut in seine Gedanken abgetaucht war, sah ihn müde an. »Wie bitte?«

»Was steht in den Zeitungen?«

»Eine Sonderkommission hat sich dem Fall angenommen.«

Das war zu erwarten gewesen, bei der Schwere des Verbrechens. Noch dazu, weil es sich um ein halbwegs prominentes Opfer handelte.

»Moment mal«, meinte Mark und deutete auf eine Stelle im Text. »Hier steht, dass diese Kommission bundesweit ermittelt.«

»Ist das ungewöhnlich?«, fragte der Professor.

»Nicht unbedingt. Es könnte aber bedeuten, dass es zumindest einen Verdacht auf weitere Verbrechen gibt.«

»Oder dass man mit der Flucht des Täters rechnet«, ergänzte Valerie.

»Ich erinnere mich, wie Benedikt Meurer von einigen Morden erzählt hat, die sich vor über zwei Wochen zugetragen haben«, sagte Mark. »Er nannte einen Namen. Breuer.«

»Der Leichenkünstler«, ergänzte Valerie. »Sein Foto war schon mehrfach in der Zeitung. Nach ihm wird bundesweit gefahndet. Denkst du, es gibt da eine Verbindung?«

»Zumindest scheint man das nicht auszuschließen.«

Valerie nahm ihm die Zeitung ab und überflog die Zeilen. »Hier steht auch etwas über den Vorfall im Leonardo.

Und dass man Ralf und dich diesbezüglich als wichtige Zeugen suche.«

Zeugen? Davon hatte Bechner nichts erwähnt. Ebenso wenig von dem Zusammenhang mit Breuer. »Dieser Artikel wurde gestern geschrieben«, sagte Mark. »Nachdem, was ich von deinem Mann erfahren habe, dürfte es nicht dabei bleiben.«

»Andreas ist Polizist«, klärte Valerie den Professor auf. Sie legte die Zeitung beiseite und goss Milch über ihr Müsli. »Ich würde es jedoch bevorzugen, diesen Mistkerl nicht mehr als meinen Mann zu bezeichnen.«

»Was ist passiert?«

»Das ist eine lange Geschichte, Herr Professor«, erklärte Mark. »Er ist im Besitz eines wichtigen Beweismittels.«

Der Professor schien verwirrt. »Aber sagten Sie nicht gerade, er wäre Polizist?«

»Ja, aber einer der üblen Sorte. Und er hat es auf Valerie und mich abgesehen. Daher muss ich schnellstens herausfinden, was in dieser Nacht geschehen ist, sonst prangt mein Bild morgen auf sämtlichen Titelseiten.«

»Wie Sie wissen, war ich längst zu Hause, als all das passiert ist.«

Mark lehnte sich nach vorn. »Ehrlich gesagt weiß ich nur, dass sie die Vernissage frühzeitig verlassen haben. Und ich weiß auch, dass Breuer und Ralf ehemalige Studenten von ihnen sind. Die Polizei vermutet den Täter in der Kunstszene, in der sie ein angesehenes Mitglied sind.« Er deutete auf den Boden. »Diese ganzen Zeitungen hier zeugen von einem außerordentlichen Interesse an den Geschehnissen. Und wenn ich sie so betrachte, machen Sie auf mich den Eindruck eines Mannes, der ziemlich mit seinem Gewissen hadert.«

Für einen Moment herrschte Schweigen, das nur vom Ticken der altmodischen Kuckucksuhr über der altmodischen Kommode durchbrochen wurde.

Schließlich räusperte sich der Professor und zwang sich zu einem angespannten Lächeln. »Man merkt, dass Sie Autor von solchen Geschichten sind. Sie haben eine blühende Fantasie.«

»Ich ziehe nur logische Schlüsse, Herr Professor. Das ist eine meiner Stärken.«

Das Lächeln verschwand. »Zumindest, was mein Gewissen angeht, trifft ihre Kombinationsgabe ziemlich ins Schwarze.«

Er schloss für einen Moment die Augen und ließ sich noch tiefer in seinen Stuhl sinken. Nachdem er durchgeatmet hatte, richtete er den Blick auf seine beiden Gäste, die ihn erwartungsvoll betrachteten.

»Glauben Sie mir, ich weiß nicht mehr über die Geschehnisse als Sie.« Der Blickkontakt riss ab, und Petzold sah auf seine Hände, die er vor sich auf dem Tisch verschränkte. »Aber ich befürchte, dass ich an alldem eine gewisse Mitschuld trage.« Er stand auf. »Kommen Sie«, seufzte er. »Ich möchte Ihnen etwas zeigen.«

Sie folgten dem Professor über die Terrasse in den Garten. Auch hier war das Gras zu hoch und an einigen Stellen braun. Mehrere Beete an den Seiten waren von Unkraut durchsetzt. Über eine Reihe grauer Betonplatten führte der Weg zu einer rechtwinkligen Gartenlaube, auf deren breiter Glasfront sich das Tageslicht spiegelte. Dunkle Vorhänge verwehrten die Sicht ins Innere. An der Tür angekommen, zögerte der Professor kurz. Dann zog er den Riegel zurück und trat ein.

Mark kniff die Augen zusammen. Trotz des stark gedämpften Lichtes konnte er die Umrisse von gut einem Dutzend Bilder erkennen, die an den Holzwänden lehnten oder auf Staffeleien in dem Raum aufgebahrt waren. Die Luft roch abgestandenen, nach Farbe, Lösungsmittel und altem Holz.

»Was ist das hier?«

Erst als der Professor die Vorhänge beiseite zog, erkannte Mark den Grund ihres kleinen Ausflugs. Zwar waren einige der Bilder mit Tüchern verhangen, bei dem Rest jedoch war eine eindeutige Ähnlichkeit mit den Bildern in Pias Galerie zu erkennen.

»Was haben Ralfs Bilder hier verloren?«, fragte Mark.

»Diese Arbeiten stammen ebenso wenig von Ralf wie die in Pias Galerie«, sagte der Professor. »Ich habe sie erschaffen.«

Die beiden starrten ihn ratlos an.

»Soll das etwa heißen ...?«, setzte Valerie an, konnte die Schlussfolgerung jedoch nicht zu Ende führen. Der Begriff »Betrug« wollte ihr im Zusammenhang mit dem Professor nicht über die Lippen kommen.

Doch der bestätigte durch ein Nicken ihre stumme Anschuldigung. »Sechsundzwanzig Bilder in anderthalb Jahren.« Seine Stimme war kaum wahrnehmbar. »Alle in diesem Raum entstanden. Und hier wären sie vermutlich auch geblieben, wäre Ralf nicht gewesen.«

»Ich verstehe nicht«, gab Mark seine Verwirrung kund.

»Ich hatte nie vor, diese Bilder jemandem zu zeigen. Aber dann habe ich Ralf in einem Fachgeschäft für Künstlerbedarf wiedergetroffen. Wir hatten uns seit seinem Abschluss nicht mehr gesehen, dennoch habe ich ihn sofort wiedererkannt. Er war einer meiner liebsten Studenten.« Er blickte zu Mark. »Na ja, Sie kennen ihn ja.«

»Im Moment fange ich gerade an, das zu bezweifeln«, erwiderte Mark.

»Verurteilen Sie ihn nicht. Er hat sich zu dieser Täuschung nicht aus Selbstzweck hinreißen lassen.«

»Ach nein? Was für Gründe könnte es sonst dafür geben?«

»Seine Liebe zur Kunst.« Der Professor Schritt auf die Bilder zu, betrachtete sie liebevoll, als wären sie lebende Wesen, die sich nach Zuneigung sehnen. »Obwohl Ralf seit seinem Abschluss erfolgreich als Grafikdesigner arbeitet, hat er die Malerei nie aufgegeben, wie Sie wissen. Ich spürte noch immer die Leidenschaft in ihm, als er mir davon erzählte. Also bat ich ihn, mir einige seiner Werke zu zeigen und lud ihn hierher ein. Das war im Frühjahr. Wir saßen auf der Terrasse, und er zeigte mir eine Mappe mit seinen Arbeiten. Er war schon immer sehr begabt, was das Einfangen von Landschaften oder gewissen Stimmungen angeht. Leider schafft man es damit heutzutage nur noch auf ein paar Kalenderseiten oder im besten Fall in die Dekoabteilung eines Baumarktes. Ralf meinte, das wäre immer noch besser, als Kunst zu produzieren, die von keinem wahrgenommen wird. Eben diese unbefangene Einstellung ist es, die ich immer an ihm geschätzt habe.«

Seine Finger glitten sanft über den rahmenlosen Rand eines der Bilder. Es zeigte den Ausschnitt eines Gesichts, das keinerlei feste Konturen besaß und aus einer Komposition unterschiedlicher Farben und Schattierungen bestand, die dem Bild eine enorme Dynamik verlieh. Trotz der warmen Grundfarben strahlte es jedoch eine gewisse Traurigkeit aus.

»Wir unterhielten uns eine Weile angeregt, und schließlich ging ich in die Küche, um Kaffee zu kochen«, fuhr der Professor fort. »Als ich kurze Zeit später wieder nach draußen kam, hatte er all das hier entdeckt.«

Valerie trat einen Schritt näher. Staunend betrachtete sie die Gemälde. »Diese Arbeiten sind fantastisch«, meinte sie. »Ich finde sie fast noch beeindruckender als die Bilder in der Ausstellung.«

»Ralf war derselben Ansicht. Er konnte nicht begreifen, dass ich Sie hier drin mehr oder weniger versteckt hielt.«

»Und weshalb taten Sie das?«, fragte Mark. »Gerade Ihnen hätte doch klar sein müssen, was diese Bilder für einen Wert haben.«

»War Ihnen bewusst, was Ihre Texte wert sind, als Sie sie geschrieben haben?«

»Ich bin auch kein anerkannter Experte auf diesem Gebiet«, konterte Mark.

»Eben weil die Leute mich als einen solchen ansehen, wäre ich nie auf den Gedanken gekommen, meine Werke der Öffentlichkeit zu präsentieren. Wie sie selbst wissen dürften, wird jegliche Form von Kreativität auch immer von Selbstzweifeln begleitet. Daher hat man nie den nötigen Abstand zu den eigenen Werken, um sie beurteilen zu können. Und genau aus diesem Grund schreiben Literaturkritiker in der Regel keine Bücher und malen Kunstexperten keine Gemälde. Was glauben Sie wäre passiert, hätte ich diese Bilder unter meinem Namen veröffentlicht? Kunst, egal in welcher Form, hat auch immer etwas mit Eitelkeit zu tun. Und wo Eitelkeit im Spiel ist, da existieren auch Neid und Missgunst. Die gesamte Fachwelt hätte sich auf meine Bilder gestürzt. Talentlose Künstler, die noch eine Rechnung mit mir offen haben; Kollegen, deren Meinung ich untergraben habe. Ganz zu schweigen von meinen Studenten. Keiner von ihnen hätte mich mehr ernst genommen, wären meine Bilder auf Ablehnung gestoßen. Das hätte alles auf einen Schlag zerstören können, was ich mir in Jahrzehnten aufgebaut habe.«

»Weshalb haben Sie Ihre Werke nicht anonym veröffentlicht?«

»So etwas mag in der Literatur funktionieren«, schaltete sich Valerie ein. »Die bildende Kunst hat ihre eigenen Gesetze. Dort ist der Künstler ein wichtiger Bestandteil seiner Kunst.«

»Sie hat recht«, sagte der Professor. »Kunst ist zu einer profitablen Geldanlage geworden. Und der Name, und somit auch die Person eines Künstlers, ist auf Dauer entscheidend für den Marktwert eines Werkes. Hat man sich in dieser Branche erst einmal einen Namen gemacht, kaufen einem die Leute alles ab.«

»Sie hatten also nicht den Mut, sich ihrer eigenen Zunft zu stellen.«

»Das muss ziemlich erbärmlich für Sie klingen. Der große Kritiker, der Angst vor der Kritik anderer hat. Aber es gab noch weitere Gründe dafür. Sehr persönliche Gründe. Diese Bilder zu malen war für mich eine Art von Therapie. Es hat mir über einiges hinweggeholfen, was nicht für die Öffentlichkeit bestimmt war. Und so sollte es auch bleiben. Aber Ralf wollte das nicht akzeptieren. Er meinte, Kunst wäre nichts Privates, und ich würde gegen meine eigenen Grundsätze verstoßen, wenn ich diese Bilder unter Verschluss hielte. Also ließ ich mich zu einem Versuch überreden. Ralf schickte Pia Lempert unter seinem Namen einige Fotos der Bilder. Eigentlich habe ich mich nur darauf eingelassen, um Ralf ruhigzustellen. Ich rechnete nicht mit einer Rückmeldung.«

»Aber die kam.«

Der Professor nickte. »Zwei Tage später erhielt ich einen Anruf von Pia. Sie hatte schon seit längerer Zeit keine rentable Ausstellung mehr gehabt und war sofort Feuer und Flamme. Sie schickte mir eine Mail mit Fotos meiner eigenen Bilder und bat mich um meine Meinung. Der Adresszeile konnte ich entnehmen, dass diese Nachricht auch an einige meiner Kollegen gegangen war. Das Ganze drohte aus dem Ruder zu laufen, war nicht mehr zu kontrollieren. Also waren wir gezwungen, es dabei zu belassen.«

»Ich glaube Ihnen kein Wort«, sagte Mark. »Ralf ist mein bester Freund. Er hätte mir sicher davon erzählt.«

»Vielleicht hat er es gerade aus diesem Grund nicht getan. Sicher wollte er nicht, dass Sie einen falschen Eindruck von ihm bekommen.«

»Ich kann mir das einfach nicht vorstellen. Ralf ist immer so ...«

»Zielstrebig?«, konkretisierte der Professor. »Überzeugt, für seine Ideale einzustehen? Nichts anderes hat er getan, im Gegensatz zu mir. Haben Sie sich denn nie gefragt, wo diese Bilder so plötzlich herkamen? Und das sie nicht Ralfs üblichem Stil entsprechen?«

»Doch ... natürlich«, entgegnete Mark, musste dann aber sofort einlenken. Er hatte es zwar bemerkt, aber nicht hinterfragt. Er war viel zu sehr mit sich selbst und seinen eigenen Problemen beschäftigt gewesen, was ihn nicht gerade zum besten Freund des Monats erhob. Andererseits war es nicht ungewöhnlich, dass Künstler mit verschiedenen Stilen experimentierten, um sich weiterzuentwickeln. Das war eine natürliche Anpassung an den Markt. Und die Entstehung von Kunst war in der Regel ein sehr einsamer Prozess, der unter Ausschluss der Öffentlichkeit stattfand. Er selbst suchte Abgeschiedenheit und Ruhe, um zu schreiben, entzog sich der Welt, um sie zu reflektieren und zu analysieren. Dieser Abstand war nötig, um seine Gedanken in eine gewisse Ordnung zu bringen. Aber zumindest in den letzten Monaten war dies nicht der einzige Grund für seinen Rückzug gewesen. Er hatte sich dem Leben entzogen, weil er dessen überdrüssig geworden war. Und er hatte dadurch jemanden vernachlässigt, der ihm viel bedeutete. Eine erdrückende Leere befiel ihn.

»Ich habe Ralf in letzter Zeit nicht oft gesehen.« Es klang wie eine Entschuldigung.

»Sie sollten wissen, dass es ihm dabei nie um Geld gegangen ist«, sagte Petzold, der die Niedergeschlagenheit in Marks Stimme bemerkte. »Er hat mir eine alleinige Vollmacht für die Bilder unterschrieben. Und sämtliche Erlöse kommen einer von mir ausgesuchten Stiftung zugute. Das war meine Bedingung. So hat dieser ganze Schwindel wenigstens etwas Gutes. Zumindest dachte ich das. Hätte ich auch nur geahnt, dass so etwas passieren würde ...« Seine Hand verkrampfte sich um den Rand des Bildes.

»Kann jemand herausgefunden haben, dass die Bilder nicht von Ralf stammen?«, fragte Mark.

Der Professor fuhr sich durch sein ergrautes Haar. »Nein. Niemand sonst wusste davon.«

Mark dachte nach. Hatte Ralf womöglich sein Atelier selbst verwüstet? Aus Wut über die eigenen Schwächen?

Weil er erkannt hatte, dass sein Talent nicht ausreichte? Waren all die guten Ratschläge, die er ihm erst neulich erteilt hatte, letztendlich nur Heuchelei gewesen? Das alles wollte so gar nicht in das Bild passen, das er von Ralf Clemens hatte.

»Offensichtlich schließt die Polizei einen Zusammenhang der beiden Mordfälle nicht aus«, sagte Mark grübelnd. »Ralf und Breuer waren beide Studenten an Ihrer Schule. Möglicherweise sieht man dort die Verbindung.«

»Das liegt allerdings schon etliche Jahre zurück«, sagte der Professor. »Soweit ich mich erinnere, kannten die beiden sich kaum. Ralf lag zwei Semester hinter Breuer. Und die beiden hätten unterschiedlicher nicht sein können. Breuer war ein Einzelgänger und sehr verschlossen, fast scheu. Ich habe ihn eigentlich nie zusammen mit anderen Studenten gesehen.«

»Trotzdem muss es eine Verbindung geben.«

»Beide waren später auf ihrem Gebiet erfolgreich«, warf Valerie ein. »Sofern man das in Ralfs Fall so sagen kann«, ergänzte sie verhalten.

Der Professor betrachtete sie fragend.

»Sagten Sie nicht selbst, dass unter kreativen Menschen sehr oft Neid und Missgunst herrschen? Entsprechender Erfolg dürfte beides noch bekräftigen.«

»Das ergibt in diesem Zusammenhang keinen Sinn«, sagte Petzold. »Breuer hat Skulpturen erstellt. Er war kein sonderlich begabter Zeichner. Er hat sehr zurückgezogen gelebt und auf die Meinung anderer Leute nicht viel gegeben.«

»Wie sieht Breuer aus?«, fragte Mark.

Der Professor grübelte. »Er hatte damals schon sehr lichtes, dunkelblondes Haar, dürfte also mittlerweile eine Glatze haben. Sehr schlanke Statur, fast hager. Und er ist etwa einen halben Kopf größer als Sie.«

»Dann scheidet er als Ihr Angreifer aus«, schlussfolgerte Valerie.

Mark nickte. »Was war mit den anderen Studenten aus dieser Zeit? Gab es Meinungsverschiedenheiten oder Auseinandersetzungen? Irgendeine Art von Missgunst gegenüber den beiden?«

»Worauf wollen Sie hinaus?«

Mark ging nachdenklich einige Schritte umher. »Mal angenommen, Breuer hätte die Opfer in seinem Haus gar nicht selbst umgebracht?«

Der Professor fuhr sich über das Kinn. »Sie meinen ...«

»Ich meine, dass Breuer nur ein weiteres Opfer des Mannes ist, der mich angegriffen hat.«

Der Professor strich sich kratzend über das unrasierte Kinn. »Wenn das wirklich zutreffen sollte, was ist dann mit seiner Leiche geschehen?«

»Vielleicht wurde er gar nicht umgebracht«, sagte Mark, und seine Augen verengten sich. »Sondern entführt.«

»Entführt?« Valerie betrachtete ihn irritiert. »Aber aus welchem Grund?«

»Möglicherweise will sich jemand seine eigene bizarre Kunstsammlung zusammenstellen. Nur dass diese nicht aus Kunstwerken, sondern aus deren Künstlern besteht.«

Valerie schnaufte abwertend. »Das klingt ziemlich verrückt.«

»Aber es folgt einer gewissen Logik«, konterte Mark. »Sagten Sie vorhin nicht selbst, dass die Person des Künstlers ein wichtiger Bestandteil seiner Kunst ist?«

»Und was stellt er dann mit ihnen an?«, fragte Valerie. »Stopft er sie aus und hängt sie sich wie Trophäen an die Wand?«

»Keine Ahnung, so weit bin ich noch nicht.«

»Um Himmels willen«, schrie der Professor. »Hören Sie auf damit! Das hier ist kein Schreibkurs. Sie reden über wahre Menschen, von denen einer angeblich Ihr Freund ist!« Er atmete schwer und rieb sich die Brust.

»Sorry«, sagte Mark. »Ich versuche nur, aus alldem schlau zu werden.«

»Und was glauben Sie, macht sie dabei so viel schlauer als die Polizei?«, fragte Petzold.

»Die Ermittler wissen nicht, was sich in Ralfs Wohnung zugetragen hat. Und ich denke nicht, dass Valeries ... dass Andreas Bechner ihnen davon berichten wird«, verbesserte er sich. »Der Rest ist Intuition. Es ist wie beim Schreiben. Eine Geschichte setzt sich aus vielen Versatzstücken zusammen. Selbsterlebtes. Zeitungsartikel. Dinge, auf die man bei Recherchen stößt ... Gepaart mit der eigenen Fantasie fügt sich das alles in den logischen Fluss der Story ein. Wären all diese Versatzstücke Bestandteile einer meiner Geschichten, dann wäre das für mich ein schlüssiges Motiv.«

»Aber ein sehr abwegiges«, meinte Valerie.

»Es wäre immerhin eine Möglichkeit.«

»Nur mal angenommen, es hätte sich tatsächlich so zugetragen, dann würde das bedeuten, dass der Täter in Ralfs Fall den falschen Künstler entführt hat.«

Sie richteten beide ihren Blick auf den Professor. Der schien noch etwas bleicher geworden zu sein.

»Das ist alles meine Schuld«, sagte er mit zittriger Stimme. »Wenn meine Frau davon wüsste, würde sie sich im Grab umdrehen. Ich hätte diese verdammten Bilder niemals malen dürfen.« Wütend stieß er eine der Staffeleien um. Das Bild mit dem Gesicht fiel krachend auf den Holzboden. Erneut fasste Petzold sich an die Brust und stöhnte.

Mark eilte zu ihm. »Ist alles in Ordnung mit Ihnen?«

»Wie man's nimmt«, keuchte der Professor und musste sich von Mark stützen lassen. »Ich leide an Angina Pectoris. Eigentlich soll ich mich keinerlei Stresssituationen aussetzen.«

»Dann sollte ich Sie besser da raushalten.«

Nachdem Mark ihm auf den Hocker geholfen hatte, fischte Petzold sein Nitrospray aus der Tasche der Strickjacke und sprühte sich zwei Stöße unter die Zunge. »Nein«, meinte er anschließend. »Es ist an der Zeit, dass ich einiges richtigstelle. Vielleicht kann ich so den Schaden begrenzen.«

»Das halte ich zum jetzigen Zeitpunkt für keine gute Idee. Denn wenn ich richtig liege, dann dürfte es den Täter ziemlich wütend machen, wenn er erfährt, dass er den Falschen in seinen Fängen hat.«

Petzold gab Mark zu verstehen, dass es ihm schon wieder besser ging und er ihn loslassen konnte. »Dann sollten wir zur Polizei gehen.«

»Damit würden Sie sich selbst zum Verdächtigen abstempeln. Denn diese Umstände eröffnen den Ermittlern ein mögliches Motiv. Außerdem haben wir nichts in der Hand. Und mir würden die ohnehin nicht glauben.«

»Und was soll ich Ihrer Meinung nach tun?«, fragte Petzold. »Einfach weitermachen, als wäre nichts passiert?«

»Es kann kein Zufall sein, das Ralf und Breuer auf derselben Schule studiert haben. Der Täter muss in irgendeiner Verbindung zu ihnen stehen. Existieren noch Unterlagen aus dieser Zeit?«

»Keine Ahnung. Das liegt nun etwa acht Jahre zurück. Außerdem wüsste ich gar nicht, wonach ich suchen sollte.«

»Zumindest in einem Punkt dürfte die Polizei recht haben. Der Täter stammt aus der Künstlerszene. Damit wäre die Wahrscheinlichkeit groß, dass er auch Student an Ihrer Schule war. Und zwar zu der Zeit, als auch Ralf und Breuer dort waren.«

»Das umfasst einen Zeitraum von mindestens drei Jahren.«

»Ich weiß, wir suchen die sprichwörtliche Nadel im Heuhaufen, aber es ist unser einziger Ansatzpunkt.«

»Also gut«, meinte der Professor. »Ich werde mein Möglichstes versuchen. Wissen Sie schon, wo sie so lange unterkommen?«

Mark und Valerie sahen sich an. Darüber hatten sie noch nicht nachgedacht.

»Sie können gerne hierbleiben, wenn Sie wollen. Ich habe genügend Platz.«

Mark schüttelte den Kopf. »Die Polizei wird höchstwahrscheinlich auch Sie zu den Vorfällen befragen, Professor. Ich möchte Ihnen nicht noch mehr Unannehmlichkeiten bereiten.«

»Und was soll ich denen sagen?«

»Es dürfte die Ermittlungen nicht voranbringen, wenn sie die Wahrheit über die Entstehung der Bilder sagen. Also bleiben Sie bei Ihrer bisherigen Geschichte.«

Petzold nickte zustimmend. »Es gibt ein kleines Hotel in der Nähe. Eigentlich ist es mehr eine billige Absteige. Es ist sehr beliebt bei angehenden Studenten, die hierherkommen, um bei uns ihre Aufnahmeprüfung zu machen. Dort verlangt man weder einen Ausweis noch eine Kreditkarte. Erwarten Sie allerdings nicht zu viel.«

»Klingt perfekt«, erwiderte Mark, dem leidigen Ausdruck in Valeries Miene zum Trotz. »Allerdings nur so lange, wie unsere Gesichter nicht in den Medien auftauchen. Sollte das der Fall sein, werden wir uns etwas anderes überlegen müssen.«

»Gut, dann suche ich Ihnen die Adresse raus.«

Sie sahen dem Professor nach, der über die Terrasse ins Haus zurückging.

»Woran ist seine Frau gestorben?«, fragte Mark.

»Soviel ich weiß, litt sie unter schweren Depressionen und hat sich das Leben genommen. Das war vor etwa anderthalb Jahren.«

Mark seufzte. »Also zu der Zeit, als er mit dem Malen begonnen hat.«

Erneut kreiste sein Blick über die Bilder. Er sah darin viel Verzweiflung und Trauer. Aber zugleich auch Hoffnung. Auf diesen Leinwänden hatte Petzold den Verlust verarbeitet, den der Tod seiner Frau in ihm hinterlassen hatte. Sie waren ein kreatives Ventil seiner Schwermut, was in Mark unwillkürlich eine Assoziation mit seinem eigenen

Verlust erzeugte. Und zum ersten Mal verspürte er bei diesem Gedanken nicht die übliche Hilflosigkeit und Wut. Er fühlte eine schöpferische Kraft in sich aufkommen, wie er sie von früher kannte, wenn es ihn an seinen Computer gezogen hatte. Eine Art von Energie, die sich mit ihm verband und ihn auflud, ihn elektrisierte. Er würde über all das schreiben, wenn diese Geschichte ausgestanden war. Er würde all seine Gefühle und seine Zerrissenheit in Worte packen und sie so aus dem Gefängnis seines Inneren befreien. Und obwohl sich seine Zukunft wie ein dunkler und unheilvoller Tunnel vor ihm erstreckte, spendete ihm dieser Gedanke die nötige Kraft, ihn zu durchschreiten.

## *KAPITEL 13*

### *Schadensbegrenzung*

Mit Latexhandschuhen an den Händen saß Andreas Bechner am Küchentisch seines Hauses und starrte auf den Inhalt der Tüte, den er vor sich ausgebreitet hatte. Fast eine halbe Stunde hatte er in der Nacht benötigt, um mit gefesselten Händen und Füßen die Treppe zum oberen Stockwerk zu bezwingen, wobei sein Pimmel aus dem schmalen Damenslip herausgerutscht und wie der Schwanz eines Hundes freudig vor ihm hin- und hergeschwungen war, was seine Wut aufgrund dieser Demütigung noch gesteigert hatte. Weitere zehn Minuten waren nötig gewesen, um den kleinen Schlüssel rücklings aus der Schublade seines Nachtschrankes zu fischen und sich von den Handschellen zu befreien. Anschließend hatte er sich wutentbrannt diesen albernen Weiberfummel vom Leib gerissen und wäre am liebsten sofort aufgebrochen, um der aufsässigen Schlampe und diesem Schriftsteller hinterherzujagen und ihnen auf schmerzvolle Weise zu verdeutlichen, dass sie sich mit dem Falschen angelegt hatten. Doch dann besann er sich eines Besseren und zwang sich dazu, einen klaren Kopf zu bewahren. Dieses überstürzte Vorgehen hätte ihn nur noch mehr in Schwierigkeiten gebracht. Er hatte getrunken und erneut die Kontrolle verloren. Nun galt es, Schadensbegrenzung zu betreiben.

Nachdem er seine Dienstwaffe aus dem stinkenden Abfall der Tonne gefischt und die Scheibe seines Autos notdürftig geflickt hatte, war es ihm mit einem ausreichenden Mix aus Beruhigungsmitteln und Alkohol schließlich gelungen, ein paar Stunden zu schlafen.

Nun saß er hier und betrachtete nachdenklich die vermutlich wichtigsten Beweisstücke in einem aktuellen Mordfall. Sie waren machtvolle Instrumente, um sich ausreichend für diese Demütigung zu revanchieren und somit das Gleichgewicht wieder herzustellen. Zumindest, was diesen Schreiberling betraf.

Bei Valerie war eine andere Art von erzieherischer Maßnahme nötig. Er hatte es mit Entgegenkommen und Freundlichkeit versucht; hatte sogar eigene Fehler eingestanden, was er sonst nie tat, denn dazu gab es keinen Grund. Nun war es an der Zeit, eine härtere Gangart einzuschlagen. Sie war seine Frau, also hatte sie sich ihm gefälligst unterzuordnen. So war es von Natur aus festgelegt und so sollte es verdammt nochmal bleiben! Aber anscheinend konnten sich die meisten Frauen nicht mehr mit ihrer gottgegebenen Rolle abfinden. Es war immer dasselbe Spiel. Erst wollten sie erobert werden. Dann gaben sie sich gefügig und verletzlich, heuchelten bedingungslose Liebe und Zugehörigkeit vor. Dabei schmiedeten sie bereits Pläne, wie sie mehr und mehr die Kontrolle über alle Lebensbereiche an sich reißen konnten. Und schließlich wurden sie zu rechthaberischen und streitsüchtigen Zicken, die bei jeder Gelegenheit mit anderen Kerlen flirteten und ihre eigenen Männer von Muschi- zu Arschleckern degradierten, bis sie sich vorkamen wie kastrierte Hunde. Er hatte das oft genug bei anderen erlebt. Doch bei ihm waren sie da an der falschen Adresse. Er hatte bis jetzt noch jeder gezeigt, wo sie hingehörte. Und daran würde auch Valerie nichts ändern. Immerhin war er bereits vor Monaten so weitsichtig gewesen, ihr Handy ohne ihr Wissen auf einem Internetportal zu registrieren, das es ihm ermöglichte, das Gerät zu lokalisieren. Üblicherweise im Fall von Diebstahl oder Verlust. Doch er hatte diese Möglichkeit dazu genutzt, um nachzuvollziehen, wo sich seine Angetraute den ganzen Tag herumtrieb. Nun würde dieser Dienst äußerst hilfreich dabei sein, ihren Aufenthaltsort zu bestimmen. Zwar sendete ihr Handy augenblicklich kein Signal, was eine Ortung auf diesem Weg unmöglich machte, doch wie er seine Frau kannte, würde dieser Zustand nicht lange andauern. Nicht mal zum Essen oder beim Fernsehen hatte sie es fertiggebracht, dieses verdammte Ding beiseitezulegen. Sie würde schon bald wieder auf Sendung gehen, dessen war er sich sicher. Und dann würde sie bluten müssen, für das, was sie ihm angetan hatte. Doch zunächst musste er sich Gedanken um seinen Kontrahenten machen. Vermutlich verkroch er sich irgendwo, in dem Glauben, der gesamte Polizeiapparat wäre hinter ihm her. Er hatte ihm diesbezüglich nicht die ganze Wahrheit über den Stand der Ermittlungen gesagt, um ihn dadurch besser manipulieren und kontrollieren zu können. Das hatte zwar nicht planmäßig funktioniert, wie er zugeben musste, doch im Nachhinein könnte dieser Schachzug sich als äußerst vorteilhaft erweisen. Denn immerhin hielt es Ritter davon ab, zur Polizei zu gehen und auszuplaudern, was hier geschehen war. Zusammen mit Valeries Aussage würde das zumindest eine Untersuchung nach sich ziehen. Und hatte er erst einmal die Maulwürfe der Internen am Hals, würden die so lange im Dreck wühlen, bis sie etwas gegen ihn in Händen hielten. Und dazu würden sie nicht einmal tief graben müssen. Von Zeugenbeeinflussung, über unnötige Gewaltanwendung im Dienst, bis hin zur Bestechung reichten die Vergehen, die sie hätten zu Tage fördern können. Das konnte er keinesfalls riskieren. Er brauchte eine sichere, eine endgültige Lösung. Immerhin stand ihm jetzt das nötige Zeitfenster dafür zur Verfügung.

Vorsichtig schob er das Hemd zur Seite - es war höchstens für den Zweck der Ablenkung von Nutzen - und konzentrierte sich auf die Fernbedienung. Das verkrustete Blut am unteren Ende des Gehäuses war deutlich zu erkennen. Wenn Ritters Vermutung zutraf, und sich die DNA des Täters bereits in der Datenbank befand, könnte ihm das einen machtvollen Vorteil verschaffen.

Er kramte ein Küchenmesser aus der Schublade, kratzte damit vorsichtig etwas von dem geronnenen Blut auf ein Blatt Papier und füllte es in einen kleinen Frischhaltebeutel. Anschließend betrachtete er die feinen Partikel darin mit einem hintergründigen Lächeln. Womöglich verbarg sich hinter diesen Krümeln menschlicher DNA die Lösung all seiner Probleme.

# KAPITEL 14

## *Rückzug*

Das Hotel hatte den bezeichnenden Namen »Opportun« und schien sich auf eine Kundschaft eingestellt zu haben, die mehr auf Zweckmäßigkeit bedacht war. Was den Komfort betraf, hatte der Professor noch untertrieben. Das karge Mobiliar versprühte den sterilen Charme eines Klinikzimmers. Einziger Lichtblick waren die bereitgestellten Handtücher in der Dusche. Ein Frühstück erwartete man allerdings vergebens.

»Essen können Sie günstig im Bistro nebenan«, hatte ihnen der ältere Mann am Empfang mitgeteilt. Er hatte fast keine Haare mehr über der Stirn, was ihn jedoch nicht davon abhielt, sich den kümmerlichen Rest bis über die Schultern wachsen zu lassen. Neben dem Empfangstresen befand sich ein Computerterminal mit Internetzugang, der auf den ersten Blick aber dem Atari-Zeitalter entstammen mochte. Valerie hatte sie unter dem Namen Neumann angemeldet und eine Fantasieadresse angegeben. Mit ihrem letzten Bargeld hatte sie zwei Nächte im Voraus bezahlt. Nun ließ sie ihren Blick durch das schmale Zimmer gleiten.

»So sieht also Ihre Alternative zu einer Gefängniszelle aus«, bemerkte sie bissig. »Sie sollten sich ein wenig mehr Mühe geben, wenn Sie nicht wollen, dass ich Sie bei der nächstgelegenen Polizeistation abliefere.«

Mark warf einen Blick aus dem Fenster in den Innenhof des Hotels, wo Valeries Mini zwischen drei weiteren Fahrzeugen stand. »Immerhin hat dieser Schuppen einen Parkplatz, der nicht von der Straße aus einsehbar ist. Dadurch mussten Sie sich nicht von Ihrem Auto trennen.«

»Sie verstehen es wirklich, eine Frau glücklich zu machen.«

»Sparen Sie sich Ihren Sarkasmus. Das hier ist auf jeden Fall bequemer als eine weitere Nacht in Ihrer fahrenden Brotdose.«

Valerie verkniff sich einen Kommentar darüber, dass sie es ohne diese Brotdose erst gar nicht bis hierher geschafft hätten. »Immerhin habe ich ein Auto. Und im Gegensatz zu Ihrer Wohnung ist das hier sicher eine Verbesserung für Sie.«

Mark ließ diese Bemerkung unkommentiert, während Valerie sich auf das Bett fallenließ, das den Großteil des Raumes einnahm.

»Tut mir leid«, meinte sie kleinlaut. »Ich weiß auch nicht, was mit mir los ist. Normalerweise bin ich nicht so.«

»Sie sind nur angespannt und übermüdet.« Er stellte die Tasche auf seiner Hälfte des Doppelbettes ab. »Ich hoffe, Sie haben kein Problem damit. Ich würde ja auf der Couch schlafen, aber wir haben keine.«

Valerie musste lachen. »Schon gut. Ich denke wir sind beide erwachsen genug.« Sie betrachtete ihn eine Weile. »Fehlt Ihnen denn gar nichts? Ich meine, es muss doch auch in Ihrem Alltag etwas geben, das Sie vermissen.«

Mark dachte einen Moment nach. »Ich versuche, mich an Kleinigkeiten zu erfreuen.«

»Die da wären?«

Er zuckte mit den Schultern. »Ein gutes Essen. Das Treffen mit einem Freund. Solche Dinge eben.«

»Sie brauchen nicht viel, um zu leben, nicht wahr?«

»Zuviel Besitz macht nur abhängig.«

»Sagten Sie nicht, dass wir das ohnehin alle sind?«

»Ich versuche eben, diese Abhängigkeit auf ein Mindestmaß zu reduzieren.«

»Verstehe. Sie haben es lieber ungezwungen.«

»Finden Sie das verwerflich?«

»Nein, durchaus nicht. Es ist nur eher ungewöhnlich für einen Mann ihres Alters. Und ich hatte zumindest gestern in Ihrer Wohnung den Eindruck, dass Ihnen Ihre

Lebensweise ein wenig peinlich ist.«

»Meine momentane Art zu leben beeindruckt die meisten Frauen nicht besonders.«

»Sie wollen mich also beeindrucken?«

Mark wich ihrem Blick aus und wühlte verlegen in seiner Tasche herum. »Ich wollte zumindest nicht, dass Sie einen falschen Eindruck von mir bekommen. Denn ich scheue mich keineswegs vor Verantwortung.«

»Aber?«

»Warum muss es immer ein Aber geben?«

»Sie machen auf mich nicht gerade einen glücklichen Eindruck.«

»Das hat andere Gründe.«

»Und welche?«

»Sehr persönliche.«

»Verstehe, Sie wollen nicht darüber reden.«

»Nein.«

Sie zog aus Gewohnheit ihr Handy aus der Handtasche, um dann enttäuscht festzustellen, dass es nur ein totes Display war. »Und was sollen wir dann die ganze Zeit machen?«, seufzte sie. »Uns anschweigen?«

»Wir warten. In der Zwischenzeit werde ich eine Dusche nehmen. Dasselbe würde ich Ihnen auch empfehlen.«

»Sie haben gut reden, mit Ihrer Tasche voller Sachen. Ich habe nicht einmal frische Unterwäsche dabei.«

»Das mag daran liegen, dass Sie Ihre Prioritäten falsch setzen.«

»Was soll das nun wieder heißen?«

»Anstatt sich um Ihre Erreichbarkeit zu sorgen, sollten Sie sich lieber um wichtigere Dinge Gedanken machen.«

*Klugscheißer*, dachte sie genervt. Kurz darauf landete etwas neben ihr auf dem Bett. Sie hob es auf und betrachtete es eingehender. Es war eine karierte Boxershort.

»Ich schätze, damit werde ich erst recht keinen Schönheitswettbewerb gewinnen, aber danke.«

Dieser Aussage konnte Mark sich nicht anschließen.

Als er sich Valerie in seiner Unterwäsche vorzustellen versuchte, musste er sich irritiert eingestehen, dass ihn dieser Gedanke erregte. »Gern geschehen«, meinte er befangen und fügte hinzu: »Ich hätte auch noch ein frisches T-Shirt für Sie.« Er deutete auf die Tür des kleinen Badezimmers. »Ich lasse Ihnen gerne den Vortritt. Während Sie duschen, werde ich eine rauchen gehen.«

Kurz darauf hörte sie Mark durch die geschlossene Badezimmertür fluchen, als er feststellte, dass er keine Zigaretten mehr hatte.

*Soviel zum Thema Abhängigkeit*, dachte sie zufrieden und stieg fröhlich pfeifend in die Dusche.

## KAPITEL 15

### Dienstweg

Zu dem Zeitpunkt, als Valerie unter der Dusche stand, betrat Andreas Bechner das Polizeipräsidium im Kölner Stadtbezirk Kalk. Laut seinem Dienstplan hätte er zwar erst eine Stunde später dort erscheinen müssen, doch er hatte vorab noch etwas zu erledigen. Ohne Umschweife begab er sich in die Kriminalabteilung und klopfte an die Tür von Peter Körber, dem Leiter der KTU.

»Andreas«, stellte Körber überrascht fest und blickte über den Rand seines Computermonitors, auf dem er den Bericht zur Spurensicherung in einem Fall von Totschlag studierte. »Was führt dich zu mir? Ich hoffe, du nimmst es mir nicht mehr übel, dass ich dich letzte Woche beim Squash erniedrigt habe.« Die schmalen Falten um seine

Augen vertieften sich, als er grinste.

»Ehre, wem Ehre gebührt«, erwiderte Bechner gönnerhaft. »Aber das nächste Mal werde ich es dir nicht so leicht machen.«

»Setz dich.« Körber deutete auf den Stuhl vor seinem Schreibtisch.

»Ich will dich nicht lange aufhalten«, wiegelte Bechner ab. Er zog es vor, den psychologischen Vorteil des Stehenden für sich zu beanspruchen, der durch seine hünenhafte Statur noch verstärkt wurde. Als er Körber den kleinen Klarsichtbeutel auf dem Tisch legte, nahm der ihn auf und betrachtete den Inhalt mit seinen graugrünen Augen.

»Was ist das?«

»Ein persönliches Anliegen«, meinte Bechner.

»Und das heißt?«

»Dass niemand offiziell davon wissen muss.«

Körber ließ sich in seinen Stuhl zurückfallen und musterte ihn verhalten. »Worum geht es?«

»Mein Nachbar hat mich um Hilfe gebeten. Jemand hat seinen Hund abgestochen.«

»Seinen Hund?«

»Ja. Das Blut dort stammt vermutlich vom Täter. Ich denke, er ist bereits vorbestraft.«

Körber richtete seinen Blick wieder auf den Beutel. Dabei spitzte er die Lippen, womit er signalisierte, dass er diese Geschichte für völligen Schwachsinn hielt. »Wenn ich das richtig verstehe, dann soll ich einen DNA-Abgleich aufgrund eines getöteten Hundes veranlassen.« Er lachte auf. »Das ist ein Scherz, nicht wahr? Wer hat sich das ausgedacht? Simon, von der IT?«

»Hör zu, die Sache ist wichtig für mich.«

»Um was geht es dabei wirklich?«

»Kann ich dir nicht sagen.«

Körber tippte mit dem Finger auf den Beutel. »Dir dürfte klar sein, dass ich für einen solchen Abgleich die Genehmigung der Staatsanwaltschaft benötige.«

»Wie lange kennen wir beide uns jetzt?«, fragte Bechner gelassen und beugte sich einschüchternd nach vorn. »Acht Jahre? Ich muss dich hoffentlich nicht daran erinnern, dass du mir noch was schuldig bist. Denn hätte ich mir damals diesen Zeugen nicht vorgeknöpft, dann hätte dein Sohn jetzt einen Eintrag wegen Drogenmissbrauchs in seiner Akte, was seiner Ausbildung im Justizvollzug sicher nicht förderlich gewesen wäre. Ich weiß, dass du zu einigen Laborratten beim LKA einen guten Draht hast. Also wirst du mir nicht weismachen wollen, dass sich dir aufgrund deiner Beziehungen keine Möglichkeiten bieten, den offiziellen Dienstweg zu umgehen. Denn mir ist aus sicherer Quelle bekannt, dass in dieser Abteilung schon der eine oder andere Vaterschaftstest auf Kosten des Steuerzahlers veranlasst worden ist. Wenn du mir nicht helfen willst, dann sag es einfach. Aber komm mir ja nicht mit irgendwelchen Vorschriften.«

Körber zog sich irritiert zurück und kraulte sich seinen Vollbart. »Schon gut, du musst ja nicht gleich ausflippen. Ich weiß, dass ich in deiner Schuld stehe, daran musst du mich nicht erinnern. Hättest du dich gleich als Freund an mich gewandt, anstatt mir diese hirnrissige Geschichte aufzutischen, dann wäre ich dir auch nicht auf die blöde Tour gekommen.«

Bechner richtete sich wieder auf. »Du hast recht, bitte entschuldige«, räumte er ein. »Ich war mir nur nicht sicher, ob unsere Freundschaft allein dafür ausreichen würde.«

Körber griff nach dem Beutel. »Dir ist aber klar, dass auf diesem Weg das Ergebnis keinerlei rechtliche Grundlage hat. Also beruf dich dabei nicht auf mich.«

»Keine Angst, ich werde dich da raushalten.«

»Bis wann brauchst du das Ergebnis?«

»So schnell wie möglich. Kriegst du das hin?«

»Das ist der Vorteil daran, wenn man Vorschriften umgeht. Es fällt kein Papierkram an.«

Bechner nickte zufrieden. In der Zwischenzeit würde er

ein paar Erkundigungen über Mark Ritter einholen. Er musste mehr über ihn erfahren, seine Gewohnheiten studieren. Für den Fall, dass Valerie ihr Handy weiterhin ausgeschaltet ließ, würde er Ritters bisheriges Leben nach Hinweisen durchforsten, die ihm aufzeigten, wo sich dieser Bastard aufhalten könnte. Denn diese Information würde er benötigen, wenn der Abgleich positiv ausfiel.

»Danke«, sagte er im Hinausgehen. »Jetzt bin ich *dir* was schuldig.«

## KAPITEL 16

### Berichterstattung

Bis in den frühen Nachmittag hinein verfolgte Mark die Nachrichten auf dem kleinen Röhrenfernseher gegenüber dem Hotelbett. Doch auf welchen Kanal er auch schaltete, nirgends wurden er und Valerie erwähnt. Auch sonst war in den Medien nichts zu dem Fall zu erfahren. Die Polizei hielt ihre Erkenntnisse unter Verschluss. Er spielte mit dem Gedanken, den Computer im Empfangsraum in Anspruch zu nehmen. Vielleicht war im Internet mehr durchgesickert. Doch da für die Nutzung eine Gebühr fällig war, und sich sein Bargeldvorrat auf ungefähr sechs Euro beschränkte, verwarf er den Gedanken wieder.

Er schaltete den Fernseher aus und betrachtete Valerie, die neben ihm eingeschlafen war. Ihr langes Haar glänzte an einigen Stellen noch immer feucht. Sie trug ein verwaschenes schwarzes T-Shirt von ihm, mit einem skelettierten Bundesadler als Aufdruck, dass er vor einigen Jahren bei einem Konzert der Toten Hosen erstanden hatte. Zu einer Zeit, in der er in seinem Leben noch Spaß und Freude empfinden konnte. Eine Zeit, die sich gefühlte Lichtjahre entfernt abgespielt hatte. Es lag lange zurück, dass er mit einer Frau alleine in einem Raum gewesen war. Damals war es das Zimmer eines Krankenhauses gewesen, in dem er Jenny beim Sterben begleitet hatte. Eine Erfahrung, nach der es ihm unmöglich vorgekommen war, noch einmal in sein altes Leben zurückzukehren, sich noch einmal so intensiv auf einen anderen Menschen einzulassen. Einsamkeit als Selbstschutz vor Verlust. Und nun lag diese Frau neben ihm. Trotz der Differenzen, die gelegentlich zwischen ihnen herrschten, verspürte er eine tiefe Zuneigung. Sie strahlte etwas Vertrautes aus. Etwas, dass er längst als unwiederbringlich verloren eingestuft hatte. Diese gegensätzliche Mischung aus Unbeholfenheit und Stärke, aus Widerspenstigkeit und Aufopferung. Sie erinnerte ihn an Jenny. Und als Valerie nach dem Duschen vor ihm gestanden hatte, nur mit einem Handtuch bekleidet, da hatte es ihm den Atem verschlagen. Für einen kurzen Augenblick hatte er tatsächlich geglaubt, die Zeit wäre zurückgesprungen und ließ ihn diesen unheilvollen Moment vor etwa zweieinhalb Jahren erneut durchleben. Dieser folgenschwere Tag, der so vielversprechend begonnen hatte und dann zum Beginn einer Odyssee wurde, die alles zerstört hatte.

Valerie stöhnte kurz auf und drehte sich im Schlaf zu ihm herum, als hätte sie seine Gedanken gehört. Es kostete ihn einiges an Überwindung, seine Hand nicht durch ihr Haar gleiten zu lassen. Stattdessen schloss auch er die Augen und ergab sich der erlösenden Müdigkeit, die dem Sturm seiner Sehnsucht die Kraft raubte und das Karussell seiner Gedanken zum Stillstand brachte ... bis er in einen Traum abdriftete, der ihm das quälende Bild seiner weinenden Frau vor Augen hielt.

*Es war Ende April gewesen, an ihrem vierten Hochzeitstag, etwa zwei Wochen nach Unterzeichnung der Verlagsverträge. Mark hatte für den Abend einen Tisch in ihrem Lieblingsrestaurant bestellt und freute sich auf einen vielversprechenden Abend mit Jenny. Der üppige Blumenstrauß, mit dem er sie bereits am Morgen überrascht hatte, versprühte vom Esszimmertisch aus seinen süßlichen Duft. Daneben lag eine offene Schatulle mit einer kunstvollen Goldkette. Er hatte sie zwei Tage zuvor bei dem Juwelier gekauft, vor dessen Schaufenster Jenny so oft stehengeblieben war und eben diese Kette bewundert hatte. Doch sie wäre nie dazu bereit gewesen, das Geld dafür auszugeben. Es widersprach ihrem Grundsatz, niemals über die eigenen Verhältnisse zu leben, schon gar nicht, wenn es sich um solch unnötige Dinge handelte. Doch ihre Verhältnisse hatten sich quasi über Nacht geändert, was Mark nicht zuletzt ihr zu verdanken hatte. Daher fand er den Anlass dieses Tages mehr als angemessen, um ihr diesen »unnötigen« Wunsch zu erfüllen.*

*»Du bist ja völlig verrückt«, schrie sie und hielt sich vor Aufregung die Hand vor den Mund. Allein das kindliche Strahlen ihrer Augen war jeden Cent für die Kette wert gewesen.*

*»Nein, nur unendlich dankbar«, erwiderte Mark. »Du hast mir mit deiner Unterstützung diesen Traum ermöglicht, den ich nun leben darf. Ich möchte, dass du dich heute wie eine Königin fühlst.«*

*Als Valerie am Abend von der Arbeit zurückkam, ließ sie sich nicht anmerken, wie erschöpft sie war. Doch Mark sah es ihr dennoch an.*

*»Es ist nichts«, erwiderte sie auf seine Frage, ob ihr etwas fehle, und lächelte tapfer. »Wir werden heute einen unvergesslichen Abend haben.«*

*Während sie duschte, stand Mark vor dem Spiegel und rasierte sich. Langsam machte er sich Sorgen. Jenny wirkte total überarbeitet, jede Kleinigkeit schien sie zu belasten. Es war dringend an der Zeit für etwas Ruhe. Ein gemeinsamer Urlaub vielleicht. Oder ein Wochenende in einer Blockhütte, fernab jeglicher Hektik. Nur sie und er. Diese freudige Vorstellung riss ab, als sich hinter ihm die Duschkabine öffnete.*

*»Mark!«*

*Er drehte sich zu ihr um. Sie stand nackt und nass auf dem Badvorleger. Ein Anblick, der in ihm nach wie vor die Frage aufwarf, weshalb sich eine solch atemberaubend schöne Frau ausgerechnet in einen Typen wie ihn verliebt hatte. Er konnte nicht anders, als sie anzustarren, so als müsste er sein Glück erst begreifen. Doch dann bemerkte er den panischen Ausdruck in ihren Augen. Ihr Gesicht wirkte trotz des heißen Wassers blass und farblos.*

*»Was hast du?«, fragte er besorgt.*

*Ein Tropfen rann ihre Wange hinab. Es war nicht ersichtlich, ob es nur Wasser oder eine Träne war. »Da ... da sind zwei Knoten in meiner Brust.«*

*Augenblicklich verspürte er einen Druck, der ihm die Luft abschnürte. »Was sagst du?«*

*»Zwei Knoten, Mark, ich kann sie deutlich fühlen.«*

*Er wischte sich den restlichen Rasierschaum aus dem Gesicht und ging auf sie zu. Behutsam tastete er die Stelle an ihrer linken Brust ab, die sie ihm deutete. Er konnte deutlich zwei erbsengroße Verhärtungen unter der weichen Haut fühlen, sah die düstere Vorahnung in ihren Augen. Ihre Mutter war mit 42 Jahren an Brustkrebs gestorben. Seitdem lebte Jenny in der ständigen Angst, ebenfalls von dieser schrecklichen Krankheit heimgesucht zu werden. Eine Angst, die nun regelrecht in diesem Raum zu spüren war.*

*»Das ... das kann alles Mögliche bedeuten«,* versuchte er sie und sich selbst zu beruhigen, was ihm in beiden Fällen nicht gelang. *»Sicher sind nur ein paar Lymphknoten geschwollen. Du hast selbst gesagt, dass du dir einen Virus eingefangen hast. Deshalb bist du in letzter Zeit auch so erschöpft.«*

*Ihr Blick brach. »Da sind keine Lymphknoten, Mark. Nicht an dieser Stelle.«*

*»Woher willst du das wissen?«*

*»Ich habe mich in den letzten Jahren ausgiebig mit dem Thema beschäftigt, wie du weißt.«*

*»Ja, und es hat eine Menge Paranoia in dir ausgelöst.«*

*»Ich bilde mir diese Knoten nicht ein.«*

*»Also gut«,* sagte er hilflos. *»Wir werden gleich morgen früh einen Termin bei deinem Frauenarzt ausmachen. Das muss in jedem Fall untersucht werden.«*

*Weitere Tropfen perlten an ihrer Wange herab. Dieses Mal waren es unbestreitbar Tränen. »Warum jetzt, Mark?«,* schluchzte sie, und es zerriss ihm das Herz. *»Warum muss das ausgerechnet jetzt passieren, wo es so gut für dich läuft?«*

*»Das ist jetzt nicht wichtig.«*

*»Doch, das ist es!«,* beharrte sie. *»Ich will dein Buch in den Händen halten. Ich will miterleben, wie es in den Schaufenstern der Buchläden steht. Ich will den Leuten voller Stolz sagen können, dass der Autor dieses Buches mein Mann ist.«*

*»Das wirst du!«*

*»Ich habe Angst!«*

*Er umarmte ihren nassen Körper, spürte, wie er an seinem Brustkorb zitterte. »Warten wir erst einmal die Untersuchung ab«,* sagte er mit schwacher Stimme. *»Du wirst sehen, es ist bestimmt etwas Harmloses, und in ein paar Tagen werden wir darüber lachen.«*

*Fünfeinhalb Monate später war Jenny Ritter tot.*

Ein Klopfen riss ihn aus seinem Traum. Es kam von der Zimmertür. Auch Valerie hatte es wahrgenommen und blinzelte ihn an.

»Wer ist da?«, rief Mark benommen. Insgeheim rechnete er nicht damit, dass es sich um die Polizei handelte, denn die hätte sich in seinem Fall sicher nicht die Zeit genommen anzuklopfen.

»Ich bin es«, drang die gedämpfte Stimme von Professor Petzold durch die geschlossene Tür. »Lassen Sie mich rein.«

Mark rieb sich die Müdigkeit aus den Augen und sah auf die Uhr. Es war kurz nach vier am Nachmittag. Er hatte fast zwei Stunden geschlafen. Schwerfällig stand er auf und entriegelte die Tür.

Petzold hielt eine volle Plastiktüte in der Hand. »Ich habe Neuigkeiten«, sagte er und betrat das Zimmer.

»Haben Sie etwas über Breuer herausgefunden?«, fragte Valerie und gähnte.

»Nein«, sagte Petzold und stellte die Tüte vor dem Bett ab. »Aber es hat sich dennoch etwas Interessantes ergeben.« Er betrachtete die beiden, als erwarte er von ihnen eine Reaktion auf diese Nachricht. Doch Mark und Valerie sahen ihn nur mit müden Augen an. »Die Polizei war heute in unserer Schule.«

»Die Polizei?«

»Genauer gesagt die Kripo. Sie haben uns Fragen über Breuer gestellt, über sein Verhalten und seine Beziehungen zu anderen Studenten und Mitbewerbern, insbesondere zu Ralf.«

»Haben sie irgendetwas zu den Ermittlungen gesagt?«, fragte Mark, dessen Müdigkeit verflogen war. »Werden Ralf und ich verdächtigt?«

»Dazu wollten sie sich nicht äußern. Aber sie wollten Einsicht in die Unterlagen der beiden.«

»Und?«, fragte Valerie.

»Na ja, die Dokumente existieren zwar noch, doch war

darin nichts Ungewöhnliches zu finden. Wir erstellen schließlich keine psychologischen Gutachten über unsere Studenten, sondern beurteilen nur ihre Leistungen. Daraufhin wurden die Beamten konkreter und sprachen uns auf einen Vorfall an, auf den sie im Zuge ihrer Ermittlungen gestoßen sind.«

Valerie setzte sich auf. »Was für ein Vorfall?«

»Ich war damals auf einer Tagung und habe erst später davon erfahren. Daher konnte ich mich bis jetzt auch nicht daran erinnern. Aber ein Kollege von mir konnte das noch sehr gut.« Er zog sich den einzigen Stuhl heran, der bedenklich knackte, als er sich darauf setzte. »Es passierte damals in der Phase des Auswahlverfahrens für die neuen Semester«, erläuterte er. »Hunderte von Studenten bewerben sich in dieser Zeit mit ihren Mappen und Arbeiten um eine Aufnahme. Manche vergleichen es heutzutage mit einem Casting. Wenn man bei diesem Vergleich bleibt, dann war Dr. Martin Rombach eine Art Dieter Bohlen. Er war damals mitverantwortlich für die Bereiche *Bildende Kunst* und *Visuelle Kommunikation* und bekannt dafür, den Bewerbern ziemlich unverblümt seine Meinung über deren Arbeiten mitzuteilen. Mit dieser Offenheit konnte nicht jeder umgehen, wodurch es öfter zu Wortgefechten kam.«

»Aber in einem Fall blieb es nicht dabei«, mutmaßte Mark.

»Nein. Einer der Bewerber ging auf Rombach los, nachdem der ihm völlige Talentlosigkeit bescheinigt hatte. Er hat ihn zu Boden geschlagen, wie ein Verrückter auf ihn eingedroschen und ihm das Nasenbein und den Kiefer gebrochen. Anschließend gelang es ihm, in der Menge unterzutauchen und zu flüchten. Rombach wurde ins Krankenhaus gebracht und hat Anzeige erstattet. Er konnte den Angreifer nur vage beschreiben, da er eine Mütze und eine Sonnenbrille getragen hat, gab aber an, er wäre mittelgroß und kräftig. Kommt Ihnen das bekannt vor?«, fragte er an Mark gerichtet.

Der nickte nur stumm.

»Sie müssen doch aufgrund seiner Bewerbung irgendwelche Unterlagen über ihn gehabt haben«, bemerkte Valerie.

»In dieser ersten Phase handelt es sich nur um eine offene Bewerbung. Wir kennen die Leute zunächst nicht, die zu uns kommen und uns ihre Arbeiten vorstellen. Wir schätzen nur ein, wer unseren Ansprüchen genügt und das Zeug zu einem Studium hat. Es ist eine Art grobes Ausschlussverfahren. Erst wer dieses besteht, wird zur Aufnahmeprüfung zugelassen und datentechnisch erfasst.«

»Dann wurde der Angreifer nie ermittelt?«

»Nein. Laut Rombachs damaliger Aussage war der Mann etwa Anfang zwanzig und hat sich ihm unter dem Künstlernamen *Yorick* vorgestellt. Damals war der Polizei kein Künstler mit diesem Pseudonym bekannt. Rombach ist nie über den Vorfall hinweggekommen. Zwei Jahre später hat er seine Lehrtätigkeit bei uns beendet.«

»Was hat das mit Breuer zu tun?«, wollte Mark wissen.

»Er hat sich an diesem Tag auch unter den Bewerbern befunden. Die Polizei sucht aufgrund der neuesten Erkenntnisse nach einer möglichen Verbindung zu dem Angreifer.«

»Was für Erkenntnisse?«

Der Professor schwieg einen Moment. Dann fasste er sich wieder. »Rombach wurde inzwischen als eines der Opfer identifiziert, die in Breuers Atelier gefunden wurden.«

Während Valerie und der Professor über diesen neuen Tatbestand diskutierten, entzog sich Mark ihren Stimmen und dachte eine Zeitlang nach. Diese Erkenntnisse dürften auch die Beamten der Mordkommission an Breuers Schuld zweifeln lassen. Sie ermittelten nicht mehr nach ihm als Täter, sie durchforsteten sein Umfeld, suchten dort nach Verbindungen oder Vorfällen, die sie zum wahren Täter und seinem Motiv führten. Und dieses Motiv bestand offensichtlich aus Neid und nicht verarbeiteter Ablehnung. Auch Ralf hatte zu Breuers Umfeld gehört, wenn auch nur in der Zeit seines Studiums. Das wiederum schloss auch Mark selbst in den Kreis mit ein. Ein erfolgloser Künstler, auf den das Profil bestens passte. Und wenn dann auch noch zufällig sein Hemd mit Kettners Blut auftauchte, dann würde ihm selbst der dürftige Umstand nicht mehr helfen, dass er sich nie an einer Kunsthochschule beworben hatte.

»Was hat Ihr Kollege nach seiner Lehrtätigkeit gemacht?«, unterbrach er den Redefluss der beiden.

»Er hat für ein bedeutendes Kunstmagazin gearbeitet«, sagte der Professor.

»Als Kritiker?«

»Nicht ausschließlich. Aber wenn man über Kunst berichtet, kommt man nicht umher, sich auch kritisch damit auseinanderzusetzen.«

»Dem kann ich nur zustimmen«, sagte Valerie. »Kunst ist neben Technik und Handwerk auch immer Geschmackssache. Und über Geschmack lässt sich bekanntlich nicht streiten.«

Eine Redewendung, die unzutreffender nicht hätte sein können, wie Mark fand. »Benedikt hat auf der Ausstellung gesagt, unter den Opfern in Breuers Atelier waren auch drei seiner schärfsten Kritiker. Der Mörder scheint demnach eine ziemlich ausgeprägte Abneigung gegen Kritik zu haben.«

Valerie sah ihn mit hochgezogenen Augenbrauen an. »Da kenne ich noch jemanden, auf den das zutrifft.«

Mark überging diese Anspielung. »Wenn es sich bei diesem Yorick tatsächlich um den Täter handelt, dann ist davon auszugehen, dass er schon öfter gewalttätig geworden ist. Wer so wenig Kontrolle über seine Gefühle hat, der wird irgendwann auffällig.«

»Das würde Ihren Verdacht erhärten, dass der Kerl bereits vorbestraft ist«, sagte Valerie. »Aber weshalb fasst die Polizei ihn dann nicht?«

»Es werden in Deutschland jedes Jahr um die zweihunderttausend Gewaltdelikte registriert«, erläuterte Mark. »Ohne einen konkreten Hinweis wie einen Fingerabdruck oder einen DNA-Abgleich werden die nie auf den passenden Namen kommen.«

Valerie stöhnte auf. »Dann sitzen wir also noch länger in diesem Loch fest. Immerhin erspart mir das, mich in diesem Aufzug in der Öffentlichkeit zu zeigen.«

»Hey«, meinte Mark. »Das ist eins meiner Lieblingsshirts.«

Sie verdrehte die Augen und deutete auf die Tüte, die Petzold mitgebracht hatte. »Ist da wenigstens etwas zu essen drin? Ich könnte einen Bären vertilgen.«

»Nein, tut mir leid«, meinte der Professor. »Nur ein paar Dinge, von denen ich dachte, dass Sie sie in Ihrer Lage benötigen könnten.« Er griff in die Tüte und zog einige Kleidungsstücke daraus hervor.

Valeries Augen wurden größer, als sie die Blusen und die leicht verblasste Jeanshose registrierte.

»Das alles gehörte meiner Frau«, sagte Petzold. »Sie hatte in etwa Ihre Größe. Eigentlich wollte ich die Sachen schon längst entsorgen. So erfüllen sie vielleicht noch einen Zweck. Ich hoffe es macht Ihnen nichts aus.«

»Nein, ganz und gar nicht.«

»Außerdem habe ich auf dem Weg hierher noch ein paar Hygieneartikel für Sie besorgt.«

Valerie strahlte ihn an. »Sie sind mein Retter, wissen Sie das?«

Der Professor war sichtlich geschmeichelt. »Nicht doch«, meinte er. »Meine Frau war auch immer sehr auf ihr Äußeres bedacht, außer in den Phasen, wo sie ...« Er hielt entgeistert inne, als hätte er etwas Verbotenes gesagt. »Nun ja«, fügte er hinzu und überspielte seine Befangenheit mit einem Lächeln. »Ich nehme einfach an, dass dies bei den meisten Frauen so ist.«

»Vielen Dank«, sagte Valerie und gab ihm einen Kuss auf die Wange. »Ich werde die Sachen sofort anprobieren.« Sie schnappte sich die Kleidungsstücke und Hygieneartikel und verschwand im Badezimmer.

»Sie haben nicht zufällig auch eine Schachtel Zigaretten da drin?«, fragte Mark und schielte auf die Tüte.

»Nein, tut mir leid«, meinte Petzold. »Aber ich habe alles andere, um was Sie mich gebeten haben.« Er breitete den restlichen Inhalt der Tüte auf dem Bett aus. Er bestand aus einer eingeschweißten SIM-Karte und einem kleinen Karton, den Mark sofort öffnete. Darin befanden sich ein Ladekabel, eine Mikro-CD und ein schwarzer flacher Gegenstand, in der Größe einer Scheckkarte, der auf den ersten Blick an die Infrarotfernbedienung einer Autozentralverriegelung erinnerte. »Wofür brauchen Sie diesen GPS-Sender? Ich dachte, Sie hätten vor, erst einmal unterzutauchen.«

»Er dient nur zur Absicherung.«

»Ich verstehe nicht.«

»Der Täter«, sagte Mark. »Er ist auch in meine Wohnung eingedrungen.«

Aus dem Badezimmer drang ein dumpfer Schlag, der Mark aus seinen Gedanken riss.

»Ist alles in Ordnung da drin?«

»Jaja«, kam es sofort zurück. »Mir ist nur die Haarbürste runtergefallen!«

Mark musste lächeln. Allmählich wuchsen ihm Valeries kleine Missgeschicke ans Herz. Dann bemerkte er den drängenden Blick in den Augen des Professors und fuhr mit seiner Erläuterung fort. »Dort liegen auf dem Schreibtisch einige Seiten mit Ausführungen und Notizen, die ich in den letzten Monaten zusammengetragen habe. Eigentlich sollten sie Bestandteil einer neuen Geschichte sein, aber ich konnte mich nicht dazu durchringen. Ich fand es irgendwie zu trivial. Valerie aber war davon sehr angetan.

Vielleicht erging es dem Täter genauso. Und möglicherweise fehlt ihm noch ein Autor in seiner Sammlung. Man könnte zwar dagegenhalten, dass ich kein sonderlich erfolgreiches Exemplar dieser Gattung bin, aber vielleicht ist das für diesen Kerl nicht ausschlaggebend. Das würde zumindest den Diebstahl meines Buches erklären.«

Der Professor dachte darüber nach. »Sie nehmen also an, er will sich mit Ihrer Arbeit vertraut machen.«

Mark nickte. »Ich gehe davon aus, er wusste vorher nicht, dass ich Bücher schreibe. Vielleicht hat ihn das umgestimmt, und ich bin jetzt der Nächste auf seiner Liste.«

Petzold sah auf den kleinen Sender herab. »Sie haben hoffentlich nicht vor, sich diesem Verrückten als Köder anzubieten.«

»Mein Selbsterhaltungstrieb ist zwar im Moment etwas angeschlagen, aber ich habe keinesfalls Todessehnsucht.«

»Haben Sie schon mal in Betracht gezogen, dass Sie in dieser Nacht etwas gesehen haben, was ihn belasten könnte und er Sie deshalb aus dem Weg räumen will?«

»Wenn das zutrifft, kann ich mich jedenfalls nicht daran erinnern.«

»Vielleicht will die betreffende Person sich ja nicht auf Ihre Amnesie verlassen und lieber auf Nummer sicher gehen.«

»Das glaube ich nicht. Er verfolgt andere Interessen.«

»Und die wären?«

»Das werde ich wohl erst erfahren, wenn es so weit ist.«

»Wenn was so weit ist? Sie tot sind? Da mache ich nicht mit! In meinem Gewissen ist kein Platz mehr für Sie!«

»Nicht so laut.« Mark deutet in Richtung der Badezimmertür, hinter der das Geräusch eines Haartrockners zu hören war. »Ich will Valerie nicht noch mehr in die Sache verwickeln«, sprach Mark und flüsterte nun beinahe. »Ohne Ihre Hilfe, Professor, kann ich das nicht durchziehen, denn ich brauche dafür einen Außenstehenden.«

»Dann suchen Sie sich jemand anderen.«

Mark packte den Professor am Arm. »Ich habe aber niemand anderen, dem ich trauen kann.«

»Sie kennen mich doch kaum.«

»Das spricht für meine Verzweiflung.«

»Mark, alles, was wir haben, sind Vermutungen. Niemand kann so verzweifelt sein, sich freiwillig einer solchen Gefahr auszusetzen.«

»Ich habe nicht vor, mein Leben zu riskieren. Doch sollte dieser Irre es tatsächlich auf mich abgesehen haben, dann will ich darauf vorbereitet sein. Und dieses kleine Ding kann dann nicht nur mein Leben, sondern vielleicht auch das von Ralf retten.« Er nahm den Sender aus dem Karton und hielt ihn dem Professor hin. »Allerdings nur mit Ihrer Hilfe.«

Petzold zögerte noch einen Moment. Dann nahm er den Sender entgegen und betrachtete ihn misstrauisch. »Na schön, erklären Sie es mir.«

Mark befreite die SIM-Karte aus ihrer Verpackung und setzte sie in den Sender ein. »Durch diesen Tracker können Sie jederzeit feststellen, wo ich mich aufhalte«, erläuterte er. »Ich werde ihn so einstellen, dass er Ihnen stündlich eine SMS an Ihr Handy sendet. Darin werden Sie einen Link finden, der zu einer virtuellen Landkarte im Internet führt, wo Sie dann meine exakte Position angezeigt bekommen. Auf dieser Karte wird auch jede meiner Bewegungen festgehalten, sodass Sie jederzeit meinen Weg zurückverfolgen können. Sollten Sie also ungewöhnliche Aktivitäten feststellen, dann stimmt etwas nicht.«

»Und woher weiß ich, wann Ihre Aktivitäten ungewöhnlich sind?«

»Wir werden die nächsten zwei Tage erst einmal hier im Hotel bleiben. Sollten wir in der Zwischenzeit oder danach unseren Standort wechseln, werde ich Sie telefonisch kontaktieren. Da die Karte auf Ihren Namen registriert ist, kann ich sie auch gefahrlos über mein Handy benutzen. Außerdem besitzt der Sender einen Notfallknopf, nach dessen Betätigung Sie eine entsprechende Mitteilung bekommen. Sollte das der Fall sein, verständigen Sie auf der Stelle die Polizei. Die können dann die Daten auswerten und entsprechend handeln.«

»Was ist, wenn der Sender keinen Empfang hat? Soviel ich weiß, funktioniert eine Satellitenortung nur in freiem Gelände zuverlässig.«

»Das ist richtig. Doch dieses Modell verfügt über zwei Varianten der Positionsbestimmung und wird auch über das Signal der SIM-Karte lokalisiert, ähnlich wie bei einer Handyortung. Das ist zwar nicht ganz so exakt, funktioniert aber auch innerhalb von Gebäuden.«

»Woher wissen Sie eigentlich so viel darüber?«

»Sagt Ihnen der Begriff *Geocaching* etwas?«

»Ich habe davon gehört. Eine Art elektronische Schatzsuche.«

Mark nickte. »In meinem ersten Buch hat diese Form der modernen Freizeitbeschäftigung eine entscheidende Rolle gespielt. Daher musste ich einiges darüber recherchieren. Schon seltsam, auf welchem Weg das Schicksal einem manchmal die Karten zuspielt.«

»Ich frage mich nur, weshalb Sie Ihr Schicksal ausgerechnet in meine Hände legen wollen?«

»Weil uns auf gewisse Weise das gleiche Schicksal verbindet.«

Petzold betrachtete ihn irritiert.

»Auch ich habe meine Frau durch eine Krankheit verloren«, erläuterte Mark.

Schweigen.

»Das ... das tut mir sehr leid für Sie«, sagte Petzold bedrückt.

Mark sah ihm an, wie unangenehm ihm dieses Thema war. Es schien den Professor zu beschweren wie dunkles Sediment, das sich in ihm absetzte. »Schon gut«, meinte Mark. »Ich kann sehr gut verstehen, wenn Sie nicht darüber reden wollen. Ich habe es anderen gegenüber auch lange Zeit verdrängt, es nicht aufgearbeitet. Und nun verfolgt es mich bis in meine Träume.«

»Ja«, stimmte Petzold nach einigen stillen Sekunden zu. »Ich weiß, was Sie meinen.«

Mark atmete durch. »Darf ich Sie etwas fragen?«

»Natürlich.«

»Verschwindet diese innere Leere irgendwann?«

Ein kurzes Zögern. »Nur wenn Sie es zulassen.«

Die Tür zum Badezimmer ging auf, und ihre Augen hafteten an Valerie. Sie trug eine beige Bluse, die sie um die Hüfte mit einem braunen Gürtel fixiert hatte. Ihre Haare wirkten nun fülliger und glatter.

»Und?«, fragte sie in Bezug auf ihr neues Outfit.

»Sie sehen fantastisch aus«, bescheinigte ihr der Professor.

»Ich fühle mich wie neu geboren«, sagte sie und strahlte die beiden an. »Ihre Frau hatte einen tollen Geschmack.«

»Es hätte sie sicher gefreut, das zu hören.«

Valerie sah zu Mark, der rasch die Verpackungen in der Tüte verschwinden ließ und sie dem Professor reichte. »Worüber haben sie beide gesprochen?«

»Darüber, dass ich noch einmal losziehen werde, um uns etwas zu essen zu besorgen«, sagte Petzold schlagfertig, wofür er von Mark dankbare Blicke erntete.

# KAPITEL 17

## *Loslassen*

Es war spät geworden, und die letzten Stunden waren Valerie so unbeschwert vorgekommen, als würde sie wieder ein ganz normales Leben führen, in dem Mark und der Professor für sie zu Gefährten geworden waren; als wären sie Freunde auf einem Wochenendausflug, die über alte Zeiten plauderten. Sie hatten Wein getrunken, sich mit Pizza und Pasta vollgestopft und viel gelacht. Hatten eine Zeitlang all die dunklen Aspekte der Umstände, die sie zusammengeführt hatten, ausgeblendet. Und auch eine Stunde, nachdem der Professor sich mit dem Versprechen verabschiedet hatte, sie am nächsten Tag wieder aufzusuchen und sie über die neuesten Berichte zu informieren, war diese Leichtigkeit noch immer vorhanden.

Valerie saß bereits im Bett, als Mark aus dem Badezimmer zu ihr stieß. Sie war noch immer aufgedreht vom Wein, was durchaus Vorteile hatte, da dieser Zustand ihr half, die leichte Unbeholfenheit zu überspielen, die die Situation mit sich brachte. Irgendwie fühlte sie sich wieder wie ein Teenager, der seine Eltern angelogen hatte, um die erste Nacht mit einem Freund zu verbringen. In ihrem Fall war das damals Bernd Reichling gewesen, der zum Umfallen nach Schweiß und Knoblauch gestunken hatte. Doch zum Glück hatte sie ihre Jungfräulichkeit nicht an ihn verschwendet, da er zu einer Überempfindlichkeit in einer gewissen Region neigte und die Sache schon gelaufen war, bevor seine Hose den Boden berührt hatte. Diese zweifelhafte Erfahrung war, rückblickend betrachtet, bezeichnend für ihr Faible, was verkorkste Männer betraf.

Sie warf verhaltene Blicke zu Mark, der neben seiner Seite des Bettes stand. Er verstaute die Zigaretten, die der

Professor ihm besorgt hatte, zusammen mit einem schwarzen flachen Gegenstand (von dem sie ausging, dass es ein Feuerzeug war), in der Schublade des Nachttisches. Ihre Augen verweilten auf Marks hautenger Short, deren Wölbung Vielversprechendes verhieß. Augenblicklich schaute sie woanders hin. Gott, sie hatte eindeutig zu viel Wein getrunken.

»Es gefällt Ihnen also doch.«

»Was?«, fuhr sie herum und gab sich große Mühe, in Marks Augen zu schauen.

»Das Shirt.«

Sie sah an sich herab, und betrachtete den Schriftzug der Toten Hosen. Unwillkürlich musste sie wieder an Bernd Reichling denken und fing an zu lachen. »Oh ... ja«, gackerte sie. »Zum Schlafen ist es ganz bequem, und irgendwie passt es zu mir.«

»Ach ja? Sagen Sie bloß, Sie mögen die Musik.«

»Eher nicht«, lachte sie. »Ich meine damit mehr das Chaotische in mir. Wenn ich wie heute was getrunken habe, lässt man mich besser nicht mehr auf die Menschheit los. Andreas hat da so seine Erfahrungen mit mir gemacht«, quasselte sie ungehemmt weiter. »Ich weiß noch, am Anfang unserer Beziehung hat er mich mal in eine Nobeldisco ausgeführt. Das Ding war so riesig, dass es eine eigene Tiefgarage besaß.« Sie kicherte über diese Erinnerung. »Ich hatte an dem Abend ziemlich was getrunken und musste nochmal aufs Klo. Andreas war schon zum Auto vorgegangen. Als ich kurze Zeit später in die Tiefgarage kam, hab ich mich ins erstbeste rote Auto gesetzt und drauflos gequatscht, dass ich mir nie wieder eine zu enge Jeanshose kaufen würde, weil man darin meine Ritze sehen kann.« Sie bekam kaum noch Luft vor Lachen. »Es hat fast eine Minute gedauert, bis ich gemerkt habe, dass der Kerl auf dem Fahrersitz nicht meiner war und ich im falschen Auto saß.« Nun versank sie vollends in ihrem Lachanfall, in den auch Mark mit einstimmte.

»Was hat Ihr Mann dazu gesagt?«, fragte er.

»Der war sowas von angepisst. Das Ganze war ihm ziemlich peinlich. Vielleicht hätte mir das damals schon eine Warnung sein sollen.« Sie wischte sich die Tränen aus den Augen. »Ich denke, ich sollte jetzt lieber meine Klappe halten, bevor ich mich noch mehr blamiere.«

»Nein, ich ...« Er stockte, während er sie betrachtete. »Ehrlich gesagt finde ich diese Ungezwungenheit sehr liebenswert an Ihnen.«

Valerie sah überrascht zu ihm auf. »Ach ja?«

Mark räusperte sich und fingerte ungelenk am Verschluss seiner Armbanduhr herum, bis sie ihm entglitt und zu Boden fiel. »Tja«, meinte er, »anscheinend färbt Ihr Hang zu Missgeschicken bereits auf mich ab.« Er bückte sich nach der Uhr, wobei ihm der Anhänger der Kette, die er um den Hals trug, aus seinem T-Shirt rutschte.

»Was ist das«, fragte Valerie.

Mark richtete sich wieder auf und betrachtete den runden Anhänger der Kette, den er in den Fingern hielt. »Das ist der Ehering meiner Frau«, sagte er und ließ ihn zurück in sein Shirt gleiten.

»Sie ... Sie hängen noch ziemlich an ihr, nicht wahr?« Die Enttäuschung in ihrer Stimme war nicht zu überhören.

»Ich hänge an einer Erinnerung.« Er schlüpfte unter die Decke und lehnte sich gegen das Kopfende des Bettes.

»Was war der Grund dafür, dass sie sich getrennt haben?«

»Meine Frau ist gestorben«, sagte er, den Blick auf seine Hände gerichtet. »Sie litt an einer äußerst aggressiven Form von Brustkrebs.«

Valerie schluckte schockiert. »Wie furchtbar.« Ihr Mund fühlte sich plötzlich trocken und rau an. »Mark, das tut mir leid.«

»Übermorgen jährt sich ihr Todestag zum zweiten Mal«, sagte er. »Ich denke, es ist an der Zeit, endlich loszulassen.« Er streifte die goldene Kette mit dem Ring ab und legte sie in die Schublade. Dann drehte er sich zu Valerie, zog sie an sich und küsste sie innig. Sie ließ es zu, spürte, wie seine Hände sie berührten, bot sich ihm an. Und als er sich kurz darauf mit ihr vereinigte, da fühlte er, wie die Leidenschaft ihn zurück ins Leben holte.

»Großer Gott«, keuchte Valerie, nachdem sie voneinander abgelassen hatten. Sie lagen nebeneinander und starrten die Decke an, als wäre es die der Sixtinischen Kapelle. »So fühlt sich also leidenschaftlicher Sex an. Ich hatte tatsächlich vergessen, wie das ist.«

Mark schwieg atemlos.

Sie drehte sich zu ihm und streifte sanft über seine leicht behaarte Brust. »Langsam gefällt mir der Gedanke, mit dir eine Zeitlang hier festzusitzen. Ich hoffe, dir geht es genauso.« Sie sah ihm in die Augen und glaubte darin etwas zu erkennen, das vorher nicht da gewesen war. »Du bereust es doch nicht etwa?«

Mark streifte ihr eine Strähne aus dem Gesicht. »Keine Sekunde davon«, beruhigte er sie, um gleich darauf wieder diesen ernsthaften Ausdruck anzunehmen. »Aber es verändert alles.«

»Inwiefern?«

Er richtete sich auf. »Ich muss dich in Sicherheit bringen.«

»Ich dachte, wir wären hier in Sicherheit.«

»Ich meine damit, weg von mir.«

»Was?« Sie setzte sich ebenfalls auf.

»Es ist einfach zu gefährlich«, meinte Mark. »Was wenn dieser Killer es auf mich abgesehen hat?«

»Soviel ich weiß, ist das einer der Gründe, weshalb wir seit zwei Tagen auf der Flucht sind. Also was hat sich seitdem verändert?«

»Ich will einfach nicht, dass dir etwas passiert.«

»Ach? Auf einmal? War ich dir etwa egal, bevor wir miteinander geschlafen haben?«

»Nein ... Hör bitte auf, mir die Worte im Mund zu verdrehen. Es ist nur ...« Er fuhr sich durchs Haar. »Ich habe schon einmal eine Frau verloren, die mir sehr viel bedeutet hat. Und ich möchte diese Hilflosigkeit nicht noch einmal verspüren.«

Sie seufzte und umarmte ihn rücklings. »Wir sind jetzt ein Team, okay? Und als solches sind wir weniger angreifbar.«

Da irrst du dich, hätte Mark am liebsten gesagt, ersparte sich aber eine weitere Abfuhr. So wie Valerie der einzige Schwachpunkt für ihren Mann gewesen war, war sie nun zu seinem geworden. Doch kein noch so rationales Argument vermochte die Sturheit einer Frau zu bezwingen, wenn sie sich etwas in den Kopf gesetzt hatte. Schon gar nicht in Valeries Fall. Er würde sich etwas einfallen lassen müssen, um diese Gefahr auf ein Minimum zu reduzieren.

»Da wir gerade davon sprechen«, flötete sie ihm ins Ohr. »Ich habe mir etwas überlegt. Aber es wird dir nicht gefallen.« Sie streifte sanft über seinen Nacken, während sie ihm ihren Vorschlag unterbreitete. »Wie wir wissen, hat der Täter es nicht nur auf Künstler, sondern auch auf deren Kritiker abgesehen.«

Mark löste sich aus ihrer Umarmung, stand auf und sah auf sie herab. »Was willst du damit andeuten?«

Sie machte mit den Händen eine Geste der Unschuld und blickte scheinheilig zu ihm auf. »Nun ja, ich bin eine Kritikerin.«

»Du hast sie ja nicht alle.«

»Warum, Mark? Der Gedanke ist gar nicht mal so abwegig. Ich könnte Kontakt zu meiner Redaktion aufnehmen und ihnen alles erklären. Meine Kritiken werden auch auf anderen Plattformen im Internet veröffentlicht. Wenn ich dein neuestes Buch also dementsprechend schlecht beurteilen würde ...«

»Das schlag dir mal ganz schnell wieder aus dem Kopf«, sagte Mark aufgebracht.

»Aber es wäre eine echte Chance, an den Kerl ranzukommen. Vielleicht liest er es und ...«

»... schlägt dir anschließend den Schädel ein. Nein!«

»Ich könnte über die Redaktion in Kontakt mit der Polizei treten. Dann wäre ich ...«

Mark beugte sich zu ihr herab und packte sie bei den Schultern. »Valerie«, redete er auf sie ein, »solche Typen lassen sich nicht in ihrem Verhalten berechnen. Sie handeln nicht rational, das macht sie ja so gefährlich. Du hast gerade erst einen Verrückten aus deinem Leben verbannt, also öffne nicht gleich die Tür für einen weiteren.« Mark ergriff ihre Hand. »Ich möchte nicht, dass du dich meinetwegen einer solchen Gefahr aussetzt. Die letzten Tage mit dir ...« Er machte eine Pause, suchte nach den richtigen Worten. »Dir habe ich es zu verdanken, dass ich wieder fühlen kann. Seit dem Tod meiner Frau war ich abgestumpft. Ich war mir selbst egal geworden. Und ich will mir kein zweites Mal vorwerfen müssen, mich nicht ausreichend um das gekümmert zu haben, was mir am wichtigsten ist.«

Sie sah ihn mit wässrigen Augen an. »Ist das dein Ernst?«

»Darauf kannst du einen lassen!«

Sie lachte und fiel ihm um den Hals.

»Soll das heißen, du tust ausnahmsweise mal, was ich dir sage?«

»Ja«, hauchte sie ihm ins Ohr. »Es war ja nur so eine Idee.«

Nachdem Mark eingeschlafen war, lag Valerie noch wach und starrte durch das Halbdunkel des Zimmers auf den Stuhl, der gegenüber des Bettes stand. Ihre Gedanken kamen nicht zur Ruhe, kreisten noch immer über dieser Idee. Mark hatte unbestreitbar recht, was die Gefährlichkeit solcher Menschen betraf. Sie hatte sie am eigenen Leib erfahren. Dennoch hinkte der Vergleich mit Andreas etwas. Denn wenn man die Knöpfe erst einmal kannte, auf die man drücken musste, war es relativ einfach, jemanden zu berechnen, insbesondere dann, wenn sein Verstand nicht nach den üblichen Normen funktionierte. Eine intime Berührung der Hand. Das Angebot einer Übernachtung. Zweideutige Blicke. Das alles war ausreichend gewesen, um bei Andreas Bechner einen mentalen Kurzschluss auszulösen. Zwar war dieser heftiger als erwartet ausgefallen, und hätte leicht außer Kontrolle geraten können, dennoch hatten sie ihn gemeinsam in die Knie gezwungen.

Gemeinsam.

Das war das Zauberwort.

Sie hatte Mark für ihre Zwecke ausgenutzt. Aber letztendlich hatte er mit ihr nichts anderes getan. Lediglich der Umstand, dass er durch sie noch tiefer in Schwierigkeiten geraten war, bereitete ihr ein schlechtes Gewissen. Aber immerhin bot sich ihr die Möglichkeit, das wiedergutzumachen.

Leise schlüpfte sie aus dem Bett und schritt auf Zehenspitzen zu dem Stuhl, auf dem Marks Tasche stand. Sie brauchte nicht lange, bis sie die SIM-Karte und den Akku in einem der Seitenfächer gefunden und wieder in ihr Handy eingesetzt hatte. Die Displaybeleuchtung ließ ihr Gesicht in der Dunkelheit erstrahlen, als sie sich ins Internet einloggte.

*TEIL DREI*

## *KAPITEL 18*

## *Vogelfrei*

Peter Winczewski war an diesem frühen Morgen nicht sonderlich gut gelaunt. Seine schmerzende Schulter hatte ihn in der Nacht gequält und mehrfach aus dem Schlaf gerissen. Die langjährige Arbeit im Lager eines großen Möbelunternehmens forderte bereits mit seinen 48 Lebensjahren ihren Tribut. Aber immerhin bescherte ihm die Krankschreibung mehr Zeit für sein Hobby, obwohl seine Frau ihn immer wieder ermahnte, er solle sich schonen.

Die Luft war kühl um diese frühe Tageszeit. Tau glitzerte auf dem Gras seines Gartens und brach das Licht der Morgensonne, als er sich dem hölzernen Taubenschlag näherte, den er vor einigen Jahren günstig ersteigert hatte. Seitdem war die Aufzucht der Vögel zu seiner wichtigsten Freizeitbeschäftigung geworden. Er nahm an Wettbewerben teil und hatte mit einem der Tiere bereits den vierten Platz belegt. Dennoch fiel es ihm zunehmend schwerer, nach der Arbeit diesem zeitintensiven Hobby nachzugehen. Hinzu kamen die Schmerzen, die ihn mehr oder weniger zum Nichtstun verdammten. Sollte sich sein Gesundheitszustand verschlechtern, oder sich gar zu einem chronischen Leiden entwickeln, würde er die Tiere irgendwann abgeben müssen. Diese Erkenntnis steigerte seine miese Laune. Er hatte vor Langeweile sogar mit dem Lesen begonnen, wofür er sonst überhaupt nichts übrig hatte. Wenn er nicht endlich wieder etwas Nützliches tun konnte, würde er vermutlich bald anfangen zu stricken.

Es war auffallend ruhig im Inneren des Verschlags. Das gedämpfte Gurren der Vögel, das üblicherweise von dort zu hören war, blieb aus. Vor der Tür angekommen, fiel ihm sofort das aufgebrochene Vorhängeschloss auf. Kurz darauf vernahm er ein leises Rumpeln durch die Voliere, die vor dem offenen Fenster angebracht war.

»Verdammtes Vandalenpack!«, schrie er außer sich. »Ich werd's euch zeigen!« Er griff nach dem Besen, der seitlich neben dem Eingang lehnte, riss die Tür auf und stürmte ins Innere des Verschlags.

Was er dort vorfand, verschlug ihm den Atem. Die Lamellentür, die die männlichen von den weiblichen Tieren trennte, war geöffnet. Sämtliche Vögel lagen tot in ihren Zellen oder auf dem mit Federn übersäten Boden. Die Köpfe der Tiere waren verdreht und ihr Gefieder größtenteils ausgerissen.

»Was zum Teufel ...«

Hinter ihm fiel die Tür lautstark in den Rahmen.

Er schreckte herum, wobei der Schmerz wie ein Messerstich durch seine Schulter fuhr. Vor dem Fenster erkannte er den Schatten einer Gestalt.

»So sieht also ein belesener Literaturkritiker aus«, erklang eine emotionslose Stimme. »Ein Dickbäuchiger, kahlköpfiger Wicht. Ehrlich gesagt bin ich nicht sonderlich beeindruckt, obwohl meine Vorstellung von Ihnen noch spießiger ausgefallen ist.«

»Du verdammter Mörder!«, schrie Winczewski außer sich. »Warum? Was haben dir meine Tiere getan?«

Der Schatten rührte sich nicht. »Nichts«, meinte er trocken. »Aber mir hat Ihr *Stil* nicht gefallen.«

Winczewski hob drohend den Besen an. »Ich werde dir gleich stilvoll den Arsch aufreißen, du elender Junkie!«

»Sie sind offenbar sehr voreilig darin, Dinge abzuwerten, die Sie nicht verstehen. Dabei hätten Sie allen Grund dazu, sich selbst zu kritisieren. Denn ehrlich gesagt finde ich es ziemlich verachtenswert, Tiere in einen Käfig einzusperren. Andererseits sind Tauben eine Plage für unsere Stadt. Daher bin ich der Meinung, wir brauchen nicht noch mehr Ungeziefer, das unseren Dom vollscheißt.«

»Wie zugedröhnt du auch sein magst«, sagte

Winczewski wütend, »du wirst für den Schaden geradestehen, den du angerichtet hast!«

»Eigentlich bin ich hier, um *Ihre* Schuld zu begleichen.«

»Wovon redest du Spinner?«

»Von dem Schaden, den Sie Mark Ritter zugefügt haben.«

»Wer soll das sein?«

»Sie behaupten, mein Buch gelesen zu haben und wissen noch nicht einmal meinen Namen?«

»Ihr Buch?«

Die Gestalt trat aus dem Schatten heraus, und Winczewski sah das Messer in der Hand des Mannes. Verstört trat er einen Schritt zurück.

»Das Buch, das Sie im Internet so dilettantisch besprochen haben.«

»Ach das ...«, stammelte er, während er die Waffe betrachtete. »Das Buch gehört meiner Frau. Ich ... ich lese normalerweise nicht viel.«

»Und dann nehmen Sie sich das Recht heraus, es durch den Dreck zu ziehen? Für wen halten Sie sich? Nur gut, dass es laut Telefonverzeichnis nur einen Peter Winczewski in Köln gibt. Das hat mir die Suche sehr erleichtert.«

Winczewski betrachtete den Mann, der sich ihm nun näherte, genauer. Erst jetzt konnte er die Plastikhaube auf dem Kopf erkennen. Er trug Handschuhe und ein dunkles Langarm-Shirt, an dessen Stoff sich einige Daunen verfangen hatten. Darunter bildeten sich die ausgeprägten Muskeln seines Oberkörpers ab. Das Beunruhigendste aber waren seine Augen. Sie wirkten glasig, glatt und leblos wie dunkle Kieselsteine. Winczewski wich weiter zurück, wobei die ausgerissenen Federn unter seinen Schuhen knisterten und er beinahe auf eines der toten Tiere getreten wäre. »Großer Gott«, wimmerte er bei dem Anblick seiner hingerichteten Vögel. »Was hast du nur getan?«

»Was ist das für ein Gefühl, wenn das eigene Werk zerstört wird? Ist ziemlich zermürbend, nicht wahr?«

Der Mann trat vor ihn und riss ihm den Besen aus den Händen. Der Schmerz in seiner Schulter raubte Winczewski jegliche Kraft zur Gegenwehr. »Ich rufe die Polizei!«, rief er und klang dabei eher hilflos.

»Die wird ohnehin bald hier sein, um das zu bewundern, was ich gleich hinterlasse.« Er hielt das Messer vor sich.

Winczewski presste sich ängstlich gegen die Rückwand des Verschlags. »Tun Sie mir nichts, bitte!«

»Warum auf einmal so respektvoll? Ich bin doch nur ein zugedröhnter Junkie.«

»Gehen Sie einfach, und wir vergessen das Ganze. Es ist nie passiert, okay?«

»Das kann ich nicht, denn ich habe eine Mission. Ich erlöse Menschen wie Sie aus ihrem jämmerlichen, kleinkarierten Dasein und mache sie zu Kunstwerken, die jeglicher Kritik erhaben sind. Sie sollten mir lieber dankbar dafür sein.«

»Das bin ich«, keuchte Winczewski, die Augen panisch auf das Messer gerichtet. »Mehr wie Sie glauben. Aber bitte tun Sie mir nichts.«

»Es heißt *als*, Sie verdammter Analphabet!«

Noch bevor Peter Winczewski schreien konnte, fuhr die Klinge mit einem ratschenden Geräusch durch seinen Hals hindurch.

Etwas mehr als zwei Stunden später traf der Notruf ein. Völlig aufgelöst versuchte Inge Winczewski am Telefon zu erklären, was sie in dem Verschlag vorgefunden hatte, als sie nach ihrem Mann sehen wollte. Ihre Beschreibungen klangen so verstörend, dass man sie zunächst nicht ernst nahm und diese Ausführungen ihrer Traumatisierung zuschrieb. Erst als zwei Wagen der Polizei vor Ort eintrafen, und die Beamten sich sprachlos ein eigenes Bild machen konnten, sahen sie die Angaben bestätigt.

Peter Winczewskis nackter Leichnam hing mit ausgebreiteten Armen vor den Brutkästen im Inneren des Verschlags. Zwei Seile, die um die Unterkonstruktion des Daches und um seine Handgelenke gespannt waren, hielten seinen Körper in der Schwebe. Winczewski war übersät mit blutigen Einstichen. Auf den ersten Blick mochten es über Hundert sein. In jede der Wunden waren Federn implantiert worden, die seine Haut fast komplett bedeckten und ihn wie ein kunstvolles Fabelwesen erscheinen ließen - halb Mensch, halb Vogel -, das seine Schwingen ausgebreitet hatte, um sich aus dem irdischen Dasein zu erheben wie der Phönix aus der Asche. Eine der Federn fixierte auf seiner Brust eine ausgerissene Buchseite. Darauf war mit Blut ein einziger Satz markiert: »Richtet nicht, auf das ihr nicht gerichtet werdet!«

## *KAPITEL 19*

### *Wartezeit*

Mark legte die Fernbedienung beiseite, nachdem er den Ton stummgeschaltet hatte. Seit Stunden berichteten alle Nachrichtenkanäle über das neueste Opfer des Leichenkünstlers. Die Berichte beschrieben den Tathergang nur vage, was jedoch ausreichte, um die Grausamkeit zu begreifen, mit der das Opfer zur Schau gestellt worden war. Vom *Vogelmann* war die Rede. Und von einem Bibelspruch auf einer Buchseite, die bei dem Opfer gefunden worden war.

*Richtet nicht, auf das ihr nicht gerichtet werdet*, rief Mark sich den Spruch ins Gedächtnis. Es handelte sich dabei um einen Satz aus dem Matthäusevangelium, Kapitel 7, Vers 1. Das wusste er nur zu gut, denn in seinem Buch *Blutrausch*, aus dem die ausgerissene Seite stammte, und das zu seinem Leidwesen in dem Bericht erwähnt worden war, hatte er den Killer vor jedem Mord diesen Vers zitieren lassen. Erschwerend kam hinzu, dass das Opfer sein Buch im Internet kritisch beurteilt hatte. Es hieß, man ermittle in alle Richtungen, was im Polizeijargon bedeutete, man hatte nicht viel in der Hand.

Mark schlug die Ausgabe des Stadtanzeigers auf, die der Professor ihnen noch am Morgen vorbeigebracht hatte, und las zum wiederholten Mal den Artikel, der sich mit den Ereignissen um Sebastian Breuer beschäftigte. Im unteren Teil war ein Interview mit dem stellvertretenden Geschäftsführer der Lempert Galerie abgedruckt, der zu dem Verschwinden von Ralf Clemens befragt wurde. Der äußerte sich besorgt, sprach von einer schrecklichen Ungewissheit und hoffe auf baldige Aufklärung dieser schrecklichen Ereignisse. Und natürlich ließ er nicht aus, zu betonen, von welch außerordentlicher Qualität die Arbeiten von Ralf Clemens waren und welch großer Verlust es wäre, wenn auch ihm etwas zugestoßen sei.

Dieser schmierige Aasgeier! Benedikt ließ wahrlich keine Gelegenheit aus, um sein Marketingkonzept unters Volk zu bringen.

Zornig legte Mark die Zeitung beiseite. Was würde er jetzt für einen Internetzugang geben. Wie der Professor ihm am Morgen mitgeteilt hatte, wurde sein Name in etliche Foren in Zusammenhang mit dem Video erwähnt, von dem noch immer Kopien im Internet kursierten. Das hatte ihm zu einer zweifelhaften Berühmtheit verholfen und zu wilden Spekulationen im Netz geführt, die durch die neuesten Ereignisse vermutlich noch mehr angefacht wurden.

Die Toilettenspülung im Badzimmer rauschte. Kurz darauf trat Valerie in den Raum.

»Und?«

Mark schüttelte den Kopf. »Keine offizielle Fahndung.«

Valerie war nur mit seiner Boxershort bekleidet. Ein Anblick, der seine wildesten Vorstellungen noch übertraf. »Na ja«, meinte sie und stieg zu ihm aufs Bett, in dem sie den Tag fast ausschließlich verbracht hatten, »dann hast du anscheinend auch nichts zu befürchten.«

Zumindest erweckte es den Anschein. Wenn die Ermittler ihn für den Leichenkünstler halten würden, dann wäre sein Gesicht bereits in jeder Nachrichtensendung zu sehen. Aber das ergab keinen Sinn. Es war nicht logisch. Alle Hinweise deuteten auf ihn als Täter. Das konnten die Ermittler nicht übersehen. Es sei denn ...

»Vermutlich geht man davon aus, dass ich auch ein Opfer des Leichenkünstlers bin.«

»Du meinst, die halten dich für tot?«

»Das ist für mich die einzige Erklärung.«

»Mark«, sprach Valerie auf ihn ein, »wir sollten dieses Versteckspiel beenden. Die Polizei geht offensichtlich von einem anderen Täter aus.«

Er streifte ihr sanft über den Oberschenkel. »Hast du es etwa eilig, von hier wegzukommen?«

Sie lächelte. »Ich muss zwar zugeben, dass ich es zutiefst genossen habe, mit dir hier eine Zeitlang festzusitzen, aber so langsam kriege ich einen Lagerkoller. Außerdem wartet in meiner Redaktion eine Menge Arbeit auf mich.« Sie küsste ihn sanft. »Ich muss nämlich einen Artikel über den neuen Stern am Literaturhimmel verfassen.«

Er betrachtete sie irritiert. »Wovon redest du?«

Sie rollte sich auf die Knie und sah ihn freudestrahlend an. »Du stehst seit heute bei fast allen wichtigen Händlern auf der Bestsellerliste! Dieser ganze Rummel scheint die Leute neugierig gemacht zu haben. Sie kaufen scharenweise deine Bücher.«

»Woher weißt du das?«

Der freudige Ausdruck in ihrem Gesicht fror ein. Sie

betrachtete ihn stumm.

»Lass mich raten«, sagte Mark. »Du warst an meiner Tasche.«

Sie sah ihn beschämt an. »Ich musste mich doch in der Redaktion melden, damit die nicht auch noch eine Vermisstenmeldung nach mir aufgeben. Glaub mir, ich war nur zwei- oder dreimal im Internet und auch jeweils nur für zwanzig Minuten.«

»Wann das erste Mal?«

Sie wirkte ein wenig verunsichert bezüglich der Frage. »Gestern Abend, nachdem du eingeschlafen warst.«

Ein weiterer Beweis dafür, dass auch Valerie nicht auf dem Polizeiradar auftauchte. Wären sie tatsächlich im Visier der Fahnder gewesen, hätten sie die Folgen dieses Leichtsinns längst zu spüren bekommen. Im Moment war es jedoch weniger die Polizei, die ihm Sorgen bereitete. Dennoch entspannte er sich. »Bei allen wichtigen Händlern sagst du? Lass mal sehen.«

Tatsächlich belegte er beim größten Onlinehändler momentan Platz fünf unter den einhundert meistverkauften Büchern. Manchmal war diese Welt nicht zu begreifen. Benedikt hatte also recht, Marketing war alles. Selbst die neuesten Rezensionen fielen plötzlich äußerst positiv aus. Eine davon ging allerdings sehr beleidigend gegen die vorangegangenen negativen Kommentare vor. Der Verfasser mit dem Pseudonym Kunstfreund bescheinigte den Rezensenten Winczewski und Thrillerbabe unter anderem »das literarische Verständnis von Analphabeten« und forderte sie auf, in Zukunft lieber Kinderbücher zu bewerten. Diese Aussage hatte eine hitzige Debatte ausgelöst. In zwei der mittlerweile vier Kommentare zu dem Text wurde gemutmaßt, der Autor selbst habe diese Unverschämtheit verfasst, um sich für die negativen Bewertungen zu rächen, mit denen er offensichtlich nicht klarkäme. Ein anderer hielt dagegen, dass der Autor im Moment sicher andere Probleme habe. Der letzte Eintrag stammte von

Thrillerbabe, die Kunstfreund gehörig beschimpfte und ihm suggerierte, er habe sich gefälligst mit ihrer Meinung abzufinden.

*Was für ein Irrsinn*, dachte Mark. Es war nur ein verdammtes Buch! Kein Grund sich deshalb die Köpfe einzuschlagen.

Seine Aufmerksamkeit blieb an dem Namen Winczewski hängen. Handelte es sich bei ihm etwa um das neueste Opfer? War er aufgrund seiner negativen Bewertung getötet worden?

Mark wurde übel. Dann spürte er, wie er von Valerie angetippt wurde.

»Sieh nur!« Sie deutete auf den Fernseher, der noch immer stummgeschaltet war. Auf dem Bildschirm war ein Mann mit Brille zu sehen. Eine Infotafel am unteren Bildrand gab ihn als Polizeisprecher aus. Darunter lief ein Newsticker: »Mögliche Spur im Fall Leichenkünstler.«

Mark griff nach der Fernbedienung und stellte den Ton lauter. Wie der Sprecher bestätigte, gäbe es Hinweise auf ein Mitglied der Sprayer-Szene. Durch einen gezielten Aufruf erhoffe man sich Hinweise zur Identität des Mannes, die er hinter dem Namen einer Comicfigur verbarg. Auch zog man zum ersten Mal offiziell eine Verbindung zu den Vorfällen im Atelier von Sebastian Breuer, zu dessen Verbleib man sich nicht äußern wollte. Allerdings betonte der Sprecher, dass sich bis jetzt kein direkter Zusammenhang zu dem Mord an David Kettner ergeben habe und dass man diesen Fall gesondert behandle.

»Was bedeutet das?«, fragte Valerie.

»Dass ich theoretisch gesehen weiterhin der Mörder von David Kettner sein kann.« Mark ballte seine Hände zu Fäusten. »Aber das ergibt keinen Sinn«, sagte er wütend. »Es muss eine Verbindung geben! Weshalb sollte das alles sonst passiert sein?«

»Vielleicht, weil *du* diese Verbindung bist.«

Mark betrachtete sie grübelnd. »Wie meinst du das?«

»Überleg doch mal«, sagte sie. »Du bist die ganze Zeit davon ausgegangen, dass dich jemand gezielt unter Drogen gesetzt hat. Was, wenn das alles nur ein Zufall war und du nur zur falschen Zeit am falschen Ort gewesen bist? Es spricht einiges dafür, dass Ralf Clemens das eigentliche Ziel des Leichenkünstlers war. Und als sein bester Freund warst du den ganzen Abend an seiner Seite.«

Mark erinnerte sich an das Video, an Ralfs schwankenden Gang, als er in das Bild getreten war. Dabei hatte er zumindest auf der Vernissage kaum etwas getrunken. Mark dafür umso mehr.

*Die Whiskyflasche!*

Wenn jemand tatsächlich etwas in den Whisky getan hatte, um Ralf außer Gefecht zu setzen, dann musste derjenige sich bereits unter den Gästen in der Galerie befunden haben.

Mark schielte misstrauisch zu Valerie. »Und woher kommt diese plötzliche Erkenntnis?«

»Ich habe ein Mail an meine Redaktion geschickt.«

Mark stöhnte auf. »Du hast denen doch hoffentlich nicht von deiner Idee erzählt, dich als Lockvogel anzubieten?«

»Ich habe ihnen unsere Situation geschildert«, meinte sie entrüstet. »Und ich habe sie gebeten, sich mit der Polizei in Verbindung zu setzen, quasi als Vermittler.«

»Du hast was?«

»Beruhige dich, ich habe ihnen nicht gesagt, wo wir sind. Ich habe lediglich um Rat gebeten. Das hielt ich für vernünftiger, als einfach abzuwarten, bis dieser Kerl uns aufspürt oder Schlimmeres geschieht.«

Seine Gesichtszüge entschärften sich etwas. »Und was sagen sie?«

»Obwohl die Polizei den Mord an Kettner bis jetzt nicht zuordnen kann, liegen nach jetzigem Stand keine konkreten Verdachtsmomente gegen dich vor.«

»Nach jetzigem Stand«, zischte er abfällig. »Der kann

sich jederzeit ändern.«

»Nun hör mir doch erst mal zu«, mahnte Valerie. »Die Polizei war mittlerweile in Ralfs Wohnung. Aufgrund dessen, was die Ermittler dort vorgefunden haben, und der Art, wie die Opfer zur Schau gestellt wurden, wurde unter Mitwirkung eines Psychologen ein Profil des Leichenkünstlers erstellt. Demnach ist er belesen und ziemlich intelligent. Allerdings geht man davon aus, dass er unter einer schweren Form von Persönlichkeitsstörung leidet, die von zeitweiligem Identitätsverlust begleitet wird. Das heißt, er bildet sich zumindest zeitweise ein, jemand anderes zu sein, vermutlich aus übersteigerter Bewunderung heraus.«

Mark dachte an die aufgereihten Hemden auf Ralfs Bett, das verwüstete Atelier, die zerstochene Leinwand und die dilettantische Zeichnung darauf. Als hätte jemand verzweifelt versucht, seinen Freund zu kopieren.

»Du meinst, er will sein wie ich?«

»Ich weiß, das ist keine schöne Vorstellung«, sagte Valerie. »Aber aufgrund dieser Entwicklung wären die Ermittler sehr an einem Treffen mit dir interessiert.«

Er blickte ihr in die Augen. »Und wann wolltest du mir das sagen?«

»Ich habe die entsprechende Nachricht auch erst vor einer Stunde abgerufen, als du eine Zigarette rauchen warst.«

Er stand auf und blickte durch das Fenster in den Innenhof. »Was ist mit deinem Noch-Ehemann?«

»Mir blieb keine Zeit, so ausführlich zu werden. Diese Sache werden wir vor Ort klären müssen.«

»Und du glaubst, er wird das so einfach zulassen?«

Valerie zuckte mit den Schultern. »Was kann er schon dagegen tun? Andreas müsste uns beide ausschalten. So verrückt kann nicht mal er sein.«

Da war Mark sich nicht so sicher. »Hast du eine Nachricht von ihm erhalten? Irgendeine Forderung?«

»Nein. Offenbar schüchtern ihn die Aufnahmen, die

wir von ihm gemacht haben, doch ziemlich ein.«

Wieso verlangte er sie dann nicht zurück? Ihm standen genügend Druckmittel dafür zur Verfügung. Weshalb sollte er sich die Mühe machen, entscheidende Beweisstücke zu stehlen, ohne sie gegen ihn einzusetzen? Diese Ungewissheit behagte Mark überhaupt nicht.

»Du solltest ihn lieber nicht unterschätzen.« Er blieb eine Weile stumm vor dem Fenster stehen. »Also gut«, meinte er nach kurzer Bedenkzeit. »Wir werden gleich morgen früh ins Polizeipräsidium fahren.«

»Warum erst morgen?«

*Weil ich noch etwas Wichtiges zu erledigen habe.* »Wir haben das Zimmer bis morgen bezahlt«, sagte er. »Außerdem ist es bereits spät, und ich habe keine große Lust, die Nacht auf einer Polizeistation zu verbringen. Heute können wir ohnehin nichts mehr ausrichten.« Noch immer war sein Blick nach draußen gerichtet. Eine graue Wolkendecke hatte sich über den Himmel gelegt und spiegelte die düstere Stimmung wider, die sich in zunehmendem Maße in ihm ausbreitete, während er sich die Frage stellte, was Andreas Bechner im Schilde führte.

## KAPITEL 20

### Ablenkung

»Notrufzentrale.«

Am anderen Ende herrschte Stille.

»Hallo, wie kann ich Ihnen helfen?«

»Sie ... Sie suchen doch nach diesem Kerl, nicht wahr?«

»Von wem sprechen Sie?«

»Vom Leichenkünstler. Ich ... ich habe ihn gesehen.«

»Wo und wann haben Sie ihn gesehen?«

»An der Baustelle in der Tunisstraße, vor zwanzig Minuten.«

»Können Sie den Mann beschreiben?«

»Er ... er sah aus wie der Kerl, dessen Bild in der Zeitung war.«

»Sie sprechen von Sebastian Breuer?«

»Ja, ich glaube so heißt er. Er hat etwas in einem der Bauschuttcontainer entsorgt.«

»Können Sie sagen, um was es sich dabei handelt?«

»Eine Tüte. Darin befindet sich ein Hemd mit blutigen Flecken.«

»Und Sie sind sich dessen ganz sicher?«

»Ja. Ich habe hineingesehen.«

»Befindet sich die Tüte noch dort?«

»Ja.«

»Wo sind Sie jetzt?«

»Ich ... ich muss auflegen.«

»Sagen Sie mir bitte Ihren Namen.«

Die Verbindung wurde unterbrochen.

»War das so in Ordnung?«, fragte der Mann schüchtern, nachdem er den Hörer der Telefonsäule eingehängt hatte.

»Das hast du gut gemacht«, sagte Bechner und reichte

ihm zwei Fünfzigeuroscheine.

Die Augen des Mannes strahlten. Doch als er nach dem Geld griff, zog Bechner die Scheine zurück.

»Du hast mich nie gesehen, klar?«

Der Mann nickte eifrig.

»Und unser Gespräch hat nie stattgefunden.«

Erneutes Nicken.

»Sollte ich dennoch herausfinden, dass du mit irgendjemand über unser kleines Geschäft geplaudert hast, und sei es nur mit einem deiner Tippelbrüder, dann werde ich dich suchen und dir deinen obdachlosen Arsch mit der Rohrzange aufreißen, ist das klar?« Als Bechner ihm das Geld schließlich aushändigte, entblößte das Lächeln des Mannes dunkel verfärbte Zähne, die bereits eine Lücke aufwiesen.

»Versauf nicht alles auf einmal«, riet ihm Bechner, obwohl es ihm reichlich egal war, was dieser Penner damit anstellte. »Und jetzt verschwinde und lass dich nie wieder hier blicken.«

Nachdem der Mann die Josephstraße hinunter aus seinem Blickfeld verschwunden war, sah Bechner auf die Uhr. Die Zeit drängte, wenn er seinen Plan noch in die Tat umsetzen wollte. Bereits gegen Mittag hatte er eine Magenverstimmung vorgetäuscht und sich krankgemeldet, um alles vorbereiten zu können. Der erste Teil war geschafft. Es war nicht allzu schwer gewesen, einen Penner aufzutreiben, den er mit etwas Geld zu einem Anruf überreden konnte, um die Kollegen auf das aufmerksam zu machen, was er in dem Container für sie hinterlegt hatte. Zusammen mit den neuesten Ereignissen würde das die Ermittler eine Zeitlang beschäftigen und weiter von Mark Ritter ablenken. Der DNA-Abgleich hatte tatsächlich einen Treffer in der Datenbank ergeben. Und zu dem gefundenen Namen existierte ein Gewerbeeintrag. Nun galt es nur noch, dem Mann hinter dem Namen einen Besuch abzustatten. Mit einem hintersinnigen Lächeln ging er zu seinem Wagen und fuhr zu der angegebenen Adresse in Neustadt.

## KAPITEL 21

### Der Pakt

Konzentriert behielt Bechner aus der Deckung seines Autos heraus den Mann im Auge, der einen Lieferwagen im Innenhof des Betriebes entlud. Seit fast einer Stunde beobachtete er nun das Betriebsgelände, und vor fünf Minuten war der Lieferwagen eingetroffen. Sogleich war ihm der Fahrer aufgefallen, ein Mann mit dunkelblondem Haar, sportlicher Statur und mittelgroß. Er glich die Daten mit denen des Ausdrucks ab, den er in der Hand hielt.
Treffer.
Das Bild darauf war schon älter. Der Vorfall in der Akte lag etwa sieben Jahre zurück. Damals hatte er die Haare länger getragen und beide Ohren waren von Ringen durchstochen gewesen. Der Mann in dem Hof wirkte weniger auffällig. Glattrasiert, gepflegte Erscheinung. Dennoch waren die tiefliegenden Augen unverkennbar. Gerade, schmale Brauen, ein ebensolcher Mund und eine Nase, die fast feminin wirkte. Auf den ersten Blick wirkte er wie ein zu groß geratenes Kind im Körper eines erwachsenen Mannes. Wieder verglich Bechner die Merkmale mit dem Ausdruck.
Hauptgewinn!
Der Name des Mannes war Jens Huberty. Dem angegebenen Geburtsdatum zufolge war er 28 Jahre alt. Auch

das passte augenscheinlich. Mutter früh gestorben, beim Vater aufgewachsen. Laut seiner Strafakte war er bereits als Jugendlicher durch sein ausgeprägtes Gewaltpotential aufgefallen, was sich aufgrund seiner Minderjährigkeit jedoch nur in Sozialstrafen geäußert hatte. Mehrere Psychotherapien und ein stationärer Klinikaufenthalt. Mit Anfang zwanzig hatte er fast zwei Jahre in der JVA wegen schwerer Körperverletzung abgesessen, nachdem er einen Germanistikstudenten, an dessen Schreibkurs er teilnahm, fast tot geprügelt hatte. Erst zwei Wochen später erwachte der junge Mann aus dem Koma. Er konnte keine Angaben zu dem Vorfall machen, nannte den Ermittlern aber Hubertys Namen. Aufgrund der Haare, die der Student seinem Angreifer ausgerissen hatte, konnte Huberty mit Hilfe eines DNA-Abgleichs seiner Speichelprobe einwandfrei als Täter überführt werden. Von ärztlicher Seite aus wurde ihm eine labile Emotionskontrolle bescheinigt, die sich in abrupten Gewaltausbrüchen äußern kann, und eine Empfehlung für eine erneute Therapie ausgesprochen.

Ein Psycho. Er musste sich vorsehen.

Auf dem Innenhof des kleinen Firmengeländes zählte er insgesamt vier Lieferwagen. Einer davon war weiß und ohne Aufdruck. Ein Kühlwagen, wie er vermutete. Die drei anderen Transporter waren dunkel lackiert und auf den Seiten prangte ein rotes Schriftlogo.

*So kommst du also an deine Opfer heran.* Bechner konnte es kaum erwarten, in die hochtrabenden Gesichter der Sonderermittler zu blicken, wenn er ihnen diesen Kerl auf dem Silbertablett servierte. Doch das würde noch warten müssen. Zunächst musste er sich um seine eigenen Probleme kümmern. Und dafür war dieser Kerl die perfekte Lösung. Nun musste er ihn nur noch davon überzeugen.

Er öffnete das Handschuhfach, wo er seine Dienstpistole deponiert hatte. Nachdem er das Magazin überprüft und eine Kugel in den Lauf befördert hatte, verstaute er sie seitlich in seinem Hosenbund, wo sie von der Jeansjacke verdeckt wurde. Er hatte bewusst auf seine Uniform verzichtet, da er nicht riskieren wollte, dass der Kerl bei seinem Anblick gleich in Panik geriet. Außerdem war es sicherer, diesen Irren auf Abstand zu halten und ihm nur wenige Anhaltspunkte über seine Identität preiszugeben. Dennoch wollte er ihm nicht schutzlos gegenübertreten. Schließlich war dieses kranke Arschloch ein Psychopath der schlimmsten Sorte und somit unberechenbar. Sicher war sicher.

Bechner stieg aus dem Auto und bewegte sich langsam auf das offene Tor der Hofeinfahrt zu.

\*

»Jens Huberty?«

Beinahe hätte er die Frischhaltebox fallenlassen, die er in den Händen hielt. Mit einem Ruck hievte er sie auf die Laderampe, an der dem Hof zugewandten Seite des länglichen Anbaus, wo sie von einem seiner Mitarbeiter entgegengenommen wurde.

»Ja ... der bin ich«, erwiderte er müde und musterte den hünenhaften Kerl, der unverhofft neben dem Lieferwagen aufgetaucht war. Er war gut einen Kopf größer als er, hatte Pranken statt Hände und roch nach Ärger.

»Dann ist das Ihr Betrieb?«

Huberty nickte, wobei er bemüht war, freundlich zu wirken.

»Haben Sie sich verletzt?« Der Fremde deutete auf das Pflaster an seiner linken Stirnseite.

»Ist nichts weiter.«

Der Hüne ließ seinen Blick über den Hof kreisen, vorbei an den Lieferwagen, der kleinen Lagerhalle und dem Büroraum, der sich im hinteren Bereich des Anbaus befand. Dabei verweilte er ein wenig zu lange auf dem alten stillgelegten Kühlhaus, am Ende des Grundstücks.

»Wie es scheint, laufen die Geschäfte nicht schlecht.«

»Ich kann nicht klagen«, sagte Huberty. »Worum geht es?«

Der Mann grinste schäbig. »Ich möchte Ihnen ein Angebot machen.«

»Ein Angebot?« Er betrachtete den Hünen misstrauisch. »Eigentlich ist dieser Bereich nur für Mitarbeiter und Lieferanten gedacht.«

»Das trifft sich gut«, erwiderte der Hüne, »denn ich würde Ihnen gerne etwas liefern.«

Er musterte den Mann eingehender. »Ehrlich gesagt sehen Sie nicht wie ein Vertreter aus.«

»Ich vertrete auch eher eigene Interessen.«

»Tun das nicht alle? Sie müssen schon konkreter werden.« Er war eindeutig zu müde für solche Spielchen.

Erneut tauchte sein Mitarbeiter auf der Rampe auf und trug einen weiteren Behälter durch den Lamellenvorhang in den Innenraum.

»Vielleicht sollten wir dafür in Ihr Büro gehen«, meinte der Hüne. »Dort sind wir ungestörter.«

Langsam wurde ihm der Kerl zu aufdringlich. Er machte den Eindruck eines Türstehers oder Zuhälters. Doch diese Möglichkeiten konnte er ausschließen, da er in beiden Milieus nicht verkehrte. »Wie Sie sehen, habe ich gerade eine Menge zu tun. Wie wäre es, wenn Sie einen Termin ausmachen?«

Der Hüne wurde ungeduldig. Bedrohlich trat er einen Schritt näher und senkte seine Stimme. »Vielleicht beschleunigt es die Sache, wenn ich Ihnen versichere, dass bei meinem nächsten *Termin* drei Polizeieinheiten und ein Spurensicherungsteam vor Ihrer Tür stehen. War das konkret genug, Sie kranker Wichser?«

Sein Puls raste. Hätte er so etwas wie Angst empfinden können, dann wäre sie jetzt lähmend über ihn hereingebrochen. Doch es war reine, elementare Wut, die ihn mit einer Wucht überfiel, die er kaum kontrollieren konnte. Er spürte sie förmlich in seinen Wangen pochen, wie einen Parasiten, der nach draußen drängte. Noch immer waren die Augen des Hünen unnachgiebig auf ihn gerichtet, und er spielte mit dem Gedanken, sie ihm auszustechen, bevor er ihm die Kehle durchschnitt. Doch in diesem Fall dürfte es damit nicht getan sein. Dieser Kerl wusste etwas. Und er hatte offensichtlich vor, dieses Wissen für sich einzusetzen. Er musste herausfinden, wie groß der Schaden war, bevor er sich Gedanken darüber machen konnte, wie er den Kerl beseitigte.

»Manuel!«

Kurz darauf trat sein Angestellter auf die Rampe hinaus.

»Du kannst Feierabend machen. Um den Rest kümmere ich mich später.«

»Geht klar, Chef«, erwiderte Manuel und sah den beiden hinterher, wie sie in den hinteren Räumen verschwanden.

»Das ist ein netter kleiner Betrieb«, bemerkte der Hüne, während er aus dem Fenster des Büros über den Innenhof sah.

»Ursprünglich gehörte die Firma meinem Vater«, erklärte Huberty verdrossen. Er saß an seinem Schreibtisch, während er seinen ungebetenen Gast beobachtete. »Seit seinem Schlaganfall leite ich die Geschäfte.«

»Offensichtlich haben Sie ihr Betriebsfeld erweitert.« Der Hüne drehte sich zu ihm um. »Sie sehen müde aus, lange Nacht gehabt?« Er grinste hintersinnig. »Was ist mit den anderen? Tun Sie es hier? Ich wette, dass es so ist. Ein idealer Ort, um jemanden verschwinden zu lassen.«

»Ich weiß nicht, wovon Sie reden.«

»Ach nein? Wenn Sie nicht der sind, für den ich Sie halte, warum sind wir dann hier? Oder bitten Sie etwa jeden in Ihr Büro, der Sie einen kranken Wichser nennt?«

»Wer sind Sie?«

»Das hängt ganz von Ihnen ab«, sagte der Hüne. »Ich

kann Ihr Partner sein, der mit Ihnen eine Übereinkunft trifft, von der beide Parteien profitieren. Oder ich kann derjenige sein, der Sie für sehr lange Zeit aus dem Verkehr zieht.«

»Und woher haben Sie Ihre Informationen?«

»Sagen wir, durch eine glückliche Fügung. Das muss als Antwort genügen.«

Seine Gedanken rasten umher, durchsuchten alle Möglichkeiten. Doch sie stürzten ins Leere, kamen vom Kurs ab. Er musste sich beruhigen, seine Wut unter Kontrolle kriegen. Nur so konnte er klar denken.

»Und nun wollen Sie mich erpressen.«

»Wie ich schon sagte, will ich Ihnen ein Angebot machen. Sie wollen etwas haben, ich will etwas loswerden. Da es sich in diesem Fall um dasselbe handelt, spricht nichts gegen eine Interessengemeinschaft.«

»Reden Sie endlich Klartext«, forderte Huberty. »Worum geht es?«

»Um einen gemeinsamen Freund.«

Das konnte er sicher ausschließen, denn er hatte keine Freunde. »Und hat dieser Freund auch einen Namen?«

»Mark Ritter.«

Durch seinen Kopf jagte eine Stichflamme. Unbewusst streiften seine Finger über die Tischplatte, während er sich an die erhabenen Buchstaben des Schriftzuges auf dem Buchcover erinnerte. Er spürte die Hitze in sein Gesicht aufsteigen. Doch dieses Mal war der Grund dafür kein Zorn, sondern freudige Erregung.

»Sie meinen den Schriftsteller?«

Der Hüne grinste ihn an. »Ich meine den Pisser, dem Sie versucht haben, das Licht auszuknipsen.«

Huberty betrachtete ihn stumm.

»Keine Angst«, meinte der Hüne, »es interessiert mich einen Scheiß, was Sie mit dem Kerl vorhaben. Meinetwegen können Sie das Schwein filetieren und sich anschließend einen runterholen. Hauptsache Sie beenden, was Sie begonnen haben und der Kerl verschwindet endgültig von der Bildfläche.«

Er blickte fragend zu dem Hünen auf. »Sie wollen, dass ich ihn für Sie töte?«

»Wie ich feststelle, kann Ihr krankes Hirn mir folgen.«

Huberty sah die unbändige Wut in den Augen des Hünen lodern. Dieser Mann war ihm ähnlicher, als er sich eingestehen wollte. Der einzige Unterschied bestand darin, dass er selbst nicht aus niederen Motiven tötete. Er war auf einer Mission. Und der Hüne stellte eine erhebliche Bedrohung für ihn dar. Das bedeutete jedoch nicht, dass er aus dieser Lage nicht auch seine Vorteile ziehen konnte.

»Leider ist Mark Ritter untergetaucht«, sagte er. »Zumindest ist er seit zwei Tagen nicht mehr in seiner Wohnung gewesen.« Das zumindest konnte er mit Sicherheit behaupten, da er noch einmal dort gewesen war.

»Das wundert mich nicht, nach der Anfängernummer, die Sie abgezogen haben. Hat Ihnen noch niemand gesagt, dass man seine DNA nicht am Tatort zurücklässt. Was für eine Art von dilettantischem Serienkiller sind Sie eigentlich?«

Das Pochen in seinen Wangen wurde stärker und seine Hände spannten sich krampfhaft um die Lehnen des Stuhls. »Hören Sie auf damit, mich zu kritisieren!«

»Sonst was? Schlitzen Sie mich auf und stopfen mich mit Federn aus?«

*Nein, dich würde ich deine Gedärme fressen lassen!*

»Ich gebe Ihnen einen guten Rat«, sagte der Hüne und schob den Saum der Jeansjacke beiseite. Darunter wurde eine Pistole sichtbar. »Versuchen Sie nie einen Ficker zu ficken!« Seine Körperhaltung entspannte sich ein wenig. »Sie sollten mir lieber dankbar sein. Hätte ich Ritter nicht davon abgehalten, zur Polizei zu gehen, würden Sie schon längst gesiebte Luft atmen. Mittlerweile dürfte er aber kapiert haben, dass niemand nach ihm fahndet. Also heben Sie sich Ihre Fantasien lieber für ihn auf und gehen Sie dieses Mal etwas gründlicher vor.«

Er zwang seinen Gedankenstrom mit aller Kraft, sich zu verlangsamen, suchte nach Verknüpfungen. Sein Mundwinkel begann zu zucken. Diese Art des Denkens strengte ihn unglaublich an. Am liebsten hätte er losgelassen und sich dem stetigen Rauschen seiner Gedanken nicht länger in den Weg gestellt. Doch er zwang sich dazu, diese mentale Barriere aufrechtzuerhalten, den Damm nicht brechen zu lassen, und überlegte dabei angestrengt, wie der Hüne auf seine Spur gekommen war. Dafür konnte es eigentlich nur eine Möglichkeit geben. Unbewusst strich er über das Pflaster an seiner Stirn.

»Wo ist Ritter jetzt?«, fragte Huberty.

»Er ist mit einer Frau unterwegs. Zumindest ihr Standort ist mir über ihr Handy bekannt. Eine billige Absteige hier in Köln. Es ist also ziemlich wahrscheinlich, dass Ritter sich auch dort aufhält.«

»Und wie wollen Sie ihn dort rauslocken?«

»Das wird gar nicht nötig sein. Wenn ich richtig liege, wird er uns geradewegs in die Arme laufen.«

»Und aus welchem Grund sollte er das tun?«

»Aus Sentimentalität.« Er zog ein gefaltetes Blatt Papier aus seiner Jeans und breitete es vor Huberty aus. Darauf war die Kopie einer Todesanzeige abgebildet.

Sein Blick fiel auf das Todesdatum und den Namen. Unweigerlich musste er an die Widmung in Ritters Buch denken. »Ich verstehe.« Er sah wieder zu dem Hünen auf. »Und wenn die Polizei auf dieselbe Idee kommt?«

»Davon ist nicht auszugehen. Und dafür haben Sie im Grunde selbst gesorgt.«

»Ach ja?«

»Martin Rombach«, warf der Hüne in den Raum. »Kunstdozent und Kritiker. Ich nehme an, Sie wissen, wer das ist.«

Natürlich wusste er das. Immerhin hatte er dafür gesorgt, dass dieses selbstherrliche Arschloch nie wieder jemanden von oben herab behandelte. Er wäre wirklich gespannt darauf gewesen, wie Rombach das menschliche Kunstwerk bewertet hätte, zu dessen Bestandteil er geworden war.

»Damals waren Sie so schlau, sich ihm bei Ihrer Bewerbung unter einem Pseudonym vorzustellen, auf das offensichtlich noch ein anderer Anspruch erhebt.«

*Yorick.* Er war sein erstes ernsthaftes Vorbild gewesen. Und er hatte sich nichts sehnlicher gewünscht, als so zu sein wie er. Ein Mensch mit einer Botschaft. Jedes Mal, auf der Fahrt zu seinem Therapeuten, hatte er diese fantastischen Bilder bewundert, die die tristen grauen Schallschutzwände in wahre Kunstwerke verwandelten. Und jedes Mal, wenn die Stadtverwaltung die Bilder wieder hatte entfernen lassen, war diese Wut in ihm emporgeschossen und er hätte am liebsten wild um sich geschlagen. Bis er begriff, dass es Kunst gab, die vergänglich war, die nicht die Zeit überdauerte, weil sie Protest ausdrückte und somit unbequem war. Mittlerweile suchte er sich andere Vorbilder, hatte seine eigene Kunst perfektioniert, die nicht weniger vergänglich war. Doch Yorick hatte ihm den Weg gewiesen. Leider war es ihm nie gelungen, dessen wahre Identität zu ermitteln. Die Polizei hatte offensichtlich bessere Möglichkeiten.

»Es wird nicht lange dauern, bis die merken, dass sie den Falschen jagen.«

»Ich habe noch zusätzlich für Verwirrung gesorgt. Das sollte sie lange genug von Ritter ablenken, damit wir die Sache durchziehen können.«

»Wir?«

»Ich schnapp mir die Frau und Sie sich diesen Schmierfink.«

Daher wehte der Wind also. Ritters Begleiterin war dem Hünen wichtig. Sie war sein Schwachpunkt. Gut zu wissen.
»Dann ist diese Frau also der Grund, weshalb Sie so wütend auf Ritter sind.«

»Das hat Sie einen Dreck zu interessieren!« Die schmalen Augen des Hünen verengten sich noch mehr. »Sie rühren sie nicht an, haben Sie verstanden? Valerie gehört allein mir!«

Valerie. Woher kannte er diesen Namen? Ein Schweißfilm bildete sich auf seiner Stirn, während er den Damm seiner Gedanken zu stabilisieren versuchte. »Wer garantiert mir, dass Sie mich danach in Ruhe lassen?«

»Sobald ich von Ihnen einen Beweis erhalten habe, dass Ritter tot ist, vernichte ich sämtliche Hinweise, die zu Ihnen führen.«

»Einen Beweis?«

Der Hüne stemmte sich vor ihm auf die Tischplatte. »Ich will seine Leiche sehen. Ich will mich eigenhändig davon überzeugen, dass dieser Bastard tot ist. Erst danach trennen sich unsere Wege.«

Er sah das düstere Funkeln in den Augen des Hünen. Diese alles verzehrende Entschlossenheit, die auch ihn überfiel, wenn er tötete. *Worin liegt der Ursprung deines Hasses?* Was es auch war, es machte ihn blind. Der Druck seiner Gedanken ließ nach.

»Ich hätte da eine Bedingung.«

»Sie sind nicht in der Lage, Bedingungen zu stellen!«

»Ich denke doch.« Er nahm ein Papier aus der rechteckigen Zettelbox auf dem Schreibtisch und schrieb etwas darauf. »Ich brauche die Wohnadresse zu dieser Person.«

Der Hüne nahm den Zettel entgegen und starrte auf die grobe Handschrift. »Thrillerbabe? Soll das ein Witz sein?«

»Nein, ein Pseudonym. Ich konnte es einem gleichnamigen Blog zuordnen. Leider gibt die betreffende Person dort im Impressum nur ihren Namen und ihre Mailadresse an. Den entsprechenden Link habe ich Ihnen darunter notiert.«

»Für wen halten Sie mich, für die Scheiß Auskunft?«

»Nein«, sagte Huberty und lehnte sich in seinen Stuhl

zurück. Die Wut war verschwunden und die plötzliche Klarheit seiner Gedanken nahm ihm die Anspannung. »Dort würde man Sie sicher nicht mit einer Walther P99 ausstatten, der Standardwaffe der Polizei. Und auf meinen Namen werden Sie kaum im Telefonbuch gestoßen sein. Dafür müssten Sie schon Zugang zu behördlichen Datenbanken haben und nebenbei die Möglichkeit der Blutanalyse. Wenn Sie also nicht ein Labortechniker mit einem morbiden Hang zu Schusswaffen sind, würde ich Sie als einen äußerst zweifelhaften Hüter des Gesetztes betrachten.«

Der Hüne starrte ihn an. Offensichtlich war er überrascht, aus seinen Worten so etwas wie Intelligenz herauszuhören.

»Es dürfte daher für Ihre IT-Experten kein Problem sein, die betreffende Person zu ermitteln.«

»Dafür bräuchte ich einen triftigen Grund.«

»Ich nenne Ihnen gleich zwei: Überheblichkeit und üble Nachrede.«

»Jetzt hören Sie mal zu, Sie Komiker …«

»Die Sache ist mir ziemlich ernst!«, fiel Huberty ihm ins Wort. »Wenn Sie von mir verlangen, den Dreck zu beseitigen, dann kehren Sie ihn gefälligst zusammen. Dafür müssen Sie sich nicht einmal anstrengen, da Ihre Kollegen die betreffende Person sicher schon ermitteln. Denn ich halte sie durchaus für so schlau, eins und eins zusammenzählen zu können. Besorgen Sie mir diese Adresse. Dann sind wir im Geschäft.«

Der Hüne atmete schwer. Die Tatsache, dass er ihn unterschätzt hatte, ließ ihn vor Wut kochen. »Wie stellen Sie sich das vor?«, platzte es aus ihm heraus. »Um eine Internetadresse zu hinterfragen, brauche ich eine richterliche Genehmigung. Wo soll ich die bis morgen herbekommen?«

»Sie haben einen Abgleich meiner DNA gemacht, ohne dass jemand Fragen gestellt hat. Ich bin mir sicher, Sie finden einen Weg.«

Der Hüne zögerte, blickte erneut auf den Zettel in seiner Hand. »Na schön«, gab er widerwillig nach. »Ich werde sehen, was ich tun kann.«

Huberty grinste zufrieden. Die Polizei, dein Freund und Helfer. Wer hätte das gedacht? Er würde früh zu Bett gehen müssen, um sich auszuruhen. Der morgige Tag versprach, äußerst lang und ereignisreich zu werden.


## *KAPITEL 22*

*Aufbruch*

*Am nächsten Morgen*

Es war gegen halb neun, als Valerie und Mark an diesem Mittwoch das Hotel im Stadtteil Deutz verließen. Der Himmel hatte sich über Nacht zugezogen und die Wolken tauchten die Häuserreihen in tristes Grau. Ein dumpfer Druck baute sich in Marks Innereien auf, während er auf die Betonbauten starrte, die am Seitenfenster des Autos wie in einer Endlosschleife vorbeirauschten, und er sich auszumalen versuchte, was ihn auf dem Polizeipräsidium erwartete. Vermutlich würden ihm Fragen gestellt werden, auf die er keine Antworten wusste. Aber immerhin bestand die Möglichkeit, dass die bisherigen Ermittlungen der Fahnder dabei halfen, die Lücken in seiner Erinnerung zu schließen und er endlich erfahren konnte, was mit Ralf geschehen war. Doch vor dieser Gewissheit hatte er Angst.

»Bist du nervös?«, fragte Valerie, der seine Unruhe nicht entgangen war.

»Wer wäre das nicht?« An der Kreuzung angekommen,

bat er Valerie um einen kleinen Umweg.

»Du kriegst doch hoffentlich keine kalten Füße«, sagte sie, als sie in die entgegengesetzte Richtung abbog.

Er zog sich sein Basecap zurecht. »Nein, ich muss nur vorher etwas erledigen, denn ich werde heute voraussichtlich nicht mehr dazu kommen.«

»Verrätst du mir auch, was es ist.«

»Ein Besuch.«

Zunächst verstand Valerie nicht. Doch kurz darauf hoben sich ihre Augenbrauen. »Oh ... natürlich«, meinte sie. »Auf welchem Friedhof liegt deine Frau begraben?«

## *KAPITEL 23*

*Intuition*

Bechner atmete durch, als Valeries Mini am Stadtgarten auf die östliche Zubringerstraße abbog. Eine Zeitlang hatte er tatsächlich an seiner Intuition gezweifelt, die ihm sagte, dass Mark Ritter ein Mensch mit Prioritäten war. Und als solcher würde er es sicher nicht versäumen, seiner Frau an ihrem Todestag einen Besuch abzustatten. Die Versuchung war groß gewesen, die beiden schon am Hotel abzufangen. Doch da der Parkplatz im Innenhof lag, und von den Zimmern aus einsehbar war, erschien ihm das Risiko zu groß. Um diese Tageszeit war ein Friedhof der wesentlich geeignetere Ort für einen Zugriff. Mit Zeugen war vermutlich nicht zu rechnen. Und selbst wenn doch, war das Hubertys Problem und nicht seins.

Sein Puls entschleunigte sich. Alles verlief nach Plan.

Bereits am frühen Morgen war er mit Huberty zu dem Friedhof gefahren und hatte sein Auto in einer Nebenstraße abgestellt. Anschließend war er mit dem Lieferwagen zu dem Hotel gefahren, um sicherzugehen, dass seine Intuition ihn nicht täuschte. Zum Glück war es ihm erspart geblieben, die beiden auf der Strecke abfangen zu müssen. Obwohl es ihm eine Menge Freude bereitet hätte, Ritter sein großes Maul zu polieren. Allein der Gedanke daran, dass er zwei Nächte gemeinsam mit Valerie in einem Hotelzimmer verbracht hatte, machte ihn rasend vor Eifersucht. Immer wieder hatte er dieses Bild vor Augen, wie Ritter hinter Valerie kniete und es ihr besorgte, während sie lustvoll seinen Namen stöhnte. Diese Vorstellung brachte ihn um den Verstand. Er hatte all seine Willenskraft aufbringen müssen, um nicht in dieses Zimmer zu stürmen und Ritter gleich dort seinen schäbigen Schwanz abzuschneiden. Diese innere Befriedigung wäre es im beinahe wert gewesen, dafür in den Knast zu gehen. Aber weshalb sollte er das auf sich nehmen, wenn es eine elegantere Lösung gab? Einen Psychopathen an der Hand zu haben, der die Drecksarbeit für ihn erledigte, hatte durchaus etwas für sich. Dennoch würde diese Zusammenarbeit nur von kurzer Dauer sein. Allein schon deswegen, weil Huberty ihm gehörig auf den Sack ging. Fast drei Stunden hatte es ihn am Vorabend gekostet, um an diese verdammte Adresse zu gelangen. Eine Anfrage über das polizeiliche Netzwerk wäre zurückzuverfolgen und damit zu riskant gewesen. Er brauchte eine schnelle und einfache Lösung. Also hatte er in einigen einschlägigen Foren um Hilfe gebeten und dort angegeben, seine Nichte werde von jemandem über das Internet belästigt, von dem nur die Mailadresse bekannt war. Und dass er die Sache erst einmal intern klären wolle, bevor er rechtliche Schritte in Erwägung zog. Daraufhin nannte man ihm mehrere legale Möglichkeiten, die betreffende Person ausfindig zu machen. Mit der zweiten davon war es ihm schließlich gelungen.

Wie die meisten kleineren Shops im Internet bot auch die größte Einkaufsplattform dort ihren Kunden die Möglichkeit, eine Liste mit Wunschartikeln anzulegen, was die meisten Nutzer auch in Anspruch nahmen. Was viele jedoch nicht wussten, war, dass man dort auch gezielt nach Wunschlisten anderer Kunden suchen konnte. Alles, was man dazu benötigte, war die Mail-Adresse, mit der die gesuchte Person dort angemeldet war. Je nachdem, was dort an Informationen freigeschaltet war, bekam man nicht nur die betreffende Liste und den zugehörigen Namen angezeigt, sondern auch den Wohnort. Bechner hatte Glück gehabt. Ein kleines Kaff in der Nähe von Münster. Dort war nur eine Michaela Burkhard verzeichnet. Nun stand der Sache nichts mehr im Weg. Sobald Ritter tot war, würde er Huberty kaltmachen. Er konnte es kaum erwarten, diesem selbstgefälligen Hurensohn eine Kugel in den Kopf zu jagen. Das Geniale daran war, dass man ihm dafür sogar eine Belobigung aussprechen würde.

Er musste sich zwingen, den nötigen Abstand zu wahren und nicht zu dicht aufzufahren. Als Valeries Wagen die Zubringerstraße verließ, griff er nach seinem Smartphone und stellte über eine Telefon-App eine anonyme Internetverbindung zu Hubertys Handy her.

## KAPITEL 24

### Innerer Frieden

Valerie stellte den Wagen am Rolshover Kirchweg ab, unmittelbar neben dem Eingang des knapp 25 Hektar großen Friedhofsgeländes. Mark hatte bereits die Tür geöffnet, als er bemerkte, dass Valerie reglos auf ihrem Sitz verharrte.
»Was ist?«, fragte er.
»Ich denke, du solltest das alleine tun.«
»Es macht mir nichts aus, wenn du mitkommst.«
»Ich finde es aber nicht richtig. Es ist deine Vergangenheit, nicht meine. Ich kannte deine Frau nicht.«
Er sah ihr an, wie unangenehm ihr die Situation war. Und er konnte es durchaus nachempfinden. Für sie war Jenny nur ein Name, hinter dem sich die Frau verbarg, die er einmal geliebt und geheiratet hatte und die noch immer in seinem Herzen existierte. Dieser emotionalen Nähe zu ihr wollte sie sich nicht aussetzen. Und im Grunde war er ihr dankbar dafür. Dennoch beschlich ihn ein ungutes Gefühl.
Valerie griff nach seiner Hand. »Ich weiß, wie wichtig dir dieser Besuch ist«, sagte sie, »und ich würde mich nur als störend dabei empfinden. Also geh, ich warte hier auf dich.«
Sie hatte recht, das hier war wichtig für ihn. Er wollte damit etwas abschließen, das ihn zwei Jahre lang am Leben gehindert hatte. Dennoch behagte ihm der Gedanke nicht, Valerie hier zurückzulassen. Unauffällig griff er in die Tasche seiner Jacke, wiegte darin den Sender in seiner Hand. Noch am gestrigen Abend hatte er Professor Petzold kontaktiert und ihm die Strecke und die Wegpunkte beschrieben, die sie nun ansteuerten und die das GPS-Gerät aufzeichnete. Sobald sie anschließend die Polizeista-

tion erreicht hatten, würde Mark es ausschalten. Bis dahin gab ihm das Gerät zumindest das Gefühl, auf alles vorbereitet zu sein.

»Nun geh schon«, drängte Valerie und deutete auf die Wolkendecke am Himmel, die sich immer dichter zusammenzog. »Sonst stehst du gleich im Regen.«

»Da habe ich schon viel zu lange gestanden.« Er beugte sich zu ihr herüber, nahm sie in die Arme und küsste sie. »Ich liebe dich«, sagte er und stieg aus.

Der Friedhof entsprach um diese Uhrzeit der Bezeichnung »Ruhestätte« am ehesten. Kein Mensch begegnete ihm auf dem Weg durch das parkähnliche Gelände. Und dennoch fühlte er sich beobachtet, was vermutlich nur Einbildung war. Erst als er Jennys Grab fast erreicht hatte, fiel ihm ein älterer Mann mit einem Gehstock und einem altmodischen Hut auf, der in einiger Entfernung mit dem Rücken zu ihm vor einem der benachbarten Gräber kniete und Unkraut zupfte. Er beäugte den Mann einige Zeit misstrauisch, konnte aber an seinem Verhalten nichts Verdächtiges erkennen. Dennoch würde er ihn im Auge behalten. Wenn der Leichenkünstler tatsächlich vorhatte, ihn zu kopieren, dann wusste er um die Bedeutung dieses Ortes. Mark hatte am Ende seines Buches eine Danksagung angefügt, in der er Jenny gedachte und näher auf die Umstände ihres Todes einging. Er glaubte, ihr das schuldig zu sein, wollte sie auf diese Weise daran teilhaben lassen. Jennys Todestag war also kein Geheimnis. Daher hatte er am Vorabend lange darüber nachgedacht, ob er die Polizei über diesen Abstecher informieren sollte, um sich auf diese Weise als Lockvogel anzubieten. Doch dann hatte er diesen Gedanken verworfen, denn der Leichenkünstler würde sich kaum auf das Risiko einlassen, ein in sich abgeschlossenes Gelände zu betreten, aus dem heraus es nur wenige Fluchtmöglichkeiten gab. Das widersprach seinem Profil, das ihm eine erhöhte Intelligenz bescheinigte. Also hatte Mark es vorgezogen, diesem Anlass die nötige Privatsphäre einzuräumen, die er benötigte. Obwohl er sich insgeheim sogar erhoffte, dass dieser Kerl hier auf ihn wartete. Dann wäre die Sache ausgestanden, und er würde endlich Antworten bekommen. Aber das alles wurde in dem Moment unwichtig, als er vor Jennys letzter Ruhestätte angekommen war.

Jemand hatte bereits einen üppigen Blumenstrauß auf dem Grab abgestellt. Vermutlich Jennys Vater. Wie Mark seine pedantische Spießbürgerlichkeit einschätzte, war er schon im Morgengrauen hier gewesen, um der Erste zu sein, der ihrer gedachte. Ohne Zweifel wollte er damit vermeiden, Mark über den Weg zu laufen und ihm gleichzeitig demonstrieren, das für seine Gaben hier kein Platz mehr war. Er hatte ihn nie akzeptiert und keinen Hehl daraus gemacht, dass er ihn für einen Taugenichts und Herumtreiber hielt, der des Lebens nicht fähig war. Vielleicht hatte er sogar recht damit.

Eine tiefe Schwermut befiel Mark, als er auf den Grabstein sah, den er gegen den Willen ihres Vaters hatte anfertigen lassen. Ein Monolith, an dessen Seite kleine Treppenstufen eingemeißelt waren, die zu einem bronzenen Engel am oberen Ende führten. Dieser symbolhafte Kitsch hätte ihr sicher gefallen.

»Hallo Jenny«, sagte er leise und spürte, wie sich ein Kloß in seinem Hals zu bilden begann. »Ich war lange nicht mehr hier, aber wie du weißt, wohne ich jetzt nicht mehr in dieser Gegend. Ich habe mich nicht gerade verbessert«, fügte er mit einem gequälten Lächeln hinzu, um gleich darauf den Kopf zu schütteln.

Was tat er hier eigentlich? Er redete mit einem Stein. Aber auf unerklärliche Weise fühlte er sich dadurch erleichtert.

Instinktiv schwenkte sein Blick zu dem alten Mann hinüber, der noch immer mit dem Unkraut beschäftigt war. Er schien sich nicht für ihn zu interessieren. Daher widmete er seine Aufmerksamkeit wieder Jenny.

»Es ist leider nicht so gelaufen, wie ich es mir erhofft hatte«, fuhr er mit seinem Monolog fort. »Aber wann hat es das jemals getan? Du warst bis jetzt das einzig Richtige in meinem Leben. Und das du so früh gegangen bist, hat mich ziemlich aus der Bahn geworfen.«

Er hielt kurz inne, um nicht die Fassung zu verlieren. Es fiel ihm schwer, solche Gefühle in der Öffentlichkeit zuzulassen, auch wenn er hier nahezu alleine war.

»Ich ... ich hoffe, ich habe dich nicht zu sehr enttäuscht«, schluchzte er, »aber ohne dich habe ich es einfach nicht geschafft.«

Er schloss die Augen, versuchte die Tränen zurückhalten, die nun unerbittlich nach oben drangen.

»Es kommt mir vor, als wäre all mein Glück mit dir gestorben, Jenny. Aber vermutlich habe ich einfach alles falsch gemacht, was man hätte falsch machen können. Ich hatte einfach keinen Mut mehr, mich dem Leben zu stellen, bin stattdessen lieber davongelaufen. Ich habe mich völlig aufgegeben.« Er schluckte und wischte sich die Feuchtigkeit aus den Augen. »Aber nun habe ich eine Frau kennengelernt, die mir wieder Halt gibt und die mir hilft, das Richtige zu tun. Manchmal erinnert sie mich ein wenig an dich. Vermutlich ist das einer der Gründe, weshalb ich mich zu ihr hingezogen fühle. Obwohl ich sie erst einige Tage kenne, habe ich ein gutes Gefühl, was uns beide betrifft.«

Er öffnete die Hand und betrachtete den Gegenstand darin, den er die ganze Zeit krampfhaft umklammert hatte. Heute würde er ihr keine Blumen hinterlassen. Noch einmal atmete er tief durch, dann trat er um das Grab herum und legte die Kette um den bronzenen Engel, sodass der Ehering daran über ihrem Namen hing.

»Du wirst immer einen Platz in meinem Herzen haben, Jenny«, sagte er mit brüchiger Stimme. »Aber es ist für mich an der Zeit, endlich wieder nach vorn zu blicken.«

Seine Tränen versickerten auf dem Grab, vermischten

sich mit den ersten Regentropfen, die auf ihn herabfielen. Dennoch verspürte er einen tiefen inneren Frieden, der sich trotz aller Wehmut in ihm ausbreitete. Betäubt durch die Gefühle, die er schon viel zu lange mit sich herumgetragen hatte, und die ihn nun überwältigten, nahm er die Gestalt nicht wahr, die hinter ihn getreten war. Erst ein Geräusch riss Mark aus seiner Trauer. Es war das rhythmische Trommeln von Regentropfen, die auf einen Hut trafen.

Er schwang erschrocken herum und starrte in das Gesicht des alten Mannes, der eben noch etliche Gräber entfernt gestanden hatte. Doch dieser Mann war nicht alt. Mark sah noch den Gehstock auf sich niederfahren. Dann spürte er einen kräftigen Schlag, und sein Bewusstsein versank in tiefer Dunkelheit.

## *KAPITEL 25*

*Zugriff*

Valerie spürte noch immer die Wärme, die Marks Umarmung und sein Kuss bei ihr hinterlassen hatten. Ihr Puls schien sich nicht mehr beruhigen zu wollen.

*Ich liebe dich.*

Dieses Geständnis hatte sie zugegebenermaßen überwältigt, obwohl es ihrer Meinung nach etwas verfrüht war. Dennoch konnte sie nicht behaupten, dass es ihr unangenehm war. Das Kribbeln in ihrem Bauch war dafür ein eindeutiges Signal. Allerdings würde sie dieses Mal nichts überstürzen. Es musste sich erst herausstellen, ob ihre

Beziehung auch nach diesen ganzen Ereignissen bestand hatte oder nur eine durch Extremsituationen und Isolation verursachte Phase war. Zu oft schon hatte dieses freudige Kribbeln am Ende für eine tiefe Narbe in ihrem Herzen gesorgt. Und für die eine oder andere böse Überraschung. Doch mit Mark war das anders. Er konnte dominant aber auch sehr einfühlsam, nahezu sensibel sein. Diese ausgeglichene Mischung gefiel ihr sehr an ihm. Allerdings hatte sie das anfangs auch von Andreas behauptet.

Sie schaltete das Radio ein und lauschte den Nachrichten. Erste zaghafte Regentropfen schlugen geräuschlos auf der Frontscheibe ein. Sie überlegte, ob sie Mark hinterherlaufen und ihm den Regenschirm bringen sollte, der im Kofferraum des Wagens lag, als die Stimme des Nachrichtensprechers sie in ihren Bann zog:

*»Im Fall um die Mordserie des sogenannten Leichenkünstlers haben sich erste Verdachtsmomente gegen ein Mitglied der Sprayerszene nicht bewahrheitet. Die Polizei schließt mittlerweile eine Beteiligung des Mannes an den Vorfällen aus. Für Hinweise, die zur Ergreifung des Mörders von David Kettner führen, haben die Angehörigen nun eine Belohnung in Höhe von fünfzigtausend Euro ausgesetzt.«*

Diese Meldung bescherte Valerie ein ungutes Gefühl. Langsam sah sie sich um. Rechts und links von ihr parkten weitere Autos. Viele davon waren vermutlich von Anwohnern der gegenüberliegenden Mietshäuser. Nur der weiße Lieferwagen wollte nicht so recht zu diesem Ort passen. In einiger Entfernung entdeckte sie ein kleines Blumengeschäft, zu dessen Inventar das Fahrzeug aller Wahrscheinlichkeit nach gehörte. Aber weshalb hatte es dann keine Aufschrift?

Allmählich kam sie sich paranoid vor. Sie griff nach ihrer Handtasche und wollte sich mit ihrem Handy Ablenkung verschaffen, als die Beifahrertür aufgerissen wurde.

Im ersten Moment war sie regelrecht paralysiert, als sie

in das Gesicht von Andreas Bechner blickte, der plötzlich neben ihr saß.

»Hallo mein Schatz«, sagte er mit einem diabolischen Lächeln. »So sieht man sich wieder.«

Panisch durchwühlte sie ihre Handtasche, doch Bechner kam ihr zuvor und riss ihr mit Gewalt den Elektroschocker aus der Hand.

»Diesmal nicht, Schätzchen«, sagte er und presste ihr die Kontakte an den Hals. »Heute bin ich am Drücker.«

Im nächsten Moment jagten 500.000 Volt durch Valeries Körper, und ihre Gegenwehr erstarb auf der Stelle.

## KAPITEL 26

### Handlungsbedarf

Professor Petzold hatte sein Mittagessen nicht angerührt. An diesem Vormittag hatte er sich schwer damit getan, seinen alltäglichen Pflichten nachzugehen. Nicht nur, dass er ein zunehmendes Problem damit hatte, seine Studenten in Kursen und Vorlesungen in ihrer Kunst zu stärken, wenn er nicht einmal seiner eigenen Begabung traute. Auch machte er sich zunehmend Gedanken um das Schicksal von Ralf Clemens. Und nun auch noch das. Er saß in der Schulkantine und starrte ratlos auf sein Smartphone. Bereits zweimal hatte er versucht, die beiden anzurufen, um sich zu erkundigen, ob alles glattgelaufen war. Doch sowohl bei Mark als auch bei Valeries Anschluss meldete sich nur die Mailbox. Erneut wechselte er in seinen Nachrichtenordner. Er hatte den Signalton für Kurzmitteilungen stummgeschaltet, da die stündlichen Positionsmeldungen des GPS-Senders ihn sonst um seine Nachtruhe gebracht und seine Vorlesungen gestört hätten. Allein seit dem letzten Abend waren vierzehn weitere Mitteilungen eingegangen, wovon die meisten wie gewohnt die Positionsdaten des Hotels anzeigten. Erst in den letzten drei Nachrichten zeigte sich eine Änderung. Zur Bestätigung aktivierte er noch einmal den mitgesendeten Link zum Internetdienst des Anbieters, wo die Positionsdaten in einer Navigationskarte angezeigt wurden und die Bewegung des Senders nachgezeichnet war. Das Ergebnis war dasselbe. Zwischen zehn und elf Uhr am Vormittag führte die rote Linie vom Hotel zum Deutzer Friedhof. Diesen Abstecher hatte Mark vorher mit ihm festgelegt. Danach wich der Weg jedoch vom vorgefertigten Fahrplan ab. Unschlüssig betrachtete er die neue Positionsmarkierung, die weit entfernt vom Polizeipräsidium lag. Von dort war der Sender nicht mehr bewegt worden, wie die letzte Mitteilung vor wenigen Minuten bestätigte.

Vielleicht hatten die beiden es sich anders überlegt und sich ein neues Versteck gesucht. Allerdings hätten sie ihn dann darüber informiert. Irgendetwas war schiefgelaufen. Andererseits hatte der Sender kein Notsignal ausgestrahlt. Doch das konnte auch bedeuten, das Mark nicht in der Lage gewesen war, den Knopf auf dem Sender zu betätigen.

*Sollten Sie ungewöhnliche Aktivitäten feststellen, dann stimmt etwas nicht*, rief er sich Marks Ausführungen ins Gedächtnis.

Was sollte er jetzt tun? Die Polizei informieren, wie Mark es ihm aufgetragen hatte? Aber was sollte er den Beamten sagen? Würden sie ihn überhaupt ernstnehmen, wenn er ihnen eine solche Geschichte auftischte? Zunächst musste er sich sicher sein.

»Herr Professor?«

Erschrocken blickte er in das Gesicht einer jungen

Frau, die neben ihn getreten war. Er erkannte sie an dem gepiercten Nasenflügel und den dunkel geschminkten Augen. Ein Erscheinungsbild, das unter seinen Studenten durchaus nicht ungewöhnlich war, an das er sich aber nie so recht gewöhnen konnte.

»Entschuldigung, dass ich Sie bei Ihrem Mittagessen störe«, sagte die junge Frau und blickte auf den Salatteller, den der Professor nicht angerührt hatte, »aber ich hätte da noch einige Fragen zur Visualisierung. Könnten Sie ...?«

»Nicht jetzt, Karla«, wimmelte er sie ab und stand auf.

»Aber ...« Verstört beobachtete die Frau, wie der Professor ohne ein weiteres Wort durch die Schwingtür aus der Kantine eilte.

Kalter Schweiß hatte sich auf seiner Stirn gebildet, als er eine halbe Stunde später in seinem alten Volvo die Severinsbrücke überquerte und mit zu hoher Geschwindigkeit der B55 in Richtung Kalk folgte. Sein Puls war viel zu hoch. Doch nachdem, was er herausgefunden hatte, blieb ihm keine Zeit, sich zu beruhigen. Die Positionsdaten des Senders waren nicht exakt gewesen, und so hatte er einen groben Radius von zwanzig Metern als Orientierung festgelegt. Demnach kamen fünf Gebäude infrage, wie ihm die Straßenkarte der betreffenden Gegend auf dem Computermonitor seines Büros angezeigt hatte. Im Internet hatte er die Namen der Bewohner über die Einträge des örtlichen Telefonbuchs den jeweiligen Adressen zugeordnet. Einer dieser Namen hatte bei ihm sofort sämtliche Alarmglocken schrillen lassen. Daraufhin hatte er alle Vorlesungen für den Nachmittag abgesagt und sich sofort auf den Weg gemacht.

Er ließ das Fenster auf der Fahrerseite herunter, was die Übelkeit, die in ihm aufstieg, ein wenig besänftigte, während er weiterhin fieberhaft darüber nachdachte, wie er den Polizisten diese Geschichte erklären konnte. Allein aufgrund der ungenauen Positionsdaten eines GPS-

Senders würden sie kaum Anstalten machen, in das betreffende Haus einzudringen und der Sache nachzugehen. Und mit jeder Minute, die er mit Erklärungen vergeudete, wuchs die Wahrscheinlichkeit, dass Valerie und Mark etwas zustieß. Einen Augenblick lang spielte er mit dem Gedanken, der Sache selbst nachzugehen. Doch was konnte er letztendlich ausrichten? Er war nur ein alter Mann mit einem alten Herz, das dieser Belastung nicht mehr standhielt.

Seine Hände begannen zu zittern, und das altbekannte Angstgefühl kroch seine Wirbelsäule empor. Hastig tastete er nach dem Spray in seiner Jacke, als ihn ein schmerzhaftes Druckgefühl in seiner Brust übermannte. Er sackte vornüber zusammen und riss das Steuer dabei nach links. Sein Kopf prallte gegen das Lenkrad, als der Volvo die Fahrbahnbeschränkung überfuhr und über den begrünten Trennstreifen holperte, hinter dem sich der Gegenverkehr erstreckte. *Es tut mir leid*, war sein letzter klarer Gedanke, bevor er das Bewusstsein verlor und der Wagen frontal in den Stamm eines Baumes raste.

*TEIL VIER*

# KAPITEL 27

## *Trägheit*

Licht blendete ihn, als er die Augen aufschlug. Es brannte sich wie Säure in seine Netzhaut und kam von einer Quelle direkt über ihm an der Decke. Ein dumpfes Pochen dehnte sich von seiner linken Schläfe durch seinen Kopf aus. Doch er nahm den Schmerz nur aus einer seltsamen Distanz wahr, als würde er durch eine Schicht aus Trägheit gefiltert.

»Sie sind benommen durch das Medikament«, hörte er eine Stimme sagen, zu der er keinen Körper ausmachen konnte. »Ich musste Sie für den Transport hierher sicherheitshalber ruhigstellen.«

Mark versuchte, sich zu orientieren, den Ursprung der Stimme zu lokalisieren. Doch der Lichtkegel, der ihm viel zu grell erschien, ergoss sich nur in dem unmittelbaren Bereich um ihn herum, und ließ den Raum dahinter in völliger Dunkelheit. Seine Sinne rotierten.

»Was haben Sie mir gegeben?«

»Dieses Mal nur ein starkes Sedativum.«

»Wer ... wer spricht da?«

»Ein großer Freund Ihrer Kunst.«

Seiner Kunst? Er tippte Wörter in einen Computer. Diese wohlwollende Umschreibung seiner Tätigkeit erzeugte unbewusst eine Assoziation in seinem benebelten Verstand.

*Kunstfreund.*

Seine Wahrnehmung brauchte einen Moment, um diese Verknüpfung durch den Filter der Trägheit zu schleusen und seine Erinnerung zu aktivieren. Die Rezension im Internet. Jennys Grab. Der alte Mann, der nicht alt war ...

»Valerie«, stöhnte er benommen. »Was ... was haben Sie mit ihr gemacht?«

»Sie ist nicht hier. Er hat sie mitgenommen.«

»Wer? ... Wo ist sie?«

»Sagen Sie es mir. Offenbar haben Sie jemanden ziemlich verärgert. Und ich gehe davon aus, dass diese Valerie der Grund dafür ist.«

Mark stöhnte auf, versuchte vergebens, gegen die Trägheit anzukämpfen, die ihn lähmte und ihn machtlos der Vorstellung überließ, dass Valerie sich in der Gewalt ihres sadistischen Mannes befand. »Andreas Bechner«, entfuhr es ihm mit schwacher Stimme.

»Offensichtlich befindet sich der Gegenstand in seinem Besitz, den Sie mir bei unserer kleinen Auseinandersetzung an den Kopf geschleudert haben. Ich gehe davon aus, dass sich mein Blut daran befindet.«

Mark hörte die Stimme und konnte verstehen, was sie sagte, doch die Trägheit erschwerte es ihm, sich auf die Worte zu konzentrieren. Es dauerte eine Weile, bis er die Zusammenhänge erkannte. »Fernbedienung«, stöhnte er.

»Ich muss mich für meinen Überfall in der Wohnung Ihres Freundes entschuldigen«, sagte die Stimme sanft. »Zu diesem Zeitpunkt konnte ich nicht ahnen, dass ich einen Gleichgesinnten vor mir habe. Ich hoffe, Sie können mir diesen Fehler verzeihen. Andererseits muss ich es als Glücksfall betrachten, dass sich die Dinge so entwickelt haben, denn sonst wären Sie jetzt vermutlich nicht hier. Durch Ihr Untertauchen haben Sie es mir zugegebenermaßen schwer gemacht, Sie aufzuspüren. Das mit Ihrer Frau tut mir übrigens sehr leid. Ich hoffe, Ihnen hat mein Blumenstrauß auf dem Grab gefallen.«

Mark hob seine Hand, die ihm bleischwer vorkam, und befühlte die pochende Stelle oberhalb seiner linken Schläfe.

»Eigentlich wollte ich es vermeiden, Sie zu verletzen«, fuhr die Stimme fort, »aber ich konnte nicht ein weiteres Mal riskieren, mich auf einen Kampf mit Ihnen einzulassen. Sehen Sie es als gerechten Ausgleich an.«

Die Worte drehten sich in Marks Kopf, und es dauerte eine Weile, bis er sie erfassen konnte. »Gleichgesinnter?«

»Nun, wie es scheint, sind wir beide derselben Meinung, was einen gewissen Schlag von Menschen betrifft. Engstirnige Geister, die gewöhnlich alles verurteilen, was über ihren Horizont hinausgeht, und sich darüber aufregen, wenn anderen etwas gefällt, was sie nicht mögen.«

»Was ... was wollen Sie von mir?«

»Ich will so sein wie Sie«, antwortete die Stimme andächtig. »Ich will den Frust dieser Welt in Ihre Worte packen können.«

Mark schloss die Augen, da ihn eine heftige Übelkeit überfiel. »Sofern ich das richtig einschätzen kann«, sagte er unter Anstrengung, »besitzen Sie diese Gabe bereits. Ihre Sätze sind sehr präzise.«

»Oh, vielen Dank«, gab sich die Stimme geschmeichelt. »Leider fällt es mir leichter, diese Sätze zu artikulieren, als sie zu Papier zu bringen. Meine Gedanken sind schneller als meine Hände. Und ich kann sie nur schwer festhalten. So, wie es Ihnen im Moment ergehen muss, ergeht es mir jeden Tag.«

Eine erschreckende Vorstellung, wie Mark fand. In seinem Kopf drehte sich alles. Die Worte waren wie Blätter, die von einem Herbststurm aufgewühlt und umhergewirbelt wurden.

»Sie haben sicher eine Menge Fragen«, sagte die Stimme, die ihren Standort gewechselt hatte. Ihr weicher Klang ertönte nun direkt hinter ihm. »Ich werde Sie Ihnen alle beantworten, denn ich habe auch eine Menge Fragen an Sie. Und ich freue mich schon sehr auf unsere Zusammenarbeit. Ehrlich gesagt kann ich es kaum erwarten, von Ihnen zu lernen.«

... *von Ihnen zu lernen*, hallte es in Marks Kopf nach. Er wollte etwas sagen, doch sein Mund war völlig ausgetrocknet. Mark spürte eine Hand, die seinen Kopf sachte anhob.

»Trinken Sie das.«

Kurz darauf schluckte er begierig die Flüssigkeit herunter, die ihm langsam in den Mund gekippt wurde.

»Gut so«, sagte die Stimme zufrieden, als der Becher geleert war. »Das wird Ihnen einen traumlosen Schlaf bescheren.«

»Was ... was ist mit Ralf?«

»Keine Sorge. Er wird bald zu Ihnen stoßen«, sagte die Stimme, nun wieder von der Seite. »Bis dahin werde ich Sie alleine lassen müssen, denn ich habe noch eine Menge vorzubereiten. Außerdem muss ich jemandem einen Besuch abstatten.«

»Bitte«, flehte Mark. »Ich verspreche, ich werde alles tun, was Sie von mir verlangen, aber sorgen Sie dafür, dass Valerie nichts passiert.«

Es setzte eine Pause ein, und einen Moment lang befürchtete Mark, er wäre bereits allein.

»Ich erinnere mich an diese Frau«, erklang die Stimme, nun wieder von der Seite. »Sie war auch auf der Ausstellung. Ich habe gesehen, wie sie miteinander geredet haben.«

Mark wollte antworten, nickte aber stattdessen nur. Schwere befiel seinen Körper und verhalf der Trägheit zu einem weiteren Triumph.

»Ehrlich gesagt enttäuscht es mich ein wenig, dass ausgerechnet Sie sich zu einer Kritikerin hingezogen fühlen.«

»Sie ist anders«, wollte er sagen, doch seine Stimmbänder waren wie gelähmt und er bekam nur ein Grunzen zustande.

»Sie wissen tatsächlich nicht mehr, was in dieser Nacht geschehen ist, nicht wahr? Anscheinend verstärkt Alkohol den Effekt.«

Mark fiel es zunehmend schwerer, die Augen offen zu halten. Die Stimme war nun ganz nah, und er erschrak, als eine Gestalt über ihm auftauchte und das Licht ihr ein

Gesicht verlieh.

»Vielleicht können Sie sich noch an mich erinnern, obwohl ich Ihnen meine Kunst an diesem Abend nicht schmackhaft machen konnte.«

*artfood*, las Mark gerade noch von der Kappe des Mannes ab, bevor sich die Züge des Gesichts vor ihm auflösten und er wieder in Dunkelheit versank.

## KAPITEL 28

### Parallelwelt

Valerie erkannte sofort, wo sie sich befand, als sie zu sich kam. Die in zartem Braun gestrichene Dachschräge, die weiße Landhauskommode, ein Kunstdruck von Wassily Kandinsky ... Diese Vertrautheit des Gästezimmers versetzte sie augenblicklich in Panik, denn sie erkannte in dieser Umgebung den Ort wieder, an dem ihr Mann zum ersten Mal sein wahres Gesicht gezeigt hatte. Das Gesicht eines Monsters, eines ihr völlig fremden Wesens, dessen einzige Absicht es gewesen war, Macht über sie auszuüben.

Und dieses Monster starrte sie nun an.

»Hallo Valerie«, erklang Bechners Stimme über ihr. »Willkommen zu Hause.«

Instinktiv versuchte sie, sich von ihm wegzudrehen, doch die Fesseln an den Bettpfosten hielten sie zurück.

»Nicht so stürmisch«, zügelte er sie. »Dieses Mal habe ich gewartet, bis du wach bist. Ich will doch nicht, dass du den ganzen Spaß noch einmal verschläfst.« Er wiegte ihr Handy in seiner Hand. »Ich habe die Aufnahmen von mir nicht gelöscht«, sagte er. »Ich denke, ich werde sie behalten. Und jedes Mal, wenn ich sie in Zukunft betrachten werde, wird mich das anspornen, dir diese Demütigung heimzuzahlen.« Er lachte schäbig und legte das Handy auf einem Stuhl neben dem Bett ab. Über der Lehne hing Valeries Blazer. Darunter erkannte sie die Bluse und die Jeans, die der Professor ihr gegeben hatte. Auf der Sitzfläche, neben dem Handy, lag die Boxershort, von der Mark am Morgen behauptet hatte, sie stünde ihr um einiges besser als ihm.

»Wie ich feststellen konnte, trägst du bereits seine Unterwäsche.« Seine Stimme nahm einen unterschwelligen Ton an. »Wie dem auch sei, du wirst vorerst keine mehr benötigen.«

»Was hast du mit ihm gemacht?«, keuchte Valerie ängstlich.

»Du solltest dir lieber Gedanken darum machen, was ich mit dir machen werde.«

Dafür brauchte sie keinerlei Vorstellungskraft. Nackt und wehrlos an ein Bett gefesselt zu sein war eine Art der Vertrautheit, wie man sie nur in wiederkehrenden Albträumen erwartete. In ihrer äußerst realen Situation war sie prädestiniert dafür, eine Panikattacke auszulösen, die ihr die Luft abschnitt.

Wieder dieses hämische Lachen. »Wie ich sehe, kannst du dich noch gut an das letzte Mal erinnern.«

Valeries Körper versteifte sich, als sie seine Hand auf ihrer Haut spürte, die langsam zwischen ihren Brüsten nach unten fuhr. Die Kälte der Angst vermischte sich mit Ekel und verbannte die Vorstellung, sich einmal danach gesehnt zu haben, von diesem Mann so berührt zu werden, auf eine surreale Ebene.

»Beruhige dich«, sagte Bechner, »und vergiss diesen Typen ganz schnell. Jetzt wird alles wieder wie früher.«

Seine Hand glitt über ihren Bauchnabel und verharrte schließlich zwischen ihren Beinen, wo sie zupackte.

»Deine Fotze gehört von nun an wieder mir allein.«

Wut formierte sich in Valerie und war sogar imstande, ihre Angst in eine wilde Entschlossenheit umzukehren, die alle Konsequenzen ausblendete. Sie zitterte vor Anspannung, als sie spürte, wie er mit seinem Finger in sie eindrang.

»Wenn du diesen Teil von mir willst«, schnaufte sie, »dann musst du dich auch mit dem Rest von mir abfinden, denn der ist inklusive.« Sie bäumte sich auf und spukte ihm ins Gesicht. »Du widerst mich an«, fügte sie dieser Handlung hinzu. »Und ich verabscheue den Tag, an dem ich dir begegnet bin. Meinetwegen nimm dir, worauf du so scharf bist. Fall über mich her, vergewaltige mich, prügle auf mich ein. Aber du wirst mich nie besitzen, hörst du? Ich werde nie wieder ein Teil deines kranken Lebens sein, du gottverdammter Scheißkerl! Hast du das verstanden?«

Der Schlag mit der flachen Hand raubte ihr fast das Bewusstsein. Sie spürte, wie ihr Kopf in das Kissen gedrückt wurde und der Griff seiner Finger sich immer enger um ihren Hals legte.

»Du verzogenes Miststück«, presste er zwischen den Zähnen heraus. »Du denkst, du hast noch immer einen eigenen Willen? Da irrst du dich gewaltig, denn ich werde ihn dir brechen, früher oder später. Wie eine Stute werde ich dich einreiten und dir deine Bockigkeit austreiben, bis du mir bedingungslos gehorchst. Und falls du darauf hoffen solltest, dass dein neuer Freund dir zu Hilfe eilt, dann kannst du das getrost vergessen, denn seine Lebenserwartung hat sich seit heute drastisch verringert.« Er machte eine Pause, um sich an ihrem Entsetzen zu laben.

»Was ... was meinst du damit?«, keuchte sie unter seinem Würgegriff. »Du wirst ihn doch nicht ...«

»Nein«, meinte er selbstgefällig. »Obwohl es mir sicher eine Menge Freude bereiten würde, dieses Arschloch wie ein Schwein quieken zu hören. Aber ich bin sicher, der Leichenkünstler wird das in meinem Sinne erledigen.«

Valeries Herzschlag setzte einen Moment lang aus.

»Der Leichenkünstler?«

»So nennt ihr ihn doch in eurer Zeitung, nicht wahr? Selbst diese aufgeblasenen Zivilfahnder haben ihre beschissene SOKO danach benannt. Aber während die noch im Trüben fischen, habe ich den Kerl alleine aufgespürt. So kann ich meine Zeit ganz und gar dir widmen.«

»Du bist ja vollkommen verrückt«, keuchte sie.

Bechner festigte seinen Griff. »Nein, nur ziemlich entschlossen, wenn es um mein Eigentum geht. Und ich lasse mich von niemandem mehr verarschen, hörst du? Von niemandem!« Er ließ von ihr ab und erhob sich.

Valerie sah fassungslos zu ihm auf. »Warum bist du nur so? Was hat dich dazu gemacht?«

»Vielleicht hatte ich es irgendwann einfach satt, es immer allen recht machen zu müssen. Erst meinen Eltern, dann meinen Vorgesetzten und zuletzt auch noch meiner eigenen Frau. Nicht einmal meine Uniform hat daran etwas geändert. Selbst von kleinkriminellem Abschaum musste ich mich beschimpfen lassen. Irgendwann habe ich einfach kapiert, dass Respekt nicht das Resultat von Gutmütigkeit ist. Man muss ihn sich hart erkämpfen, notfalls mit aller Konsequenz. Es ist immer der Jäger, den die Meute fürchtet, nicht den Gejagten.«

»Du hast mir jahrelang etwas vorgespielt.«

»Ich habe nur versucht, der zu sein, den du in mir gesehen hast. Aber das hat dir ja irgendwann nicht mehr ausgereicht.«

»Das ist nicht wahr!«

»Ach nein?« Er deutet auf den Stuhl mit ihrer Kleidung. »Deswegen trägst du auch die Unterwäsche eines anderen Kerls, mit dem du dich seit Tagen in einem billigen Hotel amüsierst.«

»Das ist erst passiert, nachdem ich gemerkt habe, was du wirklich für ein Mensch bist«, rechtfertigte sie sich. »Ich war dir in all der Zeit niemals untreu. Das hast du dir in deinem Wahn nur eingeredet.«

»Tja, uns bleibt ja jetzt eine Menge Zeit, um das alles aufzuarbeiten, nicht wahr?«

»Bitte Andreas«, flehte sie. »Es ist noch nicht zu spät. Verständige deine Kollegen und beende das Ganze, dann kommst du noch einigermaßen ungeschoren aus der Sache heraus und kannst dir helfen lassen.«

»Mir helfen lassen?«, wiederholte er amüsiert. »Machen wir uns nichts vor, Valerie. Es geht dir doch nur darum, deine eigene Haut und die deines Freundes zu retten. Aber daraus wird nichts. Sobald ich die Bestätigung erhalten habe, dass er tot ist, werde ich mir den Leichenkünstler vorknöpfen. Leider neigt der Kerl dazu, Fehler zu machen, und ich kann es nicht riskieren, dass die Mordkommission ihn doch noch aufspürt und er alles ausplaudert.«

»Du bist es, der einen Fehler macht, Andreas«, redete Valerie weiter auf ihn ein. »Man wird nach mir suchen und dir Fragen stellen. Du wirst das hier nicht ewig verheimlichen können. Bitte sei vernünftig und lass mich gehen.«

Er lachte. Dabei strahlten seine Augen eine Kälte aus, die fast spürbar war. »Nein, mein Schatz, ich habe dich genau da, wo ich dich haben will. Niemand wird hier nach dir suchen, denn man wird annehmen, dass auch du ein Opfer des Leichenkünstlers geworden bist. Sie werden das gesamte Grundstück dieses Irren umgraben und nach deiner Leiche suchen, aber sie werden nichts finden. Irgendwann wird man aufgeben und den Fall zu den Akten legen, denn alle, die über dein Schicksal Auskunft geben könnten, sind dann tot. Nur ich bin noch da und spiele den trauernden Ehemann, der den Mörder seiner Frau gestellt hat, nachdem sie ihm eine letzte verzweifelte Nachricht mit dem entscheidenden Hinweis auf sein Handy gesendet hat. Die Medien werden mich zum tragischen Helden machen, und die gesamte Öffentlichkeit wird eine Zeitlang Anteil daran nehmen, bis sie sich wieder wichtigeren Dingen zuwenden. Und dann gehörst du mir alleine.« Er begann damit, langsam sein Hemd aufzuknöpfen. »Ich kann dich hier für alle Ewigkeit einschließen und mit dir tun, was ich will und wann ich es will. Totale Kontrolle!«

Valeries Lippen zitterten, während sie stumm beobachtete, wie er sich das Hemd abstreifte und sich im Schritt seiner Hose bereits seine Erregung abzeichnete. »Bitte nicht«, flehte sie ein letztes Mal mit bebender Stimme und zerrte an ihren Fesseln.

»Nur weiter so«, sagte er. »Ich mag es, wenn du dich wehrst.«

»Fick dich!«

»Nein, mein Schatz. Es gibt hier nur einen, den ich ficken werde.«

Als er kurz darauf schmerzhaft in sie eindrang, erstarb ihre Gegenwehr. Sie lag nur da und ließ es geschehen, blendete aus, wie er sich auf ihr keuchend und schwitzend seinem Höhepunkt näherte. Im Gegensatz zur Wut war die Demut ein Freund, mit dem man sich arrangieren konnte. Sie verhalf ihrem Verstand dazu, sich in eine Parallelwelt zu flüchten, in der das alles nicht geschah, in der es keine gewalttätigen Ehemänner und keine Mörder gab. Keine Angst. Keinen Schmerz. Keine Trauer. In dieser Welt stand Mark lächelnd neben ihr und reichte ihr die Hand, die sie mühelos ergriff, da es keine Fessel gab, die sie daran hinderte. Er zog sie nach oben, heraus aus ihrem Körper, der nun nicht mehr ihr gehörte, der nur noch der Gebrauchsgegenstand eines Monsters war. Sie spürte noch, wie dieses Monster in ihr kam, konnte sein ekstatisches Grunzen hören, während eine einsame Träne ihre Schläfe entlanglief und sich in ihrem Haar verirrte.

Dann war da nur noch Taubheit, die sie durchflutete.

# KAPITEL 29

## *Jäger und Gejagter*

Bechner hatte den frühen Nachmittag mit Einkaufen verbracht. Da sie nun wieder zu zweit waren, musste er seine Vorräte aufstocken. Außerdem benötigte eine Frau gewisse Dinge. Es war ihm zwar zuwider gewesen, Monatsbinden an der Kasse abzulegen, aber der Tag würde zwangsläufig kommen, an denen er sie brauchte. Auch hatte er mehrere Zahnbürsten und Kosmetikartikel besorgt. Er mochte es, wenn Frauen sich pflegten und auf sich achteten. Und Valerie würde bald eine Menge Zeit dafür haben, wenn sie erst für tot erklärt worden war. Allerdings hoffte er inständig, dass sie bald wieder aus dieser Starre erwachte, in die sie seit dem Morgen verfallen war. Er war ein Jäger und kein Aasfresser. Es hatte ihm deutlich mehr Befriedigung verschafft, als sie sich noch gewehrt hatte. Vielleicht würde ihr eine andere Umgebung dabei helfen, sich mit ihrem Schicksal abzufinden. Das Gästezimmer war auf Dauer nicht sicher genug. Er würde sie nicht ewig angebunden lassen können, musste für eine gewisse Eigenständigkeit sorgen, damit sie sich zumindest waschen und auf die Toilette gehen konnte. Das Zimmer neben dem Heizungskeller schien ihm da wesentlich geeigneter zu sein. Es war geräumiger und mit einer stabilen Stahltür versehen. Außerdem verfügte es über einen Wasseranschluss. Der Ausbau würde zwar einige Zeit beanspruchen, aber die Investition würde ihm deutlich mehr Freiheiten verschaffen. Immerhin hatte er noch einen Beruf auszuüben und konnte nicht ständig im Haus sein, um auf Valerie aufzupassen. Dort unten würde ihre Schreie niemand hören. Aber zuerst musste er Huberty loswerden, bevor ihn seine Kollegen schnappten. Er konnte es kaum erwarten, sich diesen

Spinner am heutigen Abend vorzuknöpfen.

An der Tür angekommen, stellte er den Korb mit den Einkäufen am Boden ab. Er bemerkte den Schatten nicht, der sich ihm seitlich aus Richtung der Garage näherte, während er in den Taschen nach dem Schlüssel suchte und die Haustür entriegelte. Kurz darauf sah er, wie etwas Rotes an den Rahmen der Tür und auf den Boden des Eingangs spritze. Er brauchte einige Sekunden, um zu realisieren, dass es sein eigenes Blut war, das in Sturzbächen aus seiner durchschnittenen Kehle strömte.

\*

Valerie lag noch immer reglos auf dem Bett. Seit Andreas das Haus verlassen hatte, atmete sie nur gleichmäßig und still dahin, starrte teilnahmslos an die Decke, von der sie sich einbildete, sie könnte sie durchdringen und durch das Dach hindurch in die Freiheit fliegen. Doch etwas hielt sie in dieser Hülle gefangen, verhinderte, dass sie sich endgültig löste und in ihre Traumwelt abglitt. Ihr Unterleib schmerzte. Zweimal hatte Andreas sich bereits an ihr vergangen und dabei keine ihrer Körperöffnungen ausgelassen. Doch der Schmerz war nur ein entferntes Signal ihres Körpers, eine weitere Fessel, die sie in der Realität festhielt. Innerlich befand sie sich in ihrer Traumwelt, wo all das nicht stattfand, wo es keine Schmerzen und Erniedrigungen gab. Nur Frieden. Doch nun veranlassten sie die Geräusche, die sie aus der unteren Etage wahrnahm, zur Rückkehr. Denn diese Geräusche klangen nicht vertraut. Sie hörte Poltern und das Schlagen von Schranktüren. Schubladen wurden auf- und zugeschoben, Dinge fielen zu Boden.

*Mark*, dachte sie voller Hoffnung. Er war dem Leichenkünstler entkommen, und nun war er hier, um sie zu befreien.

Wie zur Bestätigung vernahm sie Schritte auf der

Treppe zum Obergeschoss. Jemand näherte sich ihr, und plötzlich vernahm sie unter dem Türspalt einen Schatten. Sie wollte schreien, irgendwie auf sich aufmerksam machen, doch sie war viel zu aufgeregt. Die Hoffnung hatte sie geerdet, sie zurück in ihren Körper geholt, der sich trotz der Schmerzen wieder mit Leben füllte. Sie hörte, wie das Schloss entriegelt wurde. Ihr Herz war kurz vorm Explodieren.

Die Tür wurde geöffnet und ein Mann trat in das Zimmer. Er trug Latexhandschuhe, die bis über den Rand hinaus mit Blut beschmiert waren. In einer Hand hielt er eine rote Plastiktüte. Es war dieselbe, die aus Marks Tasche gestohlen worden war. Doch es war nicht Mark, der da vor ihr stand. Und obwohl dieser Mann kein Fremder für sie war, erlosch ihre Hoffnung auf der Stelle, als sie bemerkte, wie er sie musterte. Nackt und breitbeinig, wie sie vor ihm lag. Es war der Ausdruck des Jägers, der seine Beute vor sich sah. Sie kannte diesen Blick nur zu gut. Und als sie das blutige Messer in der anderen Hand des Mannes sah, wurde ihr endgültig bewusst, dass sie vom Regen in die Traufe gekommen war.

## KAPITEL 30

## Gegebenheiten

Dieses Mal war der Raum hell erleuchtet. Kaum hatte Mark die Augen geöffnet, kniff er sie geblendet zusammen. Wie lange war er ohne Bewusstsein gewesen? Ihm fehlte jegliches Zeitgefühl. Seinen Nacken- und Schulterschmerzen nach zu urteilen, mindestens ein paar Stunden. Als sich seine Augen an die Helligkeit gewöhnt hatten, erkundeten sie die Umgebung. Viel gab es nicht zu entdecken. Er lag auf einer Art Holzpritsche, die mit einer dünnen Matratze und einer Wolldecke ausgestattet war. Der Raum, in dem er sich befand, war schmal und länglich, etwa sechs mal vier Meter, wie er schätzte. Boden und Wände waren in einfachem Weiß gefliest. An einigen Stellen zeigten die Fugen bereits Risse. Über ihm, an der Decke, befand sich ein Zuluftschacht, wie bei einer Klimaanlage. Nur das dieser nicht verdeckt war. Er stieß über einer massiven Stahltür durch die vordere Wand, verlief gerade bis etwa zur Mitte hin, wo er sich krümmte und in einer Verjüngung endete. Rechts und links davon erstreckten sich fast armdicke Stahlrohre, die U-förmig verliefen und an Verankerungen in der Decke befestigt waren. Mark vermutete, dass daran einmal Fleischerhaken gehangen hatten. Er musste sich in einem ehemaligen Kühlraum befinden.

*artfood*, rief er sich den Schriftzug auf der Kappe des Mannes ins Gedächtnis. Es war nicht ungewöhnlich, dass derartige Cateringdienste einer Fleischerei angehörten, die damit ihr Angebot erweiterte. In diesem speziellen Fall umfasste der Service offensichtlich auch das Töten und Entführen von Menschen.

Die Trägheit, die Mark beim letzten Mal gelähmt hatte, war verschwunden. Ein weiteres Anzeichen dafür, dass er mehrere Stunden bewusstlos gewesen war. Ausreichend Zeit, in der sein Körper die Droge abgebaut hatte. Als er die Wolldecke beiseite schlug und sich aufsetzte, spürte er einen leichten Widerstand, der von einem metallischen Rasseln begleitet wurde. Unter dem Saum seines Hosenbeines entdeckte er eine Stahlschelle um den Knöchel seines linken Fußes. Daran war mit einem Vorhängeschloss das untere Glied einer Kette befestigt worden, die zu einem der Rohre an der Decke führte, wo sie an einer weiteren Schelle endete, was seinen Bewegungsradius auf einen bestimmten Bereich beschränkte. Langsam erhob er sich, wobei sein Kreislauf nur langsam auf Touren kam, und ging zu der chemischen Toilette, die in der gegenüberliegenden Ecke stand. Über ihm folgte die Schelle schleifend dem Verlauf des Stahlrohrs. Nachdem er seine übervolle Blase geleert hatte, konzentrierte er sich wieder auf seine Umgebung. Von seiner jetzigen Position aus gesehen, befand sich nach etwa zwei Dritteln des Raumes eine Markierung aus rotem Klebeband, die quer über den Boden reichte. Etwas unterhalb dieser Markierung, zu seiner Seite hin, stand ein einfacher Klapptisch. Darauf befanden sich neben einem Computerlaptop auch eine Flasche Mineralwasser und ein Teller mit Canapés und Pastetenröllchen, wie sie auch auf der Kunstausstellung angeboten worden waren. Mark war völlig ausgehungert, und beim Anblick des Essens lief ihm das Wasser im Munde zusammen. Er stand auf und bewegte sich auf den Tisch zu, bis die Schelle über ihm an eine der Deckenverankerungen stieß. Augenblicklich spannte sich die Stahlkette und stoppte Mark vor der Markierung, sodass er gerade eben die Kante des Tisches zu greifen bekam, wenn er sich streckte. Er zog ihn zurück bis an die Pritsche, wo er sich setzte und über das Essen herfiel. Dabei achtete er kaum auf die kunstvoll gefertigten Häppchen, deren Fleischfüllungen zum Teil mit dekoriertem Blätterteig ummantelt waren.

»Wie ich sehe, haben Sie sich bereits mit den Gegebenheiten vertraut gemacht«, ertönte eine kratzige Stimme in dem Raum.

Mark hielt inne und sah zu dem kleinen Lautsprecher in der rechten oberen Ecke. Auf der gegenüberliegenden Seite erstrahlte der rote Lichtpunkt einer Videokamera, an die ein Mikrophon gekoppelt war.

»Es freut mich, dass es Ihnen schmeckt. Ich habe das Essen für Sie mit viel Sorgfalt zubereitet. Schließlich sind Sie ein besonderer Gast.«

Es schmeckte in der Tat vorzüglich. Doch unter den gegebenen Umständen fiel es Mark schwer, diese Mahlzeit zu genießen. Sie diente allein dem Zweck, ihn zu stärken.

»Ketten Sie Ihre Gäste immer an wie Hunde?«

»Die Erfahrung in Breuers Haus hat mich gelehrt, dass mir eine fremde Umgebung weniger Kontrolle bietet«, ertönte es aus dem Lautsprecher. »Dieser Raum ist für meine Zwecke besser geeignet, denn er erlaubt Ihnen eine gewisse Beweglichkeit. An ein Bett gefesselt nutzen Sie mir nicht viel. Außerdem kann ich mich Ihnen auf diese Weise gefahrlos nähern.«

»Und weshalb unterhalten wir uns dann über ein Mikrophon?«

»Alles zu seiner Zeit«, erwiderte die Stimme. »Wie gefällt Ihnen übrigens der Nachtisch?«

Mark schlang den letzten Bissen herunter und sah auf das Desserttörtchen, das in der Form eines aufgeschlagenen Buches gestaltet war. Die kleinen Buchstaben, die mit Lebensmittelfarbe täuschend echt »aufgedruckt« waren, gaben ein Zitat des irisch-britischen Dramatikers Georg Bernard Shaw wieder: »Kritiker sind blutrünstige Leute, die es nicht bis zum Henker gebracht haben.«

Die Stimme lachte. »Ich dachte mir, es wäre in Ihrem Sinne und würde das Eis etwas brechen.«

Mark griff nach der Flasche und trank wie ein Verdurstender daraus. Wenn sich darin etwas befand, das seinen Verstand erneut ausschaltete, konnte es ihm nur recht sein.

»Was soll das alles?«, fragte er. »Wieso bin ich hier?«

»Das sagte ich Ihnen bereits. Ich bin ein großer Bewunderer Ihrer Kunst.«

»Warum schicken Sie mir dann nicht einfach eine E-Mail oder lassen sich Ihr Buch signieren?«

»Meine Bewunderung geht weit über diese profanen Dinge hinaus. Ich hatte schon immer ein reges Interesse an Kunst. Aber mehr noch als die Kunst selbst, fasziniert mich die kreative Energie, mit der sie entsteht. Und die Erforschung ihres Ursprungs. Daher würde mich in Ihrem Fall zunächst interessieren, was genau Sie zum Schreiben bewogen hat.«

Das konnte Mark nicht einmal mit Sicherheit beantworten. Schon als Kind hatte er sich Geschichten ausgedacht und war ständig in Tagträume verfallen, was sich besonders in seinen schulischen Leistungen niederschlug. Obwohl ihm seine Lehrer eine ausreichende Intelligenz bescheinigten, hatte er es nur bis zum Hauptschulabschluss gebracht. Die Gründe dafür sah man damals in Faulheit und Antriebslosigkeit. Er selbst war irgendwann einfach zu dem Schluss gekommen, dass ihn diese Art von nutzlosem Wissen nicht interessierte. Also entzog er sich zunehmend dieser für ihn surrealen Welt der Plusquamperfekte und mathematischen Gleichungen und suchte Zuflucht in einer anderen. Einer Welt, in der eins und eins zwei ergab, und in der Wörter Gefühle auslösten, indem sie sich zu einem harmonischen Klangbild fügten, und nicht zu einem nüchternen Gebilde aus Satzteilen. Es war die Welt der Bücher, in die er sich flüchtete und die ihm, trotz einiger Phasen der Abstinenz, immer wieder Einlass gewährte. Irgendwann hatte er sie einfach zu seiner eigenen Welt erklärt.

»Ich hatte wohl schon immer ein Talent dazu«, sagte er.

»Ich vermute, das ist Ihre Standardantwort auf diese Frage.«

»Wenn ich ehrlich bin, hat man mich das noch nicht oft gefragt.«

»Ich habe noch viele Fragen dieser Art an Sie. Ich möchte tiefer unter die Oberfläche dringen, Ihr Geheimnis ergründen.«

»Was für ein Geheimnis?«

»Das Geheimnis Ihrer schöpferischen Kraft. Ich will wissen, wie Sie auf Ihre Ideen kommen, wie Sie sie ausbauen und umsetzen. Ich will hautnah an diesem Prozess beteiligt sein.«

Mark schielte auf den Laptop vor sich. »Dann war das wohl auch der Grund, weshalb Sie Breuer und Ralf ausgewählt haben. Wollten Sie herausfinden, weshalb die beiden erfolgreicher waren als Sie? Warum sie an Ihrer Stelle an der Kunstschule angenommen wurden?«

»Ich wollte mir nur das Wissen holen, das mir verwehrt wurde, den Schlüssel zu deren schöpferischer Kraft. Ich will Ihren Geist aufnehmen, eins mit ihnen werden.«

Ganz offensichtlich hatte dieser Kerl zu viel seiner eigenen Drogen konsumiert. »Dann ist es also nur der Neid auf die Begabung anderer, der Sie zu Ihren Taten antreibt.«

Wieder setzte eine Pause ein, in der Mark befürchtete, mit dieser Bemerkung bereits zu weit gegangen zu sein.

»Neid ist ein sehr hässliches Wort«, erklang es monoton. »Es ist wahr, ich bewundere Sie für Ihre Gabe. Aber ich will Sie Ihnen nicht streitig machen oder gar durch den Schmutz ziehen, wie einige dieser selbstsüchtigen Leute im Internet. Ich würde es eher als eine ausgeprägte Form von Respekt bezeichnen. Es ist wie ein Lied, das einen bewegt und begeistert. Und je öfter man es hört, und sich in Text und Melodie hineindenkt, desto mehr wünscht man sich, dieses Lied selbst erschaffen zu haben. Man stellt sich vor, wie es wäre, dieser Künstler zu sein, auf einer Bühne zu stehen und dieses Lied vorzutragen, umgeben von tausenden von Menschen, die einem zujubeln. Es ist der Wunsch nach Anerkennung, nach Zuspruch, den wir alle in uns tragen. Leider gibt es immer wieder Menschen, die Anerkennung dadurch erreichen wollen, dass sie andere schlechtmachen. Ich stelle nur das Gleichgewicht wieder her.«

»Setzt sich dieses Gleichgewicht nicht eher aus der Unterschiedlichkeit von Meinungen zusammen?«, konterte Mark. »Wie eintönig wären gerade Kunst und Literatur, hätten wir alle dieselben Ansichten. Es wird nie ein Buch geben, das jeden überzeugt. Das hat nicht mal die Bibel geschafft.«

»Wenn Sie wirklich dieser Meinung sind, wie erklären Sie sich dann Ihre Auseinandersetzung mit David Kettner?«

»Es war wohl eher Ihre Droge, die mich dazu getrieben hat.«

»Finden Sie es nicht ein wenig einfach, es nur darauf zu reduzieren? Drogen implizieren keine Meinung, sie senken nur die Hemmschwelle. Was an diesem Abend geschehen ist, geschah aus Ihrer Überzeugung heraus.«

»Mag sein«, räumte Mark ein. »Auch mir steht eine eigene Meinung zu. Nur weil Ansichten unterschiedlich ausfallen können, muss ich mich noch lange nicht mit jeder abfinden.«

»Dann sind wir uns also doch ähnlicher, als Sie zugeben wollen.«

»Ganz sicher nicht!«

»Ach nein? So wie Sie mit Wörtern, versuche ich mit meinen Taten etwas auszudrücken. Ich verleihe dem Tod meine kreative Energie, mache ihn zum Aushängeschild meiner Kunstform.«

»Sie betrachten das Töten von Menschen also als Kunst.«

»Ist es das weniger, bloß weil ich es nicht auf fiktiver Ebene betreibe? Ich lasse meine Fantasien real werden und verschaffe mir dort Respekt, wo normalerweise keiner existiert. Eine völlig autarke Form künstlerischen Schaffens, die nebenbei sehr befreiend wirkt, weil sie jeglicher Kritik erhaben ist.«

»Die meisten Menschen dürften das etwas anders sehen.«

»Die meisten Menschen macht es eher neugierig«, konterte die Stimme. »Weshalb sonst kaufen die Leute plötzlich meine Bücher? Menschen hegen grundsätzlich eine Faszination für das Grausame. Gerade Sie sollten das wissen.«

*Seine Bücher?* Mark fiel auf, dass sich die Stimme aus dem Lautsprecher verändert hatte. Stimmlage und Betonung passten sich zunehmend seiner eigenen Aussprache an. Es war gespenstisch, aber fast hatte Mark den Eindruck, mit sich selbst zu sprechen. Oder besser, mit einer Kopie seiner selbst.

»Sie sehen also in mir einen Gleichgesinnten, weil Sie sich wünschen, ich wäre wie Sie. Das macht es einfacher, in meine Rolle zu schlüpfen, nicht wahr? Deshalb sind Sie auch in meine Wohnung eingedrungen und haben meine Sachen durchwühlt. Vermutlich haben Sie auch einige *meiner* Hemden anprobiert, um besser spüren zu können, wie es sich anfühlt, *ich* zu sein.«

»Ich versuche nur, mich in meine Charaktere hineinzuversetzen, genau wie Sie, wenn Sie schreiben.«

»Allerdings ist Ihnen das bei Ralf nicht gelungen, hab ich recht? Das war vermutlich auch der Grund, weshalb Sie sein Atelier verwüstet haben, aus Wut darüber, mal wieder versagt zu haben.«

»Ich habe nicht versagt!«, kreischte es aus dem Lautsprecher. »Ich ... ich habe nur versucht, das Beste aus den Umständen zu machen«, stammelte die Stimme, nun mit Bedacht. »Ich wollte die Atmosphäre in mich aufnehmen, in der diese wundervollen Bilder entstanden sind.«

*Er weiß es nicht*, schoss es Mark durch den Kopf. *Er weiß nicht, dass die Bilder nicht von Ralf stammen.*

»Das Zeichnen gehörte nie zu meinen Stärken, wissen

Sie?«, fuhr die Stimme fort. »Ich hatte gedacht, mit Clemens' Hilfe ... Doch es ist nicht so gelaufen, wie ich es mir erhofft habe. Ich hatte im Vorfeld einfach Pech.«

»Was ist passiert? Hat Ihnen David Kettner dazwischengefunkt? Haben Sie ihn deshalb getötet? Oder stand er auch auf Ihrer Liste?«

»Ich denke, es ist an der Zeit, Sie über gewisse Dinge aufzuklären. Denn so sehr ich diesen Umstand auch bedaure, aber ich habe David Kettner in dieser Nacht nicht ermordet.«

Die nächste Minute saß Mark nur schweigend auf der Pritsche und starrte auf das Törtchen mit dem Zitat. *Gleichgesinnter*, hallte es durch seinen Kopf. War das wirklich so? Konnte es sein, dass er sein Leben so weit aus den Augen verloren hatte? Dass all die negativen Dinge der letzten Jahre ihn so sehr hatten verbittern lassen? Er, ein Mörder? Ein Mann, der seine Gefühle nicht mehr kontrollieren konnte und der seinen Zorn auf andere übertrug?

Nein, das konnte er einfach nicht akzeptieren.

»Sie lügen!«, schrie er in Richtung des Lautsprechers.

»Ich wusste bis zu Ihrem Eintreffen in Clemens' Wohnung nicht einmal, dass Kettner tot ist«, schallte es sogleich zurück. »Sie können sich meine Überraschung vorstellen, als ich im Radio davon erfuhr, während ich Ihnen die Kehle zugedrückt habe.«

Marks Gedanken rotierten, riefen sich die Bilder und Szenen dieser unheilvollen Begegnung ins Gedächtnis. Erneut spürte er die Enge um seinen Hals, die ihn zu ersticken drohte, und den befreienden Moment, als der Griff sich löste.

»Das hat mich ziemlich irritiert«, fuhr die Stimme fort. »Leider war ich dadurch etwas unachtsam, was die Sache unnötig kompliziert gemacht hat. Aber durch Ihren Freund besaß ich immerhin einen Schlüssel zu Ihrer Wohnung. Das blutige Hemd und die Manuskriptseiten auf dem Schreibtisch haben mir letztendlich bestätigt, was ich in diesem Augenblick realisiert habe. Dass da noch jemand existiert, der so ist wie ich. Ein Künstler, dessen Kunst nicht wahrgenommen wird und dessen Wut darüber ihn zur Verzweiflung getrieben hat. Ich musste einfach mehr über Sie erfahren und fing sofort an, zu recherchieren. Im Internet stieß ich sehr schnell auf das Video. Sie können sich nicht vorstellen, wie sehr ich Sie für Ihre Worte bewundert habe. Sie sprachen mir genauso aus der Seele wie die Worte in ihrem Buch. Mittlerweile betrachte ich es als Schicksal, dass wir uns begegnet sind, denn all diese Ereignisse haben uns letztendlich hier zusammengeführt.«

Mark saß nur da, und starrte ausdruckslos vor sich hin. Er hatte das Gefühl, als hätte jemand in seinen Kopf gegriffen und die graue Masse seiner Gehirnhälften auseinandergerissen. »Was ist in dieser Nacht passiert?«, fragte er.

»Sie wollen Gewissheit? Absolution? Die kann ich Ihnen nicht geben. Mein Ziel war an diesem Abend einzig und allein Ralf Clemens. Als er an die Bar kam und uns mitteilte, wir sollen die Flasche Scotch ausschließlich für ihn reservieren, da erschien mir das eine gute Gelegenheit, um ihn vom Rest der Meute zu isolieren. Durch Ihre tatkräftige Mithilfe ist das ja auch hervorragend gelungen.« Ein leises Lachen erklang. »Ehrlich gesagt wundert es mich, dass Sie Kettner nicht auf der Stelle umgebracht haben, nach der Dosis, die Sie intus hatten.«

»Was ist das für ein Zeug, das Sie uns eingeflößt haben?«

»Im Internet hat es viele Bezeichnungen. Eine Mischung aus Amphetaminen und synthetischen Zusatzstoffen. Man kann es völlig legal bestellen.«

Mark hatte darüber gelesen. Eine neue Designerdroge, die durch ihre ständig wechselnde Zusammensetzung nicht auf der Liste der verbotenen Substanzen auftauchte. Dementsprechend konnte die Wirkung sehr unterschiedlich ausfallen. Von motorischen Ausfällen über Euphorie und Paranoia bis zu Orientierungslosigkeit und Koma reichte die Bandbreite. In Extremfällen weckte die Droge Urinstinkte im Gehirn und ließ ihre Konsumenten zu wilden Tieren werden. Aus diesem Grund wurde sie auch als »Kannibalen-Droge« bezeichnet.

»Wie ging es anschließend weiter?«, fragte Mark.

»Wenn man die Leute den ganzen Abend bewirtet, bekommt man zwangsläufig Einiges von ihren Gesprächen mit. Daher wusste ich von Ihren weiteren Plänen an diesem Abend. Nachdem wir unsere Zelte in der Galerie abgebrochen hatten, habe ich meine beiden Mitarbeiter nach Hause geschickt und bin zum Leonardo gefahren. Ich habe etwa eine Stunde in meinem Lieferwagen gewartet, bis Sie mit Clemens das Lokal verließen. Ihr Freund war sehr aufgebracht und hat Sie wüst beschimpft. Er hat Ihnen telefonisch ein Taxi bestellt, ihnen Geld zugesteckt und ist weiter in die Innenstadt gezogen.«

Marks Blick senkte sich. Daher stammten also die zwanzig Euro, die er am nächsten Morgen in seiner Brieftasche gefunden hatte. Er war demnach nicht in dieses Taxi gestiegen.

»Ich bin Clemens bis in eine Bar gefolgt, wo ich ihn angesprochen habe. Er hat mich sofort wiedererkannt und auf einen Drink eingeladen. Wir kamen ein wenig ins Gespräch, und natürlich lenkte ich das Thema auf seine Bilder. Aber aus irgendeinem Grund schien ihm das nicht zu behagen. Stattdessen erzählte er mir, was im Leonardo passiert war und machte sich Vorwürfe, weil er sie alleine gelassen hatte. Dann faselte er etwas von einem Zweitschlüssel und dass er nach Ihnen sehen müsse. Er war völlig überdreht und hatte Schweißausbrüche, war kaum zu beruhigen. Mir war klar, dass es Nebenwirkungen der Droge waren, auf die er extrem reagierte. Auf dem Weg zu meinem Wagen ist er dann zusammengeklappt.«

»Wie praktisch«, meinte Mark bissig. »Das ersparte Ihnen die Mühe, ihn bewusstlos zu schlagen und mit weiteren Drogen vollzustopfen.«

»Es lag keineswegs in meiner Absicht, ihm damit Schaden zuzufügen.«

»Dann sollten Sie sich vorher besser darüber informieren, was dieses Zeug anrichten kann.«

Eine weitere Pause setzte ein. »Meine Studien diesbezüglich waren sehr intensiv«, erklang es aus dem Lautsprecher. »Diese Substanzen spiegeln Himmel und Hölle gleichermaßen wieder, und ich bin immer wieder erstaunt, was für unterschiedliche Reaktionen sie auslösen können. Das hat etwas mit der Empfänglichkeit von Rezeptoren im Gehirn zu tun. Aber ich will Sie nicht zu sehr mit Details langweilen. Die Medikamente, die man mir jahrelang verabreicht hat, haben mich mental gelähmt und antriebslos gemacht, mir jegliche Kreativität genommen. Ich wurde zu einem willenlosen Werkzeug meines Vaters, der unbedingt wollte, dass ich in seinem Betrieb arbeite. Aber ich wollte immer ein Künstler sein. Haben Sie eine Vorstellung davon, wie frustrierend es ist, wenn man seiner Bestimmung nicht folgen kann?«

Mark musste zwangsläufig an die Zeit zurückdenken, als er sein Geld unter anderem als Verkäufer und Produktionshelfer verdient hatte. Tätigkeiten, die er als Zeitverschwendung empfand, da sie ihn daran hinderten, das zu tun, was er eigentlich tun wollte. Das hatte ihn auf Dauer so zermürbt, dass er an den meisten Abenden zu erschöpft gewesen war, um noch einen klaren Gedanken zu fassen.

»Ja, das kann ich mir sehr gut vorstellen«, sagte er.

»Dann wissen Sie ja auch, welche Wut das in einem erzeugen kann. Allerdings erschloss sich mir aufgrund dieser Erfahrung eine entscheidende These: Wenn es Mittel gibt, die einem die Kreativität nehmen, müssen im Umkehrschluss auch welche existieren, mit deren Hilfe man sein Potential erweitern kann. Eine chemische Muse, wenn Sie so wollen, die jederzeit zur Verfügung steht.«

»Diesem Trugschluss sind schon einige Künstler zum Opfer gefallen«, erwiderte Mark.

»In meinem Fall hat es mir geholfen, mich zu befreien und mein wahres Selbst zu finden.«

»Das eines Mörders?«

»Das eines Mannes, der sich von niemandem mehr vorschreiben lässt, was richtig und was falsch ist! Als mein Vater durch einen Schlaganfall ins Pflegeheim kam, war das für mich der Auslöser. Endlich war da niemand mehr, der mich kontrollierte und mich zwang, die falschen Pillen zu schlucken. Ich habe den Betrieb übernommen, ganz wie mein Vater es gewollt hatte. Allerdings habe ich ihn um eine entscheidende Dienstleistung erweitert, mit deren Hilfe ich in die Kreise vordringen konnte, die mich jahrelang zurückgewiesen haben. Heute ist mein Service der meistgebuchte in der Kölner Kunstszene. Ob Konzert, Vernissage oder Lesung, ich passe meine Kreationen der jeweiligen Veranstaltung an. Essen als Ausdruck von Kunst.«

»Aber damit konnten Sie sich nicht zufriedengeben, nicht wahr?«

»Wie sagt man so schön? Als Künstler braucht man ein zweites Standbein. Ich will haben, wessen man mich all die Jahre beraubt hat, will wissen, was all die anderen wissen. Das, was man sie während ihrer Ausbildung gelehrt hat und das mir verwehrt blieb.«

»Und was wollen Sie dann von mir? Ich bin weder erfolgreich, noch hatte ich je eine künstlerische Ausbildung.«

»Ich habe bereits dafür gesorgt, dass die Leute Ihre Werke wahrnehmen«, sagte die Stimme frenetisch. »Für den Rest wird Ihre außerordentliche Begabung sorgen, die ein Beweis dafür ist, dass man kein Diplom braucht, um sich dessen zu erschließen.«

»Nein, aber man braucht Talent, und das kann man sich nicht einfach aneignen.«

»In manchen Kulturen sieht man das etwas anders. Die

Begabung eines Menschen ist essentiell in seinem Wesen verankert. Glauben Sie an Wiedergeburt?«

»Nein.«

»Dann glauben Sie auch nicht an eine Seele und an deren Übertragbarkeit«, sagte die Stimme. »Ich habe mich sehr intensiv mit diesen Themen beschäftigt und bin zu erstaunlichen Erkenntnissen gekommen. Wussten Sie, dass die Eingeborenen am Amazonas die Asche ihrer Vorfahren trinken, um deren Geist in sich aufzunehmen? Auch von einigen Indianerstämmen weiß man, dass sie die Herzen ihrer Gegner gegessen haben, um sich deren Kräfte anzueignen. Ich fand diese Vorstellung immer faszinierend, zumal sich mir hier die Möglichkeit bietet, diese Methode kulinarisch zu verfeinern.«

Ein unheilvoller Druck baute sich in Marks Innereien auf. »Was haben Sie mit Ralf Clemens gemacht?«

»Es tut mir leid, aber im Gegensatz zu Ihnen ist er leider nicht mehr aus seinem Rausch erwacht.«

Mark befiel eine Leere, die ihn zu verschlingen drohte. Der Raum schien sich plötzlich zu drehen.

»Ich kann nur vermuten, dass die Mischung aus Alkohol und der Droge eine Schockreaktion hervorgerufen hat. Sein Herz ist einfach stehengeblieben. Eine bedauerliche Entwicklung, die es mir leider unmöglich gemacht hat, mich eingehender mit ihm zu beschäftigen. Aber immerhin können dank meiner Kunst sein Geist und seine kreative Energie in uns weiterleben.«

Entsetzt betrachtete Mark den leeren Teller vor sich. Sein Magen zog sich so schlagartig zusammen, dass es ihm fast die Eingeweide zerriss. Er warf sich vor die chemische Toilette und erbrach die Reste des Essens.

»Offenbar ist Ihnen das kein Trost«, erklang es hinter ihm enttäuscht aus dem Lautsprecher. »So wie die meisten Leute, sind Sie für Okkultes offenbar nicht zugänglich. Diese Tatsache zwingt mich leider dazu, im Verborgenen zu agieren und den anspruchsvollsten Teil meiner Arbeit geheim zu halten. Es hätte sicher ähnliche Reaktionen hervorgerufen, hätte ich den Gästen der Vernissage mitgeteilt, dass der Hauptbestandteil meiner kulinarischen Schöpfungen aus den sterblichen Überresten des verblichenen Sebastian Breuer bestanden hat. Dennoch habe ich die Vorstellung genossen, dass diese einfältigen Idioten die spirituelle Energie von Kunst nicht nur in ihren Köpfen wahrgenommen haben.«

»Geisteskranker Bastard«, keuchte Mark, dessen Magen noch immer von Krämpfen geschüttelt wurde.

»Aufgrund Ihres Verlustes will ich Ihnen diese verbale Entgleisung durchgehen lassen. Dennoch sollten Sie sich nicht zu lange damit aufhalten. Es wartet noch eine Menge Arbeit auf uns, und ich möchte keine Zeit verschwenden.«

Mark stand auf und wischte sich den Mund ab. »Sie können mich mal. Ich werde einen Scheiß für Sie tun.«

»Das sehe ich anders, denn Sie sind mir noch etwas schuldig. Klappen Sie den Computer auf.«

Widerwillig ging Mark an den Tisch und öffnete den Laptop. Das schwarzweiße Bild einer Kamera baute sich auf dem Bildschirm auf. Es zeigte einen Raum, der etwas schmaler war als der, in dem er sich befand. Soweit er erkennen konnte, waren Boden und Wände aus blankem rissigem Beton. An der linken Seite stand eine weitere Pritsche. Darauf lag zusammengekauert eine Frau. Sie trug Jeans und eine helle Bluse. Ihre Augen waren geöffnet und starrten apathisch die Wand an. Lediglich ihr Brustkorb bewegte sich im Takt ihres Atems.

»Valerie!« Sein Herz schien einen Moment auszusetzen. »Was ist mit ihr?«

»Ich habe sie bereits in diesem Zustand vorgefunden«, sagte die Stimme. »Ihr Mann hatte sie in sein Haus verschleppt und dort gefangen gehalten. Dank mir hatte er sie zwar nicht lange in seiner Gewalt, aber ich muss Ihnen sicher nicht sagen, was er mit ihr angestellt hat. Sie dürften über genügend Fantasie verfügen, um sich das selbst auszumalen. Allerdings kann ich Ihnen versichern, dass Andreas Bechner keine Gefahr mehr darstellt. Damit habe ich meinen Teil der Abmachung erfüllt. Ich hoffe, Sie halten sich an Ihren, sonst wäre ich gezwungen, die Misshandlungen an ihr fortzusetzen.«

Mark schloss die Augen, und seine Hand ballte sich unter dem Klapptisch zur Faust. »Was verlangen Sie von mir?«

»Auf dem Rechner befindet sich eine Textdatei. Dabei handelt es sich um ein von mir verfasstes Manuskript. Lesen Sie es, und sagen Sie mir Ihre Meinung darüber. Wenn nötig verbessern Sie es. Ich will von Ihnen lernen, will sehen, wie Sie arbeiten.«

»Sie werden zugeben müssen, dass das unter diesen Bedingungen nicht ganz einfach ist.«

»Das Wohlergehen Ihrer Freundin wird Ansporn genug für Sie sein. Ich habe noch etwas Wichtiges zu erledigen und werde für einige Stunden weg sein. Die Angelegenheit lässt sich leider nicht aufschieben. Sie haben also genügend Zeit, um sich ein Bild zu machen. Ich bin schon sehr gespannt auf Ihre Aussage. Ach ja«, ergänzte die Stimme, »zu Ihrer Information: Das Licht in der Kammer ist timergesteuert, also erschrecken Sie nicht, sollte es irgendwann herunterfahren. Der Rechner ist nur an mein internes Netzwerk gekoppelt. Es besteht kein Kontakt nach draußen. Außerdem kann ich über ein Programm jede Ihrer Handlungen an dem Computer überwachen. Wie gesagt, ich will von Ihnen lernen.«

Kurz darauf brach das Rauschen des Lautsprechers ab.

Die nächsten Stunden verbrachte Mark damit, an die Wand gekauert auf der Pritsche zu hocken und seinen Gedanken nachzugehen. Sein bester Freund war tot, und die Frau, die er liebte, befand sich in der Gewalt eines geisteskranken Kannibalen, auf dessen Rezeptplan er vermutlich bereits selbst vermerkt war. Hinzu kam die schwerwiegende Tatsache, dass er womöglich einen Menschen getötet hatte. Wie sollte es ihm da möglich sein, sich auf etwas so Belangloses wie einen Text zu konzentrieren?

*Die Verschwörung*, lautete der Titel des Manuskriptes. Darunter stand: »Autor: Jens Huberty«. Somit hatte die Stimme einen Namen, obwohl Mark das kaum einen Vorteil brachte. Aber es war allemal besser, als ihn Leichenkünstler zu nennen, worauf dieser kranke Spinner sicher noch stolz war.

Ständig schweiften Marks Gedanken zu Valerie, und er klickte das Kamerabild in den Vordergrund, um zu sehen, wie sie atmete. Mittlerweile hatte sie die Augen geschlossen. Mark glaubte, ein leichtes Zucken darin erkannt zu haben, als er vorhin ihren Namen gerufen hatte. Doch vermutlich war das nur Einbildung gewesen. Zu entrückt war sie ihm vorgekommen, als hätte Andreas Bechner ihr jeglichen Lebenswillen genommen. Mark konnte nur hoffen, dass dieser Bastard dafür in der Hölle schmorte.

Akribisch suchten seine Augen das Monitorbild nach Valeries Blazer ab. Doch der war nirgends in dem Raum zu sehen. Verzweifelt fuhr Mark sich über die Stirn. Das alles war seine Schuld! Er hätte die Polizei verständigen müssen, hätte Valerie nie alleine zurücklassen dürfen. Wie konnte er nur so nachlässig sein? Und so verdammt selbstsüchtig! Wären sie ohne Umschweife zum Präsidium gefahren, wäre das alles nicht passiert. Wenn er die Zeit doch nur zurückdrehen, seinen Fehler wiedergutmachen könnte.

Hätte, wäre, wenn.

Er durfte jetzt nicht in Trübsal verfallen. Vermutlich hatte der Professor bereits die Polizei verständigt, die nach ihnen suchte. Solange würde er gezwungen sein, zu tun, was dieser Kerl verlangte. Eine andere Option hatte er nicht mehr.

Immer wieder suchte er den Raum ab, in der vagen Hoffnung, auf einen Hinweis zu stoßen, der ihm einen Ausweg offenbarte. Doch es war aussichtslos. Selbst wenn es ihm gelingen sollte, an diesen Kerl heranzukommen, wäre er immer noch angekettet und könnte weder Valerie erreichen noch irgendwen auf sich aufmerksam machen. Er blickte zu der Kamera auf, deren rotes Aufnahmelämpchen permanent aktiviert blieb und somit jede seiner Bewegungen festhielt. Immerhin verschaffte ihm die digitale Uhr des Computers wieder ein Zeitgefühl, auch wenn er nicht sicher sein konnte, dass sie richtig eingestellt war. Irgendwann dimmten die Lampen herunter. Ihr schwaches Restlicht reichte vermutlich für die Kamera aus, um ihn weiter zu beobachten.

Mark ließ sich erschöpft auf die Holzliege sinken. Dabei vernahm er ein Knirschen unter sich. Es war zu dunkel, um zu erkennen, was dieses Geräusch ausgelöst hatte. Mark zog sich die Decke über und führte seine Hand darunter langsam durch den schmalen Spalt zwischen Wand und Matratze hindurch auf den Boden. Dort tastete er die Stelle ab, von der das Geräusch gekommen war. Unter dem hinteren Holzfuß der Liege hatte sich eine der Fliesen gelöst und war zerbrochen. Seine Finger ergriffen die spitz zulaufende Scherbe und umschlossen sie wie den Griff eines Messers. Es fühlte sich gut an. Mächtig und zugleich beruhigend. Dieses Stück alte Keramik vermittelte ihm den Eindruck, nicht völlig ausgeliefert zu sein. Er atmete durch und legte die Scherbe zurück. Sie war nun sein Geheimnis, sein Joker. Und er allein würde entscheiden, wann und auf welche Weise er ihn ausspielte.

Mark schloss die Augen, und bevor er wegdämmerte, fragte er sich, was dieser Verrückte wohl als Nächstes vorhatte.

# KAPITEL 31

## Thrillerbabe

Es war bereits nach zwanzig Uhr, als das Telefon in Melanie Burkhards Wohnung klingelte. Sie hatte gerade geduscht und dabei vergebens versucht, den Druck und die Anspannung des Alltags herunterzuwaschen. Die kurzen rötlichen Haare, die ihr mit ihren 26 Jahren eine gewisse Strenge verliehen, glänzten noch feucht, als sie im Bademantel vor ihrem Computer saß. Das schrille Läuten des Telefons riss sie aus ihren Gedanken, die sie ohnehin nur schwer geordnet bekam. Konnte man sie nicht endlich in Ruhe lassen? Ihr Tag war schon stressig genug gewesen. Sie hatte eine lange Unterredung mit ihrem Vorgesetzten im Call-Center gehabt. Ihre Abschlusszahlen waren in letzter Zeit rückläufig geworden, und er hatte ihr nachlassendes Engagement vorgeworfen. Sie hatte sich zusammenreißen müssen, um nicht laut loszuschreien. Wenn sie eines nicht ausstehen konnte, dann war das Kritik an ihrer Einstellung. Sie hatte momentan einfach eine Pechsträhne. Ihr deswegen gleich mangelnde Kompetenz vorzuwerfen, grenzte an autoritärer Arroganz. Umso verbissener arbeitete sie an ihrem Text. Er würde ihr endlich den erhofften Durchbruch verschaffen, da war sie sich sicher. Dann wäre sie nicht mehr auf diesen miesen Job angewiesen, der ohnehin nur eine Notlösung für sie war. Früher hatte sie als Verkäuferin in einem großen Warenhaus in der Innenstadt von Münster gearbeitet. Dort hatte sie oft dabei geholfen, die Schaufenster zu dekorieren, wobei sie zunehmend eigene Ideen einbrachte. Da sie mit einer gehörigen Portion an Vorstellungskraft ausgestattet war, bewies sie sehr schnell Talent, was derartige gestalterische Tätigkeiten betraf, wodurch sie ein fester Bestandteil der Dekorationsabteilung wurde. Bis das Warenhaus vor zwei Jahren Konkurs anmelden musste und sie auf der Straße stand. Die zunehmende Verlagerung des Handels auf Onlineplattformen und die Tatsache, dass sie keinerlei künstlerische Ausbildung besaß, machten es ihr schwer, eine vergleichbare Anstellung zu finden. In den Monaten ihrer Arbeitslosigkeit entfachte sie daher ihre Leidenschaft für Bücher neu und las fast pausenlos. Sie eröffnete ein Blog im Internet und teilte anderen ihre Meinung mit. Und schon bald begann sie anstelle von Schaufenstern eigene Texte und Geschichten zu gestalten, die sie im Netz veröffentlichte. Eine Tätigkeit, in der sie zunehmend aufging, die ihr aber, außer einem lukrativen Nebenverdienst, vorerst nicht mehr Zukunftsperspektiven bot. So musste sie notgedrungen den Job im Call-Center annehmen, den ihr die Arbeitsagentur vermittelt hatte. Das beschränkte das Schreiben und die Arbeit am Blog auf maximal drei Stunden am Tag. Zeit, die sie keinesfalls verschwenden wollte. Das setzte allerdings voraus, dass man sie nicht störte.

Der Anrufer schien hartnäckig zu sein. Sie verfluchte sich dafür, das Telefon nicht stummgeschaltet zu haben und tat ihr Bestes, den Klingelton zu ignorieren. Doch nach dem zehnten Läuten gab sie sich schließlich geschlagen und griff entnervt nach dem Mobilteil.

»Ja«, meldete sie sich frostig.

»Spreche ich mit Frau Burkhard?«, fragte eine männliche Stimme.

»Ja. Und wer bitteschön sind Sie?«

»Mein Name ist Henning, Kripo Münster.«

Sie hielt einen Moment die Luft an. »Polizei?«, fragte sie irritiert. »Worum geht es?«

»Sie betreiben unter dem Namen Thrillerbabe eine Seite im Internet, über die Sie auch Buchkritiken veröffentlichen, ist das richtig?«

»Ja«, antwortete sie unsicher.

»Haben meine Kollegen Sie diesbezüglich kontaktiert?«

»Kollegen? Nein ...«

»Dann wird Ihre Wohnung nicht überwacht?«

»Meine Wohnung? Wieso sollte ...?«

»Bitte entschuldigen Sie meine Fragen«, unterbrach sie der Anrufer, »aber mir liegen noch nicht alle Protokolle der Dienststellen vor. Offensichtlich ein interner Fehler. Man hat Sie also noch nicht informiert?«

Langsam riss ihr der Geduldfaden. »Worüber hat man mich noch nicht informiert?«, fragte sie zornig.

»Beruhigen Sie sich, Frau Burkhard. Ich entschuldige mich dafür, Ihnen das auf diesem Wege mitteilen zu müssen, aber ich muss Sie darüber aufklären, dass Ihr Leben möglicherweise in Gefahr ist.«

»Wie bitte?« Ihre Stimme drohte zu versagen, und sie räusperte sich. »Aber ... wie kommen Sie darauf?«

»Ich möchte am Telefon keine Einzelheiten nennen, aber sagt Ihnen der Begriff *Leichenkünstler* etwas?«

Melanie Burkhard schluckte. Sie hatte darüber gelesen. Die Medien waren momentan voll davon. »Sie ... Sie meinen, dieser Kerl hat es als Nächstes auf mich abgesehen?« Aus ihrer Stimme war nun jegliche Selbstsicherheit gewichen.

»Wir sind uns dessen ziemlich sicher.«

»Aber wieso?«

»Offensichtlich ist er kein Freund Ihrer Kritik.«

Das klang beinahe arrogant. »Und was bitteschön soll ich jetzt tun?«

»Haben Sie die Möglichkeit, woanders unterzukommen?«

Die Vertrautheit ihrer Wohnung war momentan das einzig Konstante in ihrem Leben. Diese Wände waren für sie eine Zuflucht vor der Welt da draußen, und es kam nicht infrage, dass sie diesen Ort aufgab, nur weil sich irgendein Spinner nicht mit ihrer Ansicht zufriedengab. Wenn man nicht einmal mehr im Internet seine Meinung kundtun konnte, wo dann noch? Außerdem würde sie dieser Rückzug nur unnötig Zeit kosten, die sie lieber in ihre Geschichte investierte. Da sie vermutlich ohnehin bald ihren Job verlor, konnte sie sich keine weitere Verzögerung leisten, wenn sie sich nicht wieder in die soziale Zwangsjacke pressen lassen wollte. Obendrein war die Aussicht, wieder bei ihrer Mutter zu wohnen, auch wenn es nur vorübergehend war, alles andere als reizvoll für sie. »Gibt es keine andere Möglichkeit?«

»Wir könnten natürlich einen Wagen an der Straße postieren, aber da sich Ihre Wohnung in einem Mehrparteienhaus befindet, würde das wenig zu Ihrer Sicherheit beitragen. Ansonsten bliebe noch die Möglichkeit, Sie in Schutzgewahrsam zu nehmen.«

Sie überlegte einen Moment, kam dann aber zu dem Schluss, ihre Mutter einer Zelle vorzuziehen, obwohl sie sich bei ihr nicht weniger gefangen fühlte. »Na schön«, seufzte sie. »Was soll ich tun?«

»Nehmen Sie zu niemandem Kontakt auf, und packen Sie ein paar Sachen.«

»Was ist mit meiner Arbeit? Mein Chef ist ohnehin nicht gut auf mich zu sprechen.«

»Darum werden wir uns kümmern. Ich versichere Ihnen, Sie haben keinerlei Konsequenzen zu befürchten.«

In Anbetracht der Tatsache, dass ihr Chef ein Arschloch war, dürfte sich dieses Versprechen nicht bewahrheiten. Aber was blieb ihr anderes übrig. Arbeitslosigkeit war immer noch besser, als tot zu sein.

»Ich werde gleich einen Kollegen zu Ihnen schicken. Der wird Sie abholen und ihnen alles weitere erklären.«

Etwa eine Viertelstunde später klingelte es an der Tür. Als Melanie Burkhard öffnete, stand ihr ein Mann gegenüber, der ihr nur unwesentlich älter als sie selbst erschien. Er hatte kurzgeschnittene, dunkelblonde Haare und einen unnachgiebigen Gesichtsausdruck. Die Jeansjacke, die er trug, vermochte sein Oberkörper nicht auszufüllen und war an den Ärmeln bis zu den Handgelenken umgeschlagen. Fast hatte es den Anschein, als wolle er damit größer und kräftiger wirken, als er tatsächlich war.

»Melanie Burkhard?«, fragte er höflich aber direkt. »Mein Name ist Andreas Bechner, Kripo Münster.« Er hielt ihr flüchtig einen Dienstausweis entgegen.

Hätte sie das Lichtbild unter den Fingerkuppen gesehen, wäre ihr die Unähnlichkeit sofort aufgefallen. So hatte sie keinen Grund, an dem Mann zu zweifeln, dessen schmale Lippen ein Lächeln andeuteten. »Ich bin hier, um Sie an Ihren neuen Bestimmungsort zu bringen.«

## KAPITEL 32

### Stimmen

Valerie hatte ihre Rolle tapfer durchgehalten. Sie hatte sich nicht zur Wehr gesetzt, als der Mann sie von ihren Fesseln befreit und angezogen hatte. Auch nicht, als er sie grob gepackt und in einen Lieferwagen verfrachtet hatte. Sie hätte ohnehin nicht die geringste Chance gehabt. Zu sehr war sie geschwächt. Doch sie blieb in der Realität verankert, begleitet von der vagen Hoffnung, dass dieser Albtraum doch ein Ende haben könnte und dieser Mann sie in ein Krankenhaus brachte. Erst als sie hier angekommen war, und die Ausweglosigkeit ihres neuen Gefängnisses realisiert hatte, war sie kurz der Versuchung erlegen, sich erneut ihrem Schicksal zu fügen und wieder in ihre Parallelwelt zu flüchten.

Bis sie die Stimmen hörte.

Sie waren gedämpft, aber sie entsprangen nicht ihrer Einbildung. Und sie kamen von nebenan. Ihr Puls pochte vor Aufregung in ihren Wangen, als sie das Vertraute in einer dieser Stimmen wiedererkannte.

Mark!

Er war am Leben! Und offenbar unverletzt!

Sie hätte nicht sagen können, wie lange sie die Wand angestarrt und den Stimmen gelauscht hatte. Vieles davon konnte sie verstehen, vor allem, wenn diese blecherne Stimme sprach, die leicht nachhallte. Dann waren die Stimmen plötzlich verstummt und sie war irgendwann eingeschlafen, in der Gewissheit, nicht alleine zu sein.

Nun waren es Geräusche, die sie weckten. Etwas rollte über den Betonboden vor der Stahltür. Kurz darauf hörte sie, wie nebenan eine Tür entriegelt wurde. Dann setzten die Stimmen wieder ein.

## *KAPITEL 33*

### *Die Fratze des Kritikers*

Mark schlief so fest, dass er nicht bemerkte, wie das Licht anging. Er hing fest in einem Traum, der zum ersten Mal seit Monaten nicht Jenny zum Thema hatte. Es war Valeries Gesicht, das er vor sich sah. Und es war starr und apathisch. Er konnte die Angst in ihren Augen sehen, begleitet von der Gewissheit, dass sie sterben würde.

Er schreckte auf, als er ein Geräusch hörte, und ließ dieses Bild in den Tiefen seines Unterbewusstseins zurück.

»Ich weiß, es ist schon spät«, sagte Hubertys Stimme,

die dieses Mal nicht durch einen Lautsprecher erklang, »und ich störe wirklich nur ungern Ihre Nachtruhe, aber es ist Zeit für ein bisschen Kreativarbeit.«

Benommen setzte Mark sich auf und traute zunächst seinen verschlafenen Augen nicht. Huberty stand mittig an der Markierung und war exakt wie er gekleidet. Blaues Hemd, Jeans, Sneaker. Auf seinem Kopf trug er Marks blaues Basecap. Der Kerl schien wirklich in seiner Rolle aufzugehen. Sogar seine Armbanduhr prangte am Handgelenk dieses Irren. Neben ihm erkannte Mark eine junge Frau, er schätzte sie auf Mitte zwanzig. Sie war auf einen Bürostuhl gefesselt. Ihre Augen und Wangen glänzten feucht. Sie schluchzte und zitterte vor Angst.

»Wie weit sind Sie mit dem Manuskript gekommen?«

Mark räusperte sich. »Nicht sehr weit«, erwiderte er mit belegter Stimme.

Huberty grinste. »Sie sollten weniger Zeit damit verschwenden, Ihre Freundin zu betrachten. Aber ich dachte mir schon, dass Sie einen kleinen Ansporn brauchen. Bei Breuer hat das auch Wunder bewirkt. Man könnte durchaus sagen, er hat mich dadurch in gestalterische Grundsätze eingeweiht.« Er lachte gedrungen. »Leider hat er anschließend zu fliehen versucht, und so war ich gezwungen, ihn zu töten, bevor er mich gänzlich über sein Geheimnis aufklären konnte.«

Mark sah voller Beklemmung zu der Frau. »Wer ist das?«

»Ein Mensch mit vielen Gesichtern«, sagte Huberty. »Ihr bürgerlicher Name ist Melanie Burkhard. Ihnen dürfte sie jedoch eher als Thrillerbabe ein Begriff sein. Unter diesem Decknamen bewertet sie im Internet Bücher. Wie ich nun von ihr erfahren habe, veröffentlicht dieses fleißige Exemplar durchtriebener Verlogenheit dort auch unter dem Pseudonym J.C. Klein Kriminalromane. Den Beiträgen in Ihrem Blog konnte ich entnehmen, dass sie dort ihre eigenen Bücher in den Himmel lobt, während sie gleichzeitig ihre engsten Konkurrenten auszustechen versucht, indem sie ihre Werke schlechtredet. Und ich möchte wetten, dass dieses durchtriebene Miststück auch über mehrere Nutzerkonten auf entsprechenden Plattformen verfügt, über die sie ihre Lügen verbreitet und sich selbst beweihräuchert.«

»Bitte«, flehte die Frau, während ihr weitere Tränen über die Wangen strömten. »Es tut mir leid, ehrlich!«

»Ist das Ihre einzige Entschuldigung?«

»So ... so läuft das eben«, schluchzte sie. »Als unbekannte Autorin bin ich auf möglichst viele gute Bewertungen angewiesen, damit die Leute mich wahrnehmen.«

»Und das berechtigt Sie dazu, die Arbeit anderer Autoren schlechtzureden?«

»Ich ... ich versuche doch nur ... in diesem Dschungel zu überleben.«

Huberty schnalzte mit der Zunge. »Ganz schlechte Strategie, Schätzchen!«

»Ich ... ich werde das alles richtigstellen, versprochen!«

Huberty blickte zu Mark. Aus seinen glasigen Augen lachte der Wahnsinn. »Wie sehen Sie das?«, fragte er, um sich gleich darauf wieder der Frau zu widmen. »Für mich klingt das nicht sehr überzeugend. Und in diesem Fall müssen Sie sich wohl mit *meiner* Meinung abfinden. Auch wenn Sie Ihnen mit Sicherheit zu *blutrünstig* erscheinen dürfte.« Huberty griff hinter sich und zog ein Messer hervor.

Mark sprang auf. »Hören Sie«, redete er auf ihn ein, obwohl er wusste, dass es zwecklos war. Diese Frau war ebenso dem Tod geweiht wie er und Valerie. Dennoch wollte er nichts unversucht lassen, nicht nur unbeteiligter Zuschauer dieses Dramas sein. »Sie hat recht. So funktioniert der Markt nun mal.«

»Durch Manipulation?«

»Durch Zuspruch. Je mehr, desto besser.«

Huberty ließ das Messer sinken. »Soll das etwa heißen,

Sie billigen dieses Vorgehen?«

»Nein, keineswegs. Aber ein Markt, der hauptsächlich auf Weiterempfehlungen basiert, bringt zwangsläufig solche Manipulationen mit sich.«

»Denken Sie, das wüsste ich nicht?«, gab sich Huberty großspurig. »So ziemlich jeder weiß das. Das Problem ist, dass es niemanden zu interessieren scheint. Millionen Jahre der Evolution, und trotzdem laufen alle immer noch blind der Herde hinterher. Anscheinend hat der Mensch ein Problem damit, sich mit seiner Individualität abzufinden und versucht daher zwanghaft, alles zu vereinheitlichen.«

»Und genau aus diesem Grund müssen wir diejenigen erreichen, für die Bücher nicht nur Waren sind«, hielt Mark dagegen. »Menschen, die mit Leidenschaft Geschichten lesen und weiterempfehlen. Sie gilt es, zu überzeugen. Mit dem Rest muss man sich abfinden.«

»Das kann und will ich aber nicht!«

»Und genau das ist Ihr eigentliches Problem! Es geht Ihnen nicht um Gerechtigkeit oder um Ihre unterdrückten künstlerischen Ambitionen oder um die Tatsache, dass man Talent nicht erzwingen kann. Sie kommen einfach mit jeglicher Art von Ablehnung nicht klar.«

Hubertys Augen formten sich zu Schlitzen. »Ich lasse mir von niemandem mein Buch schlechtreden.«

»Es ist nicht Ihr Buch!«

Für einen Moment war Huberty irritiert. Dann fasste er sich wieder. »Ich bin es leid, mich von allen herumschubsen zu lassen.« Er fuchtelte mit dem Messer in der Luft herum, als wäre es ein Taktstock, und ging aufgeregt hin und her. Dabei war er sehr darauf bedacht, die Markierung am Boden nicht zu überschreiten. »Ich war einer der besten Schüler meines Jahrgangs«, betonte er. »Dennoch wurde das nicht anerkannt, weder von meinen Mitschülern noch von meinen Lehrern. Einer der Ärzte, bei denen ich in Behandlung war, stellte die Schlussfolgerung auf, dass diese Abneigung aufgrund meiner selbstbezogenen Persönlichkeit und dem daraus resultierenden Mangel an Empathie resultiere. Verdammter Schwätzer! All die Therapien und Behandlungen dienten nur dem Zweck, mich ruhigzustellen. Soziale Stabilisierung nannten sie das. Ebenso gut hätten sie mir auch ein Schild *Außer Betrieb* umhängen können. Dabei hätte ich nur etwas Zuspruch gebraucht; jemanden, der meine Berufung erkannt und gefördert hätte, anstatt sie einfach auszuschalten. Ich durfte nie der sein, der ich eigentlich sein wollte, wurde mein Leben lang nur analysiert und kritisiert. Aber das scheint ja mittlerweile zu einer Art Volkssport geworden zu sein. Wo man auch hinsieht, alles wird bewertet und beurteilt und durch den Dreck gezogen. Offenbar sind viele Menschen heutzutage der Auffassung, jegliche Art von Kunst und Unterhaltung wäre nur auf ihre persönlichen Bedürfnisse zugeschnitten. Und wenn dem nicht so ist, beschweren sie sich an jeder Ecke darüber. Wir sind zu einem selbstsüchtigen Volk aus Nörglern und Besserwissern geworden, denen man scheinbar kaum noch etwas recht machen kann. Gerade von Ihnen hätte ich mir diesbezüglich mehr Zuspruch erwartet. Ich dachte wirklich, ich wäre endlich auf jemanden gestoßen, der versteht, wofür ich kämpfe. Aber anscheinend sind Sie auch nur einer dieser Ignoranten.«

»Ich verstehe Ihre Motive durchaus«, sagte Mark. »Auch mir gefällt dieser Umstand nicht besonders, aber letztendlich muss ich ihn akzeptieren und lernen, damit umzugehen. Kunst und Kritik gingen schon immer einher. Wir Künstler leben von öffentlicher Wahrnehmung. Und wer Bestätigung sucht, muss auch mit Ablehnung rechnen. Das sollte jedem bewusst sein, der sich auf diesem Gebiet betätigen will.«

»Nun«, sagte Huberty und stellte sich hinter die Frau, deren Wimmern lauter wurde. »Umso mehr ist es an der Zeit für eine Kunstform, die die Verhältnisse einmal umkehrt und die Kritiker an den Pranger stellt.« Er packte die Frau grob an den Haaren.

Sie schrie, als er das Messer an ihrem Hals ansetzte.
»Nicht!«

Mark stürmte nach vorn. Kurz darauf stieß die Schelle über ihm an die Deckenverankerung. Die Kette spannte sich, und sein Bein wurde nach hinten weggerissen. Er stürzte zu Boden und blieb mit dem Gesicht nach unten kurz vor der Markierung liegen. Über ihm ging der Schrei der Frau in ein Gurgeln über, das schließlich verstummte. Mark rührte sich nicht, wollte nicht Zeuge dieser Hinrichtung werden. Er sah das Blut, das neben Hubertys Füßen auf die Fliesen tropfte, hörte, wie die Klinge des Messers durch Haut und Gewebe schnitt. Dann erklang ein widerlich schmatzendes Geräusch, als würde man einen Stiefel aus tiefem Schlamm ziehen. Mark zuckte zusammen, als etwas vor ihm auf den Boden klatschte. Das blanke Entsetzen überfiel ihn, als er in Melanie Burkhards Gesicht blickte. Doch ihre Augen und ihr Mund waren nur leere Öffnungen, durch die das Weiß der Fliesen schimmerte.

»Das da ist nur eine Maske, hinter der diese Frau ihr wahres Gesicht verbirgt«, erklang Hubertys Stimme über ihm. »Das Antlitz eines respektlosen Heuchlers! Sehen Sie gefälligst hin«, schrie er. »Sehen Sie in die Fratze des Kritikers und sagen Sie mir, dass Sie sich damit abfinden können!«

Mark zwang sich, seinen Blick nach oben zu richten und erstarrte auf der Stelle. Der Anblick des gehäuteten Kopfes brannte sich in sein Bewusstsein und verschlang jeglichen Verstand, sprengte selbst seine hartgesottene Vorstellungskraft. »Sie ... Sie sind verrückt«, stammelte er wie in Trance, während er rücklings auf allen Vieren vor diesem entsetzlichen Anblick davonkroch. »Vollkommen wahnsinnig!«

»Gut«, zischte Huberty. »Dann ist der Schritt zur Genialität bekanntlich nicht weit.«

Mark sah, wie er sich die blutigen Hände an der Bluse der Toten abwischte. Keine Handschuhe dieses Mal. Das hier war sein Revier, indem er frei agieren konnte. Seelenruhig zog er ein Handy aus seiner Hosentasche und machte ein Foto der entstellten Leiche.

»Frau Burkhard war vor ihrem Ableben so nett, mir die Zugangsdaten zu ihrem Facebook-Account mitzuteilen. Das dürfte es mir erleichtern, der Welt ihr wahres Gesicht zu präsentieren.« Seine glasigen Augen schielten zu Mark, dessen Haut die Farbe der Fliesen angenommen hatte. »Wer weiß«, sagte Huberty und grinste, »vielleicht ist das ja *mein* großer Durchbruch.« Sein Lachen klang wie ein langgezogener Schrei. »Sie entschuldigen mich«, meinte er und verfiel in Geschäftigkeit. »Ich muss diesen Abfall hier entsorgen. In der Zwischenzeit sollten Sie tun, worum ich Sie gebeten habe, denn sonst wird Ihre Freundin nebenan die nächste sein, die auf diesem Stuhl sitzt.«

Kurz darauf hörte Mark durch die geschlossene Stahltür, wie die Rollen des Stuhls über den Betonboden geschoben wurden, während er sich auf seiner Pritsche zitternd zusammenkauerte.

## KAPITEL 34

### Zeichen

Valerie hielt den Atem an, bis das Geräusch vor der Tür verschwunden war. Die Stimmen waren laut genug gewesen, sodass sie das Meiste von dem, was gesagt worden war, verstanden hatte. Den Rest dessen, was nebenan geschehen war, wollte sie sich nicht einmal vorstellen. Ihr eigener Mann hatte sie gefangen gehalten, vergewaltigt und misshandelt, und sie war von einer Hoffnungslosigkeit befallen worden, in der sie sich beinahe selbst verloren hätte. Bis jetzt war sie davon ausgegangen, dass ihre Situation sich nicht mehr hätte verschlimmern können. Doch nun verspürte sie zum ersten Mal reine Todesangst. Sie nagte an ihrem Verstand und erzeugte einen nahezu permanenten Zustand der Panik. Dennoch zwang sie sich mit allen Mitteln dazu, ruhig zu bleiben und ihre Rolle beizubehalten. Die Rolle der Entrückten, der jeglicher Wille gebrochen worden war. Sie könnte im entscheidenden Moment von Vorteil sein. Denn ein Opfer, von dem augenscheinlich keine Gefahr ausging, wurde leicht unterschätzt.

Aus den Augenwinkeln heraus nahm sie die Kamera an der Wand über der Tür wahr. Eine einfache Webcam. Offensichtlich konnte Mark sie darüber sehen. Eine Vorstellung, die ihr gefiel und sie ein wenig beruhigte. Dennoch schlug ihr Herz wie verrückt vor Angst. Am liebsten hätte sie gegen die Tür geschlagen, um diese angestauten Emotionen abzubauen und Mark gleichzeitig ein Zeichen zu geben, dass es ihr gutging, dass sie nicht innerlich tot war. Vielleicht würde ihm das ein wenig Mut machen, diesen Wahnsinn durchzustehen. Doch dadurch würde sie nur unnötig die Aufmerksamkeit dieses Irren auf sich ziehen.

Stattdessen starrte sie weiter die Wand an, als könne sie durch sie hindurchsehen. Eine gefühlte Ewigkeit später, als das Licht plötzlich wieder dunkler wurde, wagte sie schließlich, leise zu klopfen.

\*

Mark lag wach in seiner Zelle. Er war froh über das Restlicht, das es ihm ersparte, in völliger Dunkelheit zu verharren. Noch immer sah er das Bild des gehäuteten Kopfes vor sich, dessen blanke Augäpfel ihn anstarrten, als wollten sie ihm verdeutlichen, dass ihn und Valerie dasselbe Schicksal erwartete. Egal ob er sich dem Willen dieses Verrückten beugte, er würde diesen Raum nicht lebend verlassen, so viel war sicher. Wozu also noch warten? Was konnte er letztendlich tun?

Zitternd umschlossen seine Finger unter der Wolldecke die Scherbe der zerbrochenen Fliese. Die spitze Bruchkante war nicht so scharf wie die Klinge eines Messers, sollte jedoch ausreichen, um durch seine Haut zu schneiden und seine Pulsader zu durchtrennen. Dann wäre endlich Schluss mit den Träumen, den falschen Hoffnungen und den Enttäuschungen. Er müsste nicht länger gegen die Fesseln des Lebens ankämpfen, deren Unnachgiebigkeit er nicht mehr ertrug. Er müsste nie wieder jemandem gerecht werden, nie wieder Verlust verspüren. Vielleicht war die einzige Freiheit, die wirklich existierte, der Tod.

Er atmete tief durch, während er die Scherbe an sein Handgelenk führte, und schloss die Augen.

In diesem Moment hörte er das Klopfen. Zunächst hielt er es für einen Trugschluss, für das Schlagen seines Herzens, das dumpf bis in seine Ohren pochte. Doch als es sich kurz darauf wiederholte, realisierte er, dass es aus Richtung der Wand kam.

Von nebenan.

*... sonst wird Ihre Freundin nebenan die nächste sein,* hall-

te Hubertys Stimme in seinem Kopf nach.

Er setzte sich auf und öffnete den Laptop. Geblendet blickte er auf den Monitor. Trotz des abgedimmten Lichtes in dem Raum konnte er Valerie auf dem Bild gut erkennen. Sie hatte sich auf die Seite gedreht, mit dem Gesicht zur Wand. Ihr linker Arm ruhte auf ihrem Bein. Die Hand war zur Faust geformt, nur ihr Daumen war unauffällig abgespreizt. Das Zeichen für: »Alles in Ordnung, es geht mir gut!«

*Das redest du dir ein*, schaltete sich seine Vernunft dazwischen. Es konnte auch einfach Zufall sein.

Wie um ihn eines Besseren zu belehren, erklang erneut ein leises Klopfen.

Mark blickte konzentriert auf den Bildschirm, konnte Valeries andere Hand jedoch nicht ausmachen. Sie wurde überlagert von dem dunklen Spalt zwischen Wand und Pritsche, den selbst die Elektronik der Kamera nicht aufzuhellen vermochte. Dafür konnte er deutlich erkennen, dass der gestreckte Daumen sich bewegte. Auf und ab, als wollte sie ihm damit ein Signal geben.

*Sie weiß, dass ich sie sehen kann.*

Das bedeutete, sie musste alles mit angehört haben. Offensichtlich war die Dämmung dieses alten Kühlraumes ziemlich marode. Demnach spielte Valerie nur die Opferrolle, um sich unberechenbarer zu machen. Kluges Mädchen.

Augenblicklich wurde es wieder dunkler, als Mark den Monitor einklappte. Er sank auf die Pritsche und klopfte dreimal leise gegen die Wand, als Zeichen, dass er verstanden hatte. Dann legte er die Keramikscherbe, die er nach wie vor umschlossen hielt, zurück an ihren Platz. Er hatte beschlossen, dass diese Lösung noch warten musste.

## KAPITEL 35

### Kreatives Denken

Die Uhr des Computers zeigte halb neun am Morgen an, als sich die Stahltür wieder öffnete. Das Licht hatte sich bereits eine Stunde zuvor wieder eingeschaltet. Trotz seiner Müdigkeit saß Mark seitdem konzentriert vor dem Computer und ging den Text durch. Er hatte sich noch nie zum Kritiker berufen gefühlt, hatte zeit seines Lebens auf der anderen Seite gestanden. Und obwohl es bei Weitem nicht die angenehmere war, fühlte er sich dort besser aufgehoben. Doch bei diesem Schriftstück fiel es selbst ihm schwer, noch wohlwollende Worte zu finden. Es bestand aus einer wilden Aneinanderreihung von Sätzen, ohne dabei eine wirkliche Gesamtstruktur zu ergeben. Da war keinerlei Gespür für Rhythmus oder Übergänge vorhanden. Das Ganze las sich so lieblos wie eine schlecht übersetzte Bedienungsanleitung. So zielsicher und treffend sich Huberty im Gespräch auszudrücken vermochte, so unfähig schien er zu sein, seine Gedanken zu kontrollieren und in eine gewisse Ordnung zu bringen. Lediglich in den Abschnitten, in denen er Wut und Hass zum Ausdruck brachte, änderte sich dies. Offenbar waren es die einzigen Gefühle, die er beschreiben konnte. Der Rest waren tote Wörter, die nichts wiederzugeben vermochten. Dennoch tat Mark sein Bestes, dem Text etwas Leben einzuhauchen.

»Wie kommen Sie voran?«

Mark schielte über den Rand des Bildschirms. Huberty stellte ein Tablett auf dem Boden ab und schob es über die Markierung in Marks Bereich hinein.

»Was steht heute auf dem Speiseplan?«, fragte Mark mit beißendem Unterton. »Tote Kritikerin?«

Huberty lachte gedrungen. »Nein, nur frische Brötchen

und Konfitüre«, entgegnete er. »Keine Angst, ich werde mein Handwerk nicht länger an Sie verschwenden und habe bewusst auf Fleisch verzichtet. Mit dem Kaffee sollten Sie allerdings nicht zu lange warten, es sei denn, Sie bevorzugen ihn kalt.«

Mark stand auf und trug das Tablett zu dem Tisch. Der Kaffee duftete in der Tat verführerisch. Zwar hatte er es nach dem gestrigen Tag nicht für möglich gehalten, je wieder Appetit zu verspüren, doch sein Körper verlangte nach Energie.

Huberty ging nach draußen und kehrte kurz darauf mit einem Schlauchwagen, einem Eimer und einem Schrubber zurück. Aus einer Flasche versprühte er Reinigungsmittel auf die mit Blut verkrusteten Fliesen. »Sie haben meine Frage nicht beantwortet«, meinte er, während er begann, den Boden zu wischen.

Mark nippte an dem Kaffee. »Ehrlich gesagt tue ich mich schwer damit, die Arbeit eines Menschen zu beurteilen, der die Eigenart hat, seinen Kritikern die Kopfhaut abzuziehen.«

»In Ihrem Fall kann ich mir zumindest sicher sein, dass diese Kritik sachlich ausfällt und ich daraus etwas lernen kann.«

»Das macht den Umstand, dass ich anschließend auf Ihrem Speiseplan landen werde, doch gleich wesentlich erträglicher.«

»Wer weiß, vielleicht habe ich mit Ihnen ja andere Pläne. Das hängt ganz davon ab, wie unsere Zusammenarbeit fruchtet.«

»Oh, dann soll ich wohl den Rest meines Lebens Ihr Ghostwriter sein, der hier angekettet sein Dasein fristet. Ich weiß nicht, welche Aussicht reizvoller ist.«

»Ihr Sarkasmus ist erfrischend.« Huberty nahm den Schlauch und spülte das verschmierte Blut in den Ausguss, der in der Mitte des Raumes in den Boden eingelassen war. »Ich ... ich konnte auf dem Bildschirm in meinem Büro sehen, dass Sie eine Menge Anmerkungen und Änderungen gemacht haben.«

»Das gehört dazu, wenn man einen Text überarbeitet«, entgegnete Mark. »Und genau das erwarten Sie doch von mir, oder nicht?«

»Ja ... natürlich.«

»Dann lassen Sie mich weiter meine Arbeit machen.«

»Was schätzen Sie, wie lange Sie noch brauchen werden?«

»Kann ich noch nicht sagen.«

»Ungefähr?«

»Zwei Tage«, erwiderte Mark, um endlich Ruhe zu haben.

Huberty spannte einen Lappen über den Schrubber und wischte den Boden halbwegs trocken. »Sie sollten vorerst auf Ihrer Seite ein wenig achtgeben«, meinte er. »Wir wollen schließlich nicht, dass Sie auf den Fliesen ausrutschen und sich den Hals brechen.«

Mark nahm sein schäbiges Lachen zur Kenntnis und beobachtete stumm, wie Huberty den Schlauch aufrollte.

»In den nächsten Stunden muss ich mich um meinen Betrieb kümmern. Sie haben also den Rest des Tages Zeit, um zu arbeiten. Ich werde Ihnen nachher etwas zu Essen bringen, falls es Sie nicht stört«, fügte er mürrisch an.

Mark erwiderte nichts.

Als er wieder alleine war, widmete er sich zur Tarnung weiter dem Text, schrieb Kommentare und Verbesserungen, während er insgeheim die gewonnene Zeit dazu nutzte, um weiter nach einem Ausweg zu suchen. Dazu musste er sich das zunutze machen, worauf Huberty so versessen war: Die Fähigkeit, kreativ zu denken. Und das hieß im Grunde, nach Lösungen zu suchen, auch wenn sie noch so abwegig erschienen. Immer wieder spielte er in Gedanken seine Möglichkeiten durch. Geschirr und Besteck waren aus Plastik, also als Waffe ungeeignet. Das Tablett war aus hartem Kunststoff. Er könnte Huberty damit verletzen, aber sicher nicht ausschalten. Der Laptop hingegen wog gut drei Kilo und wäre sicher geeignet, um diesem Bastard den Schädel zu zertrümmern. Allerdings war der Computer unhandlich und machte ihn träge. Dann war da immer noch die Scherbe unter der Pritsche. Sie bot nach wie vor die beste Option. Allerdings setzten all diese Möglichkeiten voraus, dass er nah genug an Huberty herankam. Sollte ihm das gelingen, konnte er sich hinterher immer noch Gedanken darüber machen, wie er diese verdammte Kette loswurde.

Er rieb sich grübelnd den Nasensattel und schloss die Augen. Als er sie kurz darauf wieder öffnete, verharrte sein Blick auf der Markierung am Boden. Durch das Wasser und das Reinigungsmittel hatte sich das Klebeband an einigen Stellen gelöst und stand etwas ab. Der Gedanke, der sich ihm nun offenbarte, durchfuhr ihn wie ein Stromschlag. Er spürte die Energie, die von diesem Gedanken ausging und die sich zu einer Idee formte. Ein Glücksgefühl, das er normalerweise nur beim Schreiben empfand, wenn ihn ein rettender Einfall für eine Szene oder gar eine ganze Geschichte überfiel. Ihm blieben zwei Tage Zeit, um diese Idee auszuarbeiten und in die Tat umzusetzen.

## KAPITEL 36

*Zeitfenster*

*Am nächsten Tag*

Mark lag auf der Pritsche, die Arme hinter dem Kopf verschränkt, und starrte entspannt zur Decke, als Hubertys Stimme sich meldete.

»Wieso arbeiten Sie nicht?«, drang es aus dem Lautsprecher.

»Der Akku des Computers ist leer.«

»Verstehe«, gab sich Huberty einsichtig. »Ich bringe Ihnen sofort Ersatz.«

Mark schloss die Augen und zählte in Gedanken die Sekunden. Als die Stahltür geöffnet wurde, waren fast drei Minuten vergangen.

»Legen Sie den leeren Akku an die Markierung und treten Sie zurück«, befahl Huberty.

Mark gehorchte und beobachtete, wie er die Speicherzellen austauschte. Bereits am Morgen war ihm Hubertys apathisches Verhalten aufgefallen. Der Ausdruck in seinen Augen hatte sich verändert, wirkte teilnahmslos. Auch die Art, wie er sich bewegte, erschien schwerfällig. Auf den ersten Blick hätte man ihn als depressiv beschreiben können. Doch Mark kam es eher so vor, als hätte sein Hass jegliche Kontrolle übernommen.

»Wie lange werden Sie noch brauchen?«, erklang es monoton.

»Wenn ich mich ranhalte, werde ich mit dem ersten Durchgang bis morgen Mittag fertig sein«, erwiderte Mark.

»Mit dem *ersten* Durchgang?« Hubertys Augen zogen sich zusammen. »Ich habe Ihre Anmerkungen gelesen, und ich muss sagen, ich finde sie zum Teil ziemlich anmaßend. Nur weil ich Ihre Arbeit bewundere, müssen Sie nicht gleich den Klugscheißer raushängen lassen.«

»Ich tue nur, worum Sie mich gebeten haben.«

»Ach ja? Ich habe Sie nicht darum gebeten, mein Manuskript zu zerpflügen. Was soll das überhaupt heißen ›tut nichts zur Sache‹ und ›ist nicht relevant für die Geschichte‹. Natürlich ist es das, warum hätte ich es sonst schreiben sollen?«

»Die Überarbeitung eines Manuskripts ist eine der wichtigsten Tätigkeiten eines Schriftstellers«, betonte Mark. »Sie dient dazu, den Text zu verdichten und logische Fehler auszumerzen. Beharre nie auf deinem ersten Entwurf. Wenn Sie von mir lernen wollen, dann sollten Sie das als erste Lektion betrachten.«

Huberty dachte einen Moment darüber nach. Dann nickte er widerwillig. »Also gut«, zischte er. »Ich gebe Ihnen bis morgen Zeit. Aber ich warne Sie, übertreiben Sie es nicht, das dürfte Ihrer Freundin nicht gut bekommen.« An der Tür drehte er sich noch einmal zu ihm um. »Das Essen kommt gleich. Ich hoffe, Sie mögen Pizza. Der Italiener am Ende der Straße ist sehr gut.«

Ohne eine Antwort abzuwarten, verließ Huberty den Raum.

Drei Minuten. Demnach konnte das Zimmer, von dem aus Huberty ihn überwachte, nicht weit entfernt sein. Vermutlich sogar im selben Gebäude. Er konnte also davon ausgehen, dass er auf dem Betriebsgelände wohnte, vermutlich über dem Verkaufsraum der Metzgerei und dort auch sein Büro hatte. Und wenn Huberty die Wahrheit gesagt hatte, befand sich in unmittelbarer Nähe ein Restaurant, was auf eine belebte Gegend hindeutete.

Drei Minuten.

Selbst wenn er eine Toleranzspanne von einer Minute abzog, müsste das verbliebene Zeitfenster ausreichen, für das, was er vorhatte. Er musste nur für genügend Ablenkung sorgen, damit Huberty nichts bemerkte. Zumindest wusste er jetzt, welchen Knopf er dafür bei ihm drücken musste. Die meisten Künstler taten sich grundsätzlich schwer damit, wenn in ihre Arbeit eingegriffen wurde. Bei Huberty dürfte das ausreichen, um einen Kurzschluss auszulösen. Was dann passierte, war nur schwer vorauszuahnen. Er musste sich einfach auf sein Glück verlassen und hoffen, dass alles nach Plan verlief. Im Grunde war es wie beim Schreiben. Er brauchte eine Einleitung, um die Geschichte ins Rollen zu bringen. Dann folgte die Dramaturgie und schließlich das Finale. Er hatte Zeit bis zum nächsten Tag, um alles noch einmal genauestens zu durchdenken und sich vorzubereiten. Vermutlich würde er in der Nacht kein Auge zubekommen. Ein Gefühl der Zuversicht durchflutete ihn, während er den Akku mit dem Computer verband und ein letztes Mal das Bild von Valerie auf dem Bildschirm betrachtete. Sie blieb der einzige unsichere Faktor in seiner Gleichung. Und zugleich seine einzige Hoffnung.

*TEIL FÜNF*

## KAPITEL 37

*Trauma*

*Am nächsten Morgen*

»Herr Doktor!«, rief die Frau in weißer Schwesterntracht aufgeregt, als sie den Krankenhausflur entlang auf einen Mann um die Fünfzig zulief. »Kommen Sie schnell!«

Der Arzt drehte sich zu ihr um. »Schwester Martha«, sagte er mit stoischem Gesichtsausdruck. Er hatte angegrautes krauses Haar und einen kleinen Leberfleck auf der rechten Wange. »Ich bin auf dem Weg zu einer Patientenbesprechung. Was gibt es denn so Dringendes?«

Die Schwester blieb aufgelöst vor ihm stehen. »Der Patient aus Zimmer 217!«

Der Arzt überlegte kurz. »Der Autounfall? Was ist mit ihm?«

»Er ist aufgewacht und faselt wirres Zeug. Er meinte, er müsse sofort zur Polizei und hat ein Taxi verlangt.«

»Ein Taxi?«

Die Schwester nickte hektisch. »Er sagte, es ginge um Leben und Tod.«

Der Arzt seufzte entkräftet und folgte schließlich der Schwester über den Flur zu Zimmer 217.

\*

Der ältere Mann saß aufrecht auf dem Bett, und fummelte eifrig an dem Infusionsschlauch herum, der ihn mit Flüssigkeit versorgte, als die Tür geöffnet wurde.

»Was zum Henker tun Sie da?«, fragte der Arzt in strengem Tonfall.

»Mich von diesem Ding befreien«, antwortete er unbeeindruckt.

»Das halte ich für keine gute Idee«, erwiderte der Arzt. »Ohne diese Infusion dürften Sie ziemliche Kopfschmerzen bekommen. Können Sie sich daran erinnern, was passiert ist?«

Er fasste sich an den bandagierten Kopf. »Ich weiß nur noch, dass mir plötzlich schwarz vor Augen wurde und ich hier aufgewacht bin.«

Der Arzt trat vor ihn und leuchtete mit einer kleinen Stablampe in seine Augen. »Sie hatten einen Autounfall. Wissen Sie, wo sie sich befinden?«

»Ich schwanke noch zwischen Verhörraum und Krankenzimmer«, antwortete er bissig.

»Nennen Sie mir Ihren Namen.«

Er stieß den Arm des Arztes beiseite und sah ihn mürrisch an. »Mein Name ist Professor Dominik Petzold. Und wie lautet Ihrer?«

»Ich bin Doktor Peer Lucas, leitender Arzt der Unfallchirurgie.«

»Dann können Sie mir sicher sagen, was mir fehlt.«

»Sie haben etliche Hämatome und eine Platzwunde am Kopf davongetragen. Letzteres führte kurzfristig zu einer partiellen Schwellung des Gehirns, die wir aber mit entsprechender Medikation schnell zum Abklingen gebracht haben. Bis gestern haben Sie noch auf der Intensivstation gelegen. Es grenzt beinahe an ein Wunder, dass nichts Schlimmeres passiert ist.«

»Dann spricht ja nichts dagegen, dass ich Ihr Krankenhaus verlasse. Wo sind meine Sachen?« Petzold stieg aus dem Bett. Augenblicklich wurde ihm schwindlig, und er griff nach dem Arm des Arztes.

Dr. Lucas packte ihn und beförderte ihn zurück ins Bett. »Das lassen Sie mal schön bleiben«, meinte er, »denn es bedeutet keinesfalls, dass Sie gesund sind. Die Auswirkungen sind in etwa dieselben wie bei einer starken Gehirnerschütterung. Kopfschmerzen, Schwindelgefühl, Gleichgewichtsstörungen. Außerdem wäre da noch Ihr geschwächter Herzmuskel. Sie sind nur knapp einem Infarkt entgangen und müssen sich jetzt schonen.«

»Wie lange bin ich schon hier?«

»Sie wurden vor drei Tagen eingeliefert.«

»Drei Tage«, wiederholte Petzold wie in Trance. Dann fasste er sich wieder und packte Dr. Lucas am Arm. »Hören Sie, ich muss sofort mit der Polizei sprechen. Es ist äußerst wichtig.«

»Das sagte mir die Schwester bereits. Ich halte es jedoch für unverantwortlich, dass Sie sich einem solchen Stress aussetzen. Sie brauchen jetzt in erster Linie Ruhe, sonst könnte Ihr nächster Anfall der letzte sein.«

»Es geht dabei aber nicht um mich«, beharrte Petzold. »Bitte verständigen Sie die Polizei und sagen Sie denen, ich habe vielleicht wichtige Informationen zum Leichenkünstler-Fall.«

Dr. Lucas sah zu Schwester Martha, die bestürzt die Hände vor den Mund hielt. Genau wie sie war auch er durch die Medien mit den schrecklichen Hintergründen zu dem Fall vertraut. Einen Moment lang überlegte er angestrengt.

»Bitte«, flehte Petzold. »Das Leben von zwei Menschen könnte davon abhängen.«

»Also gut«, gab Dr. Lucas schließlich nach. »Aber auf Ihre Verantwortung.«

# KAPITEL 38

## *Selbstzerstörung*

Die beiden Kommissare, die das Krankenzimmer betraten, hatten nicht lange auf sich warten lassen. Sie stellten sich als Bernd Steffens und Sascha Peters vor. Beide waren Mitglieder der Mordkommission Leichenkünstler. Steffens war augenscheinlich der etwas ältere der beiden, Petzold schätzte ihn auf Ende dreißig. Er hatte dunkles, an den Schläfen bereits grau meliertes Haar und trug eine leichte Sommerjacke über einem weinroten Hemd. Peters überragte seinen Kollegen um gut einen halben Kopf, war schlanker und wirkte sportlicher. Es dauerte nur etwa fünfzehn Minuten, bis Petzold ihnen die Sachlage erläutert hatte. Über das Meiste davon waren sie offensichtlich bereits im Bilde. Wie die Beamten ihm erklärten, hatte Valerie bereits vor einigen Tagen über ihre Redaktion Kontakt zu ihnen aufgenommen. Das so vereinbarte Treffen, am Tag von Petzolds Unfall, hatte aber nie stattgefunden. Auch in der Redaktion war der Kontakt abgebrochen. Bei der daraufhin veranlassten Fahndung war man auf Valeries verlassenen Wagen vor dem Friedhof gestoßen. Der Schlüssel steckte noch im Zündschloss und ihre Handtasche lag offen im Fußraum. Die anschließende Suchmeldung hatte keinerlei Hinweise ergeben. Aufgrund der Informationen, die sie nun vom Professor erhielten, wurden mehrere Einheiten zu der Adresse entsandt, die Petzold durch die GPS-Daten ermittelt hatte. Nachdem dort niemand öffnete und auch sämtliche Versuche scheiterten, mit der betreffenden Person telefonisch in Kontakt zu treten, drang ein SEK-Kommando schließlich gewaltsam in das Haus ein. Was die Beamten dort vorfanden, verschlug sogar den erfahrensten von ihnen die Sprache.

Bereits im Eingangsbereich stieß man auf eine große Lache geronnenes Blut. Der faulige Gestank des Todes schlug ihnen entgegen und setzte sich in jeder Faser ihrer Dienstkleidung fest. Sie fanden Andreas Bechner mit nacktem Oberkörper in der Küche, auf einem der Stühle sitzend. An seinem Hals klaffte ein tiefer Einschnitt. Auch sein Bauch war bis zum Brustkorb aufgeschlitzt worden. Ein Großteil seiner Gedärme lag aufgetürmt auf einem Teller, der vor ihm auf dem Tisch stand. Weitere Teile davon hatte man ihm in Mund und Rachen gestopft. Zwei der Beamten rissen sich bei dem Anblick die Helme und Sturmhauben von Kopf und mussten sich übergeben. Gut zwei Stunden hielten sich Rechtsmedizin und Spurensicherung in dem Haus auf.

Bernd Steffens stand in der Auffahrt des Hauses und telefonierte, während er beobachtete, wie Bechners Leiche abtransportiert wurde.

»Ja, Herr Professor, wir melden uns bei Ihnen, sobald wir etwas Neues erfahren«, sagte er abschließend und beendete das Gespräch.

»Was hat er gesagt?«, fragte Peters, der neben ihn getreten war.

»Aus künstlerischer Sicht betrachtet, soll uns das Bild der Leiche eine Art von Selbstzerstörung suggerieren.«

»Zu dieser Ansicht ist auch der von uns hinzugezogene Experte gelangt«, sagte Peters. »Damit dürfte auch dieser Mord auf das Konto des Leichenkünstlers gehen. Zuerst formt er abstrakte Figuren aus Teilen von Menschen und macht sie dadurch zum Bestandteil der Kunst, die sie kritisiert haben, was quasi als Synonym für Selbstkritik zu deuten ist. Dann ein Kleinbürger, den er aufgrund einer Buchkritik zu einem Fabelwesen seines Hobbys macht, und ihn geläutert aus der Spießbürgerlichkeit erhebt. Und nun ein degenerierter Polizeibeamter, dessen Verbitterung ihn sinnbildlich selbst aufgefressen hat. Offensichtlich ist dieser Kerl auf einem künstlerischen Kreuzzug.«

»Du kanntest Bechner, nicht wahr?«, fragte Steffens und verstaute das Handy in seiner Jacke.

»Kennen wäre übertrieben«, meinte Peters. »Wir sind uns öfter im Präsidium über den Weg gelaufen. Ehrlich gesagt fand ich ihn ziemlich überheblich. In den letzten Tagen hat er allerdings ein reges Interesse an dem Leichenkünstler-Fall gezeigt.«

»Hatte er denn einen Bezug zur Kunst? Ich meine, außer seiner Frau.«

»Soviel ich weiß, hat er nicht mal Bücher gelesen.«

»Der Professor sagte, die beiden lebten getrennt.«

»Ja, und offenbar wollte sich Bechner damit nicht abfinden. Die Spurensicherung hat am Bett des Gästezimmers Fesseln gefunden. Und einen Damenblazer, wie ihn Valerie Bechner zuletzt getragen hat. Auch ihr Handy befand sich in dem Haus. Darauf sind ziemlich kompromittierende Aufnahmen von Andreas Bechner gespeichert, die zumindest auf eine sehr fragwürdige Art seiner sexuellen Praktiken hindeuten. Dafür sprechen auch die Spermaflecken und Blutspuren, die auf dem Laken des Bettes sichergestellt wurden. Alles Hinweise für eine Vergewaltigung. In Bechners Auto befanden sich einige Einkaufskörbe mit Lebensmitteln und Hygieneartikeln für Frauen. Außerdem einen elektronischer Campingkocher und eine Bettpfanne aus Kunststoff. Wie es aussieht, wollte er seine Frau hier längere Zeit gefangen halten.«

»Das fehlte gerade noch«, sagte Steffens. »Die Presseleute werden sich wie die Geier darauf stürzen.« Er fuhr sich erschöpft mit der Hand über das Gesicht. »Gibt es irgendeinen Hinweis auf Valerie Bechners Aufenthaltsort?«

»Nein. Wir müssen davon ausgehen, dass sie in der Gewalt des Täters ist. Denkst du immer noch, Ritter hat nichts mit der Sache zu tun?«

»Er wollte sich mit uns treffen. Offensichtlich hat das jemand zu verhindern gewusst.«

»Oder Ritter hat es sich anders überlegt. Die Auswertung der Spuren dürfte noch Tage dauern«, sagte Peters, »aber auf der Couch im Wohnraum wurden Haare sichergestellt, die auf den ersten Blick weder von Bechner noch von seiner Frau stammen. Ich möchte wetten, die Vergleichsproben, die wir aus Ritters Wohnung haben, werden eine Übereinstimmung ergeben.«

»Wir wissen durch Petzold, dass Ritter zusammen mit Bechners Frau schon vor Tagen hier gewesen ist. Das würde also gar nichts belegen. Wir wissen ebenfalls, dass Bechner seitdem im Besitz von angeblichen Beweismitteln war, wovon zumindest eines vermutlich zur Identität des Täters führen könnte. Das würde zumindest erklären, weshalb es in dem Haus aussieht, als hätte dort eine ganze Diebesbande gewütet.«

»Geld spielte dabei zumindest keine Rolle. Bechners Brieftasche steckte noch in seiner Hosentasche, inklusive Bank- und Kreditkarte. Allerdings ist sein Dienstausweis verschwunden.«

»Weshalb sollte der Täter ihn stehlen?«

»Ich habe da so eine Theorie.« Peters öffnete ein Dokument auf seinem Handy. »Das hier kam gerade von den Kollegen der SOKO.« Er hielt Steffens das Display entgegen. Als der das Bild darauf sah, stockte ihm der Atem.

»Allmächtiger«, entfuhr es ihm. »Wer ist das?«

»Laut ihrem Facebook-Konto, auf dem das Bild gepostet wurde, handelt es sich um Melanie Burkhard. Die Kollegen konnten mittlerweile ermitteln, dass es sich dabei um die Person handelt, die unter dem Pseudonym Thrillerbabe Ritters Buch bewertet hat. Ich vermute, der Täter hat sich mit Bechners Ausweis als Polizist ausgegeben, um an sie heranzukommen. Offensichtlich war er diesbezüglich schneller als unsere Ermittler.«

»Verdammt!«, fluchte Steffens. »Kein Wunder, dass diese kranken Typen uns immer einen Schritt voraus sind, wenn wir uns auf offizieller Seite ständig mit diesem verdammten Datenschutz herumärgern müssen.«

»Aber immerhin ist es ein weiteres Indiz, das für Ritter als Täter spricht.«

»Und genau aus diesem Grund glaube ich nicht daran. Er müsste schon ziemlich bescheuert sein, das Ganze so offensichtlich zu gestalten.«

»Wer so etwas tut, ist sicher nicht normal.«

Steffens seufzte. »Es muss doch irgendwelche verwertbaren Spuren geben.«

Peters zuckte mit den Schultern. »Das Einzige, was die Kollegen sicherstellen konnten, ist das hier.« Er reichte Steffens einen Klarsichtbeutel, der einen länglichen Gegenstand enthielt. »Das ist der GPS-Sender, den Petzold erwähnte. Die Kollegen fanden ihn in der Tasche des Blazers. Kannst du dir das erklären?«

Steffens dachte nach. »Ritter muss geahnt haben, dass Valerie Bechner in Gefahr war. Womöglich wollte er sie schützen, indem er ihr den Stick zugesteckt hat.«

»Oder der Kerl verarscht uns gewaltig«, bemerkte Peters. »Vermutlich war er der anonyme Anrufer, der uns auf Breuers Spur bringen wollte, um von sich selbst abzulenken.«

»Das glaube ich nicht.«

»Was macht dich so sicher?«

»Keine Ahnung. Gesunder Menschenverstand vielleicht.«

»Ich denke nicht, dass der in diesem Fall ausreicht.« Er sah zu seinem Kollegen, dessen Blick gedankenverloren in der Ferne hing. »Denkst du, es ist bereits zu spät?«

»Drei Tage«, murmelte Steffens. »Wie groß ist die Wahrscheinlichkeit, dass sie noch lebt?«

»Immerhin gab es noch kein weiteres Opfer. Vielleicht lässt er sich Zeit.«

»Das dürfte uns kaum einen Vorteil bringen. Wir haben nicht den geringsten Anhaltspunkt, wo sich Valerie Bechner und Mark Ritter befinden. Ganz zu schweigen von einem Verdächtigen.«

»Das ... das würde ich so nicht sagen.«

Die Köpfe der beiden Kommissare schwenkten herum, und ihr Blick blieb auf Peter Körber haften, der hinter ihnen stand. Sein Gesicht hatte die Farbe des weißen Overalls angenommen, den er noch immer über der Kleidung trug. Lediglich die Kapuze hatte er abgezogen.

»Peter«, sprach ihn Steffens an. »Bitte sag mir, ihr habt irgendeinen Hinweis gefunden.«

»Na ja«, druckste Körber, »nicht direkt.« Er schien sichtlich mitgenommen zu sein.

»Kein schöner Anblick da drin, was?«

Körber schüttelte kaum merklich den Kopf. »Andreas und ich ... Nun ja, wir waren so was wie Freunde, haben uns einmal die Woche zum Sport getroffen.«

»Das tut mir leid«, sagte Steffens. »Vielleicht solltest du besser nach Hause fahren und Kaminski die Sache überlassen.«

»Nein, es geht schon, es ist nur ...«

»Was?«

»Andreas kam vor ein paar Tagen in mein Büro und bat mich um einen Gefallen.«

Steffens wurde hellhörig. »Inwiefern?«

»Ich sollte einen Test für ihn veranlassen.«

»Einen Test?«

Körber atmete durch. »DNA.«

Die beiden Kommissare warfen sich einen kurzen Blick zu.

»Was war der Hintergrund?«, fragte Peters.

»Das wollte er mir nicht sagen«, meinte Körber kleinlaut. »Aber ich denke, es hat etwas mit dem zu tun, was hier passiert ist.«

»Moment mal«, meinte Peters. »Soll das heißen, du hast eine nichtgenehmigte DNA-Analyse für Bechner durchführen lassen, ohne die geringsten Fragen zu stellen?«

Körber sah auf seine Hände herab, deren Finger steif ineinander verhakt waren.

»Langsam wird mir einiges klar«, sagte Steffens. »Wie es aussieht, hat Bechner auf eigene Rechnung ermittelt.«

»Du meinst ...« Peters stockte bei dem Gedanken. »Bechner hat den Leichenkünstler erpresst?«

»Offenbar war er im Besitz seiner DNA.«

»Aber was zum Teufel wollte er von ihm?«

»Mark Ritter.«

»Und weshalb?«

»Offensichtlich war unser sauberer Kollege ein ziemlich kranker und eifersüchtiger Mann.« Er wandte sich Körber zu. Der wirkte nun völlig entrückt. »Der Test hat demnach einen Treffer in der Datenbank ergeben«, sprach er ihn ohne ersichtliche Wirkung an. »Wie lautet der Name?«

»Ich bin mitschuldig an alldem hier«, wimmerte Körber mit leerem Blick. »Und ich werde die volle Verantwortung dafür übernehmen.«

Steffens packte ihn an den Schultern und schüttelte ihn. »Erzähl das dem Staatsanwalt«, schrie er. »Wir wollen von dir nur den Namen dieses Kerls. Wenn du nicht noch für zwei weitere Leben verantwortlich sein willst, dann hoffe ich für dich, du hast eine Kopie des Berichts.«

Körber hob den Kopf und sah ihm in die Augen. Dann nickte er. »Die Datei befindet sich auf dem Rechner in meinem Büro.«

## KAPITEL 39

### *Einleitung*

Mark war nervös. Wie befürchtet, hatte er nicht viel geschlafen. Zu sehr war seine Gedankenwelt auf den Moment fixiert gewesen, der nun immer näher rückte. Hinzu kam sein anhaltender Nikotinentzug, der ihn noch unruhiger machte. Dennoch tat er sein Bestes, sich nach außen hin nichts anmerken zu lassen. Er durfte nicht den Eindruck von Unsicherheit vermitteln, das hätte Huberty nur misstrauisch gemacht. Immer wieder ging er in Gedanken die Abläufe durch, nahm alle etwaigen Situationen in Betracht, die sich daraus ergeben konnten, um möglichst darauf vorbereitet zu sein. Doch letztendlich ließ sich Wahnsinn nicht kalkulieren. Er musste auf seine Intuition vertrauen. Und auf seine Fähigkeit, sich in andere Menschen hineinzudenken. Die Zeit war nun einfach gekommen, es durchzuziehen, denn auch Valerie schien mit ihrer Kraft am Ende zu sein. Sie aß kaum noch, und es war ihr anzusehen, wie schwer es ihr fiel, ihre Rolle durchzuhalten. Vor ein paar Stunden hatte er den Sichtkontakt zu ihr abgebrochen. Zuvor war sie öfter aufgestanden und in dem Raum umhergegangen, wobei Mark sich nicht mehr sicher war, ob ihr apathischer Eindruck nur gespielt war. Sie tat sich schwer mit jeglicher Art von Isolation, brauchte den Kontakt zu anderen Menschen. Nicht mehr lange und sie würde durchdrehen.

Warum meldete sich Huberty nicht? Mittlerweile müsste ihm längst aufgefallen sein, dass er keinen Zugriff mehr auf den Laptop hatte. Dennoch dauerte es eine gefühlte Stunde, bis seine Stimme aus dem Lautsprecher erklang.

»Sind Sie fertig?«

»Ja. Ich habe fast die ganze Nacht durchgearbeitet.«

»Und wieso kann ich dann nicht sehen, was Sie gearbeitet haben?«

»Sie haben es versäumt, mir den Zugriff auf die Netzwerkeinstellungen zu sperren. Ich habe den Laptop abgekoppelt.«

»Was bezwecken Sie damit?«

»Ein Geheimnis sollte geheim bleiben.«

»Wovon reden Sie?«

»Von dem Geheimnis meiner Kreativität.«

Pause.

»Ich warne Sie, spielen Sie keine Spielchen mit mir.«

»Es steht alles hier drin«, sagte Mark und deutete auf den Laptop. »Alles, was ich je über das Schreiben gelernt habe. Ideensuche, Storyentwicklung, Charakterzeichnung, Spannungsaufbau, Überarbeitung. Jede Phase der Entstehung ist darin festgehalten. Es gehört Ihnen. Im Austausch dafür bringen Sie Valerie hierher.«

Eine erneute Pause setzte ein, in der Mark erwartungsvoll in die Kamera starrte.

»Ich könnte auch einfach abwarten, bis Sie elendig zugrunde gegangen sind«, erklang Hubertys Stimme.

»Das dürfte Ihre Neugier nicht zulassen.«

»Ich könnte die Zeit damit überbrücken, mich mit Ihrer Freundin zu vergnügen. Ihre Schreie würden Sie sicher umstimmen.«

Damit hatte Mark gerechnet. Er musste seine Strategie ändern und Huberty aus der Reserve locken, ihn dazu bringen, die Kontrolle zu verlieren. Und um das zu erreichen, kannte er nur ein Mittel.

»Ich habe Ihr Manuskript gelesen«, sagte er. »Sie haben mich um eine ehrliche Meinung gebeten, und ich habe lange überlegt, wie ich es Ihnen sagen soll.«

»Es gefällt Ihnen nicht?« Hubertys Stimme klang brüchig.

»Die Geschichte hat durchaus ein paar gute Ansätze.

Aber sie ist viel zu chaotisch gestaltet. Es besteht keinerlei Zusammenhang, kein roter Faden. Die Figuren sind so eindimensional, dass selbst ein Blatt Papier mehr Tiefe besitzt. Da ist keinerlei Emotion oder Stimmung. Nur tote Wörter. Es ist Schund!«

»Sie lügen!«

»Um gut schreiben zu können«, fuhr Mark ungehindert mit seiner Kritik fort, »bedarf es in erster Linie emotionaler Reife und der Fähigkeit, diese in Worte zu fassen. Eigenschaften, die Ihnen völlig fehlen, denn die einzige Emotion, zu der Sie fähig sind, ist Hass.«

»Sie verdammter Heuchler!«

»Sie wollen wissen, wie man es besser macht? Wollen an das Geheimnis kreativen Denkens gelangen?« Mark deutete erneut auf den Computer auf dem Tisch. »Dann kommen Sie und lernen Sie von mir!«

In den nächsten Sekunden war nur ein wütendes Schnaufen zu hören.

»Ich habe mich in Ihnen getäuscht«, knurrte Huberty. »Sie sind auch nur einer dieser Besserwisser, der seine Überheblichkeit unter einer Maske verbirgt.«

Im Hintergrund war zu hören, wie Gegenstände zu Boden fielen. Huberty fauchte und schrie, und Mark hatte bildlich vor Augen, wie er sich an seinem Inventar abreagierte.

»Na schön«, kehrte Hubertys Stimme zurück, »wie Sie wollen. Ich hole Ihnen Ihre Kritikerschlampe, und dann bringen wir es zu Ende.«

Mark hörte das Schlagen einer Tür durch den Lautsprecher. Dann kehrte Ruhe ein.

Er wartete noch einige Sekunden, um ganz sicher zu gehen. Dann eilte Mark zu der Wand, die ihn und Valerie trennte. »Valerie!«, schrie er. »Der Kerl wird gleich bei dir sein. Was auch immer geschieht, wehr dich nicht und spiel deine Rolle weiter, bis ich dir ein Zeichen gebe. Du musst mir vertrauen, hast du verstanden?«

Es klopfte dreimal.

Nun gab es kein Zurück mehr. Mark atmete durch. Dann zog er die Scherbe unter der Pritsche hervor und machte sich liegend und mit zitternden Händen an die Arbeit. Ihm blieben zwei Minuten.

## *KAPITEL 40*

### *Dramaturgie*

Mark stand schweißgebadet im Raum und hielt mit beiden Händen den Laptop, als die Tür geöffnet wurde. Sein Herz schlug so schnell, dass es ihm fast schwarz vor Augen wurde. Huberty schob Valerie wie einen Schutzschild vor sich her und hielt ihr ein Messer an die Kehle. Ihre Arme hingen schlaff herab und die Augen waren starr auf Mark gerichtet.

»Lassen Sie sie los!«

»Einen Scheiß werde ich tun«, zischte Huberty und blieb vor der Markierung stehen. Der Hass schien eine Brücke zwischen seinen Augen zu schlagen. »Sie können von Glück sagen, dass sie noch atmet, denn es erschien mir effektiver, sie vor Ihren Augen ausbluten zu lassen.«

Marks Finger verkrampften sich um das Gehäuse des Computers. Seine Muskeln zitterten vor Anspannung, als er ihn über den Kopf hob. »Dann sorge ich dafür, dass Sie nie etwas davon zu sehen bekommen.«

Unruhig blickte Huberty zu dem Laptop auf. »Und wenn schon«, sagte er, nicht ganz überzeugend. »Ich glaube ohnehin nicht, dass sich darauf etwas Brauchbares befindet.«

»Wie Sie meinen.« Mark holte aus.

»Nicht!« Hubertys Augen kreisten wild hin und her, als könnten sie ebenso wenig ein Ziel finden wie seine Gedanken. »Also gut, was wollen Sie?«

Mark senkte den Laptop. Schweiß brannte in seinen Augen und sein Puls fauchte in den Ohren. »Sie lassen Valerie gehen. Sobald sie bei mir ist, werde ich zu Ihnen an die Markierung treten und übergebe Ihnen den Computer.«

»Für wie bescheuert halten Sie mich? Ich werde bestimmt nicht riskieren, dass Sie mir das Ding über den Schädel ziehen.«

»Sie wissen, dass ich dafür nicht nahe genug an Sie herankomme.«

»Vergessen Sie das. Ich werde die Kritikerschlampe nicht gehen lassen.«

»Was haben Sie letztendlich zu verlieren? Sie sitzen nach wie vor am längeren Hebel. Aber Sie könnten dadurch eine Menge gewinnen.«

»Ich lasse mir von niemandem mehr etwas vorschreiben, haben Sie das verstanden?«

Er riss Valerie die Knöpfe der Bluse auf und zerschnitt mit dem Messer die Halterung des BHs. Sie zitterte am ganzen Körper, als Huberty ihr die Klinge unter die nackte Brust hielt.

»Sie tun jetzt, was ich sage, oder ich schneide der Schlampe die Titten ab und lasse sie vor Ihren Augen verbluten! Das würde ihr zumindest ersparen, an Brustkrebs zu sterben, nicht wahr?« Ein teuflisches Grinsen kerbte sich in sein Gesicht.

Für einen Moment begann Marks Entschlossenheit zu bröckeln, und er musste all seine Kraft aufbringen, um nicht einzuknicken. Er sah die Angst in Valeries Augen, die Träne, die ihre Wange hinablief. Bei dem Anblick verkrampfte sich sein Magen schmerzhaft und ihm wurde speiübel. Dennoch zwang er sich dazu, nicht aufzugeben. So schwer es ihm fiel, aber er hatte nur diese eine Chance. Ihm blieb keine andere Wahl, als die Sache jetzt durchzuziehen.

»Tun Sie, was Sie nicht lassen können«, sagte er mit belegter Stimme, die nicht ganz so gleichgültig klang, wie beabsichtigt. »Valerie und ich werden ohnehin hier drin sterben. Der einzige Unterschied ist, dass Sie nie erfahren werden, was ich Ihnen hinterlassen habe.« Er hob den Computer an.

»Warten Sie!« Erneut schien Huberty seine hektische Gedankenwelt zu durchforsten. Er setzte das Messer ab und raufte sich nervös die Haare. Genau wie Bechner schien er sich äußerst schwer damit zu tun, die Kontrolle über eine Situation zu verlieren. »Also gut, meinetwegen.« Wütend gab er Valerie einen heftigen Stoß, sodass sie vor der Pritsche zu Boden fiel. »Bitte, Sie haben, was Sie wollen. Und nun bringen Sie mir endlich das verdammte Ding!«

Mark sah auf Valerie herab, die neben ihm am Boden lag und mit dem Arm schützend ihre Brüste bedeckte. Ihr Blick war getrübt, dennoch gab sie ihm durch ein kurzes Nicken zu verstehen, dass sie in Ordnung war. Dann wandte er sich wieder Huberty zu, der an der Markierung stand und ihn mit dem Messer zu sich winkte. Valerie war aus der Schusslinie. So weit, so gut. Er spürte die Keramikscherbe, die er die ganze Zeit mit seiner Handfläche unter dem Laptop verbarg. Mark atmete durch und ging langsam auf Huberty zu.

\*

Hubertys Hand spannte sich um den Griff des Messers. Er würde ihm nichts tun, noch nicht. Er würde sich Zeit mit ihm und der Schlampe lassen. Sollten sie doch zusammen sein, und ihren Triumph genießen, das würde nichts ändern. Wenn es so weit war, würde er sich etwas ganz Spezielles für sie einfallen lassen, jeden Moment davon auskosten. Doch zuerst musste er sich um seine Mission kümmern. Eine Mischung aus Wut und Erregung durchströmte ihn. Nur noch knapp drei Meter trennten ihn von dem Wissen, nach dem er so lange gesucht hatte. Er würde endlich hinter das Geheimnis kommen, seine Gedanken kontrollieren und seine volle schöpferische Kraft ausleben können. All die Jahre der geistigen Enteignung und die Versuche, dagegen anzukämpfen, die Ablehnung und diese unbändige Wut darüber ... für all das würde er nun entschädigt werden. Es war sein gutes Recht und es stand ihm verdammt nochmal zu. Er hatte es sich verdient!

Noch zwei Meter.

Irgendetwas in Ritters Blick kam ihm merkwürdig vor. Neben Angst und Anspannung war da noch etwas anderes. Er wusste es nicht zu deuten, aber es war zweifelsfrei da. Akribisch achtete er auf jede seiner Bewegungen, nahm jede Veränderung wahr. Dabei fiel ihm die verkrampfte Haltung seiner rechten Hand auf, mit der er den Laptop hielt.

Ein Meter.

Wieso spannte sich die Kette nicht? Normalerweise kam Ritter nicht näher als fünfzig Zentimeter an die Markierung heran, und das auch nur auf einem Bein. Der Rest war als Sicherheitsabstand gedacht, damit er nicht vornüber nach ihm greifen konnte. Er hatte das vorher genauestens ausgemessen. Sein Blick fiel auf den Boden. Erst jetzt bemerkte er die schwachen Kleberückstände auf den Fliesen hinter sich. Die Markierung war gut einen halben Meter nach vorne in den Raum verschoben.

»Was zum Henker ...«, entfuhr es ihm, als er den Blick entsetzt nach oben riss. Dann sah er nur noch, wie etwas auf ihn zuflog.

Mark hatte alles in seiner Macht stehende getan, um Hubertys Aufmerksamkeit auf den Laptop zu lenken. Doch als er nun auf den Boden sah, wusste Mark, dass seine Täuschung aufgeflogen war. Nur noch zwei Schritte trennten ihn von seinem Gegner. Als der wieder aufsah, warf Mark ihm kurzentschlossen den Laptop entgegen und hechtete nach vorn. Er sah, wie Huberty mit beiden Armen schützend den Computer auffing; spürte, wie die Kette an seinem Bein spannte und ihn zurückhielt, als sie gegen die Verstrebung stieß. Doch dieses Mal war der Abstand zu Huberty um gut einen halben Meter verringert. Mark nutzte dessen Verwirrung, holte aus und rammte ihm die Keramikscherbe seitlich in den Hals.

Hubertys Arme erschlafften, und der Computer schlug krachend auf die Fliesen. Er röchelte, während er Mark mit weit aufgerissenen Augen betrachtete, in denen sich noch immer seine Überraschung widerspiegelte.

»Der Unterricht ist beendet«, keuchte Mark triumphierend. »Ich hoffe, das war kreativ genug für dich, du geisteskranker Bastard!«

Huberty wollte etwas erwidern, doch er spukte nur Blut. Langsam taumelte er in Richtung Tür zurück. Im ersten Moment hatte es den Anschein, als könne er sich nicht mehr auf den Beinen halten. Als wäre er besiegt. Doch dann fing er sich plötzlich wieder und Mark sah, wie der Wahnsinn in seine Augen zurückkehrte. Und mit ihm seine Entschlossenheit, die nun übermenschliche Züge annahm. Mit einem gurgelnden Schrei stürzte er auf ihn zu.

Das Messer zerschnitt Mark das Hemd und hinterließ einen blutigen Streifen auf seiner Brust. Den nächsten Angriff konnte er abwehren. Er packte Huberty am Kragen und riss ihn rücklings mit sich zu Boden.

»Lauf Valerie!«, schrie Mark, während er sein Bestes tat, um seinen Gegner festzuhalten. »Lauf zur Straße und hol Hilfe! Schnell!«

Valerie lag noch immer am Boden. Alles um sie herum erschien ihr unwirklich, als wäre sie kein Teil davon und würde das Geschehen nur aus der Ferne interpretieren, wie ein Erzähler, der eine Geschichte vorlas. Erst Marks Stimme katapultierte sie zurück in diese Szenerie und verdeutlichte ihr auf eindringliche Weise, dass es nun in ihrer Hand lag, diesen Wahnsinn zu beenden. Es war wie ein Ruck, der durch sie hindurchging und die Stimmen und Geräusche um sie herum wieder real werden ließ. Beim Anblick der beiden kämpfenden Männer am Boden zögerte sie noch einen Augenblick unschlüssig. Sie überlegte, ob sie Mark irgendwie helfen konnte. Dann blickte sie zu der offenen Stahltür und kam zu der Überzeugung, dass dies ihre beste Option war. Sie kämpfte sich auf die Beine und lief zu dem Durchgang. Dort angekommen drehte sie sich noch einmal um. Erst jetzt erkannte sie, dass Marks Hemd um die Brust herum blutgetränkt war, und sie durchfuhr der schreckliche Gedanke, ihn zum letzten Mal lebend zu sehen.

»Lauf«, rief er ihr zu, als wollte er sie davon überzeugen, dass es nicht feige, sondern richtig war.

Dann wandte sie sich ab und rannte los.

\*

Mark sah noch, wie Valerie hinter dem Türrahmen verschwand, dann bohrte sich die Klinge des Messers in sein Fleisch. Er hörte das Schrammen, als die Spitze am Knochen abrutschte und sich tiefer in ihn hineingrub. Sämtliche Nerven schienen aufzuschreien und raubten ihm jegliche Kraft. Er bäumte sich auf und griff nach dem Messer, zog es mit einem Ruck aus sich heraus. Noch bevor er mit dem Gedanken spielen konnte, es gegen Huberty einzusetzen, traf ihn ein Schlag im Gesicht, dessen Wucht ihm beinahe das Bewusstsein geraubt hätte. Der Schwung riss ihm das Messer aus der Hand und schleuderte es neben die

Toilette. Für einen Moment drehte sich alles vor seinen Augen. Nur diffus nahm er wahr, wie Hubertys Fuß erneut auf ihn zuraste und sich in sein Zwerchfell grub, was ihm den Rest gab. Stöhnend rollte Mark sich von ihm weg und blieb blutend und nach Luft ringend am Boden liegen. Er hörte das pfeifende Rasseln von Hubertys Atem, sah verschwommen, wie er sich auf die Beine stemmte. Mark versuchte noch, nach ihm zu greifen und ihn zurückzuhalten. Doch er musste hilflos mit ansehen, wie Huberty sich zur Tür hinausschleppte und Valerie hinterherlief. Dann sackte er leblos zusammen.

## KAPITEL 41

### *Finale*

Valerie rannte den Gang entlang. Sie kannte die räumlichen Gegebenheiten noch von ihrer Ankunft her. Nach etwa zehn Metern endete der Gang an der Wand des Anbaus. Die Feuerschutztür dort war verschlossen. Sie bog nach rechts ab, wo sich eine alte Anlieferungsrampe befand. Das Tor war versperrt, die Tür daneben aber offen. Sie hastete die wenigen Stufen der Wangentreppe hinab auf den Hof. Das Sonnenlicht blendete sie und sie wäre beinahe gestürzt. Die Muskeln ihrer Beine waren durch das lange Liegen steif und schwer, dennoch zwang sie sich dazu, ihr Tempo nicht zu verringern. Dabei scherte sie sich nicht um ihre zerrissene Bluse und die Nacktheit ihrer Brüste. Sie lief vorbei an dem länglichen Neubau, der in mehrere Bereiche untergliedert war. Im hinteren Teil befand sich Hubertys Büro, wie sie dem Schild an der Tür entnehmen konnte. Von dort aus hatte er sie höchstwahrscheinlich überwacht. Daneben war eine weitere Laderampe, von der aus man vermutlich in die Räume der Fleischverarbeitung kam. Der Anbau endete am Hauptgebäude, wo sich der Verkaufsraum zur Straße hin befand. Kein Mensch war auf dem Betriebsgelände zu sehen. Nach dem Stand der Sonne zu urteilen, musste es gegen Mittag sein. Und wenn ihre innere Uhr sie nicht täuschte, waren seit ihrer Ankunft hier drei Tage vergangen. Wenn das stimmte, war davon auszugehen, dass sich an einem Samstagmittag allenfalls noch Personal im Verkaufsraum zur Straße hin aufhielt. Hier war nicht mit Hilfe zu rechnen.

Dann hörte Valerie Schritte hinter sich. Sie sah zurück und erkannte Huberty, der blutüberströmt die Stufen hinabkam. Etwas Helles, Knochenartiges ragte aus seinem

Hals, und bei jedem seiner rasselnden Atemzüge sprühte Blut aus seinem Mund.

*Mark!*

Er hatte den Kampf verloren. Das hieß, er war vermutlich tot.

Sie zwang sich dazu, diesen Gedanken auszublenden, ihn nicht zu mächtig werden zu lassen. Sie musste jetzt an ihr eigenes Überleben denken, sonst wäre Marks Aufopferung umsonst gewesen. *Lauf*, erklangen seine letzten Worte in ihrem Kopf. *Lauf zur Straße und hol Hilfe!*

Panisch rannte Valerie weiter, vorbei an dem weißen Lieferwagen, in dem sie hierher verschleppt worden war, auf das mannshohe Einfahrtstor zu. Immer wieder blickte sie zurück, sah Huberty, der weiter aufholte.

Wie konnte er so schnell sein?

Valerie stolperte und schrie auf, als sie den Sturz mit ihrem Arm abzufangen versuchte und sich die Haut am rauen Asphalt aufriss. Sie fluchte in sich hinein und verdammte einmal mehr ihre Tollpatschigkeit, die sie nun das Leben kosten konnte.

Hinter sich hörte sie Huberty näherkommen.

Sie rappelte sich auf, ignorierte das Brennen und den Schmerz in ihrem Arm und lief weiter. Das Tor hatte einen Sichtschutz, sodass sie die Straße dahinter nicht sehen konnte. Auf der linken Seite befand sich ein separater Zugang in Form einer stählernen Tür.

*Bitte, lass sie nicht verschlossen sein*, flehte sie in sich hinein. *Bitte, lieber Gott!*

Völlig entkräftet prallte sie gegen die Tür. Mit zitternder Hand drückte sie die Klinke nach unten.

Nichts.

»Hilfe!«, schrie sie mit aller Kraft, während sie hektisch an dem Schlüssel hantierte, der aus dem Schließzylinder ragte. Das Schloss war alt und sperrig, doch schließlich gelang es ihr, den Schlüssel zu drehen. Eine Welle der Euphorie durchflutete sie, als der Riegel nachgab und die Tür sich öffnete.

Im selben Moment spürte sie eine Hand in ihrem Nacken.

\*

Fast wäre er zu spät gewesen. Die Schlampe war schnell, das musste er ihr lassen. Seine Verletzung schwächte ihn, aber er blendete sie aus. Er konnte nicht sagen, ob es die Droge war, die ihn den Schmerz nicht wahrnehmen ließ, oder die unbändige Wut darüber, dass er sich auf eine so simple Art hatte austricksen lassen. Am liebsten hätte er seinen Zorn herausgeschrien, doch der Gegenstand, den Ritter ihm in den Hals gerammt hatte, ließ nur ein Röcheln zu. Er konnte spüren, wie die Spitze dieses Dings in seinem Kehlkopf steckte, wie das Blut im Inneren seines Halses entlanglief und sich in seinem Magen sammelte. Sollte dieser heuchlerische Mistkerl noch leben, dann würde er teuer dafür bezahlen. Aber zunächst musste er sich um die Kritikerschlampe kümmern. Er packte sie und schleuderte sie zurück in den Hof. Ihre nackten Brüste wippten auf und ab, und sie schrie und kreischte, während er sie zu Boden drückte und sich rittlings auf sie setzte. Ihre Gegenwehr erstarb, als er den Gegenstand mit seiner Hand umschloss und mit einem schmatzenden Geräusch aus seinem Hals zog. Prüfend betrachtete er die blutige Scherbe. Dieser verdammte Heuchler!

Huberty hustete, und eine Fontäne aus Blut sprühte aus seinem Mund. Er sah in das Gesicht der Schlampe, weidete sich einige Sekunden lang an dem Entsetzen in ihren Augen. Es war die Gewissheit des Todes, den er darin erkannte, die völlige Machtlosigkeit. Er überlegte, ob er diesen göttlichen Moment hinauszögern und ihr hübsches Gesicht zerschneiden sollte. Doch er musste sich auch noch um Ritter kümmern, und sein Blutverlust schwächte ihn zusehends. Ihm blieb nicht mehr viel Zeit.

Seine Lippen formten sich zu einem bösartigen Grinsen. Dann umfasste er die Scherbe mit beiden Händen und holte weit aus.

\*

Lähmendes Entsetzen befiel Valerie, als sie sah, wie Huberty sich die Scherbe aus dem Hals zog und zum Todesstoß ansetzte. Das alles erschien ihr so surreal wie ein Albtraum, aus dem sie nicht erwachte, nie wieder erwachen würde. Sie hatte versagt. Sich jetzt noch zu wehren, war sinnlos. Ein letztes Mal atmete sie durch. Dann schloss sie die Augen, in der Gewissheit, sie nie wieder zu öffnen.

Ein peitschender Knall zerriss die Luft. Fast im selben Moment legte sich ein warmer Sprühnebel über Valeries Gesicht. Die Stille danach war unnatürlich, fast spirituell. Nur zögerlich schlug sie die Augen wieder auf und sah in Hubertys regloses Gesicht. Sein rechtes Auge war verschwunden und hatte nur eine fleischige Höhle hinterlassen. Für einen Moment glaubte Valerie, er würde für alle Ewigkeit mit erhobenen Händen in dieser Starre verharren. Eine Statue des Grauens. Dann glitt die Scherbe aus seinen Händen, und er sackte leblos über ihr zusammen.

Sie hörte schnelle Schritte. Kurz darauf tauchten Gestalten in dunklen Helmen und Schutzwesten auf. Sie hielten ihre Waffen im Anschlag, während sie Hubertys Leiche von ihr wegzerrten. Valerie erschrak, als das Gesicht eines Mannes über ihr auftauchte und eine Stimme zu ihr sprach.

»Valerie Bechner?«

Es tat so unendlich gut, ihren Namen zu hören.

»Mein Name ist Bernd Steffens, Kripo Köln. Sind Sie verletzt?«

Sie schüttelte den Kopf, hatte keine Kraft zu sprechen.

»Wo ist Mark Ritter?«

Langsam hob sie ihren Arm und deutete hinter sich. »Altes Kühlhaus«, krächzte sie.

»Lebt er noch?«

Sie zögerte. Dann zuckte sie mit den Schultern, während ihr Tränen in die Augen stiegen.

»Befindet sich sonst noch jemand auf dem Gelände?«

Erneutes Kopfschütteln.

Der Mann, der sich Steffens nannte, winkte wild mit den Armen, während er Befehle brüllte. »Seht nach, und schafft den Notarzt her! Und eine Decke!« Er streifte seine Jacke ab und legte sie Valerie um die Schulter, um ihre Blöße zu bedecken. Durch die Tränen nahm sie ihn nur noch verschwommen wahr. Dann zog er sie sanft an sich. »Keine Sorge«, sagte er und nahm sie tröstend in den Arm, wofür sie ihm unendlich dankbar war. »Sie haben es überstanden. Es ist vorbei.«

Sie weinte bitterlich.

# KAPITEL 42

## Aufarbeitung

Eine Stunde später besetzten Polizei- und Rettungsfahrzeuge den Hof des Betriebs. Das SEK war mittlerweile abgerückt und Mitarbeiter der Kripo und der Spurensicherung bevölkerten das Gelände. Die Metzgerei wurde geschlossen und die beiden völlig verstörten Verkäuferinnen zur Vernehmung aufs Präsidium gebracht. Wie sich herausstellte, wussten sie nicht, dass sich in der Auslage der Theke auch Wurst aus menschlichen Inhaltsstoffen befand. Die beiden Frauen mussten sich anschließend einer Psychotherapie unterziehen.

In einer verriegelten Kühltruhe, in einem abgetrennten Bereich der Fleischverarbeitungshalle, fand man neben tierischem Fleischabfall auch die Überreste von drei Menschen. Wie eine spätere DNA-Analyse ergab, handelte es sich dabei um Sebastian Breuer, Ralf Clemens und Melanie Burkhard. Ein Schild an der Truhe war beschriftet mit »Tiernahrung«. Manuel Drechsler, der einzigen Mitarbeiter in der Fleischverarbeitung, brach bei seiner Befragung geschockt zusammen, als man ihn mit den Vorfällen konfrontierte. Obwohl die Polizei ihn als Mittäter ausschloss, nahm er sich zwei Monate später das Leben.

Valerie saß im Heck eines Sanitätsfahrzeugs und beobachtete, wie die Spurentechniker Beweismittel und Gegenstände aus dem Gebäude heraustrugen. In ihren weißen Overalls kamen sie ihr fast wie Geister vor. Unter der Decke, die sie sich um die Schultern geschlungen hatte, trug sie noch immer die Jacke, die der Kommissar ihr gegeben hatte. Sie nippte an einem Becher Wasser, als hinter ihr eine Stimme ertönte.

»Hey«, sagte Mark und trat aus dem Krankenwagen, in dem der Notarzt ihn medizinisch versorgt hatte. Es hatte etwas gedauert, ihn von der Kette zu befreien und seine Blutung zu stillen. Die Wunde an seiner Brust war glücklicherweise nicht sehr tief und musste daher nicht genäht werden. Anders bei der Verletzung, die das Messer oberhalb des Schlüsselbeins hinterlassen hatte. Sechs Stiche und ein Verband waren nötig gewesen, um die Wunde zu verschließen. Die Schmerzen hinderten Mark nicht daran, Valerie in den Arm zu nehmen.

»Ich hatte solche Angst«, sagte sie, noch immer leicht verstört.

»Ich weiß«, sagte Mark und zog sie tröstend an sich.

»Nicht nur um mich.« Sie sah ihm in die Augen. »Ich hatte furchtbare Angst, du könntest tot sein. Als Huberty hinter mir herkam, war ich mir dessen fast sicher.«

»Mir geht es gut«, versicherte ihr Mark. »Wie es aussieht, sind wir zusammen unschlagbar.«

Sie lächelte ihn an. Dann beobachteten sie, wie einer der Techniker den Laptop aus dem Gebäude trug und in einem Zivilfahrzeug verstaute.

»Das Geheimnis deiner Kreativität?«

Er betrachtete sie fragend. »Du konntest alles mit anhören?«

Sie nickte.

Nun war er es, der lächeln musste. »Das war natürlich völliger Blödsinn«, meinte er. »Es gibt kein allumfassendes Geheimnis, das einem sagt, wie man Bilder malt oder Bücher schreibt. Mir ist jedenfalls keine Regel bekannt, die es einem erleichtert. Wer sich dazu berufen fühlt, und das nötige Talent besitzt, der findet seinen eigenen Weg. Doch dazu fehlte Huberty etwas Entscheidendes.«

»Und das wäre?«

»Die Fähigkeit, positive Gefühle zu entwickeln. Er kannte nur Hass.«

»Dann ist es also Liebe, die es auslöst?«

Mark blickte in ihre blauen Augen. »Oh ja«, meinte er. »Liebe ist auf jeden Fall ein entscheidender Faktor.« Er küsste sie innig.

Jemand räusperte sich verhalten.

Mark blickte auf und erkannte Bernd Steffens, der zu ihnen getreten war. »Herr Kommissar«, meinte er verlegen. »Vielen Dank, dass Sie uns da rausgeholt haben.«

»Letztendlich war es Ihre eigene Weitsicht, die uns über Umwege hierher geführt hat.« Er hielt einen länglichen Gegenstand in der Hand. »Ich nehme an, der gehört Ihnen.«

»Was ist das?«, fragte Valerie.

»Ein GPS-Sender«, klärte Steffens sie auf. »Wir haben ihn in der Tasche Ihres Blazers gefunden.«

»Und wie ist er dorthin gekommen?«

»Ich hatte Professor Petzold gebeten, ihn mir zu besorgen«, erklärte Mark. »Ich war mir ziemlich sicher, dass der Leichenkünstler es auf mich abgesehen hat. Mir war aber auch klar, dass Bechner die Sache nicht auf sich beruhen lassen würde. Und als es dann mit uns beiden ... na ja, da wollte ich sichergehen, dass dir nichts passiert. Bevor ich am Friedhof ausgestiegen bin, habe ich dir den Sender zugesteckt.«

Sie betrachtete ihn mit großen Augen. »Du ... du hast meine Sicherheit deiner eigenen vorgezogen?«

Mark nickte.

Erneut stiegen Tränen in ihr auf. »Das ist das Selbstloseste, was je ein Mann für mich getan hat.«

»Es ist das übliche Vorgehen, bei einem Menschen, den man liebt.«

Ihr fiel die Decke von den Schultern, als sie sich Mark an den Hals warf und ihn küsste. Kurz darauf stieß sie ihn wieder von sich weg. »Das war ziemlich dumm von dir, das weißt du«, sagte sie erzürnt. »Die Polizei hätte schon viel früher hier sein und das Ganze beenden können, hättest du dieses Ding bei dir behalten.«

Erneut erklang ein verhaltenes Räuspern. »Das würde ich so nicht sagen«, meinte Steffens. »Der Professor konnte uns leider erst heute im Krankenhaus über die Umstände aufklären.«

»Krankenhaus?«, fragte Mark besorgt. »Was ist passiert?«

Steffens erläuterte den beiden die Vorfälle. »Aber keine Sorge«, fügte er hinzu. »Er ist schon wieder wohlauf und wird in den nächsten Tagen entlassen werden, wie mir der Arzt mitgeteilt hat.«

Mark atmete auf. Fast erschien es ihm, als hätte das alles so passieren sollen, als hätte das Schicksal ihm dadurch eine Lektion erteilt. Und er glaubte, die Botschaft verstanden zu haben.

»Andreas ist tot, nicht wahr?«, fragte Valerie.

Steffens nickte, ohne näher auf die Umstände von Bechners Ermordung einzugehen.

»Es tut mir nicht leid für ihn«, meinte sie kühl.

»Nachdem, was er Ihnen angetan hat, kann Ihnen das auch niemand verübeln«, sagte Steffens. »Zum Glück waren wir noch rechtzeitig vor Ort. Eigentlich haben wir das nur der Inkompetenz eines Kollegen zu verdanken. Vielleicht rettet ihm das auch den Arsch.« Er sah verhalten zu Valerie, als wolle er sich für diesen Ausdruck entschuldigen.

»Keine Sorge«, meinte Mark. »Sie ist mit zwei Brüdern aufgewachsen.«

»Was macht Ihre Verletzung?«, fragte Steffens.

»Nur eine Fleischwunde. Falls man das in dem Fall so sagen kann.«

»Die Kameras haben alles auf Festplatte aufgezeichnet. Damit hat Huberty seinen Wahnsinn quasi für uns dokumentiert.«

»Dann wissen Sie ja auch, dass er Kettner nicht umgebracht hat«, sagte Mark.

»Davon sind wir schon vorher ausgegangen. Der Mord

passte nicht in sein Profil.«

»Wieso trage ich dann keine Handschellen?«

»Weil ich mir ziemlich sicher bin, dass Sie auch nicht der Täter sind«, sagte Steffens.«

Mark sah fragend zu ihm auf. »Erläutern Sie mir auch die Gründe dafür?«

»Wir haben am Fundort der Leiche frische Reifenspuren gefunden. Leider ist der Untergrund dort sehr mit Kies durchsetzt, sodass wir die Reifen keinem bestimmten Typ zuordnen konnten. Dennoch sind wir uns sicher, dass es sich um das Fahrzeug des Täters handelt. Es befindet sich in unmittelbarer Umgebung nichts, was Kettner dazu bewegt haben könnte, dort zu Fuß hinzugehen. Auch spricht nichts dafür, dass er sich dort mit jemandem treffen wollte. Und die Aufnahme, auf der die Auseinandersetzung zwischen Ihnen und Kettner festgehalten wurde, zeigt eindeutig, dass Sie in dieser Nacht keinesfalls mehr in der Lage gewesen wären, ein Fahrzeug zu bewegen, zumal nicht einmal eines auf sie zugelassen ist. Und zu guter Letzt konnte uns ein Zeuge benannt werden, der Sie zur vermeintlichen Tatzeit torkelnd am Straßenrand gesehen hat. Laut seiner Aussage sollen Sie ziemlich lädiert und orientierungslos gewesen sein.«

»Ein Zeuge?«, fragte Mark.

»Einer der Gäste der Vernissage, der sich auf dem Heimweg befand. Wir wissen über die Galeristin davon.«

»Pia Lempert?«

»Ja. Sie hat sich eigenständig an uns gewandt, nachdem Sie telefonisch nicht zu erreichen waren. Durch sie wissen wir auch, dass Sie sich an nichts aus dieser Nacht erinnern können. Ihr Verschwinden ließ daher die Vermutung zu, dass Sie aus Angst untergetaucht waren, um womöglich auf eigene Faust zu ermitteln, was uns dann auch durch Frau Bechners Kontaktaufnahme bestätigt wurde.«

»Wie du siehst, hat Erreichbarkeit auch ihre Vorteile«, sagte Valerie.

Mark streifte ihr zärtlich über die Wange. Er musste noch viel lernen, was weibliche Intuition betraf. »Wenn ich Sie richtig verstanden habe«, sagte Mark an Steffens gerichtet, »hat der Zeuge gesagt, ich wäre verletzt gewesen.«

Steffens nickte. »Er meinte, Ihr Gesicht war blutverschmiert.«

»Laut der Aufzeichnung hatte ich diese Verletzung noch nicht, als ich das Lokal verlassen habe. Wie ich von Huberty weiß, hat Ralf mich alleine gelassen, nachdem er mir ein Taxi gerufen hatte.«

»Wir konnten anhand seiner Anrufprotokolle den Taxidienst ermitteln. Der Fahrer konnte sich noch daran erinnern, dass er am vereinbarten Abholpunkt niemanden angetroffen hat.«

Mark grübelte. »Demnach bin ich im Rausch zu Fuß über die Brücke zum Rheinpark gegangen. Es muss also zwischenzeitlich irgendetwas vorgefallen sein«, schlussfolgerte er und verfiel einen Moment in Gedanken. »Valerie erwähnte bei unserem ersten Treffen etwas von einer Stichverletzung an Kettners Leiche. Ist das richtig?«

»Ja, aber ...«

»Lassen Sie mich raten«, fiel ihm Mark ins Wort. »Sie stammt nicht von einem Messer.«

»Woher wissen Sie das?«

Mark sah zu dem alten Kühlhaus hinter dem Anbau. »Ich hatte da drin eine Menge Zeit zum Nachdenken.«

»Sie haben also einen Verdacht«, mutmaßte Steffens.

Mark nickte.

»Nun«, meinte der Kommissar, »den habe ich auch. Wir sollten uns auf dem Präsidium weiter darüber unterhalten. Und vielleicht deckt sich ja Ihr Verdacht mit meinem und wir finden gemeinsam eine Lösung.«

»Ich hätte da schon eine Idee«, sagte Mark.

## KAPITEL 43

## *Nachbearbeitung*

Zwei Tage später traf sich Mark mit Pia Lempert in der Galerie. Sie saßen bereits am Besprechungstisch, schräg gegenüber von Pias Büro, als Benedikt Meurer zu ihnen stieß. Wie immer war er akkurat gekleidet und sah aus, als wäre er gerade vom Frisör gekommen. Er begrüßte die beiden und nahm neben Pia auf der gegenüberliegenden Seite Platz.

»Bin ich zu spät?«
»Nein«, sagte Mark. »Danke fürs Kommen.«
»Ich arbeite hier, wie Sie wissen.«
»Nach allem, was passiert ist, sollten wir auf Förmlichkeiten verzichten. Mein Name ist Mark.«
Benny nickte ihm zu.
»Tut mir leid, ich wollte dich nicht aus deiner Mittagspause holen.«
»Schon gut«, winkte Benny ab. »Das Buffet beim Asiaten war ohnehin schon mal besser. Wie geht es deiner Schulter?«
»Halb so wild. Es hätte mich schlimmer treffen können.«
Bennys Blick blieb auf dem üppigen Blumenstrauß in der Mitte des Tisches haften.
»Der ist von Mark«, erklärte Pia.
»Ich dachte, du machst dir nichts aus Blumen«, entgegnete Benny.
»Als Entschuldigung finde ich sie angebracht.«
Er betrachtete Mark. »Soviel ich weiß, hast du dich bereits bei uns entschuldigt.«
»Nicht angemessen, wie ich finde. Ich habe mich euch gegenüber wie ein Vollidiot benommen. Der Umstand,

dass ich nicht Herr meiner Sinne war, ändert nichts daran. Ich weiß, ich kann den Schaden, den ich euch damit zugefügt habe, nur schwerlich wiedergutmachen. Aber nachdem diese schreckliche Sache nun ausgestanden ist, würde ich euch wenigstens gerne als Entschädigung zum Essen einladen.«

»Hoffentlich nicht asiatisch«, flachste Benny.

»Ich dachte da mehr an das *Le Moissonnier*.«

Benny spitzte beeindruckt die Lippen. »Das dürfte dich eine Stange Geld kosten. Aber da dein Buch nach dem ganzen Rummel die Bestsellerliste anführt, kannst du dir das sicher leisten. Ich sagte dir ja, Marketing ist alles.«

»Du solltest darüber nicht vergessen, dass unter anderem auch Ralf Clemens diesem *Rummel* zum Opfer gefallen ist«, bremste Pia ihn aus.

»Ja ... natürlich«, räumte Benny kleinlaut ein.

Mark wandte sich an Pia. »Ich möchte mich damit auch bei dir für deine Hilfe bedanken. Letztendlich war es die Aussage des Zeugen, den du benannt hast, der die Polizei von meiner Unschuld überzeugt hat.«

»Das ist nett von dir, aber eigentlich habe ich nicht viel getan. Die Polizei wäre auch ohne mich an diese Aussage gekommen.«

»Dennoch hast du dich für mich eingesetzt. Dafür danke ich dir.«

»Das hast du bereits zur Genüge getan«, sagte Pia und legte ihre Hand auf die Mappe, die vor ihr auf dem Tisch lag.

»Was ist das?«, fragte Benny.

»Ein Vertrag über weitere Bilder aus der Hinterlassenschaft von Ralf Clemens. Und eine Vollmacht von Professor Petzold. Ich habe den Vertrag auf Marks Veranlassung aufgesetzt«, sagte Pia und ließ sich dabei nicht anmerken, dass Mark sie bereits am Vortag über die wahre Herkunft der Bilder aufgeklärt hatte.

Benny zog fragend die Augenbrauen zusammen. »Was

hat der Professor mit Clemens' Bildern zu tun?«

»Er war sein Mentor«, sagte Mark. »Und er ist ein anerkannter Kunstexperte. Ralf hat ihn als alleinigen Verwalter seiner Bilder eingesetzt. Der Professor hat mich gebeten, den Vertrag in seinem Auftrag zu unterzeichnen, da er noch im Krankenhaus liegt.«

Pia schlug die Mappe auf und schob sie Mark zu. »Du musst nur noch gegenzeichnen. In der Zwischenzeit hole ich uns etwas zum Anstoßen.« Sie wirkte ein wenig verunsichert, was gar nicht zu ihr passte. Nachdem sie in ihr Büro verschwunden war, ergriff Benny wieder das Wort.

»Es gibt also noch weitere Bilder.«

Mark nickte. »Zwölf Stück.«

»Das ist großartig«, schwärmte Benny. »Wir können eine zweite Ausstellung organisieren. Durch den ganzen Medienhype werden die Preise in den Himmel schießen.«

»Marketing ist eben alles, nicht wahr?«, meinte Mark zynisch. »Wie gut, dass dir David Kettner nicht mehr in die Quere kommen kann.«

Bennys Gesichtsausdruck fror ein. »Was soll das heißen?«

»Wie ich hörte, liefen die Geschäfte in letzter Zeit nicht so gut. Ihr brauchtet eine rentable Ausstellung. Kettners Kritik wäre da sicher nicht förderlich gewesen. Erst recht nicht, nachdem ich ihn vor allen Anwesenden blamiert habe. Er hätte vermutlich kein gutes Wort für dich und Pia übrig gehabt. Ganz zu schweigen von Ralfs Bildern. Da kam dir sein Tod sicher nicht ungelegen.«

»Du willst mir damit hoffentlich nichts unterstellen.«

»Hätte ich denn einen Grund dazu?« Mark beugte sich über den Tisch nach vorn. »In den Tagen meiner Gefangenschaft habe ich mir immer wieder die Frage gestellt, wer am meisten von Kettners Tod profitieren könnte? Dabei tauchte auch immer wieder dein Name auf.«

»Wie schon gesagt, Kettner hatte sich eine Menge Feinde gemacht.«

Marks Blick verharrte noch einen Moment auf Benny. Dann ließ er sich zurücksinken. »Ja, sicher«, meinte er und blickte auf den Vertrag vor sich. »Ich brauche etwas zum Schreiben.«

Benny zog einen Stift aus der Innentasche seines silbergrauen Sakkos und reichte ihn Mark. Der betrachtete den Kugelschreiber kritisch. Ein einfaches Werbemodell mit der Aufschrift der Galerie.

»Was ist mit dem goldenen Kugelschreiber passiert?«, fragte Mark. »Du weißt schon, der mit den Brillanten. Mir ist aufgefallen, dass du ihn bereits am Tag nach der Vernissage nicht mehr bei dir hattest, als du mir Valeries Nummer notiert hast.«

»Ach der«, meinte Benny verlegen. »Ich muss ihn wohl verlegt haben. Suche schon seit Tagen danach.«

»Ziemlich ärgerlich.«

»Kann man wohl sagen.«

»Ich meine, dass du ihn entsorgen musstest, nachdem du ihn Kettner in die Brust gerammt hast. Die Waffe eines Schriftstellers. Sehr symbolhaft, das muss ich dir lassen.«

Benny starrte ihn an.

»Wirklich schade um das teure Stück«, fuhr Mark fort. »Aber die Blutrückstände daran hätten dich verraten können. Du musstest ihn notgedrungen loswerden.«

»Du redest Blödsinn.«

»Ach ja?« Erneut beugte er sich zu ihm nach vorn. »Die Polizei hat winzige Tintenrückstände in der Wunde sicherstellen können. Und zwar von der Sorte, wie sie in Kugelschreibern verwendet wird. Ein erstaunlicher Zufall, findest du nicht? Und im Gegensatz zu Pia hat dich Kettners Tod nicht sonderlich überrascht.«

»Du spinnst dir da was zurecht. Ihr Autoren seht doch in allem eine Verschwörung.«

»Wie ich vom leitenden Ermittler weiß, hast du für die Tatzeit kein Alibi.«

»Ich saß im Auto und war auf dem Weg nach Hause,

nachdem du uns mit deiner Nummer den Abend ruiniert hattest.«

»Laut den Aussagen hast du das Leonardo etwa zehn Minuten nach Kettner verlassen. Ich habe die Abläufe mindestens ein Dutzend Mal durchgespielt. Nachdem Ralf mir ein Taxi bestellt und mich allein in der Nähe des Lokals zurückgelassen hat, muss Kettner aufgetaucht sein. Er war uns gefolgt, konnte diese Demütigung nicht auf sich sitzen lassen. Und als er mich allein und fast besinnungslos auf einer Bank sitzend vorfand, war das für ihn die ideale Gelegenheit, um seine Drohung wahrzumachen und es mir heimzuzahlen. Vermutlich hast du aus deinem Auto heraus beobachtet, wie er mich fertiggemacht hat, hast sogar abgewartet, bis er sich an mir abreagiert hatte.«

Benny sagte nichts, betrachtete Mark nur reglos.

»Kurz darauf hast du Kettner abgefangen und ihm angeboten, ihn zum Hotel zu fahren. Aber trotz aller Bemühungen ist es dir nicht gelungen, ihn während der Fahrt umzustimmen. Es kam zum Streit und du bist ausgetickt. Plötzlich saß Kettner röchelnd neben dir und dein Kugelschreiber ragte aus seiner Brust. Du hast Panik bekommen. Es gab kein Zurück mehr. Kettner war noch am Leben. Du musstest ihn beseitigen, ihn endgültig mundtot machen. Also bist du unter die Brücke gefahren und hast ihm dort den Rest gegeben. Es gab jede Menge Zeugen, die meinen Streit mit Kettner beobachtet haben. Und sein Blut befand sich an meinem Hemd. Ideale Voraussetzungen, um mir den Mord unterzuschieben. Deshalb hast du es auch so unkontrolliert aussehen lassen, wie die Tat eines Mannes, der nicht mehr Herr seiner Sinne ist.« Er sah Benny eindringlich in die Augen. »Und als ich am nächsten Tag in meiner Verzweiflung zu euch gekommen bin, da hast du mich in dem Glauben gelassen, ich hätte Kettner auf dem Gewissen. Vermutlich hattest du mieses Schwein sogar deinen Spaß daran.«

Noch immer zeigte Benny keine Regung. Dann beugte

auch er sich zu Mark nach vorn. »Ihr bescheuerten Künstler seid ja so erhaben, nicht wahr?«, raunte er. »Bildet euch ein, ihr habt die Weisheit mit Löffeln gefressen und könntet andere von oben herab behandeln, nur weil ihr in der Lage seid, Bücher zu schreiben oder Pinsel zu schwingen. Dabei wäre euer Geschmiere ohne jemanden wie mich einen Scheißdreck wert. Ich habe euer introvertiertes Getue so satt! Also entschuldige bitte, dass ich nicht vor Ehrfurcht sofort auf die Knie gefallen bin, als du hier aufgetaucht bist. Und was Kettner betrifft, der war das größte Arschloch von allen. Und ich muss zugeben, ich habe es zutiefst genossen, was du ihm an diesem Abend alles an den Kopf geworfen hast. Was den Rest deiner kleinen Geschichte betrifft, kann ich nur sagen, du hast wirklich eine lebhafte Fantasie. Nur leider kannst du nichts davon beweisen.«

»Ich nehme an, du hast dein Auto reinigen lassen.«

Benny sah verstohlen zu der geschlossenen Bürotür. »Das war gar nicht nötig«, senkte er seine Stimme weiter. »Ich habe Kettner vor der Vernissage am Hotel abgeholt und ihn danach zum Leonardo gefahren. Es würde also einen Scheiß bedeuten, sollten die Bullen dort Haare oder Fingerabdrücke von Kettner finden. Und im Gegensatz zu dir habe ich darauf geachtet, nicht überall sein Blut zu verteilen.«

»Ich muss zugeben, ich habe dich unterschätzt. Bis jetzt dachte ich immer, du wärst einfach nur großkotzig.«

»Ich habe nur meine Interessen geschützt«, sagte er flüsternd, aber energisch, und tippte mit dem Finger auf die Tischplatte. »Ich habe diesen Laden nicht jahrelang mit aufgebaut und Pias Arsch geküsst, damit dieser Wichtigtuer mir aus gekränkter Eitelkeit alles zerstört. Wir brauchten diesen Erfolg, sonst wären wir den Bach runtergegangen, und ich hätte in dieser Branche keinen Fuß mehr in die Tür bekommen.«

»Und das war dir einen Mord wert?«

»Ich habe das nicht geplant, es ist einfach passiert. Aber letztendlich haben wir alle was davon. Du hast einen Bestseller, und ich diese Bilder. Also worüber beschwerst du dich? Du solltest mir dankbar sein.«

Mark atmete durch. »Weißt du, eigentlich ist es schade für dich, dass der Leichenkünstler tot ist. Ihr beide wärt im Gefängnis sicher gut miteinander ausgekommen.«

»Wovon redest du jetzt schon wieder?«

»Davon, dass ich beherzigt habe, was du mir gesagt hast.« Mark schob den Blumenstrauß etwas auseinander. »Nicht allein die Geschichte ist entscheidend, sondern die Art und Weise, wie sie an die Öffentlichkeit getragen wird.«

Entsetzt starrte Benny auf das winzige Mikrofon, das an einem der Blumenstängel befestigt war. Sein Gesicht verfinsterte sich, als er begriff. »Du verdammter Mistkerl!« Er sprang auf und packte Mark am Kragen.

Fast im selben Moment wurde die Tür zum Büro aufgestoßen und drei Zivilbeamte stürmten daraus hervor. Sie überwältigten Benny und drückten ihn zu Boden. Der Mann, der sich Mark auf dem Präsidium als Kommissar Sascha Peters vorgestellt hatte, legte ihm Handschellen an.

»Ich verhafte Sie wegen des Mordes an David Kettner«, bescheinigte er Benny der Form halber. Dann stemmte er ihn auf die Füße.

Bernd Steffens trat neben Mark. »Sind Sie in Ordnung?«

Mark nickte. »Konnten Sie alles verstehen?«

»Jedes Wort. Das haben Sie gut gemacht.«

»Für einen Moment hatte ich meine Zweifel, ob er es wirklich zugeben würde.« Er blickte zu Benny, der resigniert zu Boden sah. »Aber dann konnte ich mich doch auf seine Neigung zur Prahlerei verlassen.« Aus den Augenwinkeln nahm Mark wahr, wie Pia aus der Tür kam. Sie trat zwischen den Beamten hindurch und blieb stumm vor Benny stehen, der ihrem vorwurfsvollen Blick auswich. Dann verpasste ihm eine schallende Ohrfeige.

»Schafft ihn hier raus«, sagte Steffens zu seinen Kollegen, die Benny daraufhin unsanft zur Tür begleiteten. Dann wandte er sich an Pia. »Ich danke Ihnen für Ihre Mitarbeit und dass Sie uns die Möglichkeit eingeräumt haben, dieses kleine Schauspiel hier auszutragen.«

»Wenn ich ehrlich bin«, entgegnete Pia, »habe ich vor wenigen Minuten noch gehofft, dass sie beide sich irren. Aber wie die Dinge jetzt stehen, war Kettner wohl nicht das einzige Arschloch, mit dem ich beruflich zu tun hatte.« Sie blickte den Kommissar an. »Was hat Sie eigentlich so sicher gemacht, dass ich nicht in die Sache verwickelt bin? Ich hätte Benny immerhin warnen können.«

»Sie hätten sicher nicht dazu beigetragen, den Verdacht von Herrn Ritter abzulenken, wenn dem so wäre. Außerdem hat uns Ihre Nachbarin bestätigt, dass Sie zur Tatzeit Ihre Wohnung betreten haben.«

»Ich hätte nie gedacht, dass ich mal froh darüber bin, dass dieser alten Hexe nichts entgeht. Dennoch schließt das nicht aus, dass ich davon gewusst haben könnte.«

»Benny ist zwar ein ziemlicher Speichellecker«, ergänzte Mark, »aber dass er in deinem Auftrag einen Mord begeht, hielt ich für ziemlich unwahrscheinlich. Ebenso, dass du ihn deswegen decken würdest. Dafür war deine Reaktion, als du von Kettners Tod erfahren hast, zu emotional. Ich halte dich zwar für eine knallharte Geschäftsfrau, aber keineswegs für skrupellos. Nicht mehr jedenfalls. Dahingehend habe ich wohl einiges gutzumachen.«

Pia lächelte ihn dankbar an.

»Ich erwarte sie beide Morgen auf dem Präsidium, um offiziell ihre Aussagen zu protokollieren«, sagte Steffens. »Dann können wir die Akte schließen.« Er legte Mark die Hand auf die unverletzte Schulter. »Und auf Sie wartet eine saftige Belohnung.« Er verabschiedete sich und folgte den anderen.

»Ist alles okay?«, fragte Mark, als sie alleine waren.

Pia nickte. »Ich frage mich nur, wie es jetzt weitergehen soll?«

Mark betrachtete den Vertrag, der noch immer auf dem Tisch lag. Er nahm den Kugelschreiber und unterzeichnete ihn. Anschließend reichte er Pia die Mappe. »Wie wäre es damit?«

»Aber ... ich dachte ...«

»Der Professor und ich sind der Meinung, dass niemand damit geholfen wäre, an der offiziellen Herkunft der Bilder etwas zu ändern. Schon allein aus Respekt gegenüber Ralf. Es hätte keinen Sinn, sein Andenken dadurch zu beschmutzen. Letztendlich wollte er diese Kunst nur jedem zugänglich machen. Und genau so sollte es auch sein.«

»Ich ... ich weiß nicht, was ich sagen soll.«

»Das wäre zumindest mal was Neues«, meinte Mark, und Pia musste lachen.

»Ich habe heute Morgen mit Ralfs Mutter telefoniert«, sagte Mark. »Die Beerdigung ist für Freitag angesetzt.«

»Ich werde natürlich da sein«, erwiderte Pia. Sie sah ihn betroffen an. »Wie hast du das Ganze verkraftet?«

Sein Blick senkte sich. »Ich habe gelernt, dass es nichts bringt, solche Dinge zu hinterfragen oder gar einen Sinn darin zu suchen. Das Leben geht weiter, so oder so. Und ich habe jetzt wieder jemanden, der mich dabei unterstützt.«

Pia nickte.

»Ach übrigens«, meinte er beim Hinausgehen. »Der Professor will das Malen aufgeben, ebenso wie seine Lehrtätigkeit. Und er ist auf der Suche nach einer neuen Herausforderung. Solltest du also einen neuen Partner brauchen, wäre er nicht abgeneigt, soll ich dir ausrichten.«

»Ein Kunstexperte«, meinte Pia und sah verträumt in den Ausstellungsraum. »Das würde der Galerie einen äußerst seriösen Rahmen verleihen.«

»Das sehe ich auch so«, meinte Mark. »Übrigens: Die Einladung zum Essen steht noch. Wenn du nichts dagegen

hast, dass Valerie und der Professor mitkommen.«
»Natürlich nicht. Einladung dankend angenommen.«
Er nickte und ging mit einem zufriedenen Lächeln nach draußen.

## *EPILOG*

Die Ereignisse hallten noch lange in den Medien nach. In entsprechenden Foren und sozialen Netzwerken wurde lebhaft über den Sinn und Unsinn von Rezensionen im Internet, deren Form und Missbrauch diskutiert. In einigen Zeitungen nahmen sich sogar Experten dieses Themas an. Auch die rechtliche Lage so mancher »Kritik« rückte dabei in den Fokus. Und natürlich waren auch hier die Meinungen völlig unterschiedlich.

Mark entzog sich diesem ganzen Theater völlig. Den Anspruch, jedem mit seiner Arbeit gerecht werden zu wollen, hatte er längst abgelegt. Das war ohnehin unmöglich. Stattdessen schrieb er, wie er es für richtig hielt, und konzentrierte sich auf diejenigen, die darin einen Sinn sahen. Allen voran Valerie. Sie las als Erste, was er geschrieben hatte, und ihre Meinung war für ihn ausschlaggebend. Gemeinsam hatten sie die Ausstellung der restlichen Bilder besucht, die auch an diesem Abend auf reges Interesse stießen. Von dem Geld der Belohnung hatte Mark eines davon erstanden. Es war das Motiv des traurigen und doch zuversichtlichen Gesichts, das in Professor Petzolds Gartenlaube aufgebahrt gewesen war. Knapp sechs Monate später hing es im Wohnzimmer von Mark und Valeries gemeinsamer Wohnung und wurde für sie zum Symbol für einen Neuanfang.

Sein Buch *Blutrausch* hielt sich aufgrund des anhaltenden Medieninteresses monatelang auf der Bestsellerliste, weshalb sein Verlag ihn drängte, einen Tatsachenroman über die Ereignisse zu schreiben, was Mark jedoch ablehnte. Er sah sich außerstande, das Geschehene noch einmal zu durchleben, indem er es medienwirksam zu Papier brachte. Und erst recht wollte er Ralfs Tod und den der anderen Menschen nicht dazu ausschlachten, um Profit daraus zu schlagen. Er sah sich außerstande, überhaupt jemals wieder über solche Dinge schreiben zu können. Stattdessen war er Valeries Wunsch nachgekommen und hatte die Arbeit an einem neuen Manuskript begonnen, das auf den Notizen und Aufzeichnungen auf seinem Schreibtisch basierte. Und nun saß er vor dem Computer, völlig vertieft in seine Gedanken und getrieben von der Energie, deren Ursprung er sich selbst nicht erklären konnte, und die ihn dazu veranlasste, die Wörter zu Geschichten zusammenzusetzen. Er schrieb über Liebe und Freundschaft. Über Veränderung, Trauer und Verlust.

Er schrieb über das Leben.

## *Anmerkung des Autors*

Ich hoffe, Ihnen hat die Geschichte gefallen. Wenn nicht, hassen Sie mich bitte nicht dafür. Auch wäre es schön, wenn Sie nicht gleich einen Fluch über mich und meine Familie aussprechen und öffentlich zur Verbrennung meiner Bücher aufrufen. Aber Scherz beiseite. Wenn ich Sie nicht mit meiner Arbeit überzeugen konnte, dann tut mir das sehr leid. Sie sollten mir aber zugutehalten, dass ich Sie nicht persönlich kenne und somit auch nicht Ihre üblichen Lesegewohnheiten oder Ihre Ansprüche an Literatur. Ich habe nur eine Geschichte geschrieben, wie ich sie gerne lese. Und das nach bestem Gewissen. Mehr kann ich als Autor nicht tun. Das Urteil darüber überlasse ich Ihnen. Und ganz egal, wie dieses Urteil ausfällt, können Sie es mir natürlich gerne zukommen lassen. Denn im Gegensatz zu Mark Ritter interessiert mich Ihre Meinung sehr. Also scheuen Sie sich nicht, sie mir mittzuteilen. Besuchen Sie mich auf meiner Internetseite *www.michaelhuebner.de* oder posten Sie Ihr Feedback auf einer Plattform Ihrer Wahl. Ich würde Sie nur darum bitten, sachlich zu bleiben. Denn Meinungen können sehr unterschiedlich ausfallen und unterziehen sich keiner Norm. Mehr wollte ich mit dieser Geschichte nicht zum Ausdruck bringen. Und keine Angst: Sollte Ihre Kritik negativ ausfallen, werde ich nicht versuchen, Sie aufzuspüren. Versprochen!

Herzliche Grüße,
Michael Hübner, Dezember 2014